초판 1쇄 찍은 날 | 2017년 9월 21일
초판 1쇄 펴낸 날 | 2017년 9월 28일

지은이 | 정이연
펴낸이 | 예경원

편집 | 유경화 · 주승아

펴낸곳 | 예원북스
등록번호 | 제396-2012-000132호
등록일자 | 2012. 7. 25
YRN | 제1-0197호

주소 | 경기도 고양시 일산동구 호수로 646-24 위너스21-Ⅱ 206A호 (우) 10401
전화 | 031-819-9431 팩스 | 031-817-9432
http://cafe.naver.com/yewonromance
E-mail | yewonbooks@naver.com

ISBN 979-11-6098-564-1 03810

YEWONBOOKS/ROMANCE/STORY

절대강자

정이연 장편 소설

C · O · N · T · E · N · T · S

프롤로그 · 7

1 · 15 | 2 · 47 | 3 · 89 | 4 · 119

5 · 151 | 6 · 176 | 7 · 204 | 8 · 246

9 · 273 | 10 · 316 | 11 · 357 | 12 · 391

에필로그 · 442 | 작가 후기 · 447

프롤로그

전문가의 손길이 닿은 집에 놓인 물건들은 질서 정연한 병정 같다. 모던한 가구는 보기 좋게 놓여 있었고, 꼭 필요한 것들뿐이었다. 참, 집주인인 차성윤의 성미와 꼭 닮았다. 모델하우스처럼 꾸며져 있어 모든 여자들이 선망할 정도지만, 그뿐이다. 이 역시 집주인인 차성윤과 닮아 있었다.

조용한 집 안은 고요했다. 마치 사람이 살지 않는 집처럼 머리카락 한 올 떨어져 있지 않은 집은 그의 강박이 보이는 듯도 했다. 그의 일상은 아주 반듯했다. 한 여자의 문제만 제외하고선.

현관문 앞에 놓여 있던 실내화를 신고 걸음을 옮기던 그가 유리찬장 앞에서 걸음을 멈췄다.

그의 시선은 찬장 안에 머물러 있다. 소중한 물건이라도 되는양 투명한 크리스털로 만들어진 그릇 안에 담긴 것은 볼품없는 플라스틱 명찰이었다. 오래된 물건은 여기저기 스크래치가 남아 있었고 귀퉁이는 부서져 있었다.

낡은 명찰은 참으로 하찮게 느껴졌다.

하지만 그 물건을 담고 있는 그릇 때문일까.

그 하찮은 물건이 참으로 대단해 보인다.

"……최강자."

그가 그의 마음속 깊은 곳에 머물러 있는 여인의 이름을 불러보았다.

남들 앞에서라면 절대 부르지 못할 이름.

그는 그 이름을 아주 오랫동안 심장에 새겨 넣은 뒤, 남들에게 그리고 그녀에게 들키지 않기 위해 노력해 왔다. 아주 오래전부터. 그가 풋내기였던 시절부터 말이다.

어린 시절에는 누군가를 좋아한다는 창피함 때문이었지만 어른이 되어선 자신만 보면 학을 떼는 강자 때문에 비밀로 붙였다.

지금에 와선 그게 무척 후회가 되었다. 차라리 어릴 적에 좋아한다고 말을 했다면 이 감정이 탐욕으로 변질되진 않았겠지. 순수하게 좋아했던 그 시절이 까마득하게 느껴질 만큼 '사랑'은 고독이 섞여 거칠게 변질되어 버렸다.

명찰을 보던 그가 눈을 깜빡였다. 그러자 기억은 끝자락으로 향한다. 적대감 가득하던 그 아이의 얼굴을 떠올리자 그의 입술에 느른한 미소가 걸렸다.

그의 인생에서 나름 가장 평화로웠던 시절.

그곳에 자리 잡고 있는 추억 중 가장 힘겹지만 행복한 일상 속 그녀는 지금보다는 훨씬 어렸지만 그때도, 현재에도 밤잠을 못 이루게 만드는 사람이었다.

첫사랑. 풋사랑.

그 얼마나 가슴 떨리는 단어인가.

그의 입술에 자리 잡고 있던 미소가 더욱 진해졌다.

책상 제일 아래 서랍을 연 그는 그곳에서 노란색 파일을 집어 들었다. 파일을 열자마자 보이는 것은 최강자의 이력서였다.

서강 초등학교, 대현 중·고등학교 졸업. 대학교는 대한민국에서 최고라는 대한 대학교를 나왔다. 그 외에는 각종 경시대회에서 수상을 한 내역까지 빼곡하게 적혀 있다. 이 정도 되면, 학벌을 따지지 않거나 잘 모르는 사람들이라도 강자가 어떠한 삶을 살아왔는지는 쉽게 캐치해 낼 것이다.

수재. 천재.

최강자는 이름답게, 공부의 신이라 불릴 정도로 모든 선생님들의 기대를 한 몸에 받는 학생이었다. 한국에서 수재에 속하는 아이들이 밟는 코스를 고스란히 따라올 정도로 똑똑하고 명석한 두뇌를 가진 강자에게 처음으로 패배감을 준 것이 차성윤, 그였다.

고등학교는 같은 곳을 나왔지만, 초등학교와 중학교는 다른 곳이었다. 하지만 그녀와 처음 만난 것은 초등학교 수학 경시대회에서였다. 학년 구분 없이 참가할 수 있는 곳에서 1등을 수상한 것은 그였고, 2등은 그녀였다. 실수로 한 문제를 틀렸고 그때 그녀는 그의 앞에서 펑펑 울음을 터트렸었다.

"2등은 싫어!"

어린 여자아이는 승부욕으로 똘똘 뭉친 모습이었다. 양 뺨은 탐스러운 복숭아처럼 발그레 붉힌 채.

그때의 당혹감이란.

집중된 시선에 강자를 달래지도, 너 왜 그러냐며 따져 묻지도 못했다.

하지만 지금 와 생각해 보면 그때부터였던 것 같다. 작은 아이가 자신의 마음에 들어온 것은.

최강자가 자신의 앞에 나타날 땐 별 시답잖은 도전을 해올 때였다. 종목도 다양했다. 처음엔 수학이나 과학 같은 분야에 한정되어 있지만 시간이 지나자 '발명'이나 '리더십'과 같은 단발성 이벤트부터 '골프'나 '테니스' 같이 운동 분야로 확대되었다. 좋은 학교로 진학하기 위해 거쳐야 하는 분야라면 강자와 사사건건 마주쳤다.

누구에게도 지기 싫어하는 소녀는 그에게 수많은 패배를 맛본 뒤에 좌절했다. 매번 분해했지만 포기는 하지 않았다. 늘 자신의 주위를 맴돌며 끝없는 도전을 했다.

대회에서나 만나던 그녀를 일상에서 만날 수 있게 된 것은 최강자가 자신의 학교에 입학하면서부터였다. 고등학교 때 그녀가 자신의 후배로 입학한 사실을 알고 뛰는 가슴에 처음엔 당황했다.

"아, 내가 얠 좋아하는구나."

그렇게 문득 깨달았다.

내가 이 아이를 좋아하고 있구나. 짝사랑하고 있구나.

그리고 콩닥콩닥 뛰는 심장에 손을 얹어놓았을 때, 그는 그 마음을 너무나 자연스럽게 받아들였다.

당혹감은 길지 않았다. 그저 모든 것을 순응하고 받아들였다. 하지만 그 아이는 자신의 얼굴을 보자 얼굴을 구겼다. 그러더니 작은 몸집을 크게 부풀리며 씩씩거렸다.

"왜 오빠가 여기에 있어요!"

강자는 화를 냈고, 당황했으며, 그에게 대놓고 짜증을 냈다. 먼저 입학을 한 것은 자신이었음에도 빳빳한 교복을 입은 아이는 거기까지 생각이 닿지 않은 듯 몸을 떨었다.

"오빠가 진짜 진짜 싫어요!"

그렇게 외쳤다. 쥐톨만 한 아이가. 한 주먹거리도 되지 않는 아이가. 그 아이의 적대감에 그는 자신의 마음을 고백하지도 못했다. 그저 감정을 속으로 삭였다.

쌓고 쌓아왔던 감정을 터뜨린 건 그 아이의 나이 열일곱, 나역시 아직은 어렸던 열아홉 때의 일이었다.

아직은 어리고 덜 여물었던 그 시기.

서툰 감정 표현을 한 후에, 난 후회했다. 그리고 깨달았다. 어쩌면 난 아주 오랫동안 짝사랑을 하게 될 거라고. 그 시간이 흐르다 보면 언젠간 이 아이를 포기하게 될 거라고.

하지만 난 아직도 이 아이를 포기하지 못하고 있었다. 10대에

품었던 마음은 20대에 여물었고, 30대엔 고여 썩어가고 있었다.

서른네 살.

이젠 큰일도 세상 이치에 맞춰 포기할 줄 알고, 슬픈 일이 있으면 웃어넘길 줄도 아는 나이가 되었음에도 그렇게 하지 못하고 있었다. 바보처럼.

"어떻게 하면 널 가질 수 있을까."

그가 작게 속삭였다. 어떻게 해야 그 조막만 한 아이를 가질 수 있을까.

그 고민은 아주 오랫동안 그의 머릿속을 차지하고 있었다. 지상 최대의 어려운 난관처럼 계속해서 그 문제를 풀기 위해 노력했다.

하지만 쉽지 않았다. 최강자는 이름 그대로 쉽지 않은 상대였다.

이젠 그 고민이 한계에 달해 힘으로 무릎을 꿇려 버리고 싶어졌다. 오랜 짝사랑이라고 하더라도 지나치다. 성윤은 탐욕으로 눈이 어두워졌다.

이젠 작은 스침으로 만족할 나이가 아니다. 예전에야 앙다문 입술에 입을 맞추는 상상만으로도 몸이 뜨거워졌지만 지금은 그렇지 않다. 좀 더 농밀하고 친밀한 관계를 원하게 되었다. 원하는 마음이 커지다 보니 머릿속에서 강자를 두고서 상상하는 것들은 온갖 더럽고 추악한 것들뿐이다.

도망가지 못하게 묶어두고 싶어진다. 발목에 두꺼운 쇠사슬을 걸고 싶어지고, 그녀의 얼굴에 뿌연 액을 흩뿌리고 싶어졌다. 그렇게 생각하자 행위는 더욱 집요해졌다.

점점 미쳐 가고 있다고는 생각했지만 상상은 막을 수가 없었다.

하루에도 몇 번씩 그녀의 여린 살결을 씹는 상상을 한다.

그가 빳빳하게 들린 사타구니 사이를 보았다. 이젠 이런 반응도 익숙해져 버렸다. 제때 풀지 못한 충동적인 욕망은 이젠 폭력에 가까워졌다. 몸이 저릿하게 아파오자 원망은 자제력을 잃은 몸이 아닌 한 여자에게로 향했다. 무심했던 그의 얼굴이 일그러졌다.

밖에선 아무런 인기척도 들리지 않았지만, 그는 밖을 내다본 것처럼 성큼성큼 걸음을 옮겼다. 인터폰을 눌러서 밖을 보니 예상대로 강자가 집 안의 기척을 듣기 위해 기웃거리고 있었다. 순진한 눈망울이 반짝인다. 앙다문 입술에선 투지마저 보였다.

속에서 욕지기가 올라왔다. 자신이 그렇게 싫다면 스토커처럼 쫓아다니지나 말지. 손이 닿으면 도망치면서 멀어지려고 애를 쓰면 끈질기게 따라붙는다. 적절한 거리를 유지하기 위해선, 그녀가 자신의 시선에 닿는 곳에 있기 위해선 이를 모르는 척해야 한다는 걸 알고 있다. 하지만 그는 참을 수 없는 욕망에 현관으로 향했고 문을 벌컥 열었다.

"깜짝이야!"

놀란 토끼 눈이 된 강자가 뒤로 벌러덩 넘어졌다. 엉덩방아를 찧은 그녀가 아픔에 얼굴을 구겼지만 성윤은 이를 무심한 눈으로 바라본다.

"여기서 뭐 하냐?"

고저 없는 목소리에 강자가 고집스럽게 입을 다물었다. 몰래 그의 뒤를 따라붙었다고 생각했는데 들켜 버려 속이 상한 모양이다.

평소의 그라면 답지 않게 그녀에게 '배려'라는 걸 했을 터다. 예를 들어 넘어진 그녀에게 '괜찮냐'라는 말을 건네거나 혹은 여기에 있는 줄 몰랐다는 듯 연기 정도는 했겠지. 하지만 오늘의 그는 달랐다. 잔뜩 뿔이 난 그는 내리깐 시선으로 일어날 생각도 하지 못하는 강자를 내려다본다. 그리고 경고한다.

"안 가? 계속 알짱거리면……."

말꼬리를 길게 늘어뜨린 그가 천천히 자리에 앉아 강자와 시선을 맞춘다.

꿀꺽.

그녀가 침을 삼키는 게 눈에 보인다. 그래서였을까. 그는 무심히 굳히고 있던 입가를 느슨하게 만들었고, 평소라면 꼭꼭 숨겼을 탐욕도 거리낌 없이 드러낸 그가 이를 짓이겼다.

"잡아먹는다."

두 사람의 숨바꼭질은 계속되고 있었다.

술래는 항상 그랬던 것처럼 최강자, 숨는 역할은 자신이다.

1

유리로 된 한쪽 벽면에서 햇살이 쏟아졌다. 블라인드를 쳐 놓지 않아 여름 햇살이 사무실 안을 가득 채웠지만, 에어컨 바람에 선선한 공기가 떠다녔다. 하지만 몸이 떨릴 정도로 차가운 바람은 아니었다. 적당히 시원했고 땀을 식혀주는 정도였지만 강자의 몸은 자잘하게 진동하고 있었다.

온몸에 솜털이 바짝바짝 섰다. 그 이유를 최강자, 그녀는 잘 알고 있었다. 바로 눈앞에 있는 이 남자를 마주할 때면 늘 이런 반응이었다.

두려움과 짜증, 분노가 섞인 떨림은 이제 습관처럼 느껴질 정도였다. 겉으로 보기엔 비상하다고 느껴질 정도로 똑똑하고, 돈은 썩어날 정도로 많으며, 얼굴은 잘 빚어놓은 찰흙처럼 생긴 인간은 현실처럼 느껴지지 않는다.

그를 잘 모르는 사람들이라면 동성은 선망의 눈길을 보내고 이성은 유혹의 눈길을 보낸다. 하지만 자신에게 그는 보기만 해도 떨림을 일으키는 인물 그 이상도 이하도 아니었다. 그가 지금과 같은 표정을 지을 때면 그 감정은 더욱 격렬해진다.

성윤은 약이 잔뜩 오른 자신과는 달리 너무나 여유로운 표정이었다. 아니, 자신이 어떤 표정이든, 어떤 마음이든, 아무런 상관도 없다는 듯 무심한 표정이다.

짜증나는 인간.

속을 알 수 없는 음흉한 사람이라는 생각은 늘 해왔지만 오늘처럼 화가 난 적은 없었던 것 같다. 그건 아마도 이곳까지 달려온 '이유' 때문일 터다.

"여전하네."

느릿하게 흘러나온 어조에 강자의 눈썹이 모였다. 그와 동시에 얼굴은 붉어졌다. 그의 얼굴을 보는 것만으로, 흥분한 자신과는 달리 무심한 모습과 고저 없는 목소리만으로 속에선 천불이 난다.

"누가 할 소리!"

강자가 버럭 소리를 질렀다. 그녀의 고함에도 눈앞에 있는 남자는 꿈쩍도 하지 않는다. 남잔 만지면 손끝을 얼어붙게 만들 것처럼 차가웠다.

비정상적으로, 아니, 실존하는 인간이라곤 믿을 수 없을 만큼 잘난 남자, 차성윤.

그는 질긴 인연이자 그녀의 인생에서 가장 오랫동안 태클을 걸고 있는 사람이었다. 물론 평생 밀리터리 룩을 입고 별 두 개까지 단 자신의 아버지보단 아니지만.

하여튼 강자는 커다란 덩치에 딱 맞는 슈트를 입고 있는 남자에게서 시선을 떼지 않았다. 차성윤은 저돌적인 시선에도 눈 하나 깜짝하지 않았다. 오히려 걸음을 천천히 움직여 강자의 앞에 선다. 느릿한 움직임은 먹잇감을 앞에 둔 포식자 같았다.

햇볕을 병풍 삼아 걸음을 옮기던 그가 자신의 앞에 멈춰 서자, 강자는 뒤꿈치를 들어 시선을 맞추기 위해 노력했다. 하지만 185㎝에 가까운 그와 시선을 맞추기엔 역부족이다.

젠장, 힐이라도 신고 올걸!

쓸데없는 곳에서 승부욕을 불태우던 강자는 그가 입술을 달싹이자 저도 모르게 심장이 덜컹 내려앉는 느낌을 받았다.

"태원그룹 기사, 기고했다면서."

젠장, 쫄지 말라고! 쫄지 마! 여기서 쫄려야 하는 사람은 내가 아니라 차성윤이라고!

속으로 외친 강자가 눈을 부릅떴다. 기 싸움에서 밀릴 생각은 전혀 없었다.

"당연하죠! 불법적인 자금 흐름 때문에 투자자들 사이에서도 말이 나온다고 하는데, 어떻게 눈감고 있겠어요? 이러다가 우리나라 개미만 당하게 생겼는데!"

"그 기사, 과연 실릴 수 있을까?"

성윤의 말에 강자의 얼굴이 붉어졌다. 그녀 또한 알고 있다. 이번에도 역시 기사가 나갈 리 없다는 걸.

대한민국을 사람들은 '태원 왕국'이라 부르곤 했다. 그만큼 견고했고, 국민들의 삶 속에 태원그룹에서 만들고 유통한 물건들이 깊숙이 들어와 있었다. 그럼에도 그들이 다른 '현대판 귀족'보다 욕먹지 않는 이유는 간단했다.

국민들의 10분의 1이 태원그룹과 관련된 곳에서 일을 하고 있었다. 취업난을 해결하기 위해 적극적인 노력을 기울이고 있었고, 노블리스 오블리주를 실천하며 매년 수백억의 금액을 기부하고 있었다.

거기에다가 그곳에서 일하고 있는 직원의 임금이나 복지 수준 또한 다른 대기업과는 차원이 다르다 할 정도니 그들을 향해 가래, 아니, 침을 뱉을 이들이 누가 있겠는가. 설사 있다 하더라도 가족 중 누군가가 태원에 들어갈 기회가 생긴다면 안면 몰수할 사람들이 대부분이었다.

하지만 강자는 달랐다. 태원이 대한민국 경제에 지대한 영향을 끼치고 있다 하여 그들의 비리를 덮어줄 생각 따위 없었다. 자신은 사회의 부조리를 알려야 하는 '기자'였다. 안 된다 하여 여기서 포기할 수는 없었다.

부숴 버리겠어, 차성윤!

"증거가 명명백백한데, 아무리 태원이라고 하더라도 막기 힘들걸요?"

그녀가 턱을 치켜들며 도도하게 말하자 성윤의 입에서 옅은 웃음이 터져 나왔다.

피식.

현실감이 없는 웃음소리는 소설이나 영상 매체를 통해 볼 법한 것이었다. 피식이라니. 피식이라니! 마치 자신을 비웃는 것만 같아 강자의 얼굴에 열기가 끼쳤다.

"굳이 내 선에서 막지 않더라도 이제껏 한 번도 나간 적이 없었잖아? 청년 백수 행렬에 끼고 싶지 않다면 기고 자체를 하지 않는 게 좋을 거야. 아, 일을 그만두고 싶으면 그렇게 하면 되겠다. 사직서 내기 힘들면 말이야. 굳이 안 쓰게 해줄게."

"……."

"왜 그런 눈으로 봐?"

감정을 담고 있지 않던 눈동자가 반달 형태로 부드럽게 접혔다.

성윤은 불도저라 불리는 그의 아비, 차민식 회장 밑에서 오랫동안 경영 수업을 받았다. 수많은 사람들을 대해온 그는 표정 관리에 있어선 타의 추종을 불허했다. 어떠한 상황에 있어도 웃었고, 온몸으로 권위가 무엇인지 뿜어내는 사람이다.

잘생긴 얼굴에 미소까지 번지면 남녀노소를 가리지 않고 심장이 살살 녹기 마련이다. 그 얼굴에 다른 이들이라면 무장해제 되어버리겠지만, 그녀는 달랐다.

강자는 이 미소에 속을 만큼 호락호락한 여자가 아니다. 아니, 멍청한 여자가 아니다. 이 잘난 남자를 안 지도 벌써 횟수로 22년째였다. 10살, 수학경시대회에서 만난 이후로 신의 농간으로 인해 얇은 인연의 끈은 계속 이어져 오고 있었다.

그 긴 시간 대부분을 떨어져 지냈지만, 그래도 그녀는 확실히 알 수 있었다. 이 남자의 웃음이 진심이 아니라는 것을. 아니, 진심은커녕 상냥하게 보이는 그 웃음이 사실은 '비웃음'이라는 것을.

"왜 이런 눈으로 보는 것 같은데요?"

"글쎄."

짧게 말한 그가 손을 뻗었다. 그녀의 정수리에 손이 닿으려던 찰나, 강자의 몸이 움찔 떨렸다. 어깨는 성윤의 손이 닿기도 전에 동그랗게 말린다.

"뭐, 뭐예요! 갑자기!"

"후배가 귀여워서."

다가온 손이 싫어 기겁한 강자가 손을 들어 정수리를 가렸다. 질색팔색 하는 모습에 그가 입술을 달싹였다. 장난스러운 그의 답과는 달리 얼굴은 딱딱한 시멘트처럼 굳어 있었다.

깜짝 놀란 가슴을 진정시키기 위해 크게 심호흡을 내뱉던 강자가 허리를 꼿꼿이 세운 뒤 턱을 치켜들었다.

"앞으로 각오해요. 미친개처럼 끝까지 물고 늘어질 테니까. 이젠 안 봐줍니다."

제 할 말을 다 했다는 듯 강자가 재빨리 도망쳤다. 꽁지가 빠져라 도망간 그녀가 문을 열고 밖으로 나서자 성윤은 그제야 참았던 숨을 훅 하고 내뱉는다.

천천히 몸을 돌린 그가 손을 들어 눈을 가렸다. 그의 주위로 순식간에 음울한 기운이 가라앉는다.

"예전부터 느낀 거지만, 참 안 지쳐."

여전히 그대로다. 처음 만났을 때와 마찬가지로.

자신은 지쳐 가는데 최강자, 그녀는 아주 오래전 소녀였던 때 그대로다.

활짝 문을 열고 밖으로 나가는 강자의 뒤로 인사를 하는 비서들이 보였다.

"강자야, 오늘도 졌냐?"

"아, 몰라요!"

강안의 놀림에 강자가 펄쩍펄쩍 뛰었다.

"선배도 똑같아!"

끼이익— 쾅.

열렸던 문이 다시 닫히면서 강자와 강안의 모습이 눈앞에서 사라졌다. 하지만 성윤은 닫힌 그 문을 한참이고 보았다.

조금의 시간이 지나 다시 문이 열렸다. 안으로 들어온 건 강안이었다.

"강자는?"

"갔죠. 펄펄 뛰면서."

차성윤. 이강안. 최강자.

세 사람은 같은 고등학교 선후배 사이였다. 세 사람이 실제로 같은 시기에 학교를 다닌 건 단 1년밖에 되지 않았지만 서른이 넘어서까지 함께해 오고 있었다. 그사이 변한 것은 호칭이 전부였다.

"사장님도 참 성격 이상하십니다."

"나도 알아."

"알면 그만 좀 놀리십시오. 요즘 최강자가 일주일에 한 번은 무작정 밀고 들어오는 거 알고 계십니까?"

"그랬나?"

의뭉스럽게 웃은 성윤이 짐짓 모른 척 시선을 서류로 돌렸다.

그 아이를 괴롭히는 방법이라면 아주 간단하다. 결코 짧지 않은 시간 속에서 그녀의 인생에 아주 깊게 관여할 수 있었던 건 그 방법을 알았기 때문이다.

"차 사장, 왜 그러나?"

백발이 성성한 강태환 회장의 말에 곁에 서 있던 성윤이 허리를 곧게 폈다. 생각이 다른 곳으로 튀어버렸다. 오늘은 꽤 중요한 자리였는데도.

대한민국 '호텔왕'으로 알려진 강태환 회장과의 골프 약속은 꽤 오래전부터 약속된 일이었다. 다른 잡생각이 끼어들어선 안 된다. 아무리 강자와 관련된 일이라 하더라도.

그가 들고 있던 골프채를 뒤에 있던 캐디에게 건네며 고개를 작게 저었다. 그리고 무섭게 내리쬐는 여름의 태양 때문이라는 듯 흰 장갑을 끼고 있는 손을 들어 얼굴을 가리며 말했다.

"회장님은 참 정정하십니다."

이 더위에 필드 위에서 두 시간을 꼬박 돌아다니는 것이 참 대단하다는 듯 웃었다. 말 그대로 그는 70대 초반의 나이가 무색할 정도로 체력이 좋았다. 더위에 자신마저 지치는데, 그는 스윙 자세 하나 흐트러트리지 않고 볼을 치고 있었다.

그의 칭찬에 노신사가 기분이 좋아진 것인지 골프채를 캐디에게 건네며 장갑을 벗었다. 오늘은 여기까지만 하고, 원래 만나기로 했던 이유에 대해 본격적으로 이야기를 나눌 차례였다.

건물 안으로 들어오는 순간 성윤의 고개가 우거진 풀숲으로 향했다.

찰칵찰칵!

순간 플래시가 번뜩였다.

'참 허술해.'

성윤은 자신과 눈이 마주치자 서둘러 몸을 숨기는 강자를 보았다. 여기로 온 게 회사에도 비밀인지 카메라맨도 대동하지 않은 채 혼자였다. 그의 입술에 알 듯 모를 듯 미소가 걸렸다.

사무실로 돌아가자마자 강자는 또 글발을 세워 기사를 써내려갈 것이다. 자그마한 머릿속이 손바닥 안처럼 빤히 보여 그저 귀엽게만 느껴졌다.

그는 강자를 보지 못한 척 시원한 건물 안으로 들어왔다. 그들을 위해 간단한 간식거리가 준비되어 있었고, 성윤은 얼음이 동동 띄워져 있는 음료와 과일을 사이에 두고 강태환 회장과 사업 구상에 대한 이야기를 나누었다.

강태환 회장은 기업 경영에서 손을 뗀 뒤, 최근 요트 사업에 손을 대면서 안에 넣을 제품을 태원전자의 것으로 채우고 싶다며 연락을 해왔다. 딱딱한 회의장에서 만나도 됐지만, 골프를 좋아한다는 이야기를 들은 적이 있어, 굳이 공기 좋은 강원도 골프장에서 만나기로 제의한 것이 그의 기분을 느슨하게 풀어놓은 것인지 이야기는 순조롭게 흘러갔다. 그리고 사업 이야기는 어느새 다음 주에 도장을 찍는 것으로 마무리되었다.

"그럼 거제도와 부산 해운대 쪽에만 제품을 넣으면 되는 겁니까?"

"으음."

강 회장이 고개를 저으며 말했다.

"일본과 중국 쪽도 이야기 중이야."

"생각보다 규모가 큽니다."

"그러니까 내가 직접 차 사장을 보려고 했지. 몇백 대 정도면 굳이 우리 두 사람이 만날 필요가 있었겠나? 호텔과 리조트 사업까지 손대려고 하는 중이라 머리가 복잡해."

거기에다가 기존에 있었던 물건까지 대체를 해야 한다고 하니 일정이 촉박할 것 같았다.

과도한 물량이 한꺼번에 몰릴 것이 예상되자 그의 머릿속이 복잡해졌다. 아직 시장이 크지 않은 의류 스팀 관리기까지 포함되어 있었다. 생각보다 사업의 규모가 크자, 공정 속도를 올려야 할 거 같았다.

그가 생각에 잠겨 있자 강 회장은 빨대로 오렌지 주스를 힘껏 빨아들여 마신 뒤, 잔을 내려놓았다. 그러더니 호탕하게 웃음을 터트린다.

"머리 아픈 사업 이야기는 밑에 것들한테 맡기세. 사이즈가 크다는 것만 알면 되지, 그 후의 일은 우리가 왜 머리 아프게 고민하나. 이 좋은 곳까지 와서. 날씨도 봐봐. 더운 감은 있지만 좋지 않나."

강 회장의 말에 성윤의 입술에 걸려 있던 미소가 조금 더 진해졌다.

햇볕은 10분만 서 있어도 살갗을 태울 정도로 맹렬하게 내려쬐고 있었다. 지금쯤 땀을 뻘뻘 흘리며 강 회장과 자신의 모습을 담기 위해 고군분투하고 있을 강자가 자연스럽게 떠올라 미소가 멈추지 않는다.

아, 표정 관리해야 하는데.

강 회장에게 너무 느슨한 모습을 보여주는 것은 아닌가 잠시 걱정은 되었지만, 그는 곧 잡생각을 밀어냈다.

"그렇군요. 그래도 많이 덥습니다."

"그건 그래. 이런 날에는 밖에 20분도 서 있기 힘들어. 내가 골 프만 좋아하지 않았으면, 안 돌아다니지. 암, 그렇고말고."

또다시 호탕하게 웃음을 터트린 강 회장은 목이 탄지 빨대를 깊 게 들이마셨다.

선선한 에어컨으로 실내는 기분이 좋을 만큼 시원했지만, 방금 전까지만 해도 피부를 타닥타닥 말린 햇볕 때문에 쉬이 더위가 가 시지 않는 모양이었다.

고급 가죽으로 손목에 고정되어 있는 손목시계를 확인한 성윤 이 자리에서 일어났다. 뒤의 일정이 남아 있는 것은 아니었지만, 잡담은 여기까지 하는 것이 좋았다. 괜히 대화가 길어지면 자칫 말실수를 할 수도 있다. 더욱 듣고자 했던 건 모두 들었으니 그가 더 이상 여기 있을 이유는 없었다.

성윤은 예의 바르게 웃으며 말했다.

"강 회장님, 오늘 저녁에 가족 식사가 있다고 하지 않으셨습니 까?"

"아, 참참. 그랬지. 이거 미안해서 어쩌나. 식사라도 같이해야 하는데."

"아닙니다. 오늘만 날도 아니고요."

성윤은 조금 허리를 굽혀 강 회장에게 인사를 건넸다.

"그럼 서울에서 뵙겠습니다. 조심히 올라가십시오."

"그래. 곧 연락하지. 조심히 가게나."

멀어지는 강 회장의 모습을 보며 성윤은 그제야 몸에 있던 힘을 풀었다. 날카로운 신경에 머리가 지끈거리자 관자놀이를 꾹꾹 눌렀다. 그의 모습에 오랫동안 곁을 지켜왔던 강안은 경직되어 있는 목소리로 말했다.

"어떻게 할까요?"

강안이 말하는 것이 누구인지 굳이 주어를 듣지 않아도 알 수 있었다. 또다시 플래시가 터지고 있었으니까.

찰칵찰칵, 그 소리가 묘하게 귀에 거슬렸다.

"이번에는 어떻게 하는 것이 좋을까. 지금껏 그랬던 것처럼 무시를 하는 것이 좋을까?"

그가 즐거운 듯 말하자 강안의 미간이 좁혀졌다. 그의 머릿속은 들여다보지 않아도 알 수 있었다. 이 인간들 또 시작이네. 대충 이 정도겠지.

성윤이 의뭉스러운 웃음을 지으며 물었다.

"상태는?"

"꼬박 3시간 동안 그늘 하나 없는 뙤약볕 밑에 있었는데 멀쩡할 리가 없죠, 사장님. 당연한 걸 물으십니까?"

그의 목소리엔 가시가 숨어 있었다. 그가 왜 이러한 반응을 보이는지도 잘 알고 있었다. 강자는 성윤에게도 귀여운 후배였지만, 강안에게도 고등학교 후배였다. 단순히 일면식만 있는 것이 아니라, 같이 클럽활동을 할 정도로 사이가 좋은.

이번에도 무시를 해버리면 강자가 더 화를 내겠지만, 성윤은 애초의 계획을 바꿨다. 그는 손목시계를 확인한 뒤 말했다.

"내일 오전 10시, 구미 1공장이 첫 번째 스케줄이지?"

"네, 그렇습니다."

"좋아. 강자 끌고 와."

"네?"

전혀 의외의 말이었던지 강안이 깜짝 놀란 눈으로 물었다. 그의 반응에도 성윤은 여전히 무심한 얼굴을 지우지 않은 채 말했다.

"내 앞으로 끌고 오라고. 먼저 올라가 있을게."

그가 흔들림 없이 룸으로 향하는 엘리베이터 쪽으로 걸음을 옮겼다.

"덥다, 더워!"

강자가 울대를 꽉 눌러 억눌린 목소리로 말했다. 큰 소리를 낼 수 없는 상황인지, 지나가는 쥐나 개미만 들을 수 있을 정도로 작은 목소리였다.

그렇게 말한 강자는 저가 쓰고 있던 모자를 벗은 뒤 이마에 송골송골 맺혀 있는 땀을 손등으로 아무렇게나 닦아내며 구시렁거렸다.

"여름이니까 당연히 덥지."

그래. 한여름이다. 하지만 강자는 시원한 그늘을 찾는 이들과는 달리, 뙤약볕 아래서 비쩍비쩍 말라가고 있었다. 이미 꽤 많은 땀을 흘려 몸 안의 수분이 모두 빠져나간 것처럼 갈증이 일었고, 몸이 뜨거웠다.

하지만 강자는 그늘로 숨어드는 것이 아닌, 무릎 정도의 풀숲으로 몸을 날렸다. 그리고 성윤을 놓치지 않기 위해 신경을 곤두세웠다.

"팔자 좋은 것들."

평일 낮 4시. 벌써 필드를 돈 지도 2시간이 조금 넘어 있었다.

평범한 가정에서 태어나 생활비를 위해 직장에 다니는 사람들이라면 점심시간에 먹은 음식이 다 소화되어 주린 배를 붙잡고 있을 시간. 이 시간에 대한민국 최고의 호텔왕이란 작자와 대한민국에서 세 번째로 부자라는 작자는 물 좋고 공기 좋은 강원도를 찾아 골프 회동을 하고 있었다.

카메라를 들고 있는 강자의 손이 부들부들 떨렸다. 한량과도 같은 저들의 삶에 화가 난 것이 아니다. 이미 몇 번씩이나 눈이 마주쳐 자신이 뒤쫓고 있다는 것을 알면서도 무시하고 있는 성윤 때문이었다.

"망할 인간."

강자의 입에서 결국 참다못한 욕설이 튀어 나왔다. 예전부터 저러한 모습에서 극도의 분노를 느끼곤 했다. 누군 쌍코피를 터트리며 준비한 시험에서 말끔한 얼굴로 들어와 당당하게 1위를 거머쥘 때부터. 그 자리가 당연한 것처럼 구는 그의 모습에 이질감과 함께 승부욕을 느꼈다.

결국 그가 고등학교를 졸업할 때까지 단 한 번도 이기지 못했고, 고등학교를 졸업하자마자 곧장 유학을 떠났기에 그 기회도 주어지지 않았다.

그랬다. 그녀는 결국 그에겐 패배자였다. 이젠 학교를 떠나 평생 이길 수 없는. 평생 그의 발밑에 있는 패배자.

머리 하나 좋은 것만 믿고 이제껏 살아왔던 그녀의 프라이드가

와르르 무너진 순간 엄청난 좌절감을 느꼈다. 다른 사람들은 성윤이 두 살은 많지 않냐고, 더욱이 고액 과외까지 받고 있을 거라 위로했지만 모든 건 다 개소리였다.

그는 고액 과외를 받고 있지도 않았고, 노력파도 아니었다. 타고나게 머리가 좋은 사람. 더럽게 요령이 좋아, 남들은 미친 듯이 해야 손에 넣을 수 있던 것들을 가볍게 쥐었다가 던지는 인간.

단순히 머리만 좋았다면 앞선 이유를 들어 스스로 자위했을지도 모른다. 그리고 비웃었겠지. 어렵지 않게 손에 넣은 것들이 치열하게 싸워 얻은 사람들과는 달리 소중함도 모른다고.

하지만 그는 운동도 잘했다. 당연히 활동 시간을 채우려 했던 테니스나 골프 대회부터 시작해서, 아이디어만 좋으면 누구나 수상할 수 있다는 발명 대회에서 그는 큰 상을 받았다. 이 역시 그에겐 너무 쉬운 일이라는 듯이.

이쯤 되니 열을 받을 수밖에 없었다. 노력도 안 하는 주제에. 날이겨? 그것도 장장 7년 동안이나!

그러했던 생각은 어느 순간 조물주에게로 향했다.

한 놈에게 올빵하면 그놈 주위에 있는 사람들은 어떻게 하라는 건데!

분노로 점철된 감정은 컨트롤이 되지 않았다. 지금까지도. 머릿속은 온통 차성윤에 관한 것뿐이었다.

속으로 성윤의 욕을 늘어놓고 있던 강자는 순간 머리가 핑 도는 느낌에 땅을 짚었다. 다행히 카메라를 든 손은 번쩍 들어 지켜냈지만, 눈앞이 뿌옇게 변하는 것이 심상치 않았다.

"우씨."

눈가에 눈물이 고인다. 이 무슨 개고생인가 싶기도 했다.

아무도 안 알아주는데.

열심히 기사 쓰고 해도 우리 잘난 놈의 데스크가 한심하다는 얼굴로 혀만 차는데!

동료 놈들도 헛짓거리 그만하라고 조언을 가장한 핀잔을 주는데!

한참 땅을 짚고 있던 그녀는 강 회장과 성윤이 건물 안으로 걸음을 옮기자 셔터를 눌렀다.

찰칵찰칵!

찍한 사진을 확인한 강자가 미간을 좁혔다. 눈앞이 뿌옇게 변하는 것이 심상치가 않았지만 원하던 그림이 나오지 않았다. 힘 한자락 들어가지 않는 몸에 힘을 주고 자리에서 일어났다.

이렇게 고생을 했는데, 여기서 놓칠 수야 없었다. 하지만 몸이 말을 듣지 않았다. 뙤약볕에 녹아버린 초콜릿처럼 흐물흐물거렸지만, 애써 힘을 주며 걸음을 옮겼다.

강 회장과 성윤은 시원한 건물 안으로 들어가 대화를 나누고 있었다. 의자도 가죽을 덧대니 참으로 편해 보였다.

그 모습을 손바닥보다 조금 큰 카메라에 담던 강자가 다시 한번 머리를 짚었다.

세상이 빙글빙글 돌았고, 속은 미식거렸다. 뙤약볕에서 벗어나 그늘로 찾아들었지만, 이미 꽤 오랜 시간 햇볕에 노출이 되어 있어 온몸을 뒤덮고 있는 열기는 쉬이 가시지 않았다. 급기야 무릎이 땅바닥과 키스를 하는 사태까지 일어나자, 강자의 동공이 커졌다.

"아!"

무릎이 쓰라렸다. 평소 덜렁거리는 성격이긴 했지만, 나잇살 먹고 나서는 한 번도 넘어지지 않았는데……

오랜만에 맛보는 고통에 강자의 얼굴이 사정없이 구겨졌다. 하지만 그것도 곧 눈동자가 풀리더니 사라졌다.

"어?"

눈에 힘을 주었는데도 몸은 자신의 의지를 배반해 점점 감겼다. 그 순간 강자는 깨달았다. 자신이 지금 일평생 한 번도 해보지 않은 졸도를 하는 중이라고.

푹.

순간 눈앞이 까맣게 변했다.

블랙아웃.

그녀의 몸이 아래로 푹 꺼졌다.

최근 읽고 있는 인문학 책에서 시선을 떼지 못하던 그가 기다란 다리를 꼬았다. 활자를 읽는 시선도, 책장을 넘기는 손가락 끝도, 책을 받치고 있는 커다란 손도. 그의 행동 하나, 표정 하나, 여유롭지 않은 것이 없었다.

하지만 책을 읽어 내리던 시선이 멈춘 후론 달랐다. 끝이 날카로운 눈매를 보아하니, 지금 읽고 있는 구절이 마음에 들지 않는 모양이다.

─그대 마음을 데워주는 밥 한 끼.

인간의 삶을 풍족하게 만드는 것 중, 아니, 인간을 구성하는 것 중 가장 중요한 것이 밥 한 끼라 표현하는 책 속 구절에서 시선을 떼지 못하던 그의 눈동자에 의뭉스러운 빛이 어렸다.

이해할 수가 없다.

삶을 살아가면서 중요한 것들은 아주 많았다. 하다못해, 그 따뜻한 한 끼를 사먹을 수 있는 현대의 화폐들도 있었다.

정신 승리를 하기 위해 적어놓은 말처럼 느껴지는 글귀들을 읽던 그가 결국 책을 덮었다. 수만 자에 달하는 글 중, 어느 것 하나 그가 동감할 수 있는 것은 없었다.

시간을 버렸다. 그래, 현대사회에서 우리가 가장 느껴야 하는 것은 '시간'이다. 그런데 시답잖은 '미문'으로 적어놓은 글들은 그 시간을 낭비하게 만들었다.

탁, 탁.

손톱으로 테이블을 두드리던 그가 책을 노려보았다. 그러다 자리에서 일어나더니 성큼성큼 걸음을 옮겨 창가로 향했다.

인간이 만들어내는 아름다운 빛깔을 바라보는 눈동자가 무겁게 가라앉아 있었다.

곰곰이, 그렇게 생각에 잠겨 있던 그가 다시 움직인 것은 조금의 시간이 더 흐른 후다. 옮겨지는 그의 걸음은 더뎠다. 생각에 잠겨 있는 것 같기도 했다. 마치, 신경 쓰이는 것이 있다는 듯.

그래, 그가 가장 중요하게 여기는 것은 '시간'이다.

시간만 있으면 무엇이든 할 수 있다. 따뜻한 밥 한 끼를 먹을 정도의 돈도 벌 수 있고, 미래를 도모하기 위해 소양을 쌓을 수도 있다.

그런데 그 시간을 그는 참 바보같이 허비했다. 그 대상은 단 하나다.

최강자.

그는 최강자만 관련된다면 그 어떤 일이든 바보처럼 굴었다.

그의 걸음이 또다시 멈춘 것은 룸 안 가득 초인종 소리가 들릴 때였다.

딩동―

귓가에 울리는 소리에 그의 시선이 문으로 향했다. 이제야 그가 신경 쓰던 것이 해결됐다는 듯 굳어 있던 표정이 느른하게 풀린다.

성큼성큼 걸음을 옮긴 그가 문을 열었다.

왜 이렇게 늦었어?

조금 투덜거리며 그렇게 물으려고 할 때였다. 하지만 그의 입에선 물음 대신 나지막한 분노가 쏟아졌다.

"……그게 뭐야."

"뭔진 아실 거 아닙니까. 일단 도와주세요."

셔츠 앞섶이 풀어져 곧 젖가슴이 보여도 이상하지 않을 정도였다. 축 늘어진 강자를 안은 채 땀을 뻘뻘 흘리고 있는 강안의 모습을 무심하게 바라보던 성윤이 입을 굳게 다물었다. 그렇게 하지 않으면 엄한 소리가 입 밖으로 쏟아져 나올 것만 같았다.

"열사병인 것 같습니다. 의사를 불러……."

"됐어."

이를 악문 그가 손을 뻗어 강안의 품에 안겨 있는 강자를 빼앗아왔다. 따뜻한 여체는 말랑말랑했다. 그리고 너무나 부드러워 계속 손에 쥐고 있다간 솜사탕처럼 숨이 죽고, 녹아내릴 것만 같았다.

팔을 위로 동그랗게 말아 그녀를 더욱 밀착해 끌어안은 그가 가타부타 말없이 성큼성큼 걸음을 옮겨 룸 안으로 들어간다.

손등으로 이마에 맺힌 땀을 닦아낸 강안이 그의 뒤를 따라 룸 안으로 들어간다. 강자가 걱정되어 욕실 안으로 들어가는 성윤의 뒤를 바짝 따라가던 강안이 말했다.

"우선은 몸을 차갑게……."

쾅.

강안의 눈앞에서 바로 문이 닫혔다. 정신을 바짝 차려 순간적으로 한 발자국 뒤로 물러서지 않았다면 코라도 찧었을 것이다.

깜빡깜빡.

상황을 제대로 이해하지 못해 한참 눈을 깜빡이던 강안의 이마에 깊은 주름이 잡혔다.

"뭐야, 들어오지 말라는 거야?"

그대로 둘을 두는 건 위험한데.

이렇게 세계 3차 대전이 호텔 욕실에서 일어나는 건가?

"뭐, 알아서들 하겠지."

어린애들도 아니고.

이런 일들이 한두 번은 아니었다. 최강자는 차성윤의 일에 관해선 앞뒤를 가리지 않았다. 그건 그녀의 경쟁의식이 최고조에 달했던 고등학교 시절부터 서른둘이 된 지금까지 계속되었다.

과거에도 최강자는 몇 번이고 사고를 쳤고, 이를 수습하는 건 당연하게 차성윤의 몫이 되었었다.

욕실 문을 다시 한 번 힐끗 본 강안이 성큼성큼 걸음을 옮겨 룸을 빠져나갔다. 자신도 방으로 가 우선 땀부터 씻어내야겠다고.

한편, 욕실 안으로 들어온 그는 정신을 놓은 채 몸을 축 늘어뜨리고 있는 강자를 보았다. 붉은색 양 뺨과 닫고 있는 두 눈을 보던 그의 눈매가 굳었다. 한없이 어둡고 음습한 눈동자다.

"멍청한."

짧게 욕지거리를 내뱉은 그가 숨을 훅 내뱉었다. 누구를 향한 타박인지 정확하지 않았다. 일이 이렇게 될 줄 알고서 가만히 있었던 자신을 향한 것인지, 쓰러질 때까지 자신의 뒤를 쫓은 강자를 향한 것인지.

가볍게 강자를 안아 들고 있던 손에 힘이 들어갔다. 이대로 있다간 강자의 몸에 손가락 자국이 날지도 모르겠단 생각이 드는 순간, 그가 욕조에 강자를 조심스레 눕혔다.

"강자야."

까무룩 정신을 잃은 그녀가 답을 해줄 리가 없다. 그걸 그도 알고 있었다. 하지만 그는 다시 한 번 그녀의 이름을 부른다.

"최강자."

긴장감이 흘렀다. 그녀는 자신을 보고 있지 않았으나 긴장감이 몸을 타고 흘렀다.

만지고 싶었다. 그녀의 얼굴을 손가락 끝으로 느끼고 싶다.

조심스럽게 손을 뻗은 그의 손끝이 강자의 이마에 닿기도 전에 멈췄다. 우뚝. 마치 정지 화면을 걸어놓은 것처럼.

"……."

만지면, 계속 만지고 싶어지겠지.

지금 이 순간도 그녀를 깨우고 싶지 않아지는데, 더욱 심해질지도 모른다.

지금도 가끔은 참을 수가 없는데…….

진지하게 그녀의 몸을 끌어안고 뜨거운 키스를 퍼붓고 싶어질지도 모른다.

손가락 끝을 동그랗게 오므린 성윤이 허탈하게 웃음을 뱉었다.

"멍청한 놈."

아픈 애를 두고 무슨 생각을 하는 거야?

확실히 자신은 정상이 아니다.

가슴이 답답했다. 옴짝달싹 움직일 수 없도록 질긴 무언가가 그녀의 몸을 감싸고 있었다. 강자는 팔과 다리를 움직이기 위해 끙, 소리를 내며 힘을 주어보았다. 하지만 헛수고였다.

결국 참다못해 무거운 눈꺼풀을 들어 올린 강자는 순간 제 목 언저리에서 찰랑이는 차가운 느낌에 깜짝 놀라 몸을 움찔 떨었다. 정신을 반쯤 놓고 있었더니 물속에 있다는 것도 알아채지 못했다.

"이, 이게 뭐야."

자신의 몸을 칭칭 감고 있는 타월을 보며 강자가 깜짝 놀라 읊조렸다. 안에 입고 있는 옷 때문인지 더 불편하게 느껴졌다. 한참이나 낑낑거린 뒤에야 올가미처럼 감싸고 있던 타월을 푼 그녀는 그제야 주위를 둘러보며 자신이 어떤 상황에 놓인 것인지 파악하기 위해 애썼다.

흰색의 심플한 욕조와 샘플이 가지런히 놓여 있는 세면대. 수건은 깨끗한 것으로 여섯 개 정도 놓여 있었고, 한 켠에는 드라이어가 벽에 부착되어 있었다.

아무리 멍청한 치가 보더라도 이곳이 호텔 욕실이라는 것쯤은 너무나 쉽게 알 수 있었다. 그것도 보통 호텔 룸이 아닌 꽤 비싼 방. 일반 방엔 욕조가 없었다.

더욱 이곳은 그녀 또한 한 번은 와본 적이 있는 곳이었다.

드림 골프 호텔 스위트룸.

아버지를 따라 군에서 꽤 높은 자리에 앉아 있다는 양반들이 한번 회동을 가졌던 곳이었다. 그리고 그녀는 방금 전까지 국내에서 가장 큰 필드를 보유하고 있는 골프장에서 잠입 취재 비스무리한 것을 하고 있었다.

"젠장."

그녀를 이곳으로 데려온 사람이라면 뻔할 뻔 자다. 이제껏 주구장창 무시만 해대더니.

욕실 벽에 붙어 있는 커다란 거울에 비친 자신의 모습을 보며 강자가 미간을 찌푸렸다. 무더운 여름날이라 옷감은 지나치게 얇았고, 안에 입고 있는 핑크색 브래지어가 훤히 드러났다. 그 정도였으면 차라리 다행이지, 아랫도리 또한 깔맞춤으로 보이니 난감함에 미간이 찌푸려졌다.

"우씨."

강자가 입버릇처럼 말했다. 입술을 뾰족하게 내밀고 드라이어

로 옷을 말려야 하나 한참을 고민해 보았지만, 뾰족한 수가 생각
나지 않았다.

수건으로 대충 물기를 닦아내 보았지만 티도 나지 않았다.

어쩌나, 어떻게 해야 하나.

고민하던 강자의 눈에 순간 하얀 가운이 보였다.

비닐봉투를 뜯어내고, 서둘러 가운을 걸친 강자가 무서운 기세
로 욕실 문을 열고 밖으로 나간다. 에어컨 바람에 서늘한 기운 때
문인지 온몸에 순간 솜털이 섰다.

그래, 그래서 그런 거야. 이건 다 에어컨 바람 때문이야!

두 개의 눈동자와 스치듯 마주친 강자가 속으로 외쳤다.

"볼만하네."

성윤은 무심한 어조로 말했다. 감정을 담고 있지 않은 눈동자는
강자의 몸골을 힐끗 바라본 뒤 다시 들고 있던 신문으로 향했다.

자신의 존재는 신경 쓰지 않는 그의 모습에 강자가 이를 까드득
악물었다. 그 소리가 신경 쓰인 것인지 그가 몸을 돌려 강자를 보
았다. 그의 무심한 시선에 강자는 뻔뻔하게 항의를 하려 했지만
입을 꾹 다물었다.

굳이 생각해 보면 그의 잘못은 아니다. 그래, 뻔질나게 그의 뒤
를 캐내려 뙤약볕에 서 있었던 멍청한 자신 탓이다. 몸이 좋지 않
다는 건 중간부터 알고 있었다. 자신은 떼를 써서 원하는 것을 받
아낼 수 있는 어린아이가 아니었다.

하지만 강자는 그 사실을 인정할 수 없었다.

"이게 다 누구 때문인데."

"지금 나 때문이라는 거야?"

그의 물음에 강자는 뜨끔한 얼굴로 말을 더듬었다.

"그, 그래요! 다 차성윤 사장님 탓이죠!"

강자의 말에 성윤이 자리에서 일어났다. 목을 꽉 졸라매고 있던 넥타이를 느슨하게 풀고, 천천히 그녀에게 다가오는 그의 표정은 속을 보여주지 않아 더 무섭게 느껴졌다.

강자가 더듬더듬 뒤로 물러났다. 그에 맞춰 성윤은 더욱 그녀에게 다가왔다.

한 걸음 정도 떨어진 거리에서 멈춰 선 그는 화들짝 놀란 얼굴로 자신을 올려보는 쥐톨만 한 강자를 보며 미간을 찌푸렸다.

한참 강자의 얼굴을 보던 성윤이 고개를 숙였다. 그러자 강자가 몸을 움찔 떨며 양 손바닥으로 입술을 가린다.

"왜. 입이라도 맞출까 봐?"

강자의 날카로운 시선이 날아든다. 살기마저 어려 있다. 하지만 성윤은 그녀의 모습에 아랑곳 않고 진한 미소를 지었다.

"없던 눈치가 생겼네."

이걸 죽여 말어?

불쑥 화가 치밀었다. 하지만 자신의 반응이 격렬해질수록 성윤은 즐거워했다.

"그러니까 화나게 하지 마."

"지금 누가……."

강자가 미처 말을 끝맺지 못하고 입을 다물었다. 바른 자세를 유지하던 그가 앉아 있던 건너편 침대를 힐끗 보았기 때문이다.

강자의 시선도 자연스럽게 그를 따랐다. 그리고 네 명이 뒹굴어도 될 만큼 널찍한 침대를 보는 순간, 강자의 얼굴에 핏기가 가셨다.

"나와 오늘 이곳에서 뒹굴고 싶은 마음이 없다면 당장 옷 갈아입고 나가. 그리고 다시는 내 주위에 어슬렁거리지 마. 한 번만 더 내 눈에 띄면, 그땐 나와 침대에서 뒹굴고 싶다는 뜻으로 알 테니까."

"……."

"왜, 지금 당장 그러고 싶어?"

움직이지 않는 그녀의 모습에 그가 입꼬리를 비틀어 웃으며 말했다. 순간, 그녀가 화가 난 고양이처럼 온몸에 털을 곤두세우며 바락바락 악을 썼다.

"누군 좋아서 이러는 줄 알아요? 다 빌어먹고 살려고 하는 짓이라고요!"

그녀의 말에 어깨를 으쓱인 성윤은 곧장 현관으로 향했다.

그의 뒷모습을 보던 강자가 눈살을 찌푸렸다. 뒷모습조차 완벽한 남자. 정말 재수 없다.

"경찰에 신고하기 전에 그만해. 다음엔 나도 더 이상 안 참아."

그러고 문이 쾅 닫힌다. 그가 사라진 곳을 한참이나 멍하니 바라보던 강자가 퍼뜩 정신을 차린 것인지 왁왁 소리를 질러댔다.

"지금 신고해야 하는 사람이 누군데! 아냐, 세상 사람들! 차성윤 사장이 방금 성추행했어요! 언어로 날 완전 농락했다고요! 세상 사람들, 세상 사람들! 아아아악!"

그녀의 비명 같은 말에 돌아오는 답은 없었다.

탁.

등 뒤에서 문이 닫히는 소리가 들렸다. 옅은 바람도 느껴진다. 하지만 성윤은 그 자리에서 꼼짝도 하지 못했다. 발걸음이 천근만근 무겁다.

"하아."

그의 입에서 깊은 한숨이 흘러나왔다. 방금 전과 마찬가지로 여전히 그의 얼굴엔 금이 간 가면이 씌워져 있다. 하고 싶은 말도, 생각도 많은 얼굴이었지만, 그는 굳게 닫힌 입을 달싹이지 않았다.

바보같이 또 도망쳐 버렸다.

그냥 기분대로 해버릴걸.

수십 년 동안 갈고닦아 온 이성이란 끈은 쉬이 끊어지지 않았다. 여기저기 삭아서 곧 끊어질 것 같긴 하지만, 아직은 제법 튼튼한가 보다.

곧은 시선으로 앞을 바라보던 성윤은 저 멀리서 발자국 소리가 들리자 그제야 표정을 다듬었다. 예의 바른 미소가 적당히 잡혀 있는 입술. 부드럽게 곡선을 그리는 눈까지. 순식간에 카메라 앞에 선 배우처럼 표정을 바꾸고선 허리를 꼿꼿하게 세웠다.

"강자랑은 이야기 끝나셨습니까?"

강안의 이야기에 성윤의 표정은 더 어두워진다.

단순하다. 자신의 생각을 숨기지 못한다. 꾸밈이 없다.

그게 강자의 첫인상이었다. 그리고 첫 대화를 나누었을 때도 똑같이 느꼈다. 그가 있는 세상과는 다른 곳에 살고 있는 강자는 자신의 배경 따위 보지 않았다. 제 얼굴이 얼마나 번지르르하게 생겼는지도 신경 쓰지 않았다.

그게 처음엔 좋았다. 적대심을 불태우던 소녀였지만, 편안하게 대화할 수 있어 좋았고, 솔직한 그녀의 매력에 자신도 모르게 마음에 담았다.

하지만…….

"그 사장님 소리 좀 안 했으면 좋겠어."

"네?"

불만처럼 터져 나온 말을 막지 못한 성윤의 얼굴에 어둠이 내려앉았다.

오랜 유학 생활을 끝내고 다시 한국으로 귀국했을 때, 그녀는 더 이상 자신의 이름을 제대로 불러주지도 않았다. 예전처럼 친근한 호칭으로 부르지도 않는다. 아주 거리감이 먼 이름으로 불렀다.

어쩜 당연한지도 모른다. 교복을 입었을 때와는 달리, 이젠 어엿한 성인이고 각자의 자리가 있다. 그 또한 그 자리가 얼마나 중요한지 잘 알고 있고.

하지만 서운한 마음은 어쩔 수가 없다. 그래서 더욱 그녀를 괴롭히고 싶어진다. 저를 괴롭히는 만큼. 제가 아픈 만큼. 가슴속에서 느껴지는 끔찍한 기분을 그녀도 느꼈으면 했다. 치졸한 생각을 하자 저 자신이 너무나 한심하게 느껴져, 또다시 강자가 미워진다.

한참 그러고 서 있던 성윤은 의아한 얼굴로 자신을 보는 강안에게 무심한 어조로 말했다.

"서울까지 데려다줘."

"사장님은요?"

"오늘은 여기서 묵을게."

"그래도……."

"넌 강자 데려다주고 바로 퇴근해. 내일 난 바로 구미로 갈 테니까."

"혼자선 안 됩니다."

"이강안, 뭔가 오해하고 있는 모양인데. 나 아무것도 못하는 아이 아니야."

한참 고민하던 강안은 알았다는 듯 고개를 끄덕였다.

"그럼 내일 구미 공장으로 출근하겠습니다."

"그러든가."

고저 없이 말한 성윤이 아무래도 좋다는 듯 답을 한 뒤 자리를 뜬다.

그 뒷모습을 한참이나 보던 강안은 성윤이 엘리베이터 속으로 사라지자, 그제야 걸음을 움직여 초인종을 눌렀다.

딩동.

그 소리가 참 컸다. 복도를 가득 울릴 정도다. 하지만 그보다 더 큰 목소리가 곧 들려온다.

"누구세요?"

"나야."

"나가 누군데요!"

잔뜩 날이 서 있는 강자의 목소리에 강안이 고개를 저었다. 둘 사이를 오랫동안 봐온 그이다. 그래서인지 서로에게 잔뜩 가시만 세우고 있는 둘을 더욱 이해하지 못했다.

둘의 마음이 잡힐 듯 뻔히 보이는데. 어찌 당사자들만 모른단 말인가. 그것도 대한민국에서 알아주는 수재였던 두 사람이.

"머리가 좋은 거랑 눈치는 다른 문제인가 보네."

재미있다는 듯 읊조린 강안은 곧 문이 열리고 조그마한 얼굴이 문틈 사이로 쏙— 튀어 나오자 깜짝 놀라 몸을 뒤로 물렸다.

강자는 강안의 모습을 보고 나서야 문을 열어주었다.

"차성윤 사장은요?"

"오늘은 이곳에 묵고 내일 혼자 이동하시겠대."

"혼자서요?"

그 물음에 강안이 가볍게 고개를 끄덕였다. 그러자 강자는 입술을 뾰족하게 내밀며 말했다.

"난 또. 손이랑 발이 없는 줄 알았잖아요. 늘 혼자서 다니는 법 없기에, 세상 물정 모르는 샌님인 줄 알았더니."

"그게 아니란 건 네가 가장 잘 알잖아."

그 말에 강자는 인정하고 싶지 않았지만 고개를 끄덕일 수밖에 없었다.

그래. 그는 세상 물정 모르는 샌님이 아니다. 대한민국에서 가장 영향력이 있는 인물이었지만, 요즘 라면값이 얼마며, 서민들의 삶이 얼마나 팍팍한지 잘 알고 있다. 그 덕에 태원그룹은 대기업 중에서 가장 많은 보너스와 인센티브를 주고 있었으니까. 하청업체 직원들에게도 과한 인심으로 명성이 자자했다.

강자가 콧잔등을 찌푸리며 고개를 푹 숙이자, 강안은 그제야 그녀의 몰골을 보며 한숨을 쉬었다.

"너랑 진짜 안 어울린다."

"차성윤 그 인간 취향인데 당연하죠."

"그래도…… 안 덥냐?"

긴 티셔츠에 발까지 다 가리는 긴 바지. 차성윤의 옷이었으니 자신이 입으면 이 꼴이 되는 게 당연한데도 화가 났다.

강자는 짜증이 난다는 듯 허리를 굽혀 바짓단을 접었다. 그리고 배가 당기는 기분에도 제 할 말을 내뱉었다.

"덥죠, 덥다고요. 에어컨 바람으로 어떻게 안 될 정도로 더워요. 그 인간은 진짜 나한테 왜 그런데요?"

"그럼 넌 왜 그런데?"

"제가 뭘요?"

바지를 어느 정도 정돈한 강자가 몸을 일으키며 말했다. 그 물음에 정말 몰라서 묻냐는 듯 강안이 보자, 강자의 얼굴이 종잇장처럼 구겨졌다.

내가 왜 그 인간한테 이렇게 날을 세우냐고?

그 물음에 대한 답은 그녀 또한 잘 알고 있었다. 하지만 인정하기 싫었다.

"너무 잘났잖아요. 그래서 재수 없어요."

그래서 늘 하던 말을 꺼내놓았다. 그녀 또한 말도 안 되는 이유라는 것을 알고 있었음에도.

강안은 묘한 얼굴로 시선을 멀리 두는 강자를 보며 어깨를 으쓱였다. 남의 연애사에 참견하는 것만큼 멍청한 짓도 없다는 것을 잘 알고 있었다. 그러니 여기까지다. 이 골 때리는 커플에게 관심을 가지는 것은.

그의 모습에 강자가 갑자기 도끼눈을 뜨며 말했다.

"강안 오빠, 혹시 차성윤 사장 쁘락지 아니죠?"

"뭔 소리야. 어서 짐이나 가져와라. 데려다줄게."

"어, 진짜요?"

"그럼 내가 왜 널 찾아왔겠냐? 빨리 움직여."

그의 말에 재깍 움직이는 강자를 보며, 강안은 고개를 저었다.

2

"노조 측의 조건을 모두 받아들이실 겁니까?"

강안의 물음에 성윤이 피곤하다는 듯 손을 들어 눈가를 문질렀다.

지난주, 그가 손수 구미 공장까지 가 노조장을 만났다. 하지만 양측이 요구하는 조건은 상극에 가까웠다. 오랫동안 테이블을 중간에 두고 마주하며 많은 이야기를 나눴지만 의견은 좁혀지지 않고, 결국 협상은 불발로 끝났다.

다음 주에 다시 협상을 하기로 한 그는 최대한 노조 측의 조건을 맞춰주는 조건으로 일부 노조원들의 업무 복귀를 요구했다.

"제가 이곳까지 온 것을 보면, 대화할 의지가 있다는 것 아니겠습니까? 다음 주에도 제가 내려오길 바라신다면 노조 측에서도 저에게 성의를 보여주십시오."

그는 언성을 높이지도, 눈에 힘을 주지도 않았다. 고저 없이 한 말을 노조 측은 수용했고, 덕분에 당장 급한 불은 껐지만, 여전히 일은 줄어들지 않고 산재해 있었다.

지난날의 기억에 피곤한 듯 그가 계속 눈가를 더듬었다. 지끈지끈 두통이 몰려왔지만, 그에겐 또 다른 문제가 남아 있었다.

정신을 붙잡은 그가 다시 서류로 시선을 돌릴 때였다.

똑똑.

두어 번 노크 소리가 들렸다. 서류를 읽고 있던 성윤의 시선이 자연스럽게 옆으로 돌아가 문으로 향했다.

"네, 들어오세요."

그의 말이 끝나자마자 단정한 차림의 이 비서가 들어와 허리를 숙였다.

"최민 씨 도착하셨습니다."

그의 말에 성윤은 읽고 있던 서류를 들고 자리에서 일어섰다.

노란 파일 안, 최근 화보와 프로필 사진 속에서 아름답게 웃고 있는 여잔 세계적인 모델 최민이었다. 사진 말고 계약서도 함께 첨부되어 있었는데, 다음 분기부터 1년간 태원전자 신형 스마트폰 라인의 전속 모델을 맡는다는 내용이었다.

사장이 직접 나서서 CF모델 계약을 하는 일은 없었으나, 이번에는 달랐다. 상대는 세계적인 모델임과 동시에 차성윤이 개인적으로도 잘 알고 있는 여자였다.

바깥쪽에선 보이지 않게 설치되어 있는 전신 거울에 자신의 모습을 한 번 비춰본 그가 걸음을 옮겨 소파 쪽으로 향하며 말했다.

"들어오라고 하세요."

"차는 뭐로 준비해 드릴까요?"

강안의 질문이 끝나자 그의 뒤에서 낭랑한 목소리가 들려왔다.

"전 괜찮아요."

문을 열고 안으로 들어온 최민은 활짝 웃으며 말했다.

성윤이 먼저 앉으라고 말도 하지 않았는데, 그의 맞은편 의자에 앉은 뒤 치마를 정돈한 그녀는 문 앞에서 당황한 눈초리로 바라보는 강안에게 뭐 하냐는 듯 바라보았다.

"뭐 하세요? 업무 안 보세요? 아, 사장님 걸 안 물었구나."

혼잣말을 내뱉은 최민의 시선이 이번엔 성윤을 향했다. 그녀의 눈빛에 성윤은 강안에게 나가보라 말하며 소파에 앉았다. 둘의 모습에 강안이 서둘러 사장실을 나갔다.

성윤은 자신의 얼굴에 닿는 따가운 시선에도 표정 변화 하나 없이 서류를 읽더니 최민 앞으로 내밀었다. 최민은 그가 하는 행동을 눈으로 좇다가 몸을 숙여 그의 얼굴을 똑바로 보며 말했다.

"차성윤 사장님."

"네."

"내가 왜 이번 일 받아들인 줄 알아요?"

"……네?"

최민의 말에 당황한 성윤의 목소리가 갈라졌다. 그는 큼큼, 헛기침을 뱉은 후 표정 관리에 들어갔다. 그런 그의 모습이 재미있다는 듯 최민은 쿡쿡 웃은 뒤 등을 소파에 기대며 말을 이었다.

"아시잖아요. 저 국내 활동은 쇼밖에 안 하는 거. 그런데도 저한테 CF 제의하신 거 보면 다 알고 계신 거 아니에요?"

그녀의 저돌적인 물음에 성윤의 입술이 굳게 닫혔다. 그의 반응을 보자, 제 생각이 들어맞은 것이 좋았는지 최민의 목소리가 한 톤 높아졌다.

"그래서 저도 궁금해졌거든요. 차성윤 사장님에 대해."

"무슨 말씀인지 모르겠습니다."

"저한테 이번 일 제의하신 거. 꽤 특별한 이유가 있다고 지레짐작하고 있거든요."

최민의 이야기가 이어질수록 성윤의 얼굴은 점차 딱딱하게 굳어졌다. 그의 표정이 이 정도로 흐트러진 일은 인생에서 손가락에 꼽을 정도로 적었다. 그리고 대부분은 강자에 관한 것이었다. 하지만 이번엔 세계적인 모델 앞에서 제 속을 훤히 보여주고 있었다.

"그래서 이번 일 받아들였어요."

"……."

"계약서에 서명해도 되죠?"

그 말이 무서웠다. 가느다랗게 뜬 눈 역시 그의 의중을 모두 알고 있는 것 같아서 지금이라도 계약을 멈추는 게 좋지 않겠냐고 말하는 것 같기도 했다.

하지만 그는 자신의 뜻을 굽히지 않았다.

"그러시죠."

그의 답이 나오자, 최민은 계약서를 읽어보지도 않은 채 시원하게 서명을 한 뒤 자리에서 일어났다. 그녀는 가슴에 걸려 있던 커다란 선글라스를 끼며 말했다.

"나머지 계약에 관한 건 에이전시랑 이야기해 주세요. 저 머리 나빠서 종이와 관련된 건 영 젬병이거든요. 누구와는 달리, 유전자가 다 그쪽으로 몰빵했거든요. 둘째 언니 쪽으로."

"……."

"그럼 전 이만 가볼게요. 제가 한 달 동안 가출 상태라서, 지금쯤 아버지가 총이라도 탈취해서 절 기다리고 계실지도 몰라요. 그럼 다음에 뵐게요."

힐 소리를 내며 사무실을 벗어나는 최민의 모습에 성윤의 얼굴에 서렸던 긴장이 그제야 느슨해졌다. 그는 잘 정돈되어 있던 머리카락을 쓸어 올리며 한숨을 쉬었다.

"이거, 일이 잘못되어 가는 느낌인데."

그 순간 아차 하는 생각이 들었지만, 이미 계약서에 서명을 한 뒤 사라진 최민을 잡기엔 늦었다.

현관문 센서가 켜져 사방을 밝혀주다가 순식간에 빛을 앗아간다.

강자는 피곤한 몸을 이끌고 오피스텔로 돌아왔다. 그녀의 눈 밑에는 다크서클이 문신처럼 새겨져 있었고, 오랜 언쟁으로 몸에 힘한 자락 없다는 듯 작은 키에 비해 긴 팔다리가 흐느적흐느적 움직였다.

결국 그녀가 열사병까지 걸려가며 찍은 사진을 단 한 장도 기사로 실을 수가 없었다. 그와 관련된 짧은 기사 한 줄도. 그리고 상사의 방으로 불려가 한동안 혼쭐이 나야 했다. 계속 이런 식으로 일할 거면 다른 부서로 보내 버리겠다는 으름장까지 들어야 했다.

"아, 왜 이렇게 내 마음대로 되는 일이 없냐."

강자의 입에서 한탄이 나왔다. 하지만 투정은 짧았다. 말할 힘도 없다는 듯.

가방을 대충 소파에 던져 둔 뒤 욕실로 향하는 동안 입고 있던 옷과 속옷으로 길을 만든 그녀는 유리로 된 문을 연 순간 실오라기 하나 걸치지 않은 몸이 되었다.

쾅.

문이 닫히고 곧 안에서는 시원한 물줄기가 쏟아지는 소리가 들렸다. 뜨거운 물에 수증기가 서려 세상이 모두 뿌옇게 보일 때쯤, 온몸에 찌든 피곤과 함께 먼지를 털어낸 강자가 문을 열고 밖으로 나왔다. 마침 가방 안에 있던 휴대전화 벨 소리가 울렸다.

띠링띠링.

짧지만 강렬하고 높은 음에 강자의 미간이 찌푸려졌다. 신경을 거슬리게 만드는 벨 소리였지만, 오는 귀가 먹은 그녀가 듣기에 용이한 소음이었다.

속옷만 대충 걸친 채 휴대전화를 집어 든 강자는 액정에 적혀 있는 이름에 한숨을 쉬었다.

「경자 언니.」

친언니였다.

최경자, 최강자, 최민자.

자매의 끝 '자' 돌림은 아들 자(子)였다. 별을 두 개나 달고 계시는 아버지가 아들을 간절히 원하는 마음에서 세 딸의 이름을 죄다 이따위로 지어놓으셨다.

아들을 간절히 기다렸기에 경자와 강자는 한 살 터울, 민자는 강자와 세 살 터울이었다. 두 딸을 출산 후에 오랜만에 찾아온 자식 역시 딸이란 걸 알았을 때, 아버지는 크게 좌절하셨다.

설상가상, 민자를 출산했을 때 어머니의 간 수치가 크게 높아졌고 병원 신세까지 져야 했다. 그 후 어머니는 더 이상 임신을 할 수 없게 되면서 아버지의 꿈도 좌절됐다.

덕분에 피곤한 삶을 사는 세 사람이었지만, 이름을 바꿀 수도, 가명을 쓸 수도 없었다. 만약 그걸 들키는 날엔 아버지의 회초리에 종아리가 아작이 날 테니까. 강직한 성품으로 많은 사람들의 존경을 받는 아버지였지만, 가정에서는 '독재자'였다.

강자는 끈기가 넘치는 언니가 통화를 포기하길 바랐다. 그녀가 전화를 건 용건을 너무나 잘 알고 있었기에 더 이상 귀찮은 일에 휘말리기가 싫었기 때문이다. 하지만 아버지를 똑 닮아 역시나 강직한 성격의 언니는 끈기가 넘치는 인물이라는 것을 알기에 하는 수 없이 전화를 받았다.

순간 딱딱한 목소리가 들렸다.

[강자야. 민자한테 연락 없어?]

인사가 먼저 들려오기도 전에 동생의 이름이 먼저 나왔다. 강자의 손이 자연스레 머리로 향했다.

아이고, 머리야.

약 한 달 전, 집엔 아무 말 없이 프랑스로 떠나 버린 동생은 아버지에게 있어선 가장 마음에 들지 않는 자식이었다. 아니, 자식 새끼다. 아버지의 말에 따르면. 제일 마음에 들지 않는 삶을 살고 있는 동생은 패션 업계에선 핫한 스타였지만, 최씨 집안에서는 골칫덩어리 그 이상도 이하도 아니다. 아버지에겐 호적에서 당장 삽질해서 없애 버리고 싶은 존재이기도 하고.

홀로 집에서 독립해 나와 사는 강자의 집은 민자에겐 가장 좋은 도피처이자 숙박업소였다. 이렇게 가출 식으로 일을 한 후엔 어김없이 강자의 집으로 쳐들어와 뻐대곤 했다.

덕분에 최민자가 사고를 칠 때면 들들 볶이는 건 자신이다. 지금처럼.

강자가 민자의 이야기에 고개를 저으며 짜증이 섞인 목소리로 말했다.

"걔 이야기를 왜 나한테 물어."

[저번에도 그렇고 저저번에도 그렇고 네가 숨겨줬잖아.]

"언니. 언니 동생 똑똑하다? 그때 최민자 그 기집애 때문에 머리털 밀릴 뻔했는데, 걜 또 숨겨주겠어? 그 종자를 한 번만 더 숨겨주면 내가 최강자가 아니라, 개강자다, 개강자!"

[그래도 걔가 서울에서 갈 곳이 너희 집밖에 더 있겠어?]

"언니. 우리 상식적으로 생각해 봅시다. 아버지가 나한테 분명히 경고했어. 다음에 한 번만 더 숨겨주면 최민자와 함께 즉결 처분당할 거라고. 절대 그럴 일 없으니, 다른 곳에서 찾아봐."

[휴.]

경자가 깊은 한숨을 내쉬었다.

아버지를 따라 군인이 된 언니는 세상 물정을 모르는 사람이었다. 세상에 지천에 깔린 것이 모텔이고, 호텔이라는 것을 모르는. 더욱이 그런 곳을 여자 혼자 갈 거라고는 절대 생각하지 못하는 순진한 치이기도 했다. 평생 아버지의 말씀에 따라 답답한 삶을 산 사람이 그걸 어떻게 알겠는가.

"언니. 이제 언니도 독립 좀 하슈. 평생 아버지 말에 따라 살 거야? 언니가 그 양반을 받아주니까, 우리들까지 마음대로 휘두르려고 하시는 거라고."

[강자야.]

경자의 잔소리가 이어질 거 같아 강자가 서둘러 말을 잘랐다.

"그러니까 언니. 제발 그만하라고."

[어떻게 그래? 너희들이 멋대로 사는데, 나라도 아버지 뜻대로 살아줘야지.]

"언니가 그렇게 살아준다고 해서 아버지가 고마워하시디? 더 깐깐해지기만 하지."

노친네가 나이가 들더니, 더 고집이 세졌어. 그렇게 말한 강자가 미간을 찌푸렸다.

평소엔 없는 사람 취급하며 살고 있었지만 마주치는 순간 아버지와 자신의 기 싸움은 시작된다. 이 싸움은 독립을 했을 때부터 시작되었으니 벌써 근 5년에 가까워지고 있는 전쟁이었다. 기자질 때려 치고 시집이나 가라고 외치던 아버지의 목소리가 귓가에 생생하자, 급격히 피로가 몰려왔다.

귀와 목 사이에 휴대전화를 끼워둔 강자가 낑낑거리며 잠옷을 입으며 말했다.

"그 양반은 딸내미들이 뭘 하고 싶어하는지 관심이 없다고. 아니, 아니지. 그 양반의 말에 따르면 여자는 그냥 집에서 얌전히 살림만 하면 되는 거야. 종처럼. 그게 말이 돼? 지금이 쌍팔년도야? 진짜 마음에 안 들어. 아들이 그렇게 좋으면 지금이라도 낳으시라 그래."

[최강자.]

"그래! 그 이름도 그래! 이름이 최강자가 뭐야, 최강자가!!"

[그만하자. 계속 말해봤자 입만 아파.]

경자의 말에 강자 또한 동의한다는 듯 고개를 끄덕였다. 지난 30년 동안 몇천 번은 했던 말이니, 이젠 그만 포기할 때도 되었다. 아직도 명함을 내밀 때면 손이 부들부들거리긴 했지만.

깊은 한숨을 내뱉은 강자가 말했다.

"언니, 민자는 패션 잡지에서 찾으시고, 이만 끊읍시다. 나도 피곤하우."

[알았어. 이번 주 주말에 집에 올 거지? 아버지가 너 보고 싶어해.]

"아, 정말. 이 답답한 여자! 주말에는 좀 나다녀! 연애도 좀 하고!"

[꼭 와라.]

강압적인 목소리에 강자가 고개를 절레절레 저었다.

평생 수절이라도 하면서 지낼 건지, 언니는 도통 연애에 대해선 관심이 없었다. 고개만 돌리면 죄다 남자인 곳에서 생활을 했지만, 그 흔한 스캔들 하나 없다. 서른이 넘을 동안 남자와 살을 비비며 훈련은 받았지만 연애세포를 발동하여 남자 손 한 번 잡아보지 못한 언니가 답답했다. 하지만 강자는 곧 그러한 걱정을 쿨하게 접어버렸다.

내 코가 석 자다. 지금 누가 누굴 걱정할 땐가?

강자의 입에서 깊은 한숨이 흘러나왔다.

"휴! 네네, 알았어요. 알았어. 이만 끊는다."

뚝.

전화를 끊어버린 강자는 휴대전화를 소파에 아무렇게나 집어
던진 후 부엌으로 향했다. 지금 필요한 건 깡생수였다.

식도를 타고 시원한 물이 타고 흘렀다. 울대가 크게 몇 번이나
움직이고 있을 때였다.

딩동!

초인종 소리가 울리자, 순간 목을 타고 흐르던 물이 역행했다.

"캑캑!"

거칠게 기침을 내뱉은 강자는 바닥에 흩어진 물을 보더니 미간
을 찌푸렸다.

"아, 젠장."

대충 머리에 두르고 있던 수건으로 바닥을 닦던 그녀는 또다시
초인종 소리가 들리자, 고개를 들었다.

아, 쎄한데?

이럴 때의 촉은 점쟁이보다 날카롭다.

손등으로 턱에 맺힌 물방울을 닦아낸 강자가 현관으로 향했다.
문을 열었더니 고개는 자연스레 위로 향한다.

노란색으로 물들인 머리카락과 늘씬한 몸매. 세계적인 모델 반
열에 올랐다는 인간이 그림처럼 서 있었다. 대한민국에서 웬만한
연예인보다 유명한 인물이었지만, 지금 강자에게 있어선 애물단

지 정도였다.

어떻게든 집에 들어와 엉덩이를 비비겠다는 듯, 결연한 표정을 하고 있는 민자를 보며 강자가 미간을 찌푸렸다.

"너 집에 가."

"언니, 하루만 재워줘."

"오늘 들어가나 내일 들어가나 똑같거든?"

"아, 그래도 마음의 준비는 해야 할 것 아니야!"

"야 이 화상아. 그냥 집에 들어가서 나 죽었슈 하고 머리통 내밀어. 그럼 밀리는 정도로 끝날 테니까."

민자가 강자를 따라 인상을 찌푸렸다. 한 달 동안 연락도 없이 무단가출을 했으니, 머리털로는 해결이 되지 않을 것이다. 멱이라도 따이지 않으면 다행이지.

철옹성처럼 절대 집 안으로 들여놓지 않겠다는 듯 현관문을 막고 있는 강자를 보며 민자가 들고 있던 가방에서 흰 봉투를 꺼내 내밀었다.

"자."

익숙한 거래라는 듯 강자가 흰 봉투 안에서 금액을 확인했다. 오만 원권 네 장을 본 강자가 봉투를 다시 동생에게 내밀었다.

"이 정도론 턱도 없다. 이번엔 나도 그냥 못 넘어갈걸? 내 목숨 값이 이십만 원이라니. 너무 싸지. 암."

돈 몇 푼에 개강자가 되기로 한 그녀가 능숙하게 흥정을 하자, 민자는 이미 예상을 했다는 듯 지갑에서 오만 원권 네 장을 더 꺼내 강자에게 내밀었다.

흠, 사십이라면 내 머리털 정도는 포기할 수 있지.

돈을 받아 든 강자가 잽싸게 옆으로 물러나며 말했다.

"들어와."

"치사하게 정말."

"치사하다니? 이번에는 진짜 아버지한테 죽을걸? 그 양반 요즘 벼르고 있는 거 몰라?"

"정말 죽이기야 하겠어?"

"정말 죽일 양반이니까 내일 해 뜨자마자 집에 가. 내가 재워줬다는 소리는 하지 말고."

"알았어."

집으로 들어온 민자는 좁은 오피스텔 구석에 트렁크를 놓아둔 뒤 익숙하게 욕실을 찾아 들어갔다. 욕실에서 들려오는 물소리를 들으며 현금을 지갑 안에 넣던 강자는 트렁크 위로 비쭉 솟아 있는 서류 봉투를 보았다.

봉투를 열자 화려한 의상과 기괴한 화장을 한 민자가 요염한 포즈를 취하고 있었다. 뉴욕 컬렉션에 선 뒤에 간간이 화보촬영까지 했나 보다. 사진 속에서 프로페셔널하게 포즈를 취하고 있는 동생을 보며 강자는 미간을 찌푸렸다.

"비쩍 곯아선. 난민이냐?"

"벌어먹고 살려면 뭔들 못해."

언제 씻고 나온 것인지 민자가 머리를 툴툴 털며 나왔다. 강자는 잦은 염색으로 머릿결이 엉망인 민자의 머리를 보며 시니컬하게 말했다.

"마지막이니까 꼼꼼하게 말려라."

"최강자!"

"이게! 언니한테 반말을 지껄여? 당장 아부지한테 전화 넣으리?"

"아 씨, 너 짜증나!"

버럭 소리를 지른 민자가 다시 욕실로 쏙 들어가자 강자가 어깨를 한번 으쓱인 뒤 혼잣말을 내뱉었다.

"내일 죽도록 맞을 거니 이번만 봐주지 뭐."

오춘기에 오는 그 흔한 반항이라 생각한 강자는 가볍게 말한 뒤 냉장고에서 맥주 캔을 꺼냈다. 동생에게 권해봤자, 다이어트 때문에 마시지 않을 것이 빤하니 홀로 마른안주를 꺼내 우적우적 씹으며 거실로 향했다.

민자는 어느새 낡은 소파에 앉아 리모컨으로 채널을 이리저리 돌리고 있었다. 그러다가 마음에 드는 채널을 찾았는지 리모컨을 내려놓으며 말했다.

"아직도 차성윤 사장이랑 사이 안 좋아?"

"그 인간 이름이 왜 네 입에서 나와?"

"못할 건 뭐야? 예전부터 그 사람 이름만 나오면 언니가 이부터 부득부득 갈고 보니까 궁금한 건 당연하지. 신경을 지나치게 쓰시잖아요, 언니가."

"내가 언제?"

"난 언니랑 차성윤 사장이랑 단순히 오래된 원수 정도로 알았거든? 그런데 그 생각이 틀렸단 걸 오늘 깨달았단 말이지."

"아니야. 정확하게 봤어."

딱 잘라 말한 강자가 마른안주를 우적우적 씹어댔다. 마치 그를 입안에 넣어놓은 것처럼.

턱이 아플 정도로 오징어를 씹는 강자를 보며 민자가 무심한 어조로 말했다.

"에이, 아닌 것 같은데?"

"뭐가 아니야."

"나 이번에 태원전자 휴대폰 CF 찍거든. 근데 차성윤 사장은 언니를……."

민자가 미처 말을 끝맺기도 전이었다. 강자의 귀에는 이번에 최민자가 태원전자 CF를 찍는다는 소리만 들렸던 건지 소리부터 빽질렀다.

"뭐? ……왜!"

"왜긴 왜야. 돈 때문이지."

민자가 한심한 눈으로 강자를 보았다.

아무렇게나 질끈 묶고 있는 머리카락과 후줄근한 차림. 아무리 같은 자매라 하더라도 닮은 구석이 없다. 통통한 편인 언니와 모델로 활동하는 자신. 키가 160㎝도 넘지 않는 강자와 달리, 180㎝ 육박하는 본인.

어떻게 이 둘이 자매일 수 있을까. 신께선 좋은 유전자를 자신에게 지나치게 준 감이 있다며 고개를 끄덕이던 민자는 미간을 찌푸리며 말했다.

"그 머리 좀 어떻게 할 수 없어?"

"내 머리가 어때서?"

"부스스하잖아. 머리 좀 해라. 여자가 그게 뭐야?"

민자의 시비에 강자의 입술에 진한 미소가 걸렸다.

"빡빡이보단 이게 더 좋지 않겠냐?"

"최강자!"

"아, 그래. 내 이름 최강자야. 그래서 뭐 어쩌라고."

맥주를 꿀꺽꿀꺽 마시는 강자를 보며, 민자가 한숨을 내뱉었다.

저게 도대체 몇 칼로리야?

스타일과는 담을 쌓고 사는 언니를 보던 민자가 다시 채널로 시선을 돌렸다. 생각해 보면 둘째 언니만 그런 것은 아니니까. 첫째 언니는 쉬는 날에도 군에서 나눠 주는 티셔츠와 바지를 입고 있었다.

"근데 언니는 왜 차성윤 사장이 싫어?"

동생의 물음에 순간 강자의 얼굴이 종잇장처럼 구겨졌다.

"돈은 썩어날 정도로 많고, 얼굴도 배우 양 뺨을 후려칠 정도로 잘생겼고. 매너도 좋고, 성격도 좋고. 머리까지 좋다며?"

"……그래서 싫어."

"응?"

"그래서 싫다고."

강자가 입술을 짓이겼다. 앵두 빛 입술을 씹던 그녀는 생각만 해도 이가 갈린다는 듯 말했다.

"다 잘났잖아. 그게 열라 재수 없어."

"뭐?"

"무엇 하나 부족한 게 없잖아. 인간미 없어. 재수 없고. 같이 있기만 해도 짜증나고, 몇 마디 나눠보면 숨 막혀. 인간 같지가 않아."

강자의 말에 민자가 고개를 기울였다. 모든 것이 완벽해서 마음에 들지 않는다는 언니의 말을 이해하지 못해서이다. 돈 많고, 성격 좋고, 인물까지 좋다는데. 다른 여자라면 두 팔 벌려 환영할 일이 언니에겐 못마땅한 모양이다.

"네가 직접 만나서 이야기해 보지 못해서 그래. 그 사람, 프라이드도 높고 앞뒤 꽉 막힌 인간이야. 부모님이 정해놓은 플랜대로 살아왔고, 앞으로도 그렇게 살 사람이라고. 자신의 계획에서 조금이라도 틀어진 일은 두고 보지 못하는 성미고."

"흠. 그게 싫은 이유야? 그렇게 사는 게 언니랑 무슨 상관인데?"

"그 인간이 그렇게 사는 게 본인 마음인 것처럼, 내가 차성윤을 싫어하는 것도 내 마음이야."

딱 잘라 말한 강자가 맥주를 한 모금 더 들이켠 뒤 말했다.

"그래서 그 잘난 가면을 부숴주고 싶단 말이지. 꼭 이겨먹고야 말겠어."

"언니, 변태야?"

강자의 이야기를 가만히 듣고 있던 민자가 말했다. 그녀의 말에 강자가 얼굴을 구겼다.

"죽을래?"

"뭐, 오늘 죽으나. 내일 죽으나."

시크하게 답한 민자가 벌러덩 바닥에 누웠다. 천장을 보던 민자의 얼굴에 의아함이 서렸다.

흠. 근데 왜 그 남자는 언니한테 그렇게 관심이 많을까?

꽤 재미있는 일이 일어날 것 같았다.

열 살.

보통 이 나이 때의 아이는 세상의 쓴맛을 모른다. 알더라도 그 또래의 유치한 고민이 대부분이다. 하지만 최강자는 달랐다.

"2등은 싫어!"

닭똥 같은 눈물을 뚝뚝 흘리며 강자는 인생에서 처음으로 2등 상장을 꼭 끌어안았다. 오늘을 위해 병든 닭처럼 꾸벅꾸벅 졸릴 때까지 수학 문제를 풀었던 기억이 눈앞을 획획 지나갔다. 열 살의 어린 소녀는 처음으로 맛본 쓰디쓴 패배감에 어쩔 줄 몰라 했다.

겨우 한 문제였다. 그 한 문제 때문에 자신은 2등이 되었고, 눈앞에 있는 이 사람은 1등을 차지했다. 강자가 입술을 꼭 깨물었다. 엉엉 울음이 터질 것 같았지만 자존심이 상해 그러고 싶진 않았다.

그때 강자의 좁은 어깨를 어머니가 붙잡았다.

"강자야, 저 오빠는 우리 강자보다 두 살이나 많대. 그러니까 질 수도 있어."

난감한 얼굴로 자신을 바라보고 있는 소년은 열두 살이라고 했다. 하지만 그건 강자에게 그리 중요한 문제는 아니었다. 결국 참다못한 눈물이 뚝뚝 떨어졌다.

"아, 저기…… 미안해."

강자가 엉엉 울음을 터뜨리자 어쩔 줄 몰라 하던 소년이 사과를 했다. 하지만 강자도 알고 있었다. 소년이 사과할 문제는 아니라는 것을.

그래서 더 억울했다. 소년이 착한 마음에 건네는 손수건도 마음에 들지 않았다.

작은 몸을 바들바들 떨던 어린 소녀가 몸을 돌렸다. 패배감에 눈물을 흘리는 것도 비참하게 느껴졌다. 열 살의 소녀가 느끼기엔 너무 어른스럽고, 감당하기 힘든 감정이었다.

뒤에서 자신의 어머니가 사과하는 말이 들려서 부끄럽기도 했다.

"우리 애가 원래는 안 저러는데……."

혼자선 아무 곳에도 못 가는 어린아이였다. 그걸 강자도 알고 있었다. 하지만 무작정 걸음을 옮겨 대회장을 나온 강자가 계단 앞에 쪼그리고 앉았다. 패배감과 동시에 부끄러움까지 한꺼번에 몰려왔다.

무릎을 끌어안은 채로 얼굴을 묻고 있던 강자는 자신의 앞에 드리워진 짙은 그늘에 눈을 꼭 감았다. 무릎을 끌어안은 손에 힘이 들어갔다.

하지만 그림자는 자신에게서 멀어지지 않았다. 그 존재가 누구인지 알겠다는 듯이 강자는 끈질기게 눈을 뜨지 않았지만, 그림자는 더 끈질겼다.

천천히 눈을 뜬 강자는 언제부터 내밀어져 있었을지 모를 손을 보았다. 손 위엔 손수건과 함께 작은 사탕이 있었다.

천천히 고개를 들어 제 앞에 선 소년을 바라보던 강자가 다시 손바닥 위에 올려진 것들을 눈으로 보았다. 사탕은 딸기 맛이었다.

"내 이름은 차성윤이야."

강자는 이미 소년의 이름을 알고 있었다. 단상에 나가서 상을 받으면서 이름이 불렸기 때문이다.

항상 이름이 불리는 건 자신이었는데, 이번엔 아니었다.

"넌?"

하지만 소년은 자신의 이름을 모르고 있었다. 2등은 이름이 불리지 않기 때문이다.

이름 정도는 말해줄 수 있었다. 하지만 강자는 자신의 이름을 말해주는 대신에 자리에서 벌떡 일어났다.

소년은 소녀를 딸기 맛 사탕 하나에 눈물을 뚝 그칠 어린아이로 보고 있나 보다. 강자는 그렇게 어린애는 아니었지만, 사탕을 보자마자 눈물을 뚝 그쳐 버렸다.

"네 이름은 뭐야?"

소년의 물음에 강자가 입술을 비틀었다. 그리고 자신을 찾으려 밖으로 나온 자신의 어머니를 보았다.

엉덩이를 탈탈 털고 걸음을 옮기던 소녀가 갑자기 멈춰 섰다. 뒤에선 소년이 여전히 소녀를 멀뚱멀뚱 보고 있었다.

"내 이름은 최강자예요. 다음엔 이길 거야."

씩씩거린 소녀가 걸음을 옮겼다. 하지만 그날 이후, 강자는 성윤을 단 한 번도 이기지 못했다.

꿈뻑꿈뻑.

눈을 뜬 강자가 현실감각을 잃고서 천장을 보았다. 새하얀 천장은 분명 자신의 방이었지만 꿈에서 보았던 것들에 정신을 차릴 수가 없었다.

"이건 또 무슨 개꿈이야."

지금은 기억나지 않는 어느 국민학교에서 차성윤을 처음 만났던 그날을 왜 지금 꿈에서 만난 것일까.

끙.

앓는 소리를 내며 몸을 일으킨 강자가 깊은 한숨을 내뱉었다. 오랜만에 오랫동안 잘 수 있었는데, 몸은 오히려 더 무거웠다.

양손을 머리카락 사이로 밀어 넣은 강자가 힘껏 긁었다. 벅벅 소리가 나고, 손톱이 뒤집어질 만큼 강한 힘으로. 그러다 곁에서 들리는 인기척에 깜짝 놀라 고개를 돌린다.

"너 뭐야?"

"뭐긴 뭐야. 언니 동생 최민자지."

강자가 머리를 툴툴 털며 심드렁한 얼굴로 말했다. 그제야 어제 동생이 자신의 집에 쳐들어온 게 떠올랐다.

아, 그랬지 참.

강자가 고개를 끄덕일 때였다. 민자가 시계를 힐끗 보더니 묻는다.

"근데 언니 출근 안 해?"

"뭐?"

"지금 여덟 시 반이야."

"헉!"

숨을 들이켠 강자가 자리에서 벌떡 일어났다. 새하얗게 질린 얼굴로 화장실로 뛰어들어 가는 강자를 보며 뒤에서 민자가 혀를 끌끌 찬다.

발바닥이 아렸다. 하지만 강자는 결코 뜀박질을 멈추지 않았다. 아니, 멈출 수 없었다. 1분, 1초가 급한 상황에서 폐가 아프고, 숨이 넘어갈 것 같고, 발바닥이 아파도 계속해서 달렸다. 그러다 높다란 담벼락이 있는 궁궐 같은 집 앞에서 급히 걸음을 멈추었다.

"하악, 하악."

누군가 사운드만 들었다면, 그 여자 참 좋은 밤을 보내고 있구나 할 정도로 거친 숨소리였다. 하지만 뇌로 가야 하는 공기가 부족한 탓인지 강자는 시야가 흐릿해지자 잠시 허리를 숙여 호흡을 골랐다.

"하아, 진짜 죽겠다."

가슴을 두어 번 탕탕 두드린 강자는 고래 등처럼 큰 집을 올려다본 뒤 심호흡을 내뱉었다.

"아, 망할 최민자."

동생에 대한 원망이 흘러나왔다. 퇴근 무렵 아버지가 노기 어린 목소리로 전화를 걸어왔다. 8시까지 본가로 오지 않는다면, 큰일을 치를 것이라는 무서운 협박에 강자는 퇴근 시간을 10분 앞두고 사무실을 박차고 나왔다. 인천에 있는 본가까지 1시간 안으로 가는 것이 도저히 무리였기 때문이다.

강자는 손목에 걸린 시계를 확인한 후 안도의 한숨을 쉬었다.

7시 55분.

다행히 늦지는 않았다. 퇴근 시간이라 막힐 것을 생각해 대중교통을 이용했더니, 그녀의 예상처럼 정확히 도착할 수 있었다.

옷을 정리한 뒤 초인종을 누른 강자는 가타부타 말없이 열리는 문을 열고 안으로 들어갔다. 자그마한 마당엔 커다란 감나무와 푸르른 잔디가 깔려 있었다. 잘 가꿔진 마당을 지나 또다시 문을 맞닥뜨린 강자가 막 손잡이를 돌리려던 찰나였다. 자물쇠가 돌아가는 소리와 함께 문이 열렸다.

"어? 엄마?"

"쉿!"

검지를 세워 조용히 하라는 듯 입술에 붙인 경숙은 초조한 기색이 가득한 얼굴로 말했다.

"난리 났어. 조용히 들어와."

"왜?"

"민자 집에 왔어."

그것이 설마 내 목숨값을 정말 40만 원이라 생각하고 모든 비밀을 발설한 것은 아니겠지?

아침에 들었던 아버지의 목소리가 또다시 귓가를 맴돌았다. 잘못하면 단단히 혼이 날 것을 생각하자 오금이 저렸다.

뒤꿈치를 들고 살금살금 집 안으로 들어온 강자는 깜짝 놀라 몸을 움찔 떨었다.

"왜요! 그냥 죽여요! 죽여!"

민자가 악을 쓰고 있었다. 바닥에는 금색의 머리카락이 휘날리고 있었다.

와, 우리 아부지 솜씨 안 죽었구나.

쥐 파먹은 것처럼 잘려 나간 민자의 머리를 본 강자가 커다란 눈을 깜빡였다.

"최민자."

"제가 그렇게 마음에 안 드시면 호적 파시라고요. 왜 사사건건 제 인생을 가지고 뭐라고 하시는 건데요? 내 인생이지, 아버지 인생이 아니에요! 전 제 일이 좋아요. 만족하고 있고요. 아버지가 반대하신다고 해서, 그만두지 않을 거예요."

악을 써대며 소리를 지르는 민자는 아버지 앞에서 무릎을 꿇고 제 할 말을 모두 다 하고 있었고, 옆에 앉아 있던 경자는 퇴근하자마자 아버지 곁을 지켰는지 여전히 밀리터리 군복 차림이었다.

그 모습을 보는 강자의 입이 쫙— 벌어졌다.

이게 도대체 무슨 사달이란 말인가.

아버지 앞에 놓여 있는 바리깡과 쥐 파먹은 듯 듬성듬성 잘려나간 민자의 머리카락을 보며, 강자는 서둘러 경자의 옆에 자리를 잡았다.

이럴 때 그녀가 취해야 하는 자세는 '누구보다 빠르게 남들과는 다르게' 다. 괜한 불똥이 자신에게도 튈 수 있으니.

그렇게 빨리 행동을 하고 난 후엔 분위기 파악에 최선을 다하는 것.

그녀는 언니의 옆구리를 쿡쿡 찌르며 이게 어떻게 된 일이냐며 설명하라는 눈으로 보았다. 하지만 경자는 엄한 눈으로 강자를 본 뒤 시선을 다시 앞으로 두었다.

"할 말은 그게 끝이냐?"

종훈은 최후 변론이 끝났냐는 눈으로 민자를 보았다. 그의 눈빛을 지지 않고 쏘아보던 민자가 자리에서 벌떡 일어났다. 정신 나간 기집애가 아직도 할 말이 남았나 보다.

"짐 싸서 나갈게요. 이 집구석에서 더 이상 지내고 싶지 않아요."

"최민자. 내가 분명히 말했을 텐데? 네가 이 집에서 독립하는 날은 결혼하고 가정을 꾸린 순간일 거라고."

"강자 언니는요!"

이 기집애가! 아무리 급해도 언니 머리채를 잡아?!

강자는 순간 자신에게로 튀는 이야기에 참지 못하고 한마디 덧붙였다.

"야, 난 회사가 멀잖아."

하지만 무서운 종훈의 앞이라 그런지 그리 크지 않은 목소리였다.

독립을 하기 위해 강자는 수없이 아버지를 설득해야 했고, 아버지의 본가 소환령이 있을 때면 재깍재깍 도착하는 등, 피나는 노력을 했다. 그런데 피눈물 나는 노력을 최민자 저 화상이 이번 일을 계기로 저 또한 집으로 끌어 앉힐 생각인지 계속 자신을 들먹이며 항의했다.

"언니는 되고 왜 난 안 되는데요!"

"네가 어디 이 아비한테 믿을 만한 행동을 한 번이라도 보여준 적 있냐."

"못 보여준 건 또 뭔데요?"

"홀딱 벗고 사진이나 찍고. 그게 무슨 일이야! 사람들 웃음거리지!"

"아버지!"

평생 군인으로 살았고, 자신의 사회적 위치 때문에 종훈은 민자의 일을 이해해 주지 않았다. 매번 쇼에 설 때마다 그녀의 늘씬한 몸을 훤히 보여주는 의상을 입었고, 잡지에 실리는 사진 또한 그가 보기에 차마 눈을 뜨고 봐줄 수 없을 정도였다. 급기야 작년에는 예술이란 이름하에 누드까지 찍었으니. 고지식한 그에겐 경악스러운 일이었을 터다.

종훈은 민자의 눈을 똑바로 바라보며 강압적인 목소리로 말했다.

"선 자리 잡아놨다. 아주 괜찮은 사람이니까 만나보고 결혼해."

"아버지!"

민자가 소리를 질렀다. 어느새 무릎을 꿇고 있던 다리도 양반다리로 바꾼 뒤다.

저년이 죽으려고 환장을 했지.

강자는 속으로 혀를 끌끌 차며 심각하게 돌아가는 상황을 예의 주시했다.

"싫어요! 내 인생이라고요! 제발 내버려 두세요!"

"내 말 들어!"

"전 아버지 꼭두각시가 아니라고요! 경자 언니나 강자 언니처럼 무조건 아버지 말씀 들을 거라고 생각하진 마세요! 전 제 인생을 살 거예요! 내가 스스로 만들면서!"

민자가 자리를 박차고 일어났다. 그리고 엉망이 된 머리카락을 손가락으로 만져 보더니 다시 한 번 종훈을 원망스러운 눈으로 쏘아보았다.

"저 이제 아버지 자식 아니에요. 본가에도 안 올 거구요. 아버지 설득하는 것도 지쳤어요. 이제 다 그만할래요."

망설임 없이 뒤돌아선 민자가 현관문을 열고 집을 나가 버렸다. 그 모습을 가족들은 숨을 죽이고 보고만 있었다.

그때였다. 마치 저승사자의 것처럼 음산한 종훈의 목소리가 다시 울린 것은.

"최강자."

"네, 아버지."

"이리 와서 앉아라."

우라질.

이번엔 자신의 차례라 생각하자 강자는 온몸이 뻣뻣하게 굳는 느낌이었다.

강자는 무릎으로 기어 종훈의 앞에 몸을 꼿꼿이 세우고 앉았다. 오는 길에 바닥에 쓸렸는지 무릎이 아렸지만, 온몸을 관통하는 긴장에 비하면 견딜 만했다. 대화를 할 땐 상대의 눈을 보아야 한다는 종훈의 말에 따라 그와 눈을 맞추던 강자의 시선이 점점 아래로 떨어졌다. 찔리는 구석이 있으니, 차마 눈을 볼 수가 없었다.

강자의 얼굴을 무심한 눈길로 보던 종훈이 일갈했다.

"너도 민자랑 똑같다."

"아, 아버지."

"네 죄는 알고 있겠지?"

즉결심판을 내리겠다는 뜻이다. 강자의 눈이 질끈 감겼다.

"안다면 최민자, 약속 장소에 데려다 놔."

"넵."

답은 짧고 굵었다.

요즘 잠자리에 쉽게 들지 못해서일까. 가만히 서 있기만 해도 머리가 핑글핑글 도는 것이 심상치가 않았다. 당장이라도 시간을 빼서 담당 주치의를 찾아가야겠다 생각한 성윤은 지끈거리는 머리를 손가락으로 꾹꾹 눌렀다. 요즘 여러 일들이 겹쳐 일어나 그런지, 신경이 무척 날카로워졌다.

한숨을 고른 성윤이 막 레스토랑을 나설 때였다. 옆에서 익숙한 목소리가 들려왔다.

"야이, 지지배야! 그냥 앉아 있기만 해! 앉아 있기만!"

"아, 싫다니까!"

강자다. 최강자.

헛것을 보는 건 아닐까 해서 눈까지 비벼보았지만, 닭달만 한 키로 자신보다 족히 20㎝는 큰 민자의 뒷덜미를 붙잡고 흔들고 있었다. 간간이 손바닥으로 동생의 팔을 내려치기도 했다.

찰싹찰싹!

"이게 아직도 정신을 못 차렸지! 너 오늘 안 가면, 너도 죽고 나도 죽어!"

무슨 일이 있는 것일까.

두 사람을 관찰하던 성윤의 입술이 부드럽게 호를 그렸다.

얼마 만에 보는 강자인가. 요즘 들어 자신의 주위를 날파리처럼 맴돌던 강자의 모습이 안 보인지도 일주일째였다. 그런데 이런 의외의 장소에서 만나다니. 반가웠다.

그는 강자의 이름을 크게 부를까 하다가 그만뒀다. 강자가 민자의 등을 밀며 레스토랑 안으로 들어가 버렸기 때문이다.

그녀들의 뒤를 따라 걸음을 옮긴 그는 민자를 더 밀어버린 후 서둘러 자리에 앉는 강자를 보았다.

"이제껏 네 목숨줄 연명하는데 내가 많은 공로를 세웠거든? 그러니까 너도 이번에 공 좀 세워라."

"……언니, 나 진짜 싫다니까?"

"난 너에게 잘 곳을 제공해 준 고마운 은인이거든? 나도 싫었어. 앉아서 딱 식사만 해. 그럼 나도 더 이상 왈가왈부하지 않을 테니까."

"……아, 진짜 짜증나."

민자가 짜증이 난다는 듯 가재미눈으로 강자를 흘긴 후 구석에 여유로운 모습으로 앉아 있는 남자에게로 향했다.

아, 일단 앉혔어!

거기까지 성공을 했다는 안도감에 강자는 조금 홀가분한 얼굴로 메뉴판을 받아 들었다. 아직 안심할 단계가 아니라는 걸 알고는 있었지만 소기의 목적은 달성을 했다.

메뉴를 살펴보고 있던 강자는 갑자기 자신의 맞은편에 앉은 남자를 보았다. 그는 기다란 다리를 꼬더니, 눈을 삐죽 뜨는 강자를 보며 웃는다.

"여긴 어쩐 일이에요?"

"호텔 레스토랑에 어쩐 일이겠어? 밥 먹으러 왔지."

방금 전 바이어와 막 식사를 마친 참이었다. 그가 나가는 것을 강자의 곁에 서 있던 직원도 본 모양인지 얼굴이 묘하게 굳어진다. 하지만 그는 뻔뻔스레 말했다.

"요즘은 내 주위에 안 나타난다? 기사는 포기한 모양이지?"

"포기하긴요! 난 다만……."

"다시는 내 주위에 어슬렁거리지 마. 한 번만 더 내 눈에 띄면, 그땐 나와 침대에서 뒹굴고 싶다는 뜻으로 알 테니까."

아무리 담력 있는 그녀라 하더라도 그런 말을 들었는데도 성윤의 주위를 얼쩡거리며 기삿감을 수집하기엔 무리가 있었다.

강자가 그 말이 진심인 듯 알아보려 그를 보았다. 하지만 성윤은 그런 기색 하나 없이 평온한 어조로 물었다.

"보아하니 우리 둘 다 혼자 온 것 같은데 같이 식사할까?"

다 잊었나 보네? 이 인간이? 진짜 112에 신고라도 했어야 했나? 그리고 그에 대한 기사는 내가 처음으로 쓰고.

입술을 잘근잘근 씹은 강자가 말했다.

"싫습니다, 차성윤 사장님."

"……."

습관처럼 짓고 있던 웃음이 사라졌다. 그의 얼굴이 서늘하게 굳어졌다. 그러면서 한다는 말이 가관이다.

"거슬려, 너."

"뭐, 뭐예요?"

"나 왜 그렇게 불러?"

"뭐, 뭐가요?"

"사장. 왜 사장이라고 불러? 그렇게 부르지 마."

헐.

강자의 얼굴이 황당함에 굳었다.

지금 이 남자가 뭐라고 하는 것인가. 마치 간식을 사달라며 조르는 아이처럼 촉촉해진 눈동자로 떼를 쓰는 성윤의 모습에 강자의 몸이 연신 움찔움찔 떨렸다.

"예전처럼 불러줘."

그의 목소리가 은은하게 울렸다.

예전처럼?

그가 지금 무슨 말을 하는지 이해를 하지 못해 잠시 머리를 굴리던 강자가 얼떨떨한 목소리로 답했다.

"오, 오빠?"

"그래."

그가 입술을 부드럽게 휘며 웃었다. 평소와 달리 눈동자도 반달을 그리는 것이 만들어낸 표정이 아니다. 그의 모습을 본 강자는 뭐라고 말해야 할지 몰라 멍하니 있었다.

지금 이 남자가 뭐 하는 짓이지?

간혹 그가 이런 식으로 나올 때면 사고 회로가 멈춰 버린다.

"최민 씨 식사 끝날 때까지 앉아 있어야 하잖아. 같이 밥 먹자."

"……네?"

한 템포 늦게 되물은 강자가 미간을 좁혔다.

"혹시, 우리 둘이 어떤 사이인지 알아요?"

"물론. 자매잖아."

"……."

강자의 얼굴이 하얗게 질렸다.

"그걸 어떻게 알고……."

"난 너에 대해 모르는 것이 없으니까. 우리, 아주 오래된 사이잖아."

"……."

두 사람이 자매라는 사실을 아는 이는 극도로 적었다. 대한민국에서 톱모델에게 가지는 관심이 그리 높지 않다는 것이 첫 번째 이유였고, 강자가 주위에 그 이야길 함구하고 있다는 것이 두 번째 이유였다.

"혹시, 내 뒷조사를 하신 거예요?"

평소와는 달리 그녀의 목소리는 차분하게 가라앉아 있었다. 보통 이 타이밍에선 화를 내야 하는데.

무심히 묻는 말에 그가 메뉴판을 내려놓으며 말했다.

"이유가 두 가진데. 하나는 어쩔 수 없는 현실. 두 번짼 주관적 관심."

"둘 다 말해주세요."

"둘 다라."

"난 지금 말장난할 기분이……."

"어쩔 수 없는 현실부터 이야기를 하자면……."

강자가 이야기를 꺼내기도 전에 그가 말을 잘라냈다. 느릿한 어조는 묘한 긴장감과 함께 시선을 모으게 만든다. 감정 따윈 느낄 수 없는 어조가 그의 입에서 흘러나온다.

"안타깝게도 내 자리가 그러니까. 굳이 지시하지 않아도 날 스쳐 지나가는 모든 사람들의 인적 사항은 알아서 올라와."

그 말인즉, 그가 시키진 않았어도 사소한 문제까지 적혀 있는 보고서가 그에게 올라갔다는 뜻이었다. 강자의 얼굴이 붉어졌다.

갑자기 그의 앞에서 벌거벗고 있는 듯한 느낌이 들었다.

하지만 그의 말은 거기서 끝나지 않고 계속 이어져 나온다.

"주관적인 관심을 덧붙이자면, 이미 다 알던 것들이고."

"……."

"난 정말 너에 대해 모든 걸 알고 있거든. 두 사람이 자매라는 건 고등학교 때부터 알았어. 네 동생 그때도 유명했잖아. 그리고 네 입으로도 한 번 이야기한 적 있잖아. 모델 일을 하는 이상한 성격의 동생이 있다고."

"……아."

왜 이리 덜 자랐냐는 그의 말에 강자가 고등학교 때 이야기한 적이 있었다. 동생이 모델 일을 하고 있다고. 첫째 언니도 여자 평균보단 큰 키인 걸 생각해 보면 절대 유전적인 요건으로 인해 자신이 작은 것 같진 않다고.

그 이야길 주절주절 떠들어댄 건 자신이 밤잠까지 줄여가며 널이기기 위해 애를 쓰고 있다는 걸 은연중에 표현하고 싶어서일 것이다. 그걸 까마득하게 잊고 있었지만.

강자가 아차 싶은 얼굴로 앞머리를 쓰다듬자, 그가 느릿한 미소를 지으며 말했다.

"여긴 레드와인 비프스튜와 비스테까 알라 피오렌티나가 맛있어. 뭐로 할래?"

"……."

지금 기분 같아선 아무리 고급스럽고 맛있는 음식이라 하더라도 제대로 소화를 시킬 수 없을 것 같았다.

사과라도 해야 하나?

자신이 과민 반응을 보였다는 것은 알고 있었다. 그래서 그에 대한 사과를 해야 한다는 것도. 하지만 입술이 쉽게 떨어지지 않는 것은 그녀가 지금 사과를 해야 하는 상대가 '차성윤'이기 때문이다.

강자가 커다란 눈을 깜빡이며 그의 미소를 보고 있을 때였다.

"나 진짜 또라이거든요?"

민자의 목소리에 퍼뜩 정신을 차린 강자가 삐그덕삐그덕 고개를 옆으로 돌렸다. 이곳에 오기 전, 민자의 머리에 얌전하게 씌워줬던 가발은 동생 년의 손에서 달랑달랑거리고 있었다. 긴 가발은 음산한 귀신처럼 보였다.

"와, 시원하게 밀었네?"

"……아, 최민자 저걸 진짜!"

경악한 강자가 소리쳤다. 가발을 펄럭펄럭 허공에서 흔들던 민자는 이제 막 나온 스테이크 접시를 바라본 후 피식 웃었다.

그녀가 맞선남의 접시 위에 가발을 툭 던진 후 팔짱을 꼈다.

"그러니까 난 당신들이 원하는 얌전한 여자가 되질 못한다고. 그런 여자, 다른 곳에서 찾아봐요. 난 아니니까."

마지막까지 쐐기를 박은 민자가 몸을 홱 돌린 후 성큼성큼 걸음을 옮긴다. 뒷모습만 보아도 지금 민자의 상태가 반쯤 미쳐 있다는 것을 알 수 있었다.

하지만 지금 이 상황에 가장 미치고 팔짝 뛸 것 같은 사람은 바로 최강자 아니던가. 이마를 짚은 그녀가 끙 앓는 소리를 냈다. 그후에 이어진 건 비 맞은 중처럼 웅얼거림이다.

"난 지금부터 어떻게 해야 하지? 이 사실이 아버지 귀에 들어가는 순간, 난 진짜 세상 하직하는 건데. 아, 저년 성질머리를 생각하고 그냥 데리고 오지 말았어야 했는데."

난 왜 미련스럽게 미친 망아지에게 제 목숨을 걸었던가.

강자는 '어려운 문제'에 더욱 승부욕을 불태우곤 했다. 하지만 지금 이 상황에서 자신의 목숨줄을 붙잡아둘 만한 '답'은 떠오르지 않는다.

그녀가 한참이고 머리를 싸매고 고민할 때였다.

"하, 하하하!"

웃음소리에 강자가 숙이고 있던 고개를 퍼뜩 들며 도끼눈을 떴다.

"왜 웃고 난리……."

"나 아닌데?"

성윤이 어깨를 으쓱였다. 사실이었다. 그는 웃고 있지 않았다.

고개를 비스듬히 옆으로 기울인 강자는 테이블을 탕탕 내려치는 맞선남의 모습에 거친 한숨을 내뱉었다.

아, 저건 또 무슨 신 또라이야? 지금 이 상황에 웃음이 나와?

제정신이 아니라는 듯 고개를 절레절레 젓던 강자가 거친 숨을 내뱉었다.

"아, 우리 아버지도 선조의 말을 잘 따르시네요. 짚신도 짝이 있다더니 반쯤 정신 놓은 딸 짝으로 그와 비등한 정신세계의 남자를 찍어 붙이시니."

중얼중얼 말을 내뱉은 강자가 옆에 놓아둔 가방을 들며 자리에서 일어났다. 서둘러 이 자리를 뜨고 싶었다. 아니, 떠야 한다. 그녀는 지금부터 누구보다 빠르게, 남들과는 다르게 뛰어야 하니까.

집은 위험하다. 되도록 신문사 옆에 있는 호텔에 묵어야겠다고 생각한 그녀는 자신의 움직임에 따라 시선을 옮기는 성윤에게 말했다.

"식사는 틀렸네요."

"음, 그렇겠네. 최민 씨한테 너무 뭐라고 하지 마. 재미있는 광경을 보여줘서 무척 즐거우니까."

"⋯⋯내가 지금 최민자 저걸 잡으러 가는 것 같아요?"

땡!

난 지금 당장 집으로 가 일주일 동안 입을 옷과 속옷을 챙길 것이다. 그리고 아버지 손에 붙잡히기 전에 서둘러 잠수를 탈 생각이었다.

그녀의 모습에 따라 자리에서 일어난 성윤이 그녀의 얼굴을 꼼꼼히 뜯어보았다. 짜증스럽게 굳어진 표정을 보던 그가 가벼운 어조로 말한다.

"다 즐거워 보이는데, 너만 재미없어 보인다."

"차성윤 사장님, 그렇게 웃지 마시죠?"

그녀의 호칭에 성윤의 표정이 날카로워진다.

"⋯⋯우리, 재미있는 거 할까?"

강자가 깜짝 놀라 뒤로 몇 발자국 물러났다. 이런 모습을 예전에 한 번 본 적이 있었다. 고등학교에 입학했을 때 전교생 앞에서. 그리고 그때 그녀는 대형 참사를 당했다.

"너 이리 와."

"싫어요."

강자가 서둘러 뜀박질을 할 것처럼 허리를 숙였다. 하지만 성윤이 그녀를 놓칠 리가 없다. 일단 두 사람은 팔다리 길이부터가 달랐다. 당연히 강자는 독 안에 든 쥐 신세다.

그녀의 뒷덜미를 덥석 잡은 뒤 다시 자신을 바라보도록 몸을 돌린 성윤이 말했다.

"그렇게 부르지 말라고 했지?"

"이제 와서 오빠라고 하는 게 더 이상하거든요, 차성윤 사장님? 보는 눈도 많은데, 이제 그만하시죠?"

"기분이 나빠졌어. 급격히."

"그래서요? 재롱이라도 부려요? 우리 사장님 기분 좋아지시게?"

비꼬는 어투에 그가 가타부타 말없이 강자의 팔목을 움켜쥐었다.

"이거 놔요! 놔, 놓으라니까? 차성윤!"

사람들의 시선이 모여들었다. 하지만 강자는 자신을 붙잡은 손아귀에서 벗어나려 악을 쓰고 있었다.

이 인간 뭘 먹고 이렇게 힘이 세대?

팔목이 끊어지는 느낌에 강자의 악다구니도 강해졌다. 그럼에도 차성윤은 너무나 손쉽게 그녀를 제압했고 비상구로 향했다.

사람들의 시선을 피해 비상구 문을 벌컥 열고 안으로 들어간 그가 벽과 자신의 몸 사이에 자그마한 여체를 가뒀다. 갑작스럽게 구석에 몰린 강자가 눈을 깜빡였다.

뭐, 뭐지. 지금 이 상황은?

이해를 하지 못한 강자가 커다란 눈을 깜빡였다. 그러다가 점점 자신에게 다가오는 그의 얼굴에 깜짝 놀라 서둘러 입술을 손으로 가렸다.

"뭐 하는 거야?"

"그건 내가 묻고 싶거든요? 지금 나랑 뭐 하자는 거예요?"

"뭐긴 뭐겠어."

가볍게 말한 그가 고개를 옆으로 기울인 후 숨소리가 섞인 목소리로 말했다.

"키스하고 싶어."

고개를 내린 그가 그녀의 손등 위에 짧게 입을 맞췄다. 하지만 시간과는 관계없이 그가 준 파장은 생각보다 엄청났다.

분명 그와 자신의 입술 사이를 손바닥이 가로막고 있었다. 하지만 마치 두 사람의 입술이 닿은 것만 같은 착각을 하게 된다.

두근두근.

심장이 빠르게 뛰었다. 그걸 순간 깨달은 그녀가 속으로 비명을 내질렀다.

최강자, 정신 차려! 정신 차리라고!

속절없이 흔들리는 그녀와는 관계없이 그는 천천히 허리를 곧게 폈다.

"장난이죠?"

강자가 서둘러 물었다. 하지만 그의 표정은 역시나 무심하다. 방금 전 달콤했던 웃음은, 미혹에 가까웠던 몸짓은 애초에 환상이었다는 듯이.

"아니야."

"아니요, 이번에도 장난일 거예요. 늘 그랬던 것처럼. 그래, 그런 거야. 그래야 하고요. 차성윤 사장님. 당신한테 나란 존재는 딱 그 정도여야 한다고요. 알겠어요?"

"최강자."

"내 이름 부르지 말아요."

딱 잘라 말한 강자가 지갑에서 명함 한 장을 꺼내 그의 앞에 내밀었다. 강자의 명함을 보는 것은 처음이었다.

"정음일보 최강자 기자입니다. 앞으로 잘 부탁드릴게요."

천천히 손을 뻗어 명함을 받아 든 성윤은 다시 고개를 올려 강자의 얼굴을 보았다. 그녀의 얼굴이 어느새 사무적으로 변해 있었다.

"그럼 다음에 또 뵙겠습니다."

뒤돌아선 강자의 어깨를 붙잡아 돌린 그는 들고 있던 명함을 바라보았다.

강자. 최강자.

그래, 그녀는 자신에게 있어선 '최강자'였다. 그녀에 대한 문제에선, 그녀와의 신경전엔 자신이 백전백패하고 마니까.

손을 뻗어 그녀의 셔츠 앞섶에 명함을 찔러 넣은 그가 고개를 기울이며 웃었다.

"장난 아니야."

부드러운 웃음에 강자의 어깨가 떨렸다.

움찔!

하지만 그 와중에도 성윤의 입에선 느릿한 어조가 흘러나왔다.

"난 늘 그랬지만, 진심이야."

그녀는 자신이 진지해질 때면 늘 도망을 가려고 했었다. 그래서 진심을 다하는 것은 좋지 않은 방법이라 생각했었다. 자신의 생각을 숨기고, 마음을 숨길 때만 최강자는 담담하게, 그리고 성큼성큼 다가온다. 그러니 그는 이제껏 제 마음을 숨기며 그녀를 대했다.

하지만 이젠 아니다.

"넌, 어떤데?"

더 이상 참을 수 없어졌다.

자신의 마음을 부러 숨기는 그녀의 모습을 보는 것도 한계에 다다랐다.

"어떻게 하면 널 내 옆에 둘 수 있을까."

그녀의 머리카락 끝을 만지작거린 그가 쭉 잡아당겼다. 그녀의 몸이 그의 힘에 의해 앞으로 쏠리더니 곧 넓은 가슴에 코를 콕 박았다.

"난 아직도 그게 고민이야."

강자의 정수리에 턱을 내린 그가 웃음을 내뱉었다.

"참, 어렵다."

웃음과 함께 섞여 나온 말에 강자가 뒤늦게 정신을 차린 모양이다. 뻣뻣하게 굳어 있던 손이 앞으로 내밀어지더니 성윤의 넓은 가슴을 툭 밀어냈다.

성윤의 몸이 두어 걸음 뒤로 밀려났다. 그의 품에서 벗어난 강자가 그의 얼굴을 똑바로 올려다본다.

"장난치지 말아요. 깜빡 속아 넘어갈 뻔했네."

그의 웃음소리를 듣고 강자는 그렇게 생각했나 보다. 그리고 성윤 역시 그 오해를 바로잡을 생각은 없는 것인지 푸석거리는 입가에 미소를 머금었다.

진심을 말할 때면 강자는 늘 도망쳤다. 이번에도, 그럴 것이다.

그가 말없이 강자를 바라보고만 있었다. 그러자 강자가 몸을 떨며 걸음을 뒤로 물린다.

표정으로 알게 된 걸까.

굳이 입으로 '진심'을 말하지 않더라도.

그의 시선이 끈질기게 자신에게 닿자 강자가 몸을 돌렸다. 그러더니 두꺼운 철문을 연 이후에 뭐라 붙잡을 사이도 없이 도망쳤다.

차성윤은 방금 전까지 강자가 서 있던 자리를 보았다. 그리고 비식 웃었다.

"정말 어렵다."

그가 혼잣말을 내뱉었다. 그 소리가 공허한 공간에 그의 마음과 꼭 닮은 소리로 울려 퍼졌다.

끼익. 탕.

문이 열렸다 닫히는 소리와 함께 현관 센서가 켜졌다. 지친 표정으로 안으로 들어온 그는 익숙한 공간을 지나 거실로 향했다.

소파에 앉은 그가 머리 위에 손을 얹었다. 남은 일이 있었지만 컨디션이 좋지 않아 일찍 귀가를 했다. 그의 얼굴을 본 강안 역시 내일 중요한 일정들을 소화하기 위해선 그러는 게 좋을 거라 말했고, 그 역시 동감했다. 몸이 아래로 녹아내리는 것 같은 기분이었다.

천천히 눈을 뜬 그가 유리 찬장을 보았다. 안엔 화려한 크리스털 장식이 놓여 있었고, 그 안엔 늘 그리운 이의 이름이 적혀 있었다.

언제부터였을까.

그 아이를 좋아하게 된 건.

지금 생각해 봐도 정확한 시기를 짚어낼 수가 없었다. 문득 깨닫고 보니 좋아하는 상태였고, 기나긴 짝사랑의 연장 선상에 있었다.

그리고 어쩌면 앞으로도, 이 짝사랑은 영영 이루어지지 않을 것만 같은 기분에 마음이 내려앉았다.

3

대리석과 구두가 부딪히는 소리가 복도 가득 울렸다. 반짝반짝
빛나는 구두는 새것처럼 보였고, 디자인 또한 최근 유럽에서 유행
하고 있는 것으로, 태원그룹 내에서 차 회장과 성윤의 코디네이터
가 최근 긴급 공수해 준 것이었다.

그가 입고 있는 정장과 넥타이, 넥타이핀은 마치 한 세트처럼
완벽했다.

스튜디오 문을 열고 안으로 들어온 성윤은 철제 의자에 앉아 있
는 민자를 보았다. 예상했던 몰골 그대로였다.

"오셨어요?"

민자가 헤헤 웃으며 말했다. 하지만 이미 그녀를 레스토랑에서
본 성윤은 놀란 기색 하나 없이 민자의 앞에 놓여 있는 테이블로
향했다. 테이블 위에는 꽤나 정교하게 만들어진 금발 가발이 덜렁

놓여 있었다.

사람의 머리에 쓰여 있지 않아서일까.

참 징그러웠다.

"어떻게 할 겁니까?"

"저, 그게……."

성윤은 자신의 곁으로 다가온 감독을 보며 말하자, 감독이 부들부들 떨리는 손가락을 들었다. 손가락 끝은 민자의 머리통으로 향해 있었다.

"머리가 저래서요. 가발은 아무래도 너무 티가 나서……."

감독도 난감한지 말을 미처 끝내지 못하고 입을 꾹 다물었다. 성윤은 무심한 얼굴로 걸음을 옮긴 뒤 여전히 웃으며 턱을 괴고 있는 민자의 앞에 섰다.

"알고 있습니다. 레스토랑에서 재미있는 구경을 했거든요."

"……."

민자의 미간이 좁혀졌다. 그 사달을 모두 보았다는데 기분이 좋을 리가 없었다.

하지만 그녀는 일부러 상큼한 웃음을 지으며 물었다.

"저희 언니 좋아하죠?"

"무슨 소리를 하시는 건지 모르겠습니다만."

꽤 표정 관리를 잘했지만, 목소리 끝이 흔들렸다. 남들이라면 눈치를 채지 못할 정도로 작은 흔들림이었다.

하지만 최민자가 누군가. 평생 아버지 밑에서 29년 동안 눈칫밥 먹고 자란 여자가 아닌가.

기가 막힌 감으로 성윤의 감정 변화를 눈치챈 그녀의 입술에 진한 미소가 걸렸다. 이미 다 알고 있는 문제이니, 더 이상 숨겨봤자 소용없다는 투였다.

"저희 언니 좋아하시잖아요. 제가 도와드릴까요?"

"최민 씨."

"왜요? 아님 언니 말대로 정말 가지고 노시는 거예요?"

민자의 눈이 뾰족해졌다. 아무리 강자와 평소 투닥거린다 하더라도 어떻게 되었든 한 부모 아래서 한배를 빌려 태어난 자매였다. 다른 남자가 자신의 언니를 두고 장난으로 다가오는 것을 기분 좋게 받아들일 여동생은 없었다.

그녀의 모습을 가만히 보던 성윤이 시선을 돌려 CF감독을 보았다.

"잠시만 나가 계셔주시겠습니까? 5분이면 됩니다."

"아, 아, 네."

두 사람이 아는 사이인가?

모델과 관련하여 문제가 생기면 사장에게 연락을 하라는 것부터가 이상하긴 했다. 하지만 그들의 대화만으로는 두 사람의 관계를 유추해 내기가 쉽지 않아 CF감독의 눈매가 일그러졌다.

"네, 그러겠습니다."

CF감독이 문을 열고 밖으로 나가자, 스텝들도 함께 자리를 비켰다. 모두 눈치를 보며 순식간에 빠져나가자 다른 쪽으로 비껴 내려가 있던 성윤의 시선이 다시 그녀에게로 향했다.

성윤은 한참이고 민자를 바라본 후에야 말을 이었다.

"최민 씨, 뭔가 잘못 알고 계신 게 있습니다."

"그게 뭔데요?"

기다란 다리를 꼬고 앉아 있던 민자가 자세를 바로 했다. 그런 후에 정말 궁금하다는 듯 그를 바라보며 고개를 기울인다. 자신이 잘못 알고 있는 것이 무엇이냐고.

그녀의 모습을 보던 그가 스스로 말하기에도 가가 차다는 듯 말했다.

"이미 두 번이나 고백했습니다. 무참히 까였지만."

"헐."

그의 목소리는 담백하고 거침이 없었다. 다른 이들에게 말하기엔 부끄러운 내용이었지만 당당하기까지 했다.

"본인은 그걸 눈치채지 못한 모양이지만요. 여전히 장난이라고 믿고 싶은 모양이더군요."

"……."

이게 무슨 이야기지? 이미 두 번이나 고백을 했다고?

하지만 그의 말을 순순히 믿을 수 없는 것은 강자의 반응 때문이었다. 그의 이야기만으로도 이를 버득버득 갈며 온몸에 털을 바짝 세우는데, 설마…… 에이…….

스스로 고개를 젓던 민자가 순간 무언가를 깨닫곤 멍한 시선으로 그를 올려다보았다.

설마, 라고 이야기하기엔 그 짓거리를 한 인간이 바로 '최강자'다. 단순한 사람. 이 남자의 고백을 강자가 '장난'이라고 치부해도 이상할 것이 없었다.

"……미안합니다. 차성윤 사장님. 그런 반푼이를 언니로 둬서."

민자가 인상을 굳혔다. 이제야 상황 파악을 제대로 한 모양이었다.

아, 정말. 혼자 온갖 똑똑한 척은 다 하더니, 진짜 헛똑똑이!

마음 같아선 지금 당장 전화라도 해서 욕을 하고 싶었지만, 그녀는 애써 억눌렀다. 머리를 잘 굴려보면 최강자를 더 확실한 방법으로 엿 먹일 수도 있을 테니까.

하지만 민자는 곧 자신이 굳이 나서지 않아도 된다는 사실을 깨달았다.

"괜찮습니다. 놀리는 재미가 있으니까."

그렇게 말하는 성윤은 정말로 유쾌해 보였다. 말간 눈동자로 그 모습을 바라보던 민자가 고개를 절레절레 젓는다. 조금만 더 생각했다간 강자가 불쌍해 보일지도 모르니, 여기서 접자고 생각하며.

"그거야…… 뭐, 제가 명백하게 헛다리를 짚었네요. 잘 알아봤어야 했는데."

"아닙니다."

"실례가 안 된다면 왜 우리 언니가 차 사장님의 이름을 꺼내기만 해도 그런 반응을 보이는지 여쭤봐도 될까요?"

민자의 물음에 그가 의뭉스러운 웃음을 지었다. 그녀가 왜 자신을 싫어하는지, 그는 그 이유를 잘 알고 있었다. 첫 단추를 잘못 꿰었으니까.

"처음으로 마음을 표현한 것은 고등학교 때 전교생 앞에서였습니다."

"아……."

"곤란했겠지요. 싫은 사람이 명찰까지 빼앗아가며 괴롭혔으니까."

그렇게 말한 그가 어깨를 으쓱였다. 하지만 그도 그땐 어렸다.

치기 어린 마음으로 좋아하는 여학생의 고무줄을 끊는, 그 정도의 행동.

"찾으러 와, 내일 주임 선생님한테 혼나기 싫으면."

"나한테 왜 이래요!"

관심이 간다는 자신의 말을 냉철하게 잘라내며 '헛소리'로 치부하는 어린 소녀에게 그는 진심으로 화가 났었다. 아니, 소년은 남자가 되어서도 여전히 화를 내고 있었다. 시간이 해결해 줄 감정은 아니다.

그래서 더욱 집요하게 괴롭혔다. 그녀가 하는 것이라면 모두 했으니까. 그리고 최강자를 철저히 2등으로 남겨두었다.

"뭐, 차 사장님도 잘한 건 없으시네요."

"압니다."

혀를 끌끌 차며 하는 말에 그가 고개를 끄덕이며 짧게 말한 후, 잠시 호흡을 골랐다. 그 뒤 방금 전과는 달리 썩 유쾌하지 않은 모습으로 말을 잇는다.

"그래서 원망을 덜하고 있습니다."

"제대로 이야기하면 아마…… 아무리 그쪽으론 멍청한 언니라고 해도 똑바로 이해할 텐데."

"진지하게 이야기하면, 도망갑니다."

민자의 고개가 옆으로 기울었다. 이건 또 무슨 이야기란 말인가. 그녀가 의뭉스러운 표정을 짓자, 그가 망설임 없이 말을 이었다.

"제 곁에 맴도는 것도 하지 않으려고 할지도 모르죠. 아니, 그렇게 할 겁니다. 최강자는 한 번 한다면 하는 사람이니까."

오늘 그와 나눈 대화 중 놀랍지 않은 것이 없었으나, 그중 가장 놀란 것이 있다면 바로 지금 들은 이 말이었다.

그는, 무서운 것처럼 보였다.

"두 번째 고백했을 때 그랬죠. 그 시기에 제가 유학을 가면서 완전히 연락을 하지 않게 됐고요."

"⋯⋯."

역시나.

자신이 생각했던 것이 틀리지 않은 것을 깨달은 민자가 놀란 눈을 깜빡였다.

그가 누구던가, 다름 아닌 차성윤이었다. 그 나이 또래에선 그보다 많은 것을 가진 사람이 없다. 동시대를 살아가는 다른 금수저 문 인간들조차도 그만큼 인정받지 못했고, 높은 곳으로 올라가지도 못했다. 이런 그가 '최강자' 때문에 두려움에 떤다 생각하니 어찌 놀라지 않을 수가 있겠는가.

한참이고 커다란 눈을 깜빡이던 민자가 느른하게 웃었다.

"음, 어린애니까."

뭐, 차 사장님도 만만치 않아 보이지만.

이건 뭐, 천생연분도 아니고.

둘 다 평범한 이들이라면 감당 못할 사람이라 생각한 그녀가 자리를 털고 일어났다. 방금 전 그가 CF감독을 내보내며 했던 '5분'이 넘었으니까. 이젠 본론으로 들어가 아버지에게 잘려 나간 머리를 어떻게 수습할지 이야기를 해야 했다.

그녀가 자신의 곁을 스쳐 문으로 향하자, 곰곰이 생각에 잠겨 있던 그가 말했다.

"그래서 지금의 관계도 나쁘지 않다고 생각합니다."

적어도 제 앞에서 도망가진 않으니까.

민자는 짧게 한숨을 내쉰 후 문을 열었다. 안의 동태를 살피고 있었던 것인지 갑작스럽게 문이 열리자 깜짝 놀란 감독을 힐끗 본 민자가 어깨를 으쓱였다.

"이제 촬영 들어가죠."

"……그 머리로 어떻게 촬영을 합니까!"

감독이 버럭 소리를 질렀다. 도대체 이 CF에 들어간 금액이 얼마인지 아냐며 소리치기도 했다. 그의 항의에 민자가 웃으며 테이블 위에 있던 콘티를 힐끗 보며 말했다.

"저런 구닥다리 콘티로 찍는 것보다 이게 더 새롭지 않겠어요?"

시원하게 밀린 머리를 만지며 말하는 모습에 여기저기서 기가 막힌다는 듯 헛웃음이 흘러나왔다. 그녀의 말을 가만히 듣고 있던 성윤은 흩어졌던 정신을 모았다.

지금은 그녀의 생각을 하고 있을 때가 아니었다. 우선 이 문제를 어떻게 풀어나갈지가 먼저다. 테이블 위에 있던 콘티를 집어 든 성윤은 찬찬히 살펴보기 시작했다. 그러다 순간 그의 시선이 민자에게 향했다.

"좋아요. 콘티 회의부터 합시다."

그의 입에서 시원한 답이 흘러나왔다.

민자는 감독이 보여주는 모니터를 만족스레 보았다. 역시나 말도 안 되는 상황에서 프로페셔널하게 문제를 해결해 나간 자신에게 속으로 칭찬을 끊임없이 보냈다.

"어때요? 괜찮죠?"

민자는 카메라 앞에서 블랙 배경에 서 있는 흰 드레스를 입고 있는 세계적인 모델 최민이 되어 있었다.

시폰 드레스는 여신 콘셉트로 아름다운 그녀의 얼굴을 더욱 값지게 보여주고, 여리여리한 이미지를 주기 위한 것이었지만 빡빡 밀린 머리와 비교가 되어 강렬한 이미지를 심어주고 있었다. 그녀의 뒤에 서 있는 모델들은 눈에 들어오지 않을 정도다.

감독도 역시나 만족스러운 얼굴로 자리에서 일어나며 말했다.

"수고하셨습니다."

"아니에요, 저 때문에 괜히 일 피곤하게 만들어서 죄송해요."

민자가 뒤늦게 그에게 사과의 인사를 전했다. 그러자 감독의 입술이 더 느른하게 풀렸다.

"아닙니다. 저도 당황해서 심하게 말했던 점 사과합니다."

감독과 한참 이야기를 나누고 있던 민자가 자신의 물건을 챙겨 들었다. 고개를 돌리자 자신의 뒤에 있던 세컨 모델이랑 이야기를 나누는 성윤의 모습이 보였다. 일방적으로 모델이 지대한 관심을 보이는 모습이었지만 크게 상관없었다.

순간 그녀의 얼굴 위로 개구진 미소가 떠올랐다.

폰을 들어 그 모습을 사진에 담은 민자는 이리저리 사진을 골랐다. 뒤로 갈수록 성윤이 모델을 밀어내는 기색이 역력해 앞에 찍은 사진 중에 하나를 골랐다. 두 사람의 사이가 가장 좋아 보이는 사진을 강자에게 보낸 민자가 낄낄 웃음을 터뜨렸다.

"날 감히 선 자리에 내보냈겠다? 언니도 당해봐, 어디."

그 선 자리에서 세상에서 가장 이상한 돌아이를 만났으니 이 정도 복수는 당연하고도 남는다.

지금쯤 어떻게 반응을 할지 언니의 모습을 라이브로 보고 싶었지만, 그럴 수 없어서 아쉬움이 컸다.

강자 쪽에 폭탄을 던져 줬으니 이젠 차성윤 사장에게 던질 차례였다.

차성윤 사장은 어느새 강안과 이야기를 나누고 있었다.

"차성윤 사장님. 오늘 고마웠습니다."

"아닙니다."

"에이, 아니긴요. 차성윤 사장님 덕분에 편하게 촬영할 수 있었는걸요."

이 말은 진심이었다. 차성윤 사장이 아니었다면 위약금을 물어야 할 뻔했다.

민자가 입가에 미소를 머금었다. 감사한 마음과는 달리 그녀의 얼굴은 개구쟁이 소년 같았다.

"요즘 언니가 어디서 지내는지 알고 계세요?"

"……."

당연히 집이나 신문사일 터다.

정해져 있는 답이었지만 최민자가 이렇게 묻는 데엔 이유가 있을 거라 생각해 차성윤은 쉬이 답하지 못했다.

그가 다음 답을 기다리는 것처럼 자신을 바라보자 민자는 그가 원하는 대로 해주었다.

"회사 근처 모텔에서 지내요. 꽤 됐어요."

"……모텔?"

"네. 집에 못 들어갈 상황이 생겼거든요. 저랑 함께 지내자고 하니까 그건 죽어도 싫다네요."

"……."

차성윤 사장의 얼굴이 굳어지는 것을 본 민자가 고갯짓으로 인사를 한 후 뒤돌아섰다.

킥킥.

입을 가린 민자가 웃음을 삼키며 걸음을 옮겼다.

피를 말리는 마감 시간이었다. 머리가 하늘 위로 뻗치고 엉망이 된 모습이었지만, 마지막 기사를 작성하고 의자에 편히 기대는 강자의 얼굴 위로 만족스런 미소가 떠올랐다.

"으아아아!"

크게 기지개를 켰다. 이걸로 오늘도 해방이다, 생각을 하니 자유를 처음 맛본 사람처럼 마음이 들떴다.

이젠 새로 잡은 근거지로 가서 뜨거운 물로 씻고 난 후에 맥주 한잔 딱 마시면 그보다 더 좋은 저녁은 없을 것 같았다.

책상 위에 어지럽게 널려 있는 짐을 가방 안으로 쓸어 넣을 때 휴대전화가 부르르 떨리더니 반짝였다. 오후에 초록 IT 마케팅 팀에서 연락을 주기로 한 것이 있어, 그곳에서 연락이 왔나 액정을 확인했다. 예상외의 이름이 떠 있었다.

「최민자 화상.」

평소 자주 연락을 하는 사이좋은 자매 사이가 아니었기에, 민자의 문자는 확인하기도 전에 벌써부터 뒷목에 싸한 느낌을 주었다.

한참 액정에 떠 있던 이름을 보던 강자가 패턴을 입력한 뒤 문자 창을 열었다. 별다른 문구 없이 사진 한 장만 덜렁 와 있었다. 꽤나 잘 어울리는 한 쌍의 사진을 보던 강자가 한쪽 눈썹을 치켜올렸다.

"이건 무슨 시추에이션?"

꽤나 친숙해 보이는 모양새다. 늘씬한 여자는 풍만한 가슴을 성윤의 팔에 부비고 있었고, 성윤 또한 그 상황이 나쁘지 않은지 별다른 행동을 취하지 않고 있었다.

강자는 갑자기 성질이 버럭 오르려는 것을 다스렸다. 크게 숨을 쉬었다 내뱉으며 제 속에서 부글부글 끓어오르는 감정의 존재를 이해하지 않으려 머릿속을 하얗게 비웠다.

"최강자, 정신 차려."

넌 왜 이 사진을 보고 동요를 하는 건데? 차성윤, 그 인간이 뭘 하든 너랑 무슨 상관이라고?

미간을 좁히던 강자가 곧 나지막하게 뇌리를 울리는 목소리에 인상을 굳혔다.

"키스하고 싶어."

그래, 나흘 전에 그런 말을 들었다. 거기에 가까이 다가와 손등에 입을 맞추며. 사진 속에서 쭉쭉빵빵 엄청난 라인을 가진 모델의 유혹을 떨치지 않고 있는 이 남자한테 성적 유혹을 받았었다!

"아니지, 아니지. 상관이 있지."

그녀가 입술을 짓이기며 말했다. 그리고 자리에서 벌떡 일어나 가방을 쥐었다. 자신의 기분을 더럽게 만든 민자에게 당장 전화를 걸어 항의하고 싶었지만, 또다시 멍청한 짓거리를 하고 싶지 않았다.

지금은 무시를 할 타이밍이다. 지금 반응을 보이면 분명 자신의 밑바닥을 보여주게 될 테니까. 상대에게 감정의 동요를 보이는 것만큼 멍청한 짓이 없다는 것을 차성윤, 그 망할 인간에게 배우지 않았던가.

"기사 정리는 끝났어?"

제 옆자리에 앉는 유미가 엄한 몰골로 다가와 물었다. 그녀 역시 방금 전에야 원고를 넘겼는지, 손에는 진해 보이는 다방 커피가 들려 있었다.

"어."

"퇴근하게?"

유미의 물음에 강자가 가방을 다시 한 번 고쳐 메며 말했다.

"아니. 다음 기사 취재하러 가게."

"어? 벌써?"

"그래. 대박 특종이야. 성추행 기사일 거거든. 그것도 대한민국에서 세 번째로 부자라는 인간의."

"성추행?"

유미가 놀란 눈으로 되물었다. 하지만 강자는 더 이상 시간을 허비할 수 없다는 듯 답도 없이 빠르게 걸음을 옮겼다.

"최강자! 야, 강자야!"

유미의 부름에도 강자는 빠른 걸음을 멈추지 않았다.

메아리처럼 울리는 그녀의 목소리를 가볍게 무시하며.

로비를 벗어나려던 강자의 발걸음이 멈칫거렸다. 비가 쏟아지고 있었다.

우수수수.

마치 투명한 보석을 뿌려놓은 듯 조명 위를 지나치며 떨어지는 빗방울이 반짝였다. 괜히 감성적이게 만드는 광경에 강자의 고개가 하늘을 향했다.

타닥타닥.

맑은 소리가 귓가를 맴돌았다.

아무리 비를 싫어하는 사람이라 하더라도 홀로 남은 이 시간, 잠시 감상에 젖을 만한 분위기가 연출되었다. 비는 적당한 속도로 내리고 있었고, 귓가를 두드리는 소리 또한 마음을 편히 만드는 사운드였다. 하지만 건조한 눈으로 하늘을 올려다보던 강자는 콧잔등이 찌푸렸다.

"……후."

크게 숨을 들이마시지 않아도, 습한 공기가 그녀를 와락 덮쳤다. 공기 중에 섞여 있는 비 냄새에 마음이 들뜨고, 센티멘탈해질 법도 하건만, 그녀는 자신의 종아리에 닿는 흙탕물을 불쾌한 눈으로 보았다.

"싫다."

그녀가 읊조렸다.

최강자는 비를 싫어했다. 예전에는 비를 참 좋아했던 시절도 있었던 것 같은데, 어느 순간 싫어져 버렸다.

한참 무심한 눈동자로 하늘을 올려다보던 강자가 우산도 쓰지 않은 채 걸음을 옮겨 하얀 차량으로 달려갔다. 하얀 모닝에 오른 강자는 들고 있던 허름한 가방을 아무렇게나 뒷좌석으로 던졌다. 잠시 비를 맞은 것 같은데, 온몸이 비로 흠뻑 젖어버렸다. 마치 샤워를 하고 나온 뒤인 것처럼.

속주머니에서 휴대전화를 꺼내 곧장 어디론가 전화를 건 강자는 상대가 전화를 받자마자 말했다.

"내일 구미 공장 일정 있죠?"

[뭐?]

"있어요, 없어요? 다 알고 있으니까 솔직하게 말해요."

[너 또 쫓아오게?]

강자가 지친다는 듯 말하는 강안의 물음에 짧고 굵게 답했다.

"아니요."

[뭐?]

"전날에 먼저 가서 기다릴 거예요."

강자의 답에 전화 건너편에서 깊은 한숨 소리가 들려왔다. 강안은 진심으로 걱정이 된다는 목소리로 말을 이었다.

[최강자, 너 혼자서 모텔 가서 자면 안 무섭냐?]

"빨간 조명, 나름 괜찮아요."

아침 일찍부터 있는 그의 스케줄에 맞추기 위해선 차라리 그 전날에 내려가서 기다리는 것이 좋았다. 처음엔 모텔에서 홀로 자는 게 불편하고 무섭기도 했지만 이젠 익숙해진 일이다. 요즘 세상이 어떤 세상인데. 복도에도 CCTV가 모두 설치되어 있지 않은가.

더욱 자신의 부지런함을 과신해 몇 번씩이나 늦잠 때문에 놓친 적도 있었다.

지난날을 떠올리던 강자는 강안의 목소리 너머 들리는 목소리에 귀를 쫑긋 세웠다.

[어디래.]

그 인간이다. 차성윤. 강안이 그의 수행비서이니, 같이 있는 것이 당연했다.

강자는 계속 들려오는 성윤의 목소리에 미간을 찌푸렸다.

[너 어디야?]

"아직 회사 근천데요?"

[아직 회사 근처랍니다.]

강안이 성윤에게 보고하는 목소리가 들렸다.

이게 지금 뭐 하는 짓이야?

강자가 뾰족한 목소리로 말했다.

"오빠, 지금 뭐 해요? 쁘락지 아니라면서요!"

강자의 말이 끝나기도 전에 목소리가 들려왔다.

[거기서 기다려.]

"차성윤 사장님."

강자가 힘주어 그의 이름을 불렀다. 강자가 뭐라 토를 달려던 참이었다. 뚝, 소리와 함께 뚜뚜뚜, 통화가 끊겼다는 소리가 들려왔다.

허망한 눈으로 휴대전화를 내려다보던 강자가 보조석으로 전화를 던졌다. 그리고 핸들에 머리를 콩 박으며 신음을 내뱉었다.

"진짜 짜증나."

쾅!

이번에는 좀 더 세게 핸들에 머리를 박았다. 머리에 찌르르 고통이 느껴졌지만, 강자의 눈빛은 더욱 또렷해졌다.

그녀가 이를 악물었다. 그리고 성윤의 이름을 부르며 몸을 부르르 떨었다.

"차성윤."

우씨. 기분이 왜 이래! 이건 다 비 때문이야!

왕왕 악을 써댄 강자가 머리를 번뜩 들며 말했다.

"웃기시네. 내가 네 마음대로 움직여 줄 줄 알아?"

입술을 뾰족하게 내민 강자가 던져 둔 휴대전화를 꺼내 문자를 발송한 후 서둘러 차를 출발시켰다.

휴대전화를 보던 강안의 얼굴이 찌푸려졌다.

「나 먼저 간다.」

마침표까지 꾹꾹 눌러쓴 문자를 보던 강안은 한숨을 쉰 뒤 백미러를 보았다. 성윤은 소파에 편히 등을 기댄 채 쉬고 있었다. 차안에서의 시간이 워낙 많은 그이다 보니, 어쩜 자고 있는 것일지도 모른다. 하지만 강안의 예상과는 달리 그는 시선을 느낀 것인지 무심한 목소리로 물었다.

"왜."

"아, 그게…… 강자 먼저 내려간다는데요?"

강안의 말에 성윤의 눈이 떠졌다.

"도대체 생각이 있는 거야?"

성윤의 목소리에 불만이 서려 있다. 강자는 늘 그랬다. 그의 뜻
대로 움직여 주지 않는다. 그게 늘 불만이었다.

이번 일 역시 그랬다. 여자 혼자서 겁도 없이 모텔에서 숙박한
다는 그녀를 이해할 수가 없다.

"덜 자랐어."

그가 짜증스레 말했다. 그녀를 처음 만났던 어린 시절 그대로
멈춰 있는 그녀의 행동에 불만이 생긴다.

그럼 이제 어떻게 해야 할까. 오늘은? 평소처럼 무시를 해야 할
까. 하지만…….

딜레마가 시작되었다. 한참 눈을 감고 있던 성윤은 눈을 뜬 뒤
운전석에 앉아 있던 강안에게 말했다.

"구미로 내려가자."

"지금 이 시간에요?"

"별수 없잖아."

말괄량이가 제멋대로 행동하니, 오늘은 거기에 맞춰줄 수밖에.

한참을 달려왔다. 운전석과 엉덩이가 딱 달라붙어 납작해졌다

고 착각이 들 만큼 오랫동안 운전을 해야 했던 강자는 차에서 내리자마자 비틀거리는 몸을 지탱하기 위해 비로 젖은 차를 손으로 짚었다.

"에고고."

이젠 정말 예전 같지가 않았다. 자세는 다른 사람들에 비해 유달리 똑바른 편이었지만, 흘러가는 시간을 붙잡지 못해 오랫동안 한자리에 앉아 있으면 척추뼈가 뻐근하게 아파왔다.

강자가 허리를 요리조리 돌리며 굳어 있던 근육을 풀어준 뒤 눈앞에 있는 모텔을 멍하니 올려다보았다.

―바니모텔.

작명 센스하고는. 마치 이 모텔에 묵는 여자들은 다 만족을 하지 못할 것 같은 이름이다.

귀여운 토끼 캐릭터가 그려져 있는 모텔을 한참이나 올려다본 뒤 천천히 걸음을 옮겼다. 안으로 들어가자 깔끔한 정장 차림의 남자가 강자를 이상한 눈으로 쳐다보았다. 하지만 괜히 최강자인가. 그녀는 지갑 속에 들어 있던 법인 카드를 남자에게 내밀며 말했다.

"쉬다가 갈 거예요."

생각보다 내려오는데 시간이 많이 소요되어 조금 있으면 동이 틀 시간이었다. 우선 비 때문에 꿉꿉해진 몸을 씻고, 옷만 갈아입고 나오는 것이 좋겠다고 생각한 강자는 키를 받으며 번호가 적힌 곳으로 올라가려던 참이었다.

가방 안에서 휴대전화가 요란한 소리가 울렸다.

「차성윤 사장.」

그 역시 구미 근처에 도착해 연락을 한 것이리라. 하지만 강자는 전화를 무시한 뒤 걸음을 옮겼다. 그를 신경 써야 할 것은 지금이 아니라, 조금 후에 갈 구미 제1공장 파업 현장이었다. 그녀는 일적으로만 그가 신경이 쓰여야 했고, 일 때문에 계속 뒤를 쫓고 있는 남자 때문에 감정의 동요를 보이는 멍청한 짓은 하면 안 되었다.

"좀 프로페셔널하게 굴라고."

그렇게 말하는 강자의 입술이 비틀려 있다.

이미, 프로페셔널과는 거리가 멀게 행동하고 있잖아.

그녀가 두통이 몰려오는 머리를 손가락 끝으로 꾹꾹 눌렀다.

직장 생활을 시작한 지도 벌써 4년째였다. 어수룩하게 굴면 더이상 귀여움받고 예쁨받을 연차도 아니었을 뿐더러, 비웃음만 당한다. 사진 한 장에 펄쩍 뛰어 성윤이 옆에 있을 것을 알면서 굳이 강안에게 연락을 해 구미에 내려갈 것이라고 친절하게 알려주기까지 했다. 다른 사람들이 본다면 한심함에 혀를 찰 것이다. 지금자신조차도 멍청하게 구는 저에게 한심한 눈초리와 함께 정신 차리라고 말하고 있으니까.

3층에 내린 강자는 전자키에 새겨진 숫자대로 걸음을 옮겼다. 이곳에 있는 방 중 작은 방들이 모여 있는 3층은 멋들어진 인테리어와는 달리 문의 간격들이 다들 좁았다. 그중 가장 구석에 있는 곳으로 간 강자가 카드를 밀어 넣은 뒤 문을 열고 안으로 들어갔다.

"윽."

들어오자마자 강렬한 페브리즈 냄새에 머리가 빙글빙글 돌 지경이었다. 손가락으로 코를 잡은 뒤 가방을 침대 위에 내려놓은 강자는 여전히 울리고 있는 휴대전화를 한 번 노려본 뒤 욕실로 향했다.

커다란 풀 욕조에 따뜻한 물을 받은 강자가 곧장 몸에 걸치고 있던 옷들을 모두 벗어 던진 뒤 조심스럽게 안으로 들어갔다. 온몸의 근육이 따뜻한 물과 만나 개운하게 느껴지자 그녀의 입엔 저절로 만족스러운 미소가 걸렸다.

"아, 좋다."

천국이 따로 없었다.

얼굴에 땀과 수증기가 만나 송골송골 물이 맺혔지만, 그녀는 손으로 가볍게 닦아낸 뒤 몸을 굴려 목 부분까지 푸욱— 뜨거운 물에 담갔다. 온몸의 근육이 비명을 질러댈수록 강자의 얼굴엔 미소가 떠오른다. 몸에 힘이 빠지며 축 늘어졌다. 기운을 쏙 빼앗기는 느낌이었다.

한참 욕조 속에 있던 강자는 물이 미지근해질 때쯤에야 욕조 속에서 빠져나왔다. 풍만한 가슴과 잘록한 허리, 양손으로 다 쥘 수 없을 정도로 커다란 엉덩이는 조막만 한 몸이지만 매력적이었다.

강자는 흰 타월로 몸을 감싸며 밖으로 나왔다. 미리 틀어놓은 에어컨 때문에 몸에 솜털이 삐죽삐죽 섰다.

그때 테이블 위에 올려두었던 가방에서 또 한 번 벨 소리가 울렸다. 끈질긴 벨 소리는 그녀가 전화를 받기 전까지 계속될 것 같았다. 전화를 꺼내서 확인하자 그녀가 예상했던 사람의 번호가 떠 있었다.

「차성윤 사장.」

"흥."

은연중에 기다리던 연락이었다. 하지만 콧방귀를 뀐 그녀는 휴대전화를 침대 위에 휙 던진 후 머리를 툴툴 털며 벗어두었던 옷 쪽으로 다가갔다.

새 속옷을 가지고 올 걸 그랬나.

갑작스럽게 결정된 구미행이었기 때문에 간단한 것들도 챙기지 못했다. 차에 비치해 두었던 로션을 꺼내 든 그녀가 거울 앞에 앉은 후 한숨을 푹 내쉬었다.

"썩었네, 썩었어."

푹 쉬어버린 과일처럼 탄력이 없는 피부를 보며 혀를 끌끌 찼다.

얼굴에 로션을 꼼꼼하게 바른 그녀가 자리에서 일어나 막 속옷을 챙겨 입었을 때다.

딩동—

초인종 소리에 강자의 얼굴이 일그러졌다.

다행히 이 방은 '붉은 조명'은 아니었지만 어떻게 되었든 모텔이었다. 그것도 혼자서 방을 지키고 있는 상황에서 강자는 두려운 눈으로 문을 바라보았다.

"누, 누구지?"

모텔 방에서 초인종 소리를 들을 일이 뭐가 있을까. 그녀에겐 일행도 없었고, 만약 대실 시간이 끝났다면 초인종 대신 인터폰이 울렸을 것이다.

불안한 발걸음을 옮겨 방 안을 서성이던 그녀가 침을 꿀떡 삼킨 후 문으로 걸음을 옮겼다.

딩동—

다시 한 번 초인종이 울린다.

"누구세요?"

그녀가 흔들림 없이 물었다. 목소리에 긴장감이 묻어난다면 문 저편에 있는 사람이 저 혼자 안에 있다는 것을 눈치챌 것만 같아서.

"나."

"나?"

"그래, 나라고."

강자가 입을 쩍 벌렸다.

낯익은 목소리였다. 하지만 아무리 머리를 굴려보아도 그가 자신이 있는 곳을 찾아냈다는 게 믿기지 않았다. 구미에 모텔이 한 곳만 있는 것도 아니었고, 이 주위에도 열 개가 넘는 숙박업소가 모여 있었다.

"문 안 열어?"

남자의 목소리가 거칠어졌다. 그러더니 급기야 문을 두드리기까지 한다.

쾅쾅!

"여기 있는 사람들 모두 깨우고 싶지 않다면 당장 열어."

남자의 말에 퍼뜩 정신이 들었다. 서둘러 문을 연 강자는 예상했던 남자가 서 있자 눈을 동그랗게 떴다.

"헉, 여기 있는 건 어떻게 알았어요?"

성윤이었다. 무심한 표정의 그는 삐딱한 자세로 강자를 내려다보고 있었다.

"이 근처에서 그나마 시설이 잘되어 있는 곳이니까. 여기 없었으면 다 뒤지려고 했지."

강자의 얼굴에 핏기가 가셨다.

이쯤 되면 '사장'이 아닌 '형사'가 되어야 하는 거 아닌가?

시설이 괜찮은 모텔이 이곳뿐이란 말은 맞았다.

"방은 어떻게 알았는데요?"

"내 일행이 먼저 들어갔다고. 몇 호실이냐고."

"……와."

이건 신고해야 하는 거 아니야? 내가 이 사람이랑 관계가 없었으면 어쩔 뻔했어?

그녀가 인상을 굳혔다.

"왜 찾아왔어요?"

그녀의 물음에 성윤의 미간이 일그러졌다. 알면서도 모르는 척하는 그녀의 행동에, 말에.

"내가 왜 찾아왔을 것 같아?"

"그걸 내가 어떻게……."

알아요? 라고 물으려던 참이다.

한 걸음 다가오는 그의 몸짓에 그녀의 입술이 굳게 닫혔다.

"알고 있잖아. 넌 늘 알고 있으면서, 내가 무엇을 하고자 하는지 알고 있으면서 애써 모르는 척하고 있잖아."

그의 말에 이명이 들린다. 그리고 지금과 별다를 것 없었던 그의 고등학생 시절이 떠올랐다.

빼앗긴 명찰을 찾으러 갔었다. 고3, 예민한 시기에 놓여 있는 그 반에 찾아갔을 때 그는 똑같은 교복, 비슷한 머리 모양을 하고 있는 남학생들 중에서 소녀의 눈에 또렷하게 들어왔었다.

"명찰 줘요."

자신은 그렇게 말을 했었다. 그의 앞으로 손바닥을 펼치고, 쏟아지는 시선도 무시한 채.

그러자 성윤이 말했다.

"나랑 사귀면."

그 말이 불러온 파장은 생각보다 엄청났다. 아니, '생각보다' 라고 말하는 것보단 '생각처럼' 이라고 하는 게 더 옳을 것이다. 차성 윤은 아이돌이었으니까. 감히 넘보지 못하는. 올려다보지 못할 나무.

그리고 똑똑한 최강자는 '언감생심' 차성윤을 따 먹을 생각도 하지 않는 '특이한 부류' 였다.

미친 듯이 도망만 다녔다. 명찰을 돌려받지 못해 생활지도 선생님에게 혼이 나고 다시 맞추고 난 후에도 두 사람의 추격전은 계속되었다.

멀리서도 차성윤이 보이면 꽁지 빠지게 도망쳤고, 차성윤은 무섭게 최강자의 뒤를 쫓았다. 결국 붙잡혔지만.

지난날의 기억에 그녀가 인상을 굳힌 순간이었다.

"읍!"

기다란 팔을 뻗어 강자의 뒷목을 붙잡은 그가 단숨에 강자의 머리를 이끌어와 입을 맞추었다. 강자가 몸을 비틀며 벗어나려 하지만, 그는 쉬이 놓아주지 않았다. 앵두 빛 작은 입술을 벌려 입술을 밀어 넣은 그가 입 속으로 달큰한 숨을 불어넣었다.

고른 치열을 훑어 그녀의 혀를 옭아매던 그는 눈을 감고 오롯이 강자를 느끼기 위해 온 신경을 집중했다. 크게 숨을 들이켜 강자의 체 향을 들이마시며.

순간 병진 강자가 촉촉하게 젖은 눈으로 그를 올려다보았다.

이, 이게 무슨 일이지?

상황 파악을 하지 못한 강자가 눈을 감고 있는 그의 얼굴을 바라보다 말고, 이를 세웠다.

콱!

"윽!"

차성윤은 갑작스럽게 혀에 느껴지는 고통에 화들짝 놀라 입술을 뗐다. 그는 자신도 모르게 손을 들어 입술을 만져 보았다. 입술은 강자가 이로 깨물어 조금 부풀어 올라 있었다.

그 모습을 노려보던 강자가 이를 까드득까드득 깨물었다.

"비겁해."

강자가 이를 악물며 말했다. 턱이 불룩 튀어 나올 정도였다.

"여전히 비겁하다고 당신은. 그게 무척 짜증나. 싫고."

"……."

"그러니까 네가 나한테는 차성윤 사장인 거야. 오빠가 아니라. 오빠라고 부를 가치도 없어."

무심한 표정으로 빠르게 읊조리듯 말한 강자가 시선을 아래로 내렸다. 그가 제 팔을 붙잡고 있었다. 도망가지 못하도록.

그의 손을 말간 눈으로 내려다보던 강자가 다시 시선을 들어 성윤과 시선을 마주했다.

"좋아해."

"……."

"최강자, 좋아해."

강자의 팔목을 붙잡은 손에 힘을 준 그가 고개를 옆으로 기울이며 물었다.

"이번에도 도망갈 거야?"

웃음은 장난스러웠다. 그래서 진중한 물음이 가볍게 느껴진다.

그의 말에 강자가 미간을 찌푸렸다.

"내, 내가 왜?"

"도망갔었잖아. 14년 전에."

"……."

"비겁한 건 너야."

당황한 강자가 입을 굳게 다물었다.

그래, 도망갔었다. 그가 자신에게 고백을 할 때마다. 그걸 장난이라 치부하고 도망갔다. 무서우니까. 너무 잘난 남자의 고백은 여자를 기쁘게도, 그리고 두렵게도 만든다.

"이건 불장난이에요. 결국 죽도 밥도 안 될 거라고요."

그녀의 입장에선, 그렇게밖에 보이지 않는다.

"아무리 진심이라 하더라도, 결국 불장난밖에 안 돼요."

"그럴 수도 있겠지."

순순히 인정하는 모습에 강자의 눈이 뾰족하게 변했다.

그래, 똑똑한 인간이니 잘 알고 있을 것이다. 자신도 알고 있는데 차성윤이 모르고 있을 리가 없지 않은가.

경제면 기자가 되고 나서 그녀는 부조리한 사회와 재벌들의 행태를 두 눈으로 수없이 목격해 왔다. 그들 중에선 그녀와 개인적으로 친분이 있는 이들도 있었고, 그렇지 않은 인물도 있었다.

조금이라도 아는 인물들에겐 '에이, 설마' 하고 처음엔 손사래를 쳤다. 그럴 사람이 아니라고.

그들과의 친분은 대부분 학창 시절에 만들어졌던 거고, 부자였던 그들과 머리가 똑똑했던 자신은 같은 학교에 다녔었다.

그때의 그들은 그렇지 않았었다. 다른 아이들보단 아니었겠지만 나름의 순수함이 있었고, 나름의 우정도 있었다.

어릴 적부터 떠받들어지면서 자란 아이들이었지만 앞으로 자신이 어떠한 삶을 살아가야 하는지도 알고 있어 처신에 신경을 썼다. 겉으로 그들은 모두 참 좋은 학생들이었다.

하지만 시간이 지나면서 속속들이 밝혀지는 일들에 결국 인정할 수밖에 없었다.

결국은 다 똑같았다. 재벌들은 자신들의 이득을 위해선 소시민의 삶을 철저하게 부수는 작자들이었다.

그건 눈앞에 있는 차성윤에게도 해당되는 말이다.

구미 공장에선 노동자들이 하루가 멀다 하고 시위를 벌이고 있었다.

어디 그뿐이던가.

최근 직원들을 위해 쌓아두었던 자금에 큰 변화가 생겼다는 것까지 감지했다.

"그래도 해보지 않을래, 불장난?"

진중한 말에 강자가 입술을 씹었다.

모든 것이 완벽한 사람.

무엇 하나 못하는 것이 없는 사람.

그런 사람이 고백을 해온다면 보통의 여자는 호의를 가지고 이를 수락할지 몰랐다.

하지만 최강자는 달랐다.

그녀는 똑똑하다.

그가 사는 세계의 사람들이 원하는 것들을 어떻게 손에 넣고, 또 눈앞에 거슬리는 것은 어떻게 처리하는지 똑똑히 알고 있었다.

차성윤이랑 만날 수 있겠지. 그러고 난 다음엔?

거기에다가 그는 자신에겐 '사회악' 중 하나였다. 예전엔 국가 경제를 떠받드는 존재였지만 최근의 재벌은 경제 생태계를 망치는 존재로 인식되고 있었고, 자신 역시 그렇게 믿고 있다.

그런데 차성윤을 만난다고?

최강자는 온몸의 솜털이 삐죽 서는 걸 느꼈다.

"미쳤어요? 내가 왜?"

안 될 일이다.

지나친 감정 소모는 몸에 좋지 않다.

4

"그렇지. 그렇게 이야기할 줄 알았어."

차성윤은 예상하고 있었다는 반응과 함께 입가에 희미한 미소를 머금었다. 방금 전 꽤나 가슴 떨리는 고백을 한 남자라고는 믿기지 않는 반응이었다.

난 분명 거절한 것 같은데?

그래서 오히려 당황해 버린 것은 강자였다.

"뭐, 뭐예요? 왜 웃어요?"

"끝나고 기다려."

아니, 그러니까 왜 웃냐니까?

강자가 성윤을 빤히 보았다. 답을 기다리는 표정이었지만 그는 자신의 할 말만 했다.

"같이 올라가자."

"내가 왜요?"

"부탁이야."

"차성윤 사장님, 잊고 계신가 본데요. 전 오늘 여기에 놀러 온 게 아니라 구미 공장 노동자들 취재하려고 온 거예요. 태원그룹 하청 노동자들 파업 현장이요."

요즘 같은 세상에 믿기 힘들긴 하지만 이에 관한 소식을 전하는 매체는 없었다. TV 뉴스도, 신문도, 라디오도 마찬가지였다. 이와 관련하여 용자처럼 기사를 실은 인터넷 신문은 있었지만 사람들이 관심을 보이지 않아 묻혔다.

강자는 일련의 일들이 잘못되었다고 생각됐다. 아무리 국민들이 관심을 가지지 않는다 하더라도 기자는 사회 약자 편에 서서 사실을 전달해야 한다고 생각했으니까.

지금은 얼굴 맞대고 대화할 수 있었지만 그녀의 펜은 태원그룹에, 그리고 그곳에서 현재 실질적인 총수인 그에게 칼날을 겨누는 게 일이었다. 그런데 어떻게 당신이랑 올라갈 수 있냐는 말이다. 그러자 차성윤 사장은 이제와는 다른 반응을 보였다.

"기사는 써. 이번에는 지면에 실을 수 있을 테니까."

"그게 무슨 말이에요?"

"기사 쓰라고. 그 기사 때문에 태원그룹이 정음일보에 광고를 빼는 일은 없을 테니까."

"……."

광고를 무기로 신문사를 좌지우지했던 일이 한두 번이 아닌데 이번만은 예외로 두겠다고?

개소리도 이런 개소리가 없다.

하지만 그는 제법 그럴듯한 말로 그녀를 꾀었다.

"정말이야. 당장 밝혀질 거짓말을 내가 왜 하겠어? 난 그런 쓸데없는 일에 힘을 소모하지 않아."

강자는 무슨 말을 해야 할지 몰라 눈을 깜빡였다. 이렇게까지 말하니 '정말인가?' 라는 생각도 들었다.

"정말이에요?"

"그래. 못 믿겠으면 지금 당장 전화해서 기사 아이템 보고해 봐. 그러라고 할 테니까."

"허!"

헛웃음을 내뱉은 강자가 고개를 절레절레 젓는다. 전투력을 상실해 버렸는데 뭐라고 말할 수 있겠는가. 더욱 그의 말에 숨겨져 있는 뼈 역시 똑똑한 그녀는 읽을 수 있었기에 더욱 할 말이 없다.

오늘 노사와의 관계가 원만하게 타결될 거다. 태원그룹의 수장이 그렇다면 그런 것이겠지.

"그러니까 나랑 같이 올라가. 부탁이야."

"차라리 협박을 해요."

"협박보단 부탁이 더 잘 먹혀드니까."

그렇게 말한 차성윤이 다시 웃었다.

역시나 영악한 남자다.

"같이 올라갈 거지?"

"아까 말했잖아요. 내가 왜 그래야 하냐고."

강자의 철벽에 그가 고개를 절레절레 젓는다. 표정은 정말 안타깝다는 듯해서 강자는 순간 긴장했다.

뭐지, 뭐야? 또 무슨 꿍꿍이야?

강자가 가자미눈을 뜨고 성윤을 보았다.

불안감이 벌레처럼 스멀스멀 올라왔을 때…….

"부탁을 안 들어주면 협박할 수밖에."

"……보통 협박할 거라고 당사자한테 이야기를 하나요?"

"아니. 안 하지."

뻔뻔한 말에 강자의 얼굴이 종잇장처럼 일그러졌다.

"그러니까 내 말 듣는 게 좋지 않을까?"

웃는 얼굴에 침 못 뱉는다는 말이 있다.

하지만 최강자는 태어나 처음으로 웃는 얼굴에 침이 뱉고 싶어졌다.

달칵.

등 뒤에서 문이 닫히는 소리가 들렸다. 그와 동시에 성윤은 눈을 질끈 감았다.

자신이 생각해도 참 볼품없었다. 부탁을 가장해 협박을 했다. 그래도 먹히지 않자 그냥 협박이라고 대놓고 말하기도 했다.

내가 어쩌다가.

그렇게 생각하자 헛웃음이 나왔다. 기가 막혀서다. 사실은 처음부터, 자신은 항상 이런 식이었다.

처음, 자신과 비슷한 디자인의 교복을 입고 있는 강자를 만났을 때부터.

"왜 오빠가 여기에 있어요!"

강자는 기함을 하며 외쳤었다. 그때 자신의 나이 열아홉, 강자의 나이 열일곱 때였다.

강자는 무척 화를 냈다. 눈빛엔 당황한 기색이 역력했다. 자신이 현재 서 있는 곳이 학교 강당이라는 것도, 주위에 아이들이 호기심 어린 눈으로 보고 있다는 것도 알지 못한 채 그렇게 외쳤다.

그랬지만 무척 기뻤다. 강자와 함께 1년 동안 같은 학교를 다닐 수 있다는 것만으로도 들떴다.

"뭔가 착각하고 있는 것 같은데, 내가 선배야. 내가 먼저 입학했고."

강자는 그제야 현실을 자각한 것인지 얼굴을 붉혔다. 그 후에 자신을 향한 시선을 깨달았고, 도망치듯 자리를 피했다.

하지만 소문을 막을 순 없었다. 자신은 그때에도 꽤 튀는 학생이었고, 많은 아이들의 주목을 받았었다. 학교엔 순식간에 소문이 돌았고, 그로 인해 강자의 학교 생활은 꽤 평탄치 않았을 거다. 자세히는 몰랐지만 강자는 늘 자신만 보면 몸을 숨겼었다.

하지만 자신 역시 어렸다. 강자가 자신을 피하는 시간이 길어질수록 화가 났다.

"찾으러 와, 내일 주임 선생님한테 혼나기 싫으면."

"나한테 왜 이래요!"

사람들의 주목에도 강자는 그렇게 외쳤다. 하지만 자신은 심드렁한 표정으로 어깨만 으쓱였다. 그게 강자의 심기를 더 꼬이게 만들었다.

"오빠가 진짜 진짜 싫어요!"

그렇게 외쳤다. 전교생이 보는 앞에서.

여기저기서 수군수군거리는 소리가 들렸고, 아이들은 두 사람을 중심으로 점점 모여들었다.

겉으론 아무렇지도 않은 표정을 지었지만 자신 역시 자존심이 상했다. 이렇게까지 말을 하는데. 이렇게까지 좋아한다고 표현했는데. 한 번쯤 자신을 돌아봐 줄 수 있는 것도 아닌가.

앞서 말했듯 자신은 어렸고, 바보 같았다. 그래서 화풀이를 하듯 말했다.

"어쩌지? 난 네가 좋은데."

"오빠!"

비명에 가까운 말에도 그는 명찰을 돌려주지 않았다.

그렇게 며칠 후, 강자가 자신의 반을 찾아왔다. 그때 당시에 반엔 쉬는 시간에도 책장을 넘기는 소리만 들릴 뿐, 고3이라는 압박감에 모두들 교과서를 읽고 또 읽는 시기였다.

드르륵.

문이 열림과 동시에 아이들의 시선이 한꺼번에 강자에게 모여든 것도 당연했다. 고1, 풋풋한 여자아이가 왜 이 반에 왔는지 아이들은 모두 알고 있었고, 강자의 등장에 시선은 자연스럽게 나에게로 모여들었다.

"명찰 줘요."

"나랑 사귀면."

그 말 한마디면 충분했다. 강자를 얼어붙게 만들기에.

다른 아이들은 어떻게 받아들였는지 몰라도 적어도 강자는 자신의 말을 장난으로 받아들이지 않았다. 명찰을 돌려받지 못했지만, 그 후로 강자는 자신의 그림자만 보여도 도망을 다녔다.

복도에서 몇 번이고 선생님에게 붙잡혀 혼나는 상황이 일어났지만 그래도 명찰을 돌려받기 위해 노력하지 않았다. 그 후로 강자는 새로운 명찰을 맞췄고, 더 이상의 실랑이는 없었다. 첫 번째 고백은 강자를 겁먹게 만들었었다.

그 후로 난 졸업을 했고, 강자는 학교에 남았다. 나는 성인이었지만 강자는 고2가 되어 1년 뒤면 있을 수능을 위해 공부에 매진했다.

자신이 졸업함으로 인해 강자는 다시 각종 경시대회에서 1등을 차지하기 시작했다. 강자는 홀가분해했지만, 난 달랐다.

대학생활을 하면서도 간간이 강자를 떠올렸다. 곧 있으면 유학길에 올라야 했기 때문에 마음이 급하기도 했다.

떠나면 언제 돌아올지 몰랐다. 유학을 마치고 뉴욕 지사에서 성과를 낼 때까진 한국 땅을 밟기 어렵다는 걸 알고 있었기에 마지막으로 자신의 마음을 전하고 싶었다.

그래서 무작정 그녀를 찾았다. 학교 가방을 메고 저 멀리서 걸어오는 강자를 보았을 때 심장이 뛰던 게 아직도 잊히지 않고 가슴에 남아 있다.

가로등 불빛을 길잡이 삼아 걷던 강자는 자신의 모습을 발견하고선 당황한 듯했다. 그래서 어수룩하게 웃어버렸던 게 기억이 난다.

하지만 목표했던 바가 있었기에 흔들림 없이 마음을 전했다.

"최강자, 좋아해."

강자는 당황한 듯 보였다. 어쩜 당연할지도 모르겠다. 한동안 나타나지 않던 사람이 집 앞으로 찾아와 고백을 하니 자신이라도 당황했을 거다. 하지만 마음이 급했다. 제발 자신의 마음을 받아주었음 하고 간절하게 바랐다. 그렇지 않으면 강자와의 끈이 완벽하게 끊어질 것이란 생각에 불안했었다.

"진심이야."

이번에도 강자는 겁을 먹었다. 다른 사람이 들을까 싶어 주위를 둘러보며.

"받아주면 안 될까?"

"싫어요."

답은 간결했고,

"오빠가 싫어요."

고백에 대한 답으로 충분했다. 고1, 자신에게 외쳤던 말을 앵무새처럼 되뇐 후에 도망쳤다.

홀로 골목에 남았을 때 허무한 감정보단 웃음이 먼저 나왔다. 내가 진심을 전하면 최강자는 도망을 가는구나. 나도 참 바보 같지. 뒤에 일은 감당도 하지 못할 거면서.

터덜터덜, 어두운 골목을 걸으면서 그는 몇 번이고 자신을 욕했다.

그리고 다음날, 자신은 유학길에 올랐다.

기약 없는 이별.

두 번째 고백은 치기 어린 마음과 이기심이 뒤섞여 있었다.

그 후로 다짐을 했다. 강자를 다시 만나면 쉽게 진심을 전하지 않으리라. 그런 마음을 안고서 강자의 앞에 다시 서게 된 게 3년 전. 최강자에게 더 이상 오빠로 불리지 않은 게 그때부터였다.

"차성윤 사장님, 안녕하십니까. 정음일보 최강자 기자입니다."

최강자는 자신의 비리를 밝히려 애를 쓰는 기자가 되어 있었고,

자신은 어린 나이에 남들을 거느리는 CEO가 되어 있었다.

지난 기억들을 떠올리던 그가 헛웃음을 뱉어버렸다. 어쩜 이렇게 안 변할 수 있나, 라는 생각이 들어서.

첫 고백을 했던 그날과 달라진 게 정말 하나도 없었다.

태원그룹과 구미 공장 파업 노조 수뇌부는 장장 세 시간의 협의 끝에 극적인 합의를 이루었다. 양쪽에서 적당히 양보를 한 결과라고는 하지만 정작 그들이 나와서 밝힌 내용은 조금 달랐다.

노조 쪽에서 원했던 것은 비정규직들의 전원 정규직화였다. 거기에 작업환경 개선과 연봉 상향 조정을 원했다.

처음 구미 공장을 찾아 노조의 이야기를 들었을 때 '노동자의 편'이라는 최강자의 귀에도 무리한 요구들이었다. 그러자 그들은 이상은 높게 잡아야 여러 사람들이 따라와 줄 거라는 가슴 아픈 현실을 고백했다.

그룹에선 당연히 그들의 조건을 수용할 수 없다고 말했다. 차성윤 사장이 직접 내려와 그들을 만나 노조의 기세가 제법 수그러들었을 때도 '전원 정규직화'는 마지막까지 요구했다.

구미 공장 중에서 현재 정규직으로 일하고 있는 사람은 전체 직원 중 20%밖에 되지 않았다. 나머지는 아웃소싱으로 나와 있는 직원과 비정규직의 비율이 80%였다. 아웃소싱 직원들을 제외하더라도 75%다. 이들 전체를 정규직으로 전환한다는 것은 기업에 부담이 가는 걸 너머서 현실적으로 무리였다.

하지만 차성윤 사장은 그룹에서 부담을 안고 가기로 결정했다. 근무 연수가 5년 이상인 사람들을 1차로 정규직 전환하기로 했으며, 차후 80%까지 정규직으로 전환하겠다고 약속했으며 이를 기록으로 남겼다.

거기까지만 해도 놀라웠지만 차성윤 사장의 결단은 멈추지 않았다. 현재 3교대로 돌아가고 있다고 말은 하고 있었지만 인력 부족으로 인해 2교대로 돌아가는 현장을 내년 초까지 정상적으로 교대가 이뤄질 수 있도록 인력을 늘리겠다고까지 했다.

겉으로 보기엔 노사의 완벽한 승리라 할 수 있었다. 이례적일 만큼 완벽한 승리였다.

"죽도록 피곤하겠지."

강안과 함께 건물 밖으로 나오는 차성윤을 카메라에 담던 강자가 혼잣말처럼 말했다. 늘 여유 만만하던 얼굴은 흐려져 있었고, 넥타이 또한 옆으로 조금 삐뚤어져 있었다.

보통의 화이트 컬러와 같은 모습이었지만 늘 반듯한 모습만을 보여주던 차성윤이었기에 일반적이지 않았다.

거무튀튀한 눈을 보던 강자가 눈살을 찌푸렸다.

"왜 이렇게 잘났냐고. 진짜 짜증나게."

오늘 결정만 해도 그렇지 않은가.

최강자는 가진 자들은 모두 욕심쟁이로 규정지었다. 재벌들은 저들만의 세계를 구축해 그곳에 사는 신선들이었고, 아래에 사는 이들이 어떤 삶을 사는지, 얼마나 힘들게 인생을 연명해 나가는지 모르고 있다고 생각했다.

그걸 모르기에 그들은 서민들의 삶에 빨대를 꽂고, 딱 죽지 않을 만큼 착취한다고 생각했다. 골목 상권 파괴가 그랬고, 비정규직과 아웃소싱 근무 형태가 그랬다.

하지만 오늘의 차성윤은 그렇지 않다. 아니, 생각해 보면 차성윤은 꽤 인간적인 오너였다. 단적으로만 봐도 태원그룹의 이미지가, 직원 채용 경쟁률이 모든 걸 설명했다. 단순히 돈을 많이 주는 회사가 아닌 저녁이 있는 삶을 만들어주는 그룹이었기에 누구나 태원에서 일하고 싶어했다.

그래서 간혹 아주 못된 생각을 하곤 한다.

이 남자가 아래로 끌려 내려와야 결국 자신이 마주 볼 수 있다는 생각. 그 생각을, 이제껏 계속해 왔다. 그리고 정작 자신이 바라왔던 그 모습과 엇비슷해진 그를 보자 마음이 불편했다. 아이러니하고 바보 같게도.

멀리서 자신을 바라보고 있는 차성윤과 눈이 마주치자 강자는 저도 모르게 시선을 옆으로 돌려 버렸다. 얼굴에 열이 올랐다.

원만하게 해결이 되어서 그런지 노조원들의 분위기는 좋았다. 물론 몇몇은 자신이 원하던 바를 이루지도 못했고, 불확실한 미래에 불만을 토로하는 이들도 있었지만 압도적인 인원이 정규직으로 전환이 됐기에 제대로 말도 하지 못하는 분위기였다.

극명하게 나뉘는 분위기는 참 아이러니했다. 오늘 아침까지만 해도 같은 목표를 가지고 파업을 했던 이들이지만 미래는 전혀 달랐다.

"아, 거참. 이렇게 합의해도 되는 겁니까? 그럼 정규직 전환을 약속받지도 못하고 파업에 동참했던 사람들은 어떻게 되는 겁니까?"

젊은 노조원이 참다못해 노조위원장이라는 띠를 매고 있는 중년의 남성에게 말했다. 그러자 분위기는 순식간에 싸늘하게 가라앉았고, 서로의 눈치를 보았다.

하지만 노조원장은 노조원들 사이를 잘 규합해야 하는 자리였다. 그가 이해를 구하기 위해 한숨처럼 말했다.

"그래도 이 정도면 회사에서 해줄 만큼 해준 거야. 자네도 알지 않나."

"제가 뭘 알겠습니까? 이건 애초의 약속과 다르지 않습니까. 이대로 정규직 전환도 되지 못한 사람들이 불이익을 받으면 어떻게 하려고요. 또다시 사람들 설득해 가며 파업해야 하는 겁니까?"

"으흠."

노조원장과 젊은 노조원은 대화를 가장한 다툼을 하고 있었다. 젊은 남자는 계속해서 이대로 물러나면 안 된다고 했지만, 이번에 정규직을 약속받은 남자는 고개만 절레절레 저었다. 이 정도면 충분하다고. 대부분이 이번 파업을 통해 원하는 바를 이루어냈다고.

그 모습을 말간 눈으로 보던 강자가 편집장에게 전화를 해 현재의 분위기를 전했다.

"노조원들 분위기는 썩 나쁜 편은 아니에요. 정규직 전환을 약속받지 못한 노조원들도 극히 일부고요. 대부분 오랫동안 회사에서 일했던 사람들은 모두 정규직으로 전환하다 보니 속으론 다들 좋아하는 눈치예요."

[내일 1면에 나갈 거니까 올라와서 복귀해.]

"……정말요? 태원이라고 하면 무조건 안 된다고 하시더니 너무 쉽게 허락하시는 거 아니에요?"

[내가 언제 그랬다고.]

차성윤이 무슨 손을 써둔 건 아닐까, 의심이 들 정도로 쉬이 허락이 떨어졌다. 편집장이 헛기침을 내뱉으며 빨리 들어오라고 이야기를 하자, 강자 역시 알았다고 말을 한 후에 전화를 끊었다. 하지만 강자는 끊긴 전화를 한참이나 보았다.

"뭔가 놀아나는 기분이 드는데."

뒤가 구렸지만 파업이 잘 해결된 건 사실이었다. 그러니 자신은 직업의 소신에 맞춰 국민들에게 팩트만 전하면 된다.

이제 그만 서울로 돌아가려 몸을 돌렸을 때다. 저 멀리서 노조원들의 인사를 받으며 강안이 걸어오고 있었다.

몇몇 기자들은 자신이 의심한 것처럼 태원에서 일방적으로 손을 든 이유에 대해 묻고 있었다. 하지만 강안은 원론적인 답변만 할 뿐, 개인적으로 말을 덧붙이진 않았다.

자신도 아는 기자들이 꽤 싱겁게 상황이 종료가 되자 힘이 빠진 얼굴로 투덜거린다.

처음엔 국민들의 관심이 없는 사안이라 어떻게 뉴스를 전해야 할지 난감한 표정들로 왔으나 이젠 이 시시한 이야기를 어떻게 전달해야 자신의 기사가 한 줄이라도 실릴까 고민하는 표정들이었다.

강안은 그들에게 자세한 사안이 궁금하시면 기업전략팀에 연락을 해달라는 말과 함께 인사를 건넸다. 대화가 끝날 분위기가 되자 강자는 그제야 두려워졌다. 강안의 시선이 힐끗힐끗 자신에게 닿았기 때문이다.

뭐지, 뭐야.

나 만나러 온 거야?

그제야 오늘 끝나고 같이 올라가자던 차성윤 사장의 말이 떠올랐다. 그리고 자신의 부탁을 들어주지 않는다면 협박을 하겠다는 말도.

강자의 얼굴이 종잇장처럼 일그러졌지만 강안은 이미 예상한 반응이라는 표정이었다.

뺨이 뜨겁다. 기자들의 시선이 날아들었지만 강안은 평온한 어조로 말했다.

"사장님이랑 같이 올라가기로 했다며? 기다리고 있어."

"나 차 가지고 왔다고 전해줘요."

그리고 지금 당장 내 앞에서 사라지고.

저 호기심 어린 눈망울들 안 보여?

강자가 이를 악물고 뒷말을 읊조렸다. 목소리를 낮추라는 협박이었다. 하지만 강안은 조심성 없는 목소리로 계속 말을 잇는다. 이제 보니 의도적이었다.

"어. 그래서 그 차를 타고 가시겠다네?"

"타고 온 차는!"

이성을 잃고 빽 소리를 지른 강자가 입을 꾹 다물었다. 주위를 둘러보자 몇몇 기자들이 관심을 보이고 있었다. 아마 두 사람의 대화에서 특종의 향기를 맡았는지 모른다.

이 독사 같은 것들.

강자는 호기심이 가득한 눈을 피해 구석으로 향했다. 물론 그녀의 마음을 잘 알고 있다는 듯 빙긋빙긋 웃고 있는 강안을 끌고서.

붙잡고 있던 강안의 팔목을 집어 던지듯 놓은 강자가 따지듯 물었다.

"일부러 그런 거죠?"

"뭐가?"

"강안 오빠, 차성윤 사장이랑 일하면서부터 점점 능글맞아지는 거 아세요?"

"내가 뭘? 모르겠는데?"

강안이 뻔뻔하게 웃으며 어깨를 으쓱인다. 이런 면 역시 차성윤을 꼭 닮았다.

"가지고 온 차는 내가 혼자 끌고 갈 거야. 상사 없이 편하게. 그럼 문제 해결이지?"

"……."

눈을 가늘게 뜬 강자가 강안의 얼굴을 노려보았다.

"아무리 봐도 쁘락지 맞는데."

"넌 기자라는 애가 단어 선택이 그게 뭐냐? 바르고 고운 말!"

강자가 입술을 안으로 말아 넣었다.

"그럼 프라치……."

"헛소리할 시간 있으면 가봐. 사장님, 네 차에 먼저 가서 기다리고 있으니까. 알지? 여기 기자들 쫙 깔려 있는 거. 그 사람들한테 특종 주고 싶지 않으면 빠르게 움직이는 게 좋을 거다."

강자의 눈이 동그랗게 떠졌다.

"그걸 가만히 내버려 뒀어요?"

"그럼 뭐 뾰족한 수 있어?"

자신이 무슨 말을 할 수 있겠냐는 반응에 강자가 입술을 잘근잘근 씹었다. 하지만 몸은 생각보다 빨라서 재빨리 차를 주차해 놓은 곳으로 향했다. 노조들의 격렬한 시위에 차를 멀리 세워둔 게 다행이라는 생각이 뒤늦게 들었다.

차에 도착해 보니 정말 그가 서 있었다. 차성윤은 한동안 세차를 할 시간도 없어서 뿌연 먼지가 내려앉은 차에 아무렇지도 않게 등을 기댄 채 바닥을 툭툭 차고 있다.

이 역시 이제껏 보지 못했던 모습이었다. 그는 매사에 당당했고, 쉽게 해결했다. 하지만 오늘은 지쳐 보인다.

겨우 그 세 시간으로 이렇게 진을 다 뺀 걸까.

강자가 더 이상 다가가지 못하고 걸음을 멈추자 고개를 숙이고 있던 성윤이 비스듬히 고개를 기울인다.

그가 구부정한 허리를 꼿꼿하게 폈다. 그러더니 마치 기다렸다는 듯이 말했다.

"인간은 참 간사해. 자신에게 이익이 떨어지면, 처음에 함께 힘을 모았던 사람들이 어떻게 되던, 상관하고 싶어지지 않거든. 그래서 난 나약한 인간이 싫어."

"지나친 비약이에요."

"방금 전에도 봤는걸?"

"서로의 이해관계가 있으니까요."

"그 이해관계가 본인에게만 이득이 된다면 상관없지."

"그렇지 않은 사람들도 세상엔 많아요."

"너처럼?"

그의 말에 막힘없이 이야기하던 강자가 입을 꾹 다물었다.

단숨에 최강자의 입을 꾹 막아버린 그가 손을 앞으로 내밀었다.

"운전은 내가 할게."

차 키를 달라는 손짓이었다. 하지만 강자는 단호하게 고개를 젓는다.

"지금이라도 강안 오빠와 함께 올라가세요."

"강안인 오빠고 난 사장이야?"

"……말장난할 기분 아니에요."

"나도 지금 장난하는 거 아니야."

"차성윤 사장님!"

"왜. 다른 사람들한테 우리 둘이 있는 걸 보여주고 싶어?"

"……."

절대. 네버.

인터넷 신문에 제 사진이 올라가는 것도, 이니셜과 나이가 밝혀지는 것도, 그리고 결국은 네티즌 수사대에게 자신의 신상이 털리는 것도 사양이다.

"같이 올라가는 게 그렇게 힘들어? 밥을 먹자는 것도 아니잖아."

이미 식사 자리를 몇 번이고 거절했던 터라 하는 말일 것이다.

강자는 빠르게 머리를 굴렸다. 그리고 결론을 도출해 낸 후 현실을 받아들였다.

"굳이 함께 올라가야 하는 거라면 운전은 제가 할게요."

"어제 운전했잖아. 장거리는 위험해. 피곤하기도 할 거고."

"그런 말을 할 얼굴은 아닌 것 같은데요?"

지금 네 얼굴을 보고 그런 소리를 하라며 강자가 따끔하게 말했다. 그러자 성윤은 어색하게 웃으며 뺨을 쓰다듬었다.

"그렇게 엉망인가."

"요즘 무리를 하긴 했죠."

"그래. 그리고 너도 나 따라다니느라 무리했고. 중간에서 교대해 달라고 할 테니까 내가 운전할게."

이야기는 되돌이표처럼 결국 차성윤이 원하는 곳으로 돌아왔다.

그는 자신이 원하는 방향으로 대화를 이끌어 나가는 것에 능숙한 사람이었다. 아무리 머리가 좋은 최강자라 하더라도 차성윤을 상대하는 덴 무리가 있었다.

이런 점 때문에 최강자는 차성윤이 싫었다. 괜한 반발심이 들기도 했다. 차성윤이 원하는 대로 흘러가는 세상이었으니 자신이라도 좀 삐뚤게 나가줘야 하지 않나, 라는 괴변을 늘어놓아야 할 것 같기도 했다.

그래서 화를 내고 떼를 쓴다. 그게 결국 지는 거란 걸 알면서도.

"뭘 믿고요?"

강자가 눈을 가늘게 뜨고 성윤을 보았다. 운전면허를 먼저 취득해서 경력은 길겠지만, 대부분 기사를 대동하고 다녔다. 차 역시 익숙하지 않다. 차성윤과 경차라니. 참 안 어울리는 조합이지 않은가.

하지만 차성윤은 자신의 뜻을 굽히지 않았다.

"여기서 계속 말싸움 하고 있으면 기자들 모여들걸? 네가 아는 사람들도 있을 거 아니야."

"협박하는 거예요?"

"아니, 부탁하는 거야."

"이게 무슨 부탁이야!"

강자가 성질을 이기지 못하고 소리를 빽 질렀다. 그러자 성윤은 코 위에 길게 손가락을 세우며 한마디 툭 내뱉는다.

"쉿."

그 모습이 마치 아이를 따끔하게 혼내는 선생님 같아서 강자는 결국 차성윤에게 자신의 차 키를 넘길 수밖에 없었다.

빠르게 달리는 창밖을 본 강자는 그제야 안심한 듯 안전벨트를 꼭 붙잡고 있던 손에 힘을 풀었다. 평소엔 운전을 할 일이 없는 사람이라 혹여 초보운전일까 싶었는데, 자신보다도 능숙하게 핸들을 잡고 있었다.

뭐든 잘하는 사람이었으니까.

괜스레 입술을 삐죽인 강자가 창밖에만 시선을 고정시키고 있을 때였다.

"오빠. 끝까지 사장님이라고 부를 거면 강안이도 오빠라고 부르지 마."

이건 또 무슨 귀신 씻나락 까먹는 소린가.

종잡을 수 없는 대화에 강자가 미간을 모았다. 그러면서도 착실하게 답을 해주는 건 잊지 않는다.

"그럼 뭐라고 불러요?"

"이 비서?"

"……진짜 어린애도 아니고."

강자가 흥, 콧방귀를 뀌었다. 그러더니 다음에 강안을 만나면 꼭 '이 비서'라고 불러주마, 다짐한다. 그럼 프락치 노릇을 하는 강안까지 1타 2피를 하는 게 아니겠는가.

강자가 그렇게 다짐을 할 때 머리에 툭 하고 손길이 닿았다.

깜짝 놀란 강자의 어깨가 동그랗게 말렸다. 그러더니 방금 전에 성윤의 손이 닿았던 머리에 양손을 얹어 가린다.

"지, 지금 뭐 하는 거예요?"

"동생을 예뻐해 주는 거지."

시선은 앞을 주시한 채 성윤이 무심한 어투로 이야기했다. 그러니까 전혀 동생을 예뻐해 주고 있는 어투는 아니었다.

하지만 그래서일까. 오히려 더 능글맞아 보였다. 아무렇지도 않게 농담도 하는.

강자가 새삼스레 성윤을 보았다.

"이런 성격이었어요?"

"내가 지금 어떤데?"

"딱 고등학생 때…… 아니, 아니에요."

재빨리 고개를 저은 강자가 시선을 창밖으로 옮겨 버렸다. 평일의 고속도로는 다행히도 뻥 뚫려 있었다. 물론 서울과 가까워지면 가까워질수록 막히겠지만, 어찌 되었든 지금은 차성윤과 차 안에 단둘이 남는 상황이 예상보다 짧을지도 모른다고 안도했다.

"뭐가 아닌데?"

"아무것도 아니에요."

"그 아무것도가 뭔데?"

"……이렇게 끈질긴 점이 예전과 비슷하다고요. 차성윤 사, 아니, 차성윤 씨 고등학교 때와요."

적당한 호칭을 찾은 강자가 으스대듯이 말했다. 그러자 성윤은 저 멀리 보이는 졸음쉼터로 들어가기 위해 차선을 변동하며 물었다.

"씨?"

"그럼 뭐라고 해요? 차성윤 사장님이라고 하지 말라면서요. 아니면 그냥 사장님으로 할게요. 앞으로 강안 오빠는 이 비서님이라고 하고요."

"왜 그렇게 오빠라고 하기 싫은데? 옛날엔 오빠라고 했잖아."

"글쎄, 옛날이랑은 다르다니까요?"

"뭐가 다른데?"

주차 라인에 맞춰 차를 세운 그가 사이드브레이크를 힘껏 올린 후 강자를 보았다. 그는 도통 모르겠다는 얼굴이었다. 뭐가 다른지. 뭐가 변했는지.

그래서 강자는 일장 연설이라도 해줄 셈으로 빠르게 머리를 굴렸다.

뭐가 바뀌었냐고? 아주 많은 것이 바뀌었지.

두 사람이 처음 만났을 땐 세상의 룰 따위는 모르는 어린애였다. 물론 그때의 그도 값비싼 브랜드의 옷을 입고 있었겠지만, 그런 건 어른들이나 알지 아이였던 자신은 몰랐다.

2차 성징이 시작하기도 전이어서 성이란 걸 알기도 전이었고, 이성에 대한 관심은 있어도 손을 잡는 것조차 부끄러웠던 시절이었다.

자주 부딪히기 시작했을 땐 다 똑같은 교복을 입었을 때였다. 물론 브랜드마다 차이가 있었겠지만 별을 달고 있는 자신의 집도 유복한 편이어서 같은 교복을 입었었다.

결정적인 차이가 있다 함은 그가 너무 부자라는 것. 그래서 교

내에 치마를 걸치고 있는 아이들은 모두 그에게 관심을 표했다는 것.

부자도 보통 부자가 아니었고, 수재도 보통 수재가 아니었다.

그가 유학을 떠나고 자신은 '언론인'의 꿈을 꾸며 대학에 입학을 했을 때도 간혹 동창들을 만날 때면 어김없이 그를 언급하곤 했다. 그를 첫사랑으로 둔 친구들도 많았고, 좋아하지 않더라도 워낙 강한 인상의 남자였기에 다들 한마디씩 덧붙이곤 했다. 그런 후엔 어김없이 자신에게 아직도 그렇게 멋있냐며 물었다. 자신은 당연히 연락을 하는 줄 알고.

그럴 때마다 강자는 학을 떼곤 했다. 마치 한 세트처럼 언급되는 상황이 기분 나빴다.

그리고 그 후, 다시 만났을 때 자신은 신문사의 말단 기자였고 그는 태원그룹의 후계자로 승승장구했다. 예전엔 함께 이야기를 해도 이상하지 않을 선후배 사이였지만 사회에서의 그는 아니었다.

태원그룹의 황태자.

학창 시절 때의 아이돌은 어느 순간 이 세계를 지배하는 왕처럼 되어 있었다.

그런데 어찌 어릴 때처럼 오빠라고 부를 수 있겠는가. 그에게 오빠라고 부르는 순간, 학창 시절 때와는 비교도 할 수 없는 수많은 억측과 관심이 모여들 텐데. '감히', '어찌' 고결하고 대단하신 차성윤에게 차마 오빠라는 호칭을 붙일 수가 없었다.

좋아한다는 말도 믿을 수가 없다. 짚신도 짝이 있다는데, 차성윤은 아무리 봐도 자신의 짝은 아니었다. 더욱 최민자에게 사진도

받지 않았던가.

그래, 그렇게 화려한 이목구비를 가진 여자. 키가 큰 그와 함께 서 있어도 이상하지 않을 만큼 쭉쭉빵빵한 미인이 차성윤의 짚신 한 짝일 게 분명했다.

"이런 건 여자 친구한테나 하세요. 나한테 하지 말고."

"여자 친구?"

"음."

그가 입을 가리더니 생각에 잠긴 얼굴로 눈동자를 요리조리 굴렸다. 분명 적당한 변명을 찾는 것이 분명하다고 생각했는데, 정작 그는 전혀 딴소리를 해댔다.

"나한테 여자 친구가 있어?"

이 무슨 막장 같은 답인가.

아무리 자신이 코너에 몰린 상황이라 하더라도 이건 그 여자 친구에 대한 예의가 아니지 않은가.

그의 일거수일투족을 따라다녔으니 분명 만난 지 얼마 되지 않은 연인이 분명했다.

혹시 자신이 그 열애설이라도 기사로 낼까 봐 이렇게 발뺌을 하는 것일까. 만약 그런 생각을 하고 있다면 차성윤에게 걱정하지 말라고 말하고 싶었다. 자신은 경제면 기자였지, 연애면 기자가 아니라고.

"어디서 발뺌입니까?"

강자가 딱딱거리며 쏘아붙였다. 그러자 차성윤이 의뭉스럽게 웃었다.

"기자가 거짓 뉴스를 날조하는데, 그럼 가만히 듣고만 있어?"

"증거도 있어요."

그렇게 말한 강자가 지체 없이 휴대전화를 꺼내 그의 얼굴 앞으로 들이밀었다.

어때, 할 말 없지?

정확한 팩트에 근거한 취조였으니 아무리 차성윤이라 하더라도 빠져나갈 구실이 없을 것이다.

자, 어서 사실을 털어놔 봐.

이렇게까지 집요하게 따져 물을 일도 아니었지만 강자는 어서 진실을 말하라는 눈으로 차성윤을 보았다. 그러자 그는 방금 전보다 훨씬 더 진한 미소를 머금으며 묻는다.

"최민 씨와는 사이가 안 좋아?"

"그 화상이랑 사이가 좋으면 부처게요?"

어쩜 부처님이라 하더라도 화를 낼지도 모른다. 아니, 그럴 것이 분명했다. 그 기집애 덕분에 자신은 아직도 집에도 못 들어가고 있었다.

어떻게 얻어낸 자취방인데.

강자의 표정이 딱딱하게 굳자 그는 입을 가린 후 웃음을 삼킨다. 그의 모습에 강자의 콧잔등에 자잘한 주름이 잡혔다.

지금 이런 상황에서 웃음이 나와?

강자가 한 소리 하려 할 때였다. 그가 먼저 선수를 치며 사실을 고한다.

"만나고 있는 사람은 있어. 그 사람이랑 거의 붙어 있는 일이 많아."

그런 사람이 있었던가?

성윤의 스케줄이라면 줄줄 읊고 있다고 할 정도로 꿰고 있었고, 해외 출장만 아니라면 대부분 그의 일로 시간을 보내곤 했다. 간혹 그가 있는 곳에 가던가, 아님 그의 뒤를 추적하던가.

새로운 연인이 생겼다는 건 민자를 통해 확인했지만 그 여자와 차성윤이 함께 있는 모습을 두 눈으로 목격한 적은 없었다. 아니, 생각해 보면 그와 함께 시간을 보냈던 아주 기나긴 과거 속에서도 마찬가지다. 차성윤은 성욕을 느끼지 못하는 수도승과 비슷한 삶을 살았다.

하지만 차성윤도 남자가 아닌가. 그것도 아주 신체 건강한 남자.

그래, 집에 숨겨놨을지도 몰라. 거기까진 안 쫓아갔잖아?

"거봐요. 그러니까 그 사람한테만 신경……."

"너."

강자가 자신에게 향한 손가락에 고개를 기울였다. 그의 손가락은 곧장 자신의 가슴에 닿을 듯 가까이 뻗어져 있었다.

"너랑 만나잖아."

이 인간이 미쳤나.

"내가 언제 차성윤 씨랑 만났다고 그래요!"

"지금도 함께하고 있잖아."

"뭐, 뭐예요?"

"꽤 긴 드라이브를 하고 있는데?"

"이게 무슨 드, 드라이브……!"

그는 마치 데이트라도 하는 것처럼 말해 강자를 당황하게 만들었다.

"진짜 이상한 사람이야."

차성윤을 흘겨본 그녀가 서둘러 차에서 내렸다. 그러면서 등을 돌린 채 손으로 힘껏 부채질을 한다.

나 참! 웃겨, 정말!

속으로 씨근거리며 연신 얼굴에 오른 열을 식히고 있던 강자는 뒤에서 문이 열리는 소리가 들리자 입술을 잘근잘근 씹었다.

여긴 도망을 칠 수 없는 고속도로 중간 졸음쉼터였다. 휴게소처럼 사람들이 많은 것도 아니었다. 여덟 대 정도 주차할 수 있는 공간이었지만 차 역시 커다란 덤프트럭 하나만이 세워져 있었다.

강자가 불안한 시선만 여기저기 옮길 때였다. 차에서 내린 차성윤 사장은 그녀에게 가까이 다가가는 대신 열린 문에 팔을 올린 채 강자의 등을 말간 눈으로 보았다.

"최강자."

"왜, 왜요!"

"너 지금 뻘쭘하지?"

"……."

어떻게 내 마음을 그렇게 잘 안대?

아주 족집게라고 생각한 강자는 곧 이어지는 말에 한숨을 푹 내뱉었다.

"뭐라고 말 안 할 테니까 차 타."

"우, 운전은 내가 할게요."

"그 사람은 최민 씨와 이번에 함께 광고 촬영한 모델이야."

"……조용히 차에 타면 되죠?"

"똑똑하네, 역시."

몸을 돌린 강자가 그대로 차에 오른다. 차마 차성윤과 눈을 마주치지 못해 고개를 푹 숙인 채.

"넌 오만하고 편견에 가득 차 있어."

"……."

강자는 차에 오른 후에는 더 이상 다른 말은 하고 싶지 않다는 듯이 두 눈을 꼭 감았다. 하지만 그렇게 단시간에 잠이 들 수는 없지 않은가. 피곤에 찌든 몸은 의식은 멀어졌지만 그가 혼잣말처럼 내뱉는 목소리는 너무나 명확히 듣고 있었다.

"나 그렇게 나쁜 놈 아니야. 그렇게 잘난 사람도 아니고."

"……."

"안 자는 거 다 알아."

"……."

그는 끈질기게 말을 걸어왔지만 그의 고집보다 강자의 고집이 더 셌다.

결국 강자는 서울에 도착할 때까지 한마디도 하지 않았다.

복잡한 도심에 들어서자마자 예상대로 차가 막히기 시작했다. 퇴근 시간이 가까워져서일까, 올림픽대로가 주차장으로 변했지만 차성윤은 능숙하게 차 사이사이를 오고 가며 강자의 신문사 근처까지 이동했다.

슬쩍 눈을 뜬 강자는 익숙한 거리에 안도의 한숨을 내뱉었다. 이제 이 답답한 상황에서 벗어날 수 있어 다행이라는 생각이 드는 순간, 나지막한 목소리가 들렸다.

"어디에서 지내고 있어?"

그의 물음에 강자가 의아한 시선으로 보았다. 그러자 성윤은 길게 말할 시간이 없다는 듯 단도직입적으로 말했다.

"모텔에서 지내고 있다며."

"그걸 어떻게……."

이제껏 입을 꾹 닫고 있던 강자가 저도 모르게 답했다. 그리고 그와 동시에 이 역시 최민자 그 기집애가 불었다는 결론도 함께 섰다.

"내가 진짜 이 기집애의 입에 박음질을 하던지 해야지. 이게 다 누구 때문인데. 망할 년."

"어디야?"

"왜요?"

"왜긴 왜야. 가서 짐 빼와야지."

"왜 그래야 하는데요?"

강자가 따지듯이 물었다. 왜 그래야 하냐고. 그러자 차성윤은 확언에 가까운 답을 했다.

"내가 직접 네 짐을 가져오면 우리 집으로 가져갈 거야. 원해?"

"설마요."

"어디야?"

그의 물음에 강자는 울며 겨자 먹기로 모텔 이름을 불러주었다. 내비게이션엔 '정음일보'가 아닌 '핫 모텔'이 찍혔다. 신문사에서 걸어서 5분 거리에 있는 곳이었기 때문에 금세 도착할 수 있었다.

"가지고 내려와."

단호한 말에 강자는 아무 말 없이 모텔에 들어가 널브러져 있는 짐을 챙겼다. 진짜 그럴 인간이라는 걸 알아서 반항조차 할 수가

146 절대강자

없었다. 이래서 사람은 너무 가까이 지내면 위험하다.

기내 캐리어에 짐을 싸가지고 내려온 강자는 주인에게 잘 지냈다는 인사를 남긴 후에 다시 차로 돌아갔다. 그는 모닝 밖에 나와 누군가와 통화를 하고 있었다.

"강자 집으로 갈 거야."

아, 이 비서님이랑 통화를 하고 있었구만?

그가 직접 자신의 집까지 데려다줄 기세이자 강자의 얼굴이 구겨졌다. 당장 기사를 쓰러 신문사에 들어가 봐야 했지만 씨알도 먹히지 않을 것 같았다.

후. 내가 전생에 무슨 죄를 지었기에.

짜증이 가득한 얼굴로 트렁크에 캐리어를 쑤셔 넣은 강자가 운전석으로 향했다. 그러자 그는 순순히 운전석을 비워준 후 보조석에 오른다.

골목에 양쪽 주차가 되어 있는 차들을 피해 거의 묘기에 가까운 속도로 집으로 향한 그녀가 차에서 내렸다. 그런 후 보란 듯이 트렁크를 꺼내 집으로 향하자 차에서 내린 차성윤이 뒤에서 말했다.

"연락할게."

평소라면 그럴 필요가 없다고 답했을 것이다. 하지만 그의 스케줄을 빤히 꿰뚫고 있는 강자는 이번엔 다른 이유를 들어 거절했다.

"다음 주부터 중국 출장이시잖아요. 바쁜 분이 굳이 그러실 필요 없어요."

"가끔 보면 나보다 일정을 더 잘 아는 것 같아."

"……조심히 가세요!"

빽 소리를 지른 강자가 그를 뒤로한 채 로비 안으로 들어섰다. 그러다가 슬쩍 뒤를 돌아보자 차성윤은 그녀가 집으로 들어가는 걸 볼 때까진 돌아가지 않을 기세로 팔짱을 끼고 있었다.

이런.

눈이 마주치자 강자는 성급한 걸음을 옮겨 엘리베이터에 오른다.

꽤 당당하게 집 앞까지 간 것은 좋았다. 하지만 그 뒤로 강자는 연신 주위를 둘러보며 눈치를 살핀다. 혹 자신을 지켜보는 눈이 있을까 싶어서. 그러더니 비밀번호를 누른 후에 집 안으로 들어섰다.

아버지의 불벼락을 피해 나가 있었는데 집은 자신이 나갔을 때 그대로의 모습이었다. 먼지가 조금 뽀얗게 쌓여 있는 것만 달랐다.

해야 할 일들이 눈에 보이기 시작하자 강자가 건조한 눈을 몇 번이고 깜빡였다.

"미루자."

그래, 미루는 거야.

캐리어를 한쪽 구석에 박아둔 강자가 다시 몸을 돌려 밖으로 나왔다. 그리고 그가 서 있던 자리로 다시 돌아온 순간, 걸음을 멈췄다.

감시하던 눈초리가 계속 떠올랐다. 바보 같게도.

❖

노조와 회사 측에서 극적인 타협을 이룬 기사를 순식간에 써내린 강자는 마지막으로 오탈자까지 확인했다. 애초엔 합의가 안 될 줄 알고 내려갔는데 결국 좋은 기사를 쓰게 되었다.

　　하지만 자신의 뜻이 어떻게 되었든 다행이지 않은가. 노조 중 대부분의 사람들은 평생직장을 얻게 되었다. 앞으론 언제 잘릴지 몰라 불안한 시간을 보내지 않아도 되니 참 잘되었다는 생각도 들었다.

　　"인간은 참 간사해. 자신에게 이익이 떨어지면, 처음에 함께 힘을 모았던 사람들이 어떻게 되던, 상관하고 싶어지지 않거든."

　　혼잣말처럼 내뱉던 말이 떠올랐다. 그리고 '그래서 난 나약한 인간이 싫어'라고 읊조리던 마지막 말도.

　　그 말은 마치 자신이 나약하다고 하는 것 같았다. 지나친 비약이겠지만.

　　"그래, 난 내 할 일만 하면 되지 뭐."

　　씩씩하게 말한 강자는 오랜만에 일찍 퇴근해 가족과 함께 시간을 보내고 있을 편집장에게 메일로 기사를 보낸 후에 문자를 보내두었다.

　　「메일 확인해 주세요.」

　　문자에 대한 답은 5분 정도 지나 전화로 되돌아왔다.

　　[사진은?]

"지금 고르는 중이에요."

[그래. 알았다.]

"기사는, 변동 없이 그대로 가도 되죠?"

[그래. 사진도 고르는 대로 바로 컨펌받고.]

"알겠습니다."

짧은 통화를 한 강자가 이번엔 디지털카메라를 컴퓨터에 연결했다. 총 60개의 사진이 주르륵 뜨자 가장 처음에 있는 사진부터 차근차근 보기 시작했다.

"흠."

턱을 괴고서 화면을 보던 강자가 한숨처럼 숨을 뱉었다. 피곤한 차성윤의 얼굴을 보자 자신도 모르게 그렇게 한숨이 나왔다.

왜 그런지는, 여전히 알지 못한다.

아니, 알면서도 일부러 모른 척 넘겨 버린다.

5

좁지도 넓지도 않은 원룸 안. 아무렇게나 펼쳐져 있는 이불이 들썩인다.

조그마한 둔덕처럼 툭 튀어 나와 있는 이불을 보아하니 안에 사람이 들어가 있는 것 같은데, 해가 뜬 지 몇 시간이 지난 지금까지도 도통 일어날 줄을 몰랐다. 침대 위에 누워 있는 것은 강자였다.

꿈틀꿈틀.

작은 움직임에 머리 위까지 덮여 있던 이불이 들썩였다. 머리 위까지 덮여 있던 이불이 밑으로 내려감과 동시에 팔이 밖으로 툭 튀어 나왔다. 피곤함에 절어 있는 얼굴이 슬쩍 밖으로 드러났다.

강자는 시체처럼 늘어져 있었다. 얼굴색도 거무튀튀한 것이 아무래도 최근에 잠을 이루지 못하고 있는 듯했다.

그때 테이블에 올려놓은 휴대전화가 침묵을 깼다.

띠리리리— 띠리릴—!

휴대전화 벨 소리에 강자의 얼굴이 신경질적으로 굳었다. 액정을 확인해 보지 않더라도 누구에게서 걸려온 전화인지 이미 알고 있다는 표정이었다.

"이 진상, 진짜!"

요즘 강자의 일상은 이러했다. 시도 때도 없이 걸려오는 전화에 노이로제 걸리기 일보 직전이다. 전화를 안 받으면 계속 건다는 걸 알고 있기에 그녀가 힘겹게 눈을 뜬 후 액정을 보았다.

「차성윤 사장.」

예상대로 차성윤에게 걸려온 전화였다.

표정을 굳힌 강자는 전화를 받자마자 가타부타 인사도 없이 소리부터 빽 질렀다. 눈꺼풀이 너무 무거워서 들리지 않았다.

"꼭두새벽부터 무슨 일이에요!"

[꼭두새벽 아닌데? 여덟 시야.]

"……네?"

[이제 일어났어?]

"헉!"

벌떡!

깜짝 놀란 강자가 창밖을 보았다. 차성윤의 말대로 창밖은 환했다. 창문을 열어 밑을 내려다보자 출근길에 나선 직장인들이 바쁘게 걸음을 옮기고 있었다.

아, 망했다!

본능적으로 지각을 예상한 강자가 욕실로 뛰어들어 갔다.

[축하해. 지각했구나?]

"일단 끊어요!"

능글거리는 말에 대응도 하지 못한 채 강자가 전화를 끊었다.

어젯밤 피곤한 몸을 이끌고 겨우 집으로 돌아왔다. 손가락 까딱할 힘 하나 없었지만 집에 들어오자마자 땀에 푹 절었던 몸을 씻길 잘했단 생각이 들었다.

세수를 한 후에 대충 머리를 정리했다. 입에 칫솔을 꽂은 채로 밖으로 나온 강자가 옷장에서 대충 티셔츠와 바지를 꺼냈다. 슬쩍 곁눈질한 눈을 보니 예상대로 이미 지각이었다.

아, 젠장!

강자가 입을 헹군 후에 집 밖으로 뛰어나갔다. 벌써부터 편집장이 쨍알쨍알 늘어놓을 잔소리가 귓가를 때리는 것만 같았다.

딱— 딱딱!

딱따구리가 귀를 연신 쩧어대는 것 같다. 손바닥으로 귀를 두드린 강자가 자신의 자리로 돌아왔다.

예상대로 사무실에 도착하자마자 예상했던 레퍼토리를 늘어놓는 편집장에게 강자는 바싹 엎드려 죄송하다는 말만 했다.

신랄하게 까였더니 아침부터 몸이 천근만근 무거웠다.

"웬일이냐, 지각을 다 하고?"

옆자리에 앉아 있던 유미가 별일이라는 듯 물었다. 그러자 책상에 이마를 댄 강자가 앓는 소리를 했다.

"힘들어 죽겠다."

"왜. 일이 잘 안 돼? 꽤 믿을 만한 나팔의 기수한테 들은 거라며."

나팔의 기수라 함은 자신이 알고 있는 일을 잠시도 숨기지 못한 채 여기저기 말을 옮기는 사람들 뜻했다. 그리고 강자가 이번에 만난 나팔의 기수는 강자의 눈이 번뜩 뜨일 만한 소스를 쥐어주었다.

문제가 있다면 취재 대상이자 중국에 가 있는 차성윤이 뜬금없이 전화를 걸어온다는 것이다. 그것도 아주 시도 때도 없이. 용건은 없었다.

아주 중요한 일은 아니더라도 할 말 정도는 준비를 하고 전화를 한다면 이렇게까지 피곤하진 않을 것이다. 일상적인 물음을 한 후에 이어지는 침묵은 강자의 신경을 긁어댔고, 질리게 만들었다.

10분만 통화해도 침묵이 3분은 되었으니 오죽하랴. 이 사람이 갑자기 뭘 잘못 먹었기에 이러나 싶다가도 전화를 안 받으면 받을 때까지 전화를 걸어대니 정말이지 미칠 노릇이었다. 화도 내보고, 회유도 해봤지만 소용이 없었다.

"일을 하러 간 건지, 전화하러 간 건지 모르겠다."

"뭐?"

"아무것도 아니야."

끙.

앓는 소리를 낸 강자가 눈을 질끈 감았다. 지금도 주머니에 넣어둔 휴대전화가 웅웅 울리고 있었다.

❖

중국 베이징의 하늘은 한국의 하늘과는 다르다. 파란 하늘까지는 기대하지 않았지만 한 치 앞도 보이지 않았기에 숨을 쉬는 것조차 힘들었다.

대부분의 일정을 소화한 후엔 곧장 호텔로 돌아오다 보니 자연스럽게 혼자 있는 시간도 많아졌다.

1분, 1초를 쪼개서 스케줄을 소화해 내던 세월이 길었다. 아무것도 하지 않은 채 시간을 낭비하는 건 그의 라이프와도 맞지 않아 휴대전화에 손이 자주 갔다.

상대는 당연히 최강자였다. 그에게 있어 절대강자인 여자.

"연락한다고 했잖아."

강자는 짜증을 냈지만 처음 한 번을 제외하고선 전화를 끊는 일도 없었다. 먼저 대화를 이어나가려고 노력하진 않았지만 꼬박꼬박 답도 해주었다. 그의 입장에선 꽤 만족스러운 전화였다.

너무 저자세라는 생각이 들다가도 모두 자업자득이라는 결론이 섰다. 학창 시절, 사춘기였던 강자를 자극한 것도 자신이었고 성인이 되고 나서도 초등학생 어린아이처럼 괴롭히기도 했으니 이 정도로 받아주는 것도 감사하다고 절을 해야 할 판이었다.

하지만 이대로 만족할 수는 없었다. 마음을 표현할 때마다 도망치기만 하는 강자의 뒷모습을 보는 것도 더는 싫었다.

방법을 바꿔야 할 때가 왔다. 뛰어난 사업가인 그는 시장 공략을 할 때처럼 치밀하게 굴어야 한다는 걸 깨달은 후부턴 어떤 방

식으로 접근을 해야 할지 끝없이 고민했다.

휴대전화를 만지작거리던 차성윤은 곧 습관처럼 강자의 휴대전화 번호를 꾹꾹 눌렀다. 그런 다음 조금의 망설임 끝에 통화 버튼을 누른다. 국제전화 안내 멘트 이후에 얼마 지나지 않아 반가운 목소리가 들렸다.

[또 무슨 일이에요.]

한숨이 섞인 목소리에 성윤의 입가에 미소가 걸렸다.

"저녁은, 먹었어?"

[아직이요.]

"안 먹고 뭐 했어?"

[차성윤 씨 뒤를 캐는 중입니다만.]

"내 뒤를? 그거 기쁜데."

[……변태예요?]

"어."

[…….]

침묵이 흐르는 휴대전화 너머, 강자가 지금쯤 어떤 표정을 짓고 있을지 예상이 된다는 듯 그가 작게 웃음을 내뱉었다.

후후.

바람과 비슷한 소리에 강자가 한숨을 터뜨렸다.

"보고 싶다."

[너무 직설적이지 않습니까?]

"설마. 직설적이게 할까?"

[……사양하겠습니다.]

"아니야. 한 번 들어봐 줘."

[싫어요.]

"왜 그렇게 싫은데?"

[무슨 말을 할지 알 것 같아서요.]

"뻔해서 듣기 싫다는 거야?"

말싸움처럼 이어지는 대화는 죽이 척척 맞았다. 그래서 성윤은 강자와의 대화가 즐거워 견딜 수가 없었다.

[매일 네 꿈을 꾸고 있어. 꿈을 꾸지 않을 땐 너와 함께할 일들을 계획해. 어때요, 정확하죠?]

"넌 날 아직도 풋내기로 생각하는 거야? 그런 거로 만족할 리가 없잖아."

[그럼요?]

"어른이잖아."

[됐어요. 그만 말하셔도 됩니다.]

그렇게 말한 강자가 숨을 탁 터뜨렸다. 아무래도 가슴이 답답한 모양이었다.

편한 소파에 등을 기댄 그가 눈을 감았다. 강자의 목소리는 뾰족하고 날카로웠지만 잠이 솔솔 몰려왔다.

언제부터였을까.

그에게 휴식을 주는 건 강자뿐이었다. 왜 그럴까, 고민을 했을 때도 있었다. 그땐 정작 답을 찾지 못했지만 성윤은 오늘에서야 답을 찾은 것 같았다.

어딜 가던, 누굴 만나던, 사람들은 자신의 앞에서 극도의 긴장을 했다. 그게 당연했던 삶을 살아왔고, 여전히 살고 있었지만 가끔은 그게 답답해 견딜 수가 없었다.

사람들은 자신에게 항상 무언가를 바랐다. 부모님도 마찬가지였다. 가족이었지만 자식은 그들에게 있어 권력을 유지하는 도구 같은 것이었다. 어릴 적부터 완벽하길 요구했고, 뛰어난 사람이 되어야만 했다. 작은 일에도 실패를 용납하지 않으셨다. 자신은 작은 반항도 하지 못했다.

그런데 강자는 달랐다. 다른 사람들처럼 자신의 앞에서 본마음을 숨기지도 않았고, 원하는 것도 없었다. 오히려 완벽하게 굴려는 자신에게 그녀는 재수 없다는 반응이었다.

그게 좋았으니 강자의 말이 맞다. 자신은 변태다. 지금도 강자를 떠올리는 것만으로도 사타구니 사이에 힘이 들어가고 열기가 모이지 않는가.

손을 펼친 그가 손바닥을 보았다. 자신도 모르게 힘을 주고 있었던 건지, 손바닥에 붉고 하얀 기운이 번져 있었다.

[바빠요.]

"알아."

[차성윤 씨는 바쁘죠?]

"넌 대화의 기술이 좋지 못해."

[알았어요. 원래 하던 대로 할게요. 전화 이만 끊습니다.]

"저녁 먹어."

[네.]

짧은 답과 함께 전화가 끊겼다. 들고 있던 전화를 대충 소파에 던져 버린 그가 머리를 등받이에 기댔다. 지금이라면 오랜만에 달게 잘 수 있을 것 같았다.

하지만 그는 잠들지 못했다. 저녁 식사 약속이 있어서 곧 나가

봐야 했다.

무거운 몸을 일으켜 드레스룸으로 향한 그는 하루 종일 입어 구겨진 셔츠를 벗었다. 깨끗하게 세탁이 되어 있는 셔츠로 갈아입고 밖으로 나와보니 강안이 약속 시간보다 일찍 도착해 있었다.

"차 대기시켜 뒀습니다."

현실로 돌아온 차성윤의 표정은 차가운 CEO였다.

고개를 끄덕인 그가 룸을 벗어났다.

베이징 출장이 예상보다 길어지고 있었다. 최근 반한 정서가 심해지면서 중국 내에선 'made in KOREA' 라면 물건의 질과 가격은 상관없이 무조건 고개부터 젓곤 했다.

태원그룹에서 진출한 대부분의 제품과 회사들은 현지화를 했다 하더라도 전체적으로 수출이 줄었다.

얼마 후엔 최민이 찍은 CF가 중국을 뒤덮을 예정이었는데, 모델도 바꿔야 할 지경이었다. 중국에서 사랑받는 배우와 매니지먼트를 만나고, 중국에서 근무 중이던 한국 직원 중 일부는 본사로 소환하고 중국 직원을 새로 뽑는 등 나름의 대책을 세우고 있었다.

강자 보고 싶다.

울컥, 감정은 치솟았지만 겉으로 보았을 땐 평온을 가장하고 있었다.

현지 실무자들과 오랜 미팅을 마치고 밖으로 나온 차성윤은 복도 구석에 서 있는 강안을 보았다. 휴대전화를 들고서 밖으로 나왔던 그는 문자를 확인하고 있었다.

"무슨 일이야?"

심각한 표정에 그가 무심한 어투를 가장해 물었다. 그러자 강안은 때마침 잘됐다는 얼굴로 묻는다.

"사장님, 강자한테 무슨 짓을 한 겁니까? 평소보단 반응이 좀 격렬한데."

"왜? 연락 왔어?"

차성윤의 표정이 눈에 띄게 밝아졌다.

고개를 끄덕인 강안이 성윤에게 휴대전화를 넘겨주었다. 짧고 임팩트 있는 문자가 액정에 떠 있었다.

「너희 사장 좀 말려, 이 비서!」

"제가 왜 이 비서가 된 겁니까?"

"직접 물어보면 되잖아."

"물어보면 알고 싶지 않은 사장님의 사생활까지 알게 될 것 같아서요."

"이미 다 알고 있는데, 뭐."

"지금도 모르는 척하려고 애쓰는 중입니다만."

소리 없이 웃음을 내뱉은 성윤이 어깨를 으쓱였다. 반응은 함께 보내온 시간이 얼만데 굳이 모르는 척할 필요가 있냐는 표정이었다. 이를 강안은 깨끗이 무시했다.

하지만 아직 그의 호기심은 풀리지 않았다.

"정말 뭘 했기에 강자가 이런 반응입니까?"

"늘 있는 반응이잖아."

"그래도 절 이 비서라고 부른 적은 처음입니다."

"차성윤 사장이라고 부를 거면 너도 이 비서라고 부르라고 했어."

"……."

"그리고 방법을 바꿨거든."

어떤 식으로 방법을 바꿨는지 궁금한 표정이었지만 강안은 깊게 들어오기 겁난다는 듯 고개를 저었다. 호기심은 여기까지였다.

그때 강안의 휴대전화가 다시 울렸다. 강자에게서 새로운 문자가 도착한 것이다.

「차성윤 사장 언제 한국 와요? 차라리 내 앞에 불쑥불쑥 나타나는 게 낫겠어! 진짜 미치겠다고요! 새벽엔 왜 전화하는 건데!」

"신종 괴롭힘이라면 성공하신 것 같습니다."

액정을 성윤의 시선이 닿는 곳까지 뻗어 보여준 강안이 기가 막힌다는 듯 웃음을 뱉었다. 똑똑하고 지기 싫어하는 성격이었으니 자신이 져 주고 살살 꿰면 된다고 생각이 들면서도 한편으로 이를 알게 된 후의 뒷감당이 되지 않아 항상 사력을 다해 이겨줬다. 그럴 때면 강자는 그와의 경기에 집착했다.

그래, 그 방법이 좋겠다.

그는 '부탁'을 가장한 '내기'를 걸기로 했다.

"다음 주에 코트 예약해야 해."

"코트요?"

"어. 강자와 내기를 할 거거든."

"무슨 내기……."

"방금 전까진 궁금하지 않다며?"

장난처럼 웃은 그가 몸을 돌리자 강안이 고개를 절레절레 젓는다. 아마도 '저러니 강자에게 미움을 사지'라고 생각하고 있을 게 빤하다.

하지만 차성윤은 신경 쓰지 않기로 했다. 강렬하게 미워하는 마음을 애증으로 바꾸고 그다음엔 증오를 걷어내면 되지 않을까, 라는 생각을 하며.

태원에서 '직원 복지 기금'으로 쌓아두었던 기금이 불법적인 자금 흐름을 보인 건 다섯 달 전. 그룹 전체 자회사의 순수익 중 3%는 자동으로 쌓아두게 되어 있었으니 1년에 쌓이는 금액만 하더라도 조 단위였다. 차성윤 사장이 본격적으로 경영 일선에 뛰어들면서부터 쌓아두기 시작했으니 아무리 못해도 얼추 5조는 된다는 계산이 섰다.

투자자들 사이에서도 말이 나온다는 걸 알게 된 건 지금으로부터 세 달 전이었는데, 강자는 그때부터 끈질기게 추적했다. 처음으로 이와 관련된 기사를 써서 데스크에 올린 게 두 달 전이었고, 그때 편집장은 기사를 까면서 소설을 쓰려면 제법 그럴듯하게 쓰라고 했었다.

하지만 강자는 끈질기게 추적했다. 그러다가 태원그룹 미래전략 본부팀에서 일하고 있는 나팔의 기수를 알게 되었고, 그를 통해 현재 그 자금을 관리하는 사람이 미래전략 본부팀 본부장 김도형이 관리하고 있다는 걸 알게 되었다.

김도형이라 함은 태원에서도 아주 입지적인 인물이었다. 평사원부터 시작해서 현재의 자리에까지 오른 쉰여덟 살의 중년 남자는 태원그룹에서 일어나는 일들을 아주 속속들이 알고 있는 인물이었다. 몇 번 언론을 통해서 성공한 비즈니스맨으로도 알려진 적이 있어 강자 역시 잘 알고 있었다.

끈질기게 그를 찾아가 보았지만 김도형은 끝끝내 만남을 거절하고 있었다. 하지만 최강자가 누구던가. 자신이 원하는 목표를 위해선 뙤약볕에 몇 시간씩 서 있는 것도 마다하지 않는 철의 여인이지 않은가.

강자는 아침부터 태원그룹 본사 앞을 찾았다.

그렇게 기다리길 일주일.

김도형 본부장이 아침 6시에 출근했다가 자정이 되어서야 퇴근을 한다는 것을 알아낸 후엔 새벽 5시부터 태원그룹 본사로 출근 도장을 찍었다. 차성윤 사장이 없을 때가 절호의 기회였던지라 이때를 놓치면 아무것도 안 된다는 생각에 더욱 열정적으로 이 일에 임했다.

그렇게 잠복근무를 서는 형사보다 더 끈질기게 태원그룹을 찾기 시작한 지 이 주일, 강자는 자정이 넘어서 퇴근하는 김도형 본부장을 로비에서 붙잡을 수 있었다.

"김도형 본부장님, 정음일보 최강자 기자입니다."

갑자기 앞에 불쑥 나타난 강자 때문에 도형은 아연실색했다. 강자가 매일 그를 만나기 위해 본사로 출근을 하다시피 한다는 걸 알고 있어 조심하던 참이었는데 결국 딱 마주치고 만 것이다.

김도형 본부장은 낭패라는 듯 표정을 굳혔지만 강자는 명함을 건네준 후에 손바닥만 한 수첩을 꺼냈다. 본격적으로 이곳에서 서서 취재라도 할 모양이었다.

"약속을 잡고 싶었지만 본부장님이 워낙 바쁘다고 하셔서 예의에 어긋난 줄 알면서도 이렇게 찾아왔습니다. 여쭤볼 게 몇 가지 있는데 잠시 시간 좀 내주실 수 있으실까요?"

"정말 예의가 없군요. 흐음!"

그렇게 말을 하면서도 도형은 자리를 뜨지 않았다. 아마도 강자의 존재를 그는 이미 알고 있었는지도 모르겠다.

강자가 사람 좋은 웃음을 지었다.

"아주 잠시면 됩니다."

"전 아무것도 말씀드릴 게 없습니다."

"추측성 기사로 그룹이 피해를 입는 일은 없어야 하지 않겠습니까? 저도 정확한 팩트를 전달하길 원합니다."

"아니, 지금 무슨 말을……!"

"제가 아니더라도 언젠가 김도형 본부장님께서 자금 관리를 하고 있다는 소식을 다른 기자가 듣게 될 겁니다. 기자들 귀엔 별별 소문이 다 들리거든요. 아니, 어쩌면 벌써 알고서 취재를 하고 있을지도 모르죠."

"협박 한번 논리 정연하군요."

"직업이 이렇다 보니 자연스럽게 그렇게 바뀌었습니다. 잠시,

시간 내주시겠습니까?"

"……."

도형이 생각에 잠긴 얼굴로 강자를 보았다. 그러다 이내 결론을 내린 것인지 한숨을 내뱉는다.

"좋습니다. 하지만 오늘은 시간이 늦었으니 내일 아침 일찍 찾아오십시오."

"절 만나주시겠다고요?"

그렇게 묻는 강자의 눈초리는 믿을 수 없다는 듯 날카로웠다. 그래서 도형은 자신의 지갑에서 조금은 특별하게 생긴 명함을 꺼내 강자에게 내민다.

"이 명함만 가지고 있으면 프리패스입니다."

금색 명함을 받아 든 강자가 고개를 끄덕였다. 태원그룹의 오랜 전통인 명함의 존재를 그녀 역시 알고 있었기에 그날은 한 발자국 물러섰다.

"좋습니다."

"이것 하나만 약속해 주십시오."

깍듯한 어조에 강자가 고개를 기울이며 '뭘요?' 라고 물었다. 그러자 김도형 본부장은 들어주기 꽤 어려운 제안을 했다.

"기사는 쓰시면 안 됩니다. 아직 시기가 적절하지 않아서."

시기?

강자의 얼굴에 의문이 서렸다.

"약속할 수 있겠습니까?"

김도형 본부장이 힘주어 물었다.

기사를 쓸 수 없다면 더 이상 취재를 진행할 필요가 없었다. 하지만 강자는 아주 개인적인 호기심으로 이 문제를 취재하기 시작했다.

차성윤은 그런 사람이 아니야. 아닐 거야.

하지만 다른 동창들도 다 똑같았잖아.

아주 근본적으로 차성윤이 어떤 사람인지에 대한 결론부터가 흔들렸다. 그래서 그가 자신의 짚신짝이 아니라는 점과 더불어 이 문제를 가지고 차성윤의 고백을 거절해 왔다.

자신의 의문을 해소해야 했다. 선택지는 단 하나뿐이다.

"내일 찾아뵙겠습니다. 맛있는 커피를 사 들고 가겠습니다."

"전 따뜻한 게 좋겠습니다."

"네."

원하던 대로 진실에 가까워졌는데도 마음 한편이 불편했다. 내일 김도형 본부장에게 어떤 이야기를 듣게 될지 몰랐음에도.

어쩐 일인지 밤새 가슴이 떨려 잠을 이루지 못했다.

오늘 차성윤 사장이 인천공항을 통해 입국한다는 소식이 방송 뉴스는 물론이고, 인터넷 뉴스를 통해 시민들에게 전해졌다. 사드 때문에 중국 시장이 얼어붙은 것과 그럼에도 태원그룹 스마트폰 시장 점유율이 점점 높아지고 있다는 소식이었는데, 이번에 차성윤 사장이 직접 베이징 중국 지사를 찾으면서 전체적으로 정비를 다시 했다고 했다.

태원의 목표는 큰 중국 시장에서 지금보다 더 높은 점유율을 차지하는 것이었다.

완벽하게 목표한 바를 이뤘다고는 하지 못했지만 그래도 그룹 차원에서 할 수 있는 조처는 모두 취한 그는 한국을 떠난 지 3주 만에 고국 땅을 밟을 수 있었다. 스마트폰 신제품이 나오기 전, 마지막으로 전 시리즈를 할인을 해 판매를 하면서 전체적 점유율은 높였지만 기대했던 만큼은 아니었다. 이대로 신제품을 내놓았다 간 처참한 성과를 거둘 게 빤했다.

"일단 국내에선 기대 섞인 반응이 나오긴 했습니다."

"국내 점유율은 어떻습니까?"

"앞 시리즈 판매율은 많이 올랐습니다."

"신제품은요?"

"그게……."

"일단 들어가서 이야기합시다."

좋지 않은 결과일 게 빤해서 성윤의 얼굴이 구겨졌다. 곁에 서 있던 나 비서가 재빠르게 휴대전화를 꺼냈다. 강안 역시 미팅을 잡기 위해 전화를 돌리고 있었다.

3주 만에 돌아온 한국은 숨이 턱턱 막혔던 바람은 조금 싸늘해져 있었고, 더 이상 더위를 몰고 오지도 않았다.

VVIP 통로를 통해 공항을 벗어난 차성윤은 마치 군왕 같았다. 다른 이들을 병풍처럼 세우고 있었다.

"미팅 준비해 놨습니다. 각 담당자들 대기 중입니다."

국내 업무 전반의 일을 맡고 있는 나 비서의 말에 성윤이 고개를 끄덕였다. 곧장 그룹 본사에 들어가서 중국 시장에 대비한 대책을 세워야 했다.

다소 성급하게 걸음을 옮기던 그가 공항을 나서자 사람들의 시선이 간혹 그에게 닿았다. 최근 태원과 관련된 뉴스들은 첫 번째나 두 번째로 전해지고 있었으니 알아보는 이들이 제법 되었다. 하지만 그들 중 가까이 다가오는 이들은 없었다.

연예인처럼 유명했지만 가까이 다가가 사진을 찍어달라거나 사인을 해달라는 것이 아닌 마치 신기한 것을 발견한 사람처럼 눈을 동그랗게 뜨고 있는 게 꽤 기분이 나빴다.

하지만 그는 무심한 표정을 유지한 채 성큼성큼 걸음을 옮겼다. 이미지로 먹고사는 연예인만큼은 아니더라도 그 역시 공인이었다. 호는 아니더라도 불은 아니어야 했다.

가드들의 도움을 받아 걸음을 옮기던 그가 로비 앞에 세워져 있는 검은 세단을 보았다. 아니, 그 앞에 서 있는 작은 여자를 보았다는 게 더 옳을 것이다.

"뭐야? 여긴 어쩐 일이야?"

깜짝 놀란 성윤이 눈을 동그랗게 떴다.

강자였다. 최강자.

그녀가 자신이 입국했다는 소식을 단순히 전하기 위해 공항까지 왔을 거라곤 생각되지 않았다. 긴 출장에 수고했다는 말을 전하는 건 더더욱 아닐 것이고.

불안감이 가득한 눈으로 강자를 보던 그가 성큼성큼 걸음을 옮겼다. 사람들의 호기심 어린 시선이 계속되자 그가 강자의 팔목을 붙잡으려 했다. 우선은 사람들의 시선이 닿지 않는 곳에 있는 것이 좋다는 판단에서였다. 자신은 상관없었지만 강자는 타인의 눈을 유독 신경 썼다.

하지만 강자는 한 걸음 뒤로 물러서더니 어쩔 줄 몰라 한다. 이런 강자의 모습은 너무 낯설어서 성윤 역시 당황해 버렸다.

"차성윤…… 아니, 오빠 보러 왔어요."

"……"

오빠?

불안이 더 커졌다. 아니, 불안보다 더 큰 공포에 가까운 감정에 휩싸여 버렸다.

"무섭게 왜 그래? 내가 뭔가 또 잘못한 건가?"

그는 애써 아무렇지도 않은 척 물었다. 목소리는 성급했지만 개의치 않았다. 지금은 강자의 심경의 변화가 어디에서부터 기인했는지 알아야 했다.

그는 끈질기게 강자의 답을 기다렸다. 하지만 말하기 어려운 것인지 강자는 입을 꾹 다물었다.

안 돼. 이러면 안 돼.

이성과 감성이 동시에 비명을 지르는 기분이었다.

"아직 널 이렇게 화나게 만드는 일을 한 적은 없는 것 같은데."

'아직'이란 전제가 붙은 걸 보니 앞으로는 하겠다는 뜻이었지만 강자는 어수룩하게 웃기만 했다.

그러더니 한다는 말이 고작 이거다.

"만나야 할 것 같아서 무작정 찾아왔습니다."

그러니까 왜?

그의 얼굴이 의문으로 물듦과 동시에 불안감은 더욱 커져 갔다. 그걸 아는지, 모르는지 강자는 계속해 알 수 없는 말만 이어나갔다.

"왜 그런지 모르겠는데…… 나 스스로도 알 수 없긴 한데, 꼭 오
빠 얼굴을 보고 이야기를 해야 할 것 같아서……. 그래서……."

말을 길게 늘이던 강자가 침을 꿀꺽 삼켰다. 그러더니 그와 눈
을 마주치며 말을 이었다.

"내일이면 이불킥하면서 후회할지도 모르지만 찾아왔어요."

"강자야."

"……안 찾아오면 만날 때까지 안절부절못할 것 같아서."

강자의 말은 도통 알아들을 수 없는 것이었다. 하지만 강자의
표정은 알 수 있었다. 그녀는 조금, 울고 싶어하는 것 같았다.

"모든 게 오해였다는 걸 오늘 알게 되었습니다. 터무니없는 바
보 같은 생각들에 사로잡혀서……."

말을 잇던 강자가 침을 꿀꺽 삼켰다. 그러더니 그녀와 마찬가지
로 안절부절못하고 있는 성윤을 똑바로 바라보며 말을 잇는다.

"앞으론 안 따라다니겠습니다. 태원과 관련해선 더 이상 취재
하지 않겠어요."

"강자야……."

무언가 일이 잘못되었다. 자신이 없는 한국에서.

당장 강자의 마음부터 되돌려야겠다는 생각에 그가 성급하게
손을 뻗어 강자를 붙잡으려 했다. 하지만 강자는 이번에도 한 발
자국 뒤로 물러서 성윤의 손길을 피했다.

"죄송합니다."

허리를 숙여 사과의 말을 한 강자는 그가 또 붙잡을세라 몸을
돌려 인파 사이로 숨어들었다. 그가 조막만 한 강자를 사람들 속
에 숨자 깨금발을 들어 찾으려 애를 썼다. 직접 인파 속으로 섞여

들 수가 없어 강안에게 눈짓으로 따라가 보라고 일렀다.

"우선 미팅 진행하고 계십시오."

"……강자 내 앞에 데리고 와."

"알겠습니다."

허리를 숙인 강안이 강자의 뒤를 쫓았다. 두 사람은 순식간에 성윤의 시야에서 사라졌다.

두근두근!

심장이 터질 것처럼 뛰었다.

인파 사이를 빠르게 헤치고 무작정 걸음을 옮기던 강자가 순간 머리가 핑, 하고 돌자 이마를 짚었다. 자신도 모르는 사이에 숨을 과하게 쉬고 있었다.

천천히 숨을 들이켰다가 내뱉길 몇 번, 강자가 가슴을 툭툭 두드렸다. 당혹스러운 마음에 시선은 길을 잃고 이리저리 헤맸다.

"자금 출처는 알고 계신 대로 직원 복지 기금으로 마련된 것이고, 이번에 차성윤 사장님의 주도로 재단을 하나 만들게 되었습니다."

아침 일찍, 김도형 본부장을 만났다. 그리고 그에게서 믿기지 않을 말만 들었다.

"재단은 직원들을 위해 구성되었습니다. 이렇게 이야기하면 오너가

가 다른 주머니를 차기 위해 만든 재단이라고 생각할 수도 있겠지만 이 기금으로 가장 먼저 조성될 것이 자녀를 케어할 수 있는 공간입니다. 영유아원이 전국에 태원의 이름을 달고 있는 곳이라면 직원들의 의사를 물은 후 최대 100명을 케어할 수 있는 공간 조성에 바로 들어갑니다. 이를 원치 않는다면 유급 출산 휴가를 받을 수 있고 여자 직원은 최대 1년, 남자 직원 역시 의무적으로 6주간 휴가를 써야 합니다."

의료 복지 또한 따로 금액을 조성할 거라 했다. 태원그룹의 지원으로 돌아가는 대형 병원에서 치료를 받지 않더라도 의료 비용의 80%까지 지원할 거라 했다. 직원 본인뿐만 아니라 직계 가족까진 지원받을 수 있었다.

그 말을 듣고 강자는 믿지 않았다. 당장 이 자리를 모면하기 위해 꾸며낸 말이라 믿었다. 아니, 믿고 싶었다.

"이뿐만이 아닙니다. 여름휴가 땐 비용뿐만 아니라 태원 호텔은 무료로 이용할 수 있도록 지원 확대와 광주와 부산, 제주도엔 교육 센터가 직원들을 위해 조성됩니다. 각종 대출까지 할 수 있도록 그룹에서 지원을 아끼지 않을 예정입니다."

이 얼마나 꿈같은 회사인가.

우리나라 대기업 문화에선 절대 불가능한 복지였다. 대기업, 아니, 재벌들은 대한민국에서 사라져야 할 사회악이라 믿고 있는 강자조차도 그런 회사가 있다면 당장 입사하고 싶었다. 그리고 재벌에 대한 인식조차 180도 바꿔 버릴 것 같았다.

"이 모두를 하기 위해선 현재 조성된 금액은 금세 없어질 겁니다. 그래서 그룹 내에선 현재 순수익의 3%만 쌓이던 기금을 차후엔 5%까지 올릴 예정입니다."

"그럼 왜 이를 비밀에 부치고 있는 겁니까? 투자자들은……."

"이 사실을 투자자들이 들으면 좋아할 것 같습니까?"

김도형 본부장의 물음에 최강자는 입을 꾹 다물었다. 그리고 차성윤의 말을 떠올렸다.

인간은 참 간사해.

이해 관계가 본인에게만 이득이 된다면 상관없지.

사람과 돈이 한 집합으로 바뀌면 믿지 못하는 사람이었다.

"장학 재단을 통해 직원들의 자녀뿐만 아니라 직원 본인 또한 유학을 원하면 심사를 통해 3년까지 무료로 장학금을 지원할 예정입니다. 이렇게까지 하고 보니 돈 쓰는 게 참 쉽더군요. 그리고 왜 사장님이 이 이야기가 준비 단계에서 밖으로 새어나가길 원치 않았는지도 알게 되었습니다."

모든 준비가 끝난 후에 대대적인 홍보를 하게 되면 투자자들 역시 별말을 하지 못할 테니까.

강자의 답에 김도형 본부장은 고개를 끄덕였다. 이와 관련하여 준비는 거의 다 이루어진 상태이고, 재단 이사장은 외부에서 모셔 올 거라 했다. 그래야 다른 사람들의 오해를 완전히 벗을 수 있을 거라고.

말로만 설명하는 것이 아닌 적절한 자료와 서류들로 김도형은 자신의 말을 믿게 만들었다. 재단의 계획은 꽤 꼼꼼했다.

재벌에 대한, 아니, 차성윤에 대한 생각이 180도 바뀌었다.

뭐든지 완벽한 남자.

자신의 의도대로 상황이 돌아가도록 만드는 것엔 천부적인 재능을 가진 사람.

그래서 재수 없었던 놈.

그를 만나면서부터 자신은 단 한 번도 1등을 한 적이 없었다. 그가 졸업한 이후엔 수석 자리를 몇 번 차지할 수 있었지만 예전엔 목말랐던 그 자리에 이미 흥미를 잃은 후였다.

터덜터덜, 다시 걸음을 옮기던 강자가 자리에 쪼그리고 앉았다. 하필이면 흡연 구역 바로 앞에 앉아 담배 찌든 냄새가 코끝을 찔렀지만 한 발자국도 움직일 힘이 없었다.

그때 뒤에서 인기척이 들렸다. 차성윤이면 어쩌나. 그럼 정말 쥐구멍에 숨고 싶을 텐데.

눈을 질끈 감은 강자가 깊은 한숨을 내뱉자 뒤쫓아온 남자가 그녀를 부른다.

"강자야."

다행일까. 아니면 불행일까.

강안이었다.

"오빠."

"무슨 일이야? 차성윤 사장 얼굴 봤어? 완전히 백지야."

새하얗게 핏기가 가신 얼굴을 강자 또한 두 눈으로 똑똑히 목도 했다.

"모두 다 내 자격지심에서 시작된 일이에요."

그걸 알고 있었으면서도 애써 모른 척했었다.

이젠 어떻게 해야 할까. 어떻게 해야……

"그걸 이제 알았냐?"

강안의 물음에 강자가 힘없이 고개를 저었다. 그러더니 강안을 올려다본다.

"알고 있었어요."

"그럼 뭘 그렇게 충격 받은 얼굴이야?"

강안의 물음에 강자가 허탈한 듯 툭 웃음을 뱉었다.

그러게.

난 왜 이렇게 정신적인 충격이 큰 걸까?

곰곰이 생각에 잠겨 있던 강자가 바보처럼 읊조렸다.

"나쁜 놈이어야 하는데, 그러질 않아서 이렇게 충격인가 봐요."

그게 지금 같아선 아주 솔직한 심경이었다.

6

힘없이 자리에 쪼그려 앉아 있는 강자는 허리를 동그랗게 말고 있어서 그런지 유독 작아보였다.

그러게. 그렇게 나쁜 인간은 아니라니까.

강안은 짧게 혀를 끌, 하고 찼다.

"그래서 미안하다고 사과한 거야? 그런 거라면 방법이 잘못되도 한참 잘못됐어. 사과받는 쪽이 오히려 잔뜩 겁을 먹었잖아."

천하의 차성윤이 백짓장이 되었던 걸 떠올린 강안은 여전히 뒤돌아 앉아 있는 강자를 보았다. 서른이 넘은 사람들이 어릴 적부터 이러고 있는 걸 보면 참 한심했다. 차성윤의 과거에도, 최강자의 과거에도, 다른 이성은 끼어들 틈이 없었다.

두 사람 모두 연인이 없었다고 할 수는 없었다. 하지만 짧은 시간 내에 끝났다. 마음은 다른 곳에 가 있으니 당연하게도 연애 기간은 너무 짧았다.

강자가 자신의 마음에 변화가 생겼으니 이제 그 끝이 보이는 건가.

두 사람 모두 나이가 먹을 만큼 먹었으니 그만 좀 했으면 좋겠다고 생각한 강안은 중간에 껴서 고생할 일도 곧 끝날 거라 희망하며 말했다.

"사장이 너 데리고 오래."

"지금은 보기 싫은데요."

이 기집애가 진짜.

예상과는 전혀 다른 답에 눈썹을 찌푸린 강안이 고개를 저었다. 하지만 애도 아닌데 뒷덜미를 끌고 갈 수는 없는 노릇 아닌가. 강자 역시 차성윤 사장이랑 다른 문제를 가지고 꽤 충격을 받은 듯했다.

"언제 보고 싶은데? 난 사장을 이해시켜야 하는 입장이라서."

"일주일 안으로 찾아가겠다고 전해줘요."

"그건 너무하지 않아?"

하루 이틀이면 몰라도 일주일은 너무 긴 시간이었다. 차성윤 사장이 그사이에 마음을 지글지글 끓일 걸 생각하자 제3자인 자신이 다 안타까워질 지경이다.

아니, 제3자는 아닌가?

그사이에 그의 히스테리를 받아내야 한다는 사실을 상기시킨 강안이 딱 잘라 말했다.

"일주일은 너무 길어."

"저도 알아요. 그런데…… 나도 마음의 준비를 할 시간이 필요해서요."

도대체 무슨 마음의 준비가 필요하다는 것일까.

사과도 했고, 앞으로 어떻게 하겠다는 것도 밝혔는데.

뭔가 더 남아 있을 거란 생각에 강안의 눈에 호기심이 어렸다. 하지만 이를 입 밖으로 내뱉는 멍청한 짓거리는 하지 않는다.

타인의 연애에 개입해 봤자 좋은 꼴을 못 본다. 다른 이들도 그런데 차성윤 사장과 최강자 사이는 오죽할까.

불같지만 차갑고, 얼음 같지만 뜨거운 두 사람이었기에 다른 이들과는 비교할 수 없는 꼴을 당할 게 분명하다.

"알았다."

그러니까 자신은 강자의 마음을 차성윤에게 전하기만 하면 된다.

툭.

"힘내라. 초딩."

강자의 머리에 가볍게 손을 얹어놓은 강안이 힘을 내라고 말한 후에 몸을 돌렸다.

강자를 만나기 위해 돌아가지 않고 있던 성윤에게 모든 상황을 설명한 강안은 몸을 돌려 차에 오르는 성윤을 보았다. 그는 우울한 표정을 지을 뿐 아무런 말도 하지 않았다. 강자를 데려오라고 고집을 부리지도 않았다. 공항을 떠나는 것으로 강자의 의견을 존중해 줬다.

❖

비틀거리며 집 안으로 들어온 강자가 무거운 가방을 바닥에 내려놓았다. 힘 한 자락 들어가지 않는 몸을 침대에 뉘인 그녀가 깊은 한숨을 쉰다. 문득, 오랫동안 이별을 했던 차성윤을 다시 만났던 날이 떠올랐다.

차성윤은 순식간에 자신의 앞에서 사라졌다. 인생에서 가장 예민한 사춘기 시절에 자신의 앞에서 사라졌고, 한참 기자로서 열의를 가졌을 때 그의 입국 소식이 들려왔다.

차성윤은 '아이돌'에서 어느새 감히 올려다보지 못하는 사람으로 성장해 있었다. 몸에 딱 달라붙는 슈트가 잘 어울리는 남자. 그래, 남자가 되어 돌아왔다.

"이야, 차성윤 사장 돌아왔네?"

유미의 말에 강자는 묵직한 둔기로 뒤통수를 얻어맞은 기분이 들었다. 좋아한다는 고백을 하고서 제 앞에서 사라졌던 남자가 돌아왔다는 사실에 그런 기분이 들었다기엔 꽤 큰 충격이었다.

그래서 '그 사람 돌아온 게 왜?'라고 말했다. 뉴욕 지사에서 승승장구하고 있다는 소식은 언론을 통해 지속적으로 들었었다. 언젠가 돌아올 거라고 생각하고 있었기에 그런 질문을 하는 게 그때 당시엔 이상하지 않은 거라 생각했다.

하지만 유미는 아닌가 보다.

"넌 마치 알고 있는 사람처럼 이야기한다? 아, 맞다. 너 차성윤 사장이랑 같은 고등학교 나왔지?"

그 물음에 강자는 자신도 모르게 '같이 학교만 다녔지 잘 몰라'

라는 답을 했다. 그러면서도 걸음은 태원그룹 본사로 향했다. 왜 그런지 몰라도 그 남자를 만나서 자신의 존재를 일깨워 주고 싶은 마음이 들었다. 너의 등장에 나도 놀랐으니 너도 놀라봐라, 라는 마음이 동시에 들었던 것도 사실이다.

그에게 향하는 길은 꽤 험난했다. 하지만 우연히 만난 강안 덕분에 그에게 갈 수 있었다. 그때, 막상 차성윤을 만나던 순간은 아직도 생생하다.

그는 완연한 남자가 되어 있었다. 처음 그 시린 눈과 마주쳤을 때 사지가 떨렸다.

유약한 느낌이 들었던 고교 시절과 달리 잘 가꾼 몸은 벽 같았다. 하지만 그걸 솔직히 표현하긴 싫었다. 그래서 선전포고처럼 말했다.

"차성윤 사장님, 안녕하십니까. 정음일보 최강자 기자입니다."

"기자가 됐다는 이야기는 들었어."

그때 다시 한 번 몸이 떨렸다. 웃음은 예전과 변한 게 없어서. 마치 어제도 만났던 사람처럼 친근하게 웃으며 악수를 청하는 손에 강자는 한 발자국 뒤로 물러섰다.

"앞으로 자주 뵙게 될 거예요."

그때부터였다. 어떠한 믿음과 신념에 사로잡혀 차성윤의 뒤를 쫓은 것은. 태원그룹의 비리를 잡기 위해 노력했고, 몇 번은 성과도 이뤘다.

그렇게 3년을 쫓아다녔다. 자그마치 3년을.

"삽질 한번 길게 했네."

헛웃음과 함께 말을 내뱉은 강자가 몸을 돌려 베개에 얼굴을 묻었다.

끌어내리고 싶었다. 너무 높은 곳에 있는 남자여서. 고고하게 웃고 있는 그 얼굴이 너무 잘나서.

평생 한 번쯤 꼭 이기고 싶었던 남자가 너무 멀리 떠나 버렸다는 쓸쓸함에 참 집요하게도 굴었다.

이제 내 마음을 알겠다.

이제야.

"초딩 맞네."

다시 한 번 헛웃음을 내뱉은 강자가 눈을 꼭 감았다.

앞으로 어떻게 차성윤 사장을 볼지 감이 서질 않았다. 하지만 하나는 확실했다. 껍질을 한 꺼풀 벗은 느낌이다.

고급 한정식당 안.

긴 출장으로 인해 오랜만에 차민식 회장과 차성윤 사장이 마주 앉아 점심 식사를 하고 있었다. 두 사람이 함께 마주 보고 앉은 것도 근 두 달 만이었다.

두 사람은 부자였지만 식사 내에 개인적인 안부나 사생활은 묻지 않았다. 타인이 보기엔 이상해 보일지도 모르겠지만 두 사람에겐 당연한 일이었다. 가족이어도 적당한 거리를 두어야 속이 편하다고 생각하고 있었고, 이 생각으로 평생을 살아온 사람이었다.

적당히 식사를 마친 두 사람은 차로 입가심을 했다. 하지만 식사를 마치고 시간이 어느 정도 흐른 후에도 차 회장이 본론을 꺼내지 않아 성윤은 속으로 꽤 애가 탔다. 갑작스럽게 약속을 잡으셨기에 보통 일은 아니라 생각이 들었다.

그때 차 회장이 들고 있던 찻잔을 내려놓은 후에 차성윤을 보았다. 아들은 잘 장성해 주었다. 큰 짐을 얹었지만 그 일 역시 척척 해냈다. 다른 이들은 그 압박감과 중압감에 힘들어하겠지만 아들은 그렇지 않았다. 그것이 자신의 인생에 지어진 짐이란 걸 어릴 때부터 받아들였고, 이를 수행하기 위해 노력을 아끼지 않았다.

아비인 자신에게도 어려운 아들이었다. 하지만 걱정거리를 주지 않았기에 이제껏 아들의 인생에 관심을 두고 간섭한 적은 없었다. 그런데 최근, 차 회장은 아들 문제로 한 가지 걱정거리가 생겼다.

이를 해결하러 온 자리였기에 차 회장은 노란색 봉투를 차성윤 사장 앞으로 밀어두었다. 아들은 이게 뭐냐는 눈치로 보았지만 곧 봉투 안을 열어 안에 들어 있는 사진을 본다.

"이게 뭡니까?"

"다 알면서 물어보는구나. 대현그룹 장녀 김하나 양이다."

대현그룹은 국내에서 가장 큰 식품 업체였다. 유기농을 앞세운 고가의 식자재와 인스턴트, 간편 요리부터 시작해서 아주 오랜 시절부터 사랑받아 온 라면 브랜드까지. 그룹 순위를 봤을 때 항상 20위 밖으로 밀려난 적이 없는 그룹이었다.

차 회장의 고개가 옆으로 기울었다. 자신의 아들답지 않게 모르는 척 되묻는 게 이상해서다.

아버지의 마음을 알아챈 것인지 차성윤 사장이 들고 있던 잔을 내려놓은 후 혼잣말처럼 말을 이었다.

"회장님, 그거 아십니까? 불장난은 참 재미있습니다."

불장난?

차 회장의 표정이 더욱 의아하게 변했다.

"그런데 그 불장난이라는 게 참 무섭잖습니까? 실제로 불장난을 할 때도 처음엔 작은 불씨를 피울 생각이었지만 집을 다 태울 수도 있지 않습니까."

자신의 아들이 지금 그 불장난을 하고 있다는 말인가? 믿을 수 없었다.

"제가 지금 딱 그렇습니다."

"마음에 둔 사람이라도 있는 거냐."

정확한 맥을 짚고서 묻는 말에 성윤은 웃었다. 차민식 회장이 놀란 것은 당연하다. 오랜만에 본 아들의 진심 어린 웃음이었기 때문이다.

그것도 여자 때문에 웃다니.

당연히 호기심이 생길 수밖에 없었다.

"어떤 사람이냐?"

"진짜 나의 모습을 봐주는 사람입니다."

"진짜 너의 모습?"

"꾸며진 모습이 아니라 진짜 차성윤 말입니다."

거참, 철학적이다. 하지만 아들답기도 했다.

"괜찮은 척, 아무렇지도 않은 척하는 내가 아니라 인간적인 모습까지 모두 보여줄 수 있는 사람입니다."

찻잔을 들어 입안에 머금은 차 회장이 나지막한 한숨을 내뱉었다.

어릴 적부터 너무 큰 짐을 지웠을지도 모르겠다는 생각이 뒤늦게 들었다. 아들이 이런 고민을 안고서 이제껏 자신의 앞에 여자를 데리고 오지 않았던 거라 생각하니 마음에 스산한 바람이 불기도 했다.

"치졸한 나도, 비열한 나도, 나약한 나도, 멍청한 나도. 모두 보여줄 수 있는 사람이에요."

그런 아들이 제대로 된 임자를 만났나 보다. 아니, 어쩌면 그 임자가 있어서 이제껏 연애 한번 제대로 하지 않아 자신의 귀에도 이상한 소문이 들려오게 되었는지도 모르겠다.

"그래서 좋아했습니다. 처음부터. 편해서. 그 사람 앞에선 꾸미고 가꾸고 감춘 내 모습을 보여주지 않아도 돼서."

그래서 좋습니다.

아들의 말에 차 회장이 고개를 끄덕였다. 결혼 상대자를 내미는 순간 이 사실을 고백해 오는 걸 보면 다른 여자는 싫다는 뜻 아니겠는가.

차 회장은 빠르게 현 상황을 파악했다. 그 후의 행동은 자연스럽게 차성윤 사장의 앞으로 내밀었던 사진을 거둬들이는 것이었다.

"어느 집 딸이냐."

"하늘에 뜬 별이요."

"뭐?"

애가 뭘 잘못 먹었냐는 표정이었다. 그러자 차성윤이 실없는 농담이었다는 듯 웃는다. 이 역시 아들에게서 처음 보는 모습이었다.

"아버지가 2성 장군입니다."

"……."

2성 장군이라.

전혀 예상하지 못했기에 차 회장은 순간 할 말을 잃고 입을 꾹 다물었다.

"아무래도 좀 위험하죠?"

"전혀 도움은 안 되는 사람이구나."

"그렇죠. 제 목숨이 위험하기도 하고."

또 실없는 농담이었다. 그래서 차 회장 역시 힘이 쭉 빠진다는 듯 희미한 웃음을 담고서 말했다.

"많이 변한 것 같구나."

"저도 그렇게 느끼고 있습니다."

"한 번 보자."

"……허락해 주시는 겁니까?"

이는 예상하지 못했다는 듯 성윤이 눈을 동그랗게 떴다. 그러자 차 회장은 두 번 생각할 것도 없다는 듯이 잘라 말한다.

"태원그룹은 정략혼 따위 필요 없다."

대한민국에서 태원그룹보다 더 강한 힘을 가진 사람은 없었다. 최근 재계에선 예전처럼 정치인들을 만나 줄을 대려는 사람도 없었다. 괜히 그쪽과 얽혔다간 피를 보기 십상이기 때문이다.

정권 역시 5년이면 변한다.

결혼을 통해 무언가를 얻지 않아도 됐다. 구설수에만 오르지 않는다면 충분히 훌륭한 결혼일 터다.

"허락 받아보겠습니다."

"……뭐?"

"아직 마음을 얻지 못해서요."

"실없는 놈."

혀를 끌, 하고 찬 차 회장이 고개를 절레절레 저었지만 성윤의 표정은 밝았다. 큰 산이라고 생각했던 아버지의 허락이 이렇게 쉽게 떨어질 거라 생각지 못했기 때문이다. 그만큼 부자간의 대화가 부족했다.

"감사합니다."

별소리를 다 듣는다는 듯 바라보던 차 회장이 이내 다과상으로 시선을 돌렸다. 그의 모습은 아들의 연애사 따위에 깊이 관심을 두지 않겠다는 부모의 모습, 그대로였다.

"지금은 힘드니까 일주일 안에 찾아뵙겠답니다."

일주일. 일주일이라.

처음엔 금방 흐를 줄 알았는데, 자신의 착각이었다. 살면서 이토록 시간이 안 갔던 적은 처음이라 자부할 수 있을 만큼 시간은 더디게 흘렀다.

지난 나흘 동안 그의 피가 바짝바짝 말랐다. 앞으로 사흘이나 남았다.

처음엔 먼저 연락을 해볼까, 생각도 했었다. 하지만 그러지 못했다. 강자의 마지막 모습이 머릿속에 계속 아른거렸기 때문이다.

강자는 마치 마지막 인사를 건네는 것 같았다. 그래서 무서웠다. 이제껏 강자에게 마지막 인사를 받을 거라곤 생각 못했었다. 강자는 늘 여지를 열어두고 있었고, 괴로울 때 강자의 곁을 떠났던 건 자신이었다. 유학으로 도망을 갔고, 일을 핑계로 강자가 자신의 뒤를 쫓고 있다는 걸 알면서도 외면했었다.

그런데 이제 보니 아니다. 강자 역시 자신처럼 떠날 수 있었던 거다.

어떻게 해야 하나, 먼저 연락을 해봐야 하나 계속 고민했다. 이 고민이 길어질수록 미칠 것 같은 마음에 안절부절못하게 되었다.

하지만 차성윤은 인내심을 가지고 강자의 연락을 기다리고 있었다. 아니, 기다렸었다.

차성윤은 결국 참지 못하고 강자의 집을 찾았다. 고개를 들어 강자의 집 창문을 바라보던 그가 깊은 한숨을 쉰다.

어느새 무더위가 훌쩍 물러났다. 밤이 되자 얇은 셔츠 사이로 차가운 바람이 스며든다.

자정이 넘었지만 강자의 집 불은 꺼져 있었다. 혹 자고 있는 것일까.

생각을 하던 그가 입술 끝을 끌어 웃었다.

아니다. 벌써 잘 리가 없다. 최강자는 지독한 워커홀릭이었다. 그게 자신의 취재에만 해당되는 것인지는 몰라도 끈질기게 자신이 알고자 하는 진실을 추적했었다.

아직 안 들어왔구나.

그럼 어떻게 해야 하나.

그가 고민했다.

오늘 안 보면 죽을 것 같은 기분이 들었다.

시선을 내려 애써 만든 '만남의 변명'을 본 그가 피식, 바람처럼 웃는다. 손목엔 검은 봉지가 달랑거리고 있었다.

"보고 싶은데."

그래, 보고 싶어서 안 되겠다.

신문사에 있을 게 빤하니 그가 몸을 돌리려 할 때다. 마지막으로 고개를 힘껏 젖혀 강자의 집 창문을 보던 그가 미간을 좁혔다. 불이 들어와 있었다.

뭐지.

의아한 마음이 들었다. 자신이 강자가 집 안으로 들어갈 걸 보지 못할 리가 없는데, 라고 생각하던 그는 곧 이 오피스텔 안으로 들어가는 문이 총 세 개가 있다는 걸 떠올렸다. 또 강자가 차를 가지고 출근을 했다면 못 봤을 수도 있었다.

차성윤은 조금은 성급하게 걸음을 옮겨 오피스텔 안으로 들어갔다. 그리고 1층에 머물러 있던 엘리베이터에 올랐고, 강자의 집 층수를 꾹 누른다.

지은 지 얼마 안 된 오피스텔이었기에 엘리베이터가 빠르게 위층으로 향한다. 곧 문이 열렸고, 자신이 발을 디디기도 전에 복도 센서가 커졌다.

딩동.

초인종을 누름에는 막힘이 없었다. 그런데 누르고 나자 갑자기 긴장감이 몰려왔다.

집까지 찾아와서 질색하면 어쩌지?

아니, 질색할 게 분명했다.

성윤의 얼굴에 긴장감이 흘렀다. 하지만 안에선 아무런 반응도 없었다.

딩동.

그가 다시 한 번 용기 내 초인종을 눌렀다. 하지만 아까와 마찬가지로 안에선 아무런 인기척도 들리지 않는다.

그는 강자가 집에 돌아오지 않았다는 걸 깨달았다.

"후."

한숨을 내뱉은 그가 허탈하게 웃었다. 그러더니 강자의 집 문에 등을 기댄 후에 바닥에 앉는다.

무서워졌다.

알 수 없는 공포에 그는 한참이고 불 켜진 복도 끝, 엘리베이터를 보고만 있었다.

조금만 있으면 날이 밝을 시간.

강자는 여전히 신문사 한구석, 자신의 자리에 앉아 있었다.

새벽이니만큼 눈이 가물가물거리고, 오랫동안 앉아 있어 허리가 뻐근하게 아플 법도 한데 그녀는 엄청난 집중력으로 스크랩되어 있는 신문을 보고 있었다. 지난 나흘 동안 강자는 늘 이런 상태였다.

그녀가 보고 있는 것은 정음일보에서 나갔던 태원 관련 뉴스 스크랩이었다.

—태원전자, 청년실업 해소 위해 대거 신입사원 뽑는다.
—열정 페이? 태원 식품에겐 없는 일. 태원그룹 전 직원 성과급 지급! 최소 50%부터 최대 400%까지.

그녀가 쓴 것도 있었고, 아닌 것도 있었다.
탁.
탁.
탁.
손톱으로 책상을 두드린 그녀가 다음 파일을 가져왔다. 그녀는 기사 신문을 통해 자신의 과거를 되새기고 있었다.

—태원그룹, 치매 예방 사업 위해 서울시에 100억 쾌척!
—젊은 신혼부부에게 최고의 선물을! '태원 호텔, 어려운 신혼부부들을 위해 최고급 스위트룸 쏜다!'

모두 사회에선 긍정적으로 받아들이는 기사들뿐이었다.
태원그룹은 대기업 중에서 유일하게 오너가 재판정에 서지 않은 그룹이었다. 그랬기에 강자는 태원그룹이 엄청난 로비로 자신들의 죄를 덮고 있는 건 아닐까, 의심했다. 그룹을 경영하는 데 있어 이 정도로 깨끗하게 하긴 어렵기 때문이다.

태원그룹과 관련하여 나쁜 뉴스는 '일감 밀어주기'에 관한 것뿐이었다. 그녀가 2년 전에 쓴 기사였다.

회사를 상속할 때도 4,000억 원에 달하는 세금을 분납으로 충실하게 납부했다. 이례적인 일이어서 꽤 많은 뉴스들이 쏟아졌고.

탁.

탁.

탁.

책상을 두드리던 손이 급기야 멈췄다.

쿵!

책상에 이마를 박은 강자가 한숨을 푹 내뱉었다.

워낙 잘난 남자라 미웠다. 감히 올려다볼 수 없는 나무였고, 가지지도 못하는데 근처에서 깔짝거리며 자신의 화만 돋우니 이름을 듣기만 해도 속에서 울컥 화부터 치솟았었다.

이 사람을 마음에 담아도 결코 내 것이 될 순 없겠구나, 하는 생각에 차성윤을 미워했다.

자신은 엄청난 겁쟁이었다, 참 나.

"뭐야, 철야했어? 급한 거 없다며."

"어, 그랬지."

"그랬지?"

고개를 든 강자가 막 출근한 유미를 보았다.

"머리 아파."

"몸 안 좋으면 편집장님한테 말하고 집에 들어가. 너 며칠째 철야야?"

"오늘이 며칠이지?"

"9월 2일."

"이틀 남았다."

강자가 미간을 좁혔다. 그러자 유미는 '뭐가?'라며 묻는다.

"그런 게 있어."

비틀거리며 자리에서 일어난 강자가 가방을 집어 들었다.

"목이나 깨끗이 닦아야겠다."

"목?"

"어. 기왕 잘려 나가는 거 닦아두는 게 좋겠지. 나 씻고 올게. 편집장한테 말해줘."

손을 흔들며 사무실을 벗어나는 강자를 유미가 황당하다는 눈으로 보았다.

"뭐야?"

쟤가 드디어 미쳤나?

고개를 내저은 유미가 자리에 앉은 후 일거리를 가져왔다. 그러다 문득 닿는 강자의 자리를 보며 한심하다는 듯 말한다.

"자리 참 심란하다. 주인처럼."

수백 개의 파일이 위태롭게 세워져 있었다.

비틀거리는 걸음으로 엘리베이터에서 내린 강자가 걸음을 멈칫했다.

"저게 뭐야?"

미친 사람처럼 혼잣말을 내뱉은 강자가 성큼성큼 걸음을 옮겼다.

부스럭.

문손잡이에 걸려 있던 검은 봉지를 집어 든 강자가 안을 살펴본다. 안엔 딸기 맛 요거트가 들어 있었다.

보통의 사람이라면 자신의 집 문 앞에 걸려 있는 봉투를 의심할지도 모른다. 요즘 세상이 워낙 흉흉하지 않은가.

하지만 강자는 이걸 가져다 놓은 사람이 누군지 예상이 된다는 듯 바람 빠지는 소리를 내며 웃었다.

"일주일 다 채우면 나쁜 년이겠지?"

미친 사람처럼 혼잣말을 내뱉으며.

비밀번호를 누르고 안으로 들어온 강자는 시간에 맞춰 켜진 불부터 껐다. 그 후엔 가장 먼저 뜨거운 물로 샤워부터 하리라는 생각을 고쳐먹고서 식탁 의자를 빼내 앉는다.

요거트를 뜬 강자가 스푼으로 크게 한입 떠먹었다. 커다란 딸기 알갱이가 입안을 상큼하게 만들어주었다.

"맛있다."

딸기 요거트.

처음 차성윤이 고백했을 때 자신에게 준 것이었다.

미안하다는 사과 없이 건넨 말에 그에게 다시 돌려주려 했지만 교복 입은 차성윤은 받지 않았다. 그 이후로 말없이 받아 들 때까지 끊임없이 딸기 요거트를 가져다줬다.

결국 백기를 든 것은 자신이었고, 그의 앞에서 딸기 요거트를 싹싹 비운 후에 '자, 됐지? 이제 제발 내 눈앞에서 사라져!' 라는 눈으로 봤었다.

그 후로 여자 선배들은 물론이고 후배들에게도 꽤 시달렸다. 학교의 아이돌을 꼬시는 여우로 소문이 났으니 학교 여학생들의 공공의 적이 되어버렸었다.

"이제 왕따당할 일은 없어서 다행인가?"

아니, 어쩌면 대한민국 싱글 여성들의 공공의 적이 될지도 모르겠다.

차성윤은 너무 잘났다.

"어, 얼굴이……."

노트를 들고 사장실 안으로 들어온 강안은 차성윤을 보자마자 깜짝 놀라 눈을 커다랗게 떴다. 시커멓게 변한 얼굴을 보니 놀라지 않을 수가 없었다.

힘없이 웃는 성윤을 보며 강안은 눈치껏 밖으로 나갔다. 그 후에 커피를 준비하고 있는 여비서에게 커다란 머그컵을 건네받았다.

"뭐야, 왜 이렇게 많아요?"

"사장님이 머그컵에 가져다달라고 하셔서……."

"출근해 보니 와 계셨습니까?"

"네. 오늘은 정리할 일이 있어서 일찍 출근했는데 이미 출근해 계셨어요."

"몇 시였습니까?"

"여섯 시요."

"아."

강안의 미간이 좁혀졌다. 애초에 퇴근을 하지 않은 게 분명했다.

갈아입을 옷이야 사무실에도 있었다. 사장실 한 켠엔 작은 드레스룸이 있어 늘 말끔한 모습을 유지할 수 있도록 준비해 두었다.

"이거 아무래도 상태가 너무 안 좋은데……."

"네?"

"아닙니다. 박 비서는 일 보세요. 커피는 제가 가져다 드리겠습니다."

고개를 내저은 강안이 머그컵을 들고 밖으로 나왔다.

오늘은 스케줄이 널널한 편에 속했다. 물론 타인에 비해선 무척 빡빡한 편이긴 했지만 점심시간 전까지 일정이 없었으니 차성윤 사장에게 있어선 바쁘지 않는 날이었다.

커피를 주는 대신에 좀 쉬라고 하는 게 좋지 않을까?

차성윤 사장의 건강관리 또한 자신이 해야 할 일 중 하나였다. 그래, 아무래도 집으로 보내는 게 좋을 것 같았다.

바쁜 걸음으로 사장실로 향하던 강안은 문 앞에 서 있는 두 여자를 보았다. 두 사람 모두 자신이 잘 알고 있는 사람이었다. 하나 한 명은 이곳에 있기엔 조금 어울리지 않는 인물이다.

"약속 없이는 못 만나세요."

제3비서이자 해외 스케줄 시에 필요한 것들을 준비하는 민아 씨의 말에 강자가 당황한 표정을 지었다. 그러더니 가방에서 휴대전화를 꺼내는 걸 보며 강안이 다가섰다.

"이 비서, 괜찮아요."

강안의 등장에 두 사람 모두 고개를 숙여 인사부터 건넸다. 하지만 강안의 시선은 강자에게로 향해 있었다. 그녀를 공항에서 만났을 땐 응원하는 입장이었는데 지금은 아니었다. 강자가 이젠 조금 미워졌다.

"아직 이틀 남았는데?"

"알아요. 저도 잠시 시간 빈 거라 바로 신문사로 들어가 봐야 해요. 안에 사장님 계시죠?"

기집애, 고집 한번 대단하다.

강자를 오래전부터 봐왔기에 쉽게 자신의 의사를 굽히는 사람이 아니란 걸 안다. 그러자 미워했던 마음은 고마운 마음으로 변한다. 그래, 이틀 일찍 온 걸 보면 강자로서도 꽤 양보한 처사일지도 모르겠다.

"어. 이것도 가져다 드려."

강안이 머그컵을 건네자 의아한 얼굴로 받아 든 강자가 이내 고개를 끄덕였다.

"들어가도 되나요?"

"그래."

짧은 답에 민아가 문을 열어주려고 하자 강안이 손을 들어 이를 막았다. 아직 하고 싶은 말이 남아 있었다.

"강자야, 고맙다."

"……?"

"사장님 얼굴 보면 알 거야. 내 말이 무슨 뜻인지."

그가 허탈한 듯 웃은 후 직접 문을 열어준다.

자, 이제 지질한 관계가 변할 것이다. 그게 자신에게 있어 더 피곤할지도 모르겠지만 우선은 다행이라는 생각이 들었다.

문을 열고 안으로 들어온 강자는 자신을 쳐다보지도 않은 채 원목 책상을 내려다보는 성윤을 보았다. 차성윤은 바쁜 사람이었다. 그룹의 미래가 예전처럼 오너의 손에 결정되진 않았지만 그래도 최종 결정권자로서 굵직한 일들은 차성윤의 서명이 있어야 했다.

달그락.

머그잔을 내려놓은 강자는 고개를 드는 성윤을 보았다. 메마른 그의 눈동자와 피곤이 그득한 눈 밑을 보자 그제야 강안의 말을 이해했다.

"아!"

깜짝 놀란 차성윤이 입을 벌리자 강자가 허탈하게 웃었다.

"조금 일찍 왔어요."

자리에서 벌떡 일어난 성윤이 손을 뻗어 강자의 손목을 움켜쥐었다. 그의 손에 힘이 잔뜩 들어가 있었다.

"어디 도망 안 가니까 놔주시면 안 될까요? 아픈데."

"아. 아, 미안."

사과의 말을 한 그가 한 걸음 뒤로 물러서더니 넥타이를 느슨하게 풀어냈다. 하고 싶은 말이 많은 표정이었지만 그는 쉬이 말을 내뱉지 못했다.

강자는 우선은 기다렸다. 자신 역시 할 말이 많았지만 그의 말을 듣는 것이 먼저였다.

"왜 그랬던 거야?"

"오해를 풀었어요."

얼마의 시간이 흐른 후 그가 첫 마디를 내뱉었다. 강자의 답은 아주 솔직한 것으로 직설적이었다.

그러자 그의 목소리가 흔들렸다. 표정 역시 조금 화가 난 것 같았다.

"무슨 오해?"

"다르다고 생각했어요."

"뭐?"

"차성윤 사장님이 예전과는 많이 달라졌다고, 그렇게 생각했어요."

"그런데?"

"아니었다는 걸 알았을 뿐이에요."

흔들림 없는 말에 성윤이 다시 입을 다물었다. 하지만 표정은 여전히 생각이 많아 보였다.

그럼 이제 자신이 하고 싶었던 말을 할 차례였다. 지난 시간 동안 자신의 결정을 정리하기 위해 보았던 스크랩들에 대해서.

"내 마지막 양심이 막았어요."

"내 마지막 양심은 너였어."

이번엔 강자의 말문이 막혔다. 무슨 말을 해야 할지 몰라 우물쭈물거리자 그가 걸음을 옮겨 간극을 좁혔다.

이제 손만 뻗으면 닿을 수 있는 거리에서 두 사람이 마주 보고 섰다.

"내가 나쁜 짓을 하면 너한테 숨길 수 없을 텐데, 내가 왜 그런 짓을 저지르겠어. 나 그렇게 멍청한 사람 아니야."

"……이제 알아요."

강자가 힘없이 인정했다. 그럼에도 성윤의 표정은 도통 풀릴 줄 몰랐다.

"그래서 오빠라고 했어?"

미래전략 본부팀 본부장 김도형을 통해 모든 오해가 풀렸을 때, 그래서 온갖 편법으로 자신의 지위와 돈을 잃지 않으려 하는 사람이 아니라는 걸 알았을 때, 강자는 멀게 느껴졌던 차성윤이 교복을 입었던 그때의 차성윤과 같다는 걸 알았다.

그래서 오빠라 했다. 하지만 그게 차성윤에겐 엄청난 충격이었나 보다.

"허리까지 숙이면서 미안하다고 했어?"

사과를 해야 했기에 했다.

오해해서 미안했다고.

"다시는 안 볼 것처럼 그랬어?"

어? 이건 아닌데?

강자가 그건 아니라고 고개를 저었지만 그는 흥분한 어조로 계속해 말을 이었다.

"오해를 했으면 나한테 그러면 안 되는 거였어."

"아니에요. 생각할 시간이 필요했단 말이에요."

"무슨 생각?"

"그, 그건……."

강자가 더 이상 말을 잇지 못했다. 그 생각을 아직 차성윤에게 전할 자신이 없었다. 바보 같게도.

그래서 그녀가 울 것처럼 그를 바라보자 성윤은 그제야 흥분했던 마음을 갈무리했다. 그러더니 약속대로 자신의 앞에 나타난 강자를 보며 힘없이 웃는다.

"미안하지?"

"무척이요."

"그럼 내 부탁 하나만 들어줄래?"

"무, 무서운데요."

차성윤의 입에서 나오는 '부탁'은 '협박'과 비슷했다. 그래서 강자는 겁을 집어먹고서 더듬더듬 말했다. 그러자 그의 웃음이 더욱 진해졌다.

"무서워할 필요 없어. 나 그렇게 나쁜 사람 아니야."

뭐야, 무슨 꿍꿍이야?

그의 본질을 들여다봤을 때도, 이곳까지 찾아오는 길에도, 차성윤 사장의 사무실 문 앞에 섰을 때까지만 해도 돌덩어리를 올려놓은 것처럼 무거웠던 마음이 스르륵 풀렸다.

"내가 이때까지 너한테 뭐 나쁜 짓 했던 적 있어?"

"기억 안 나요?"

"뭐가?"

차성윤 사장의 눈빛이 의아함으로 물들자 강자가 정말 모르냐는 표정으로 말을 이었다.

"나 차성윤 사장…… 오, 오빠 때문에 고등학교 때 내내 왕따였던 거."

차성윤은 정말 아무것도 몰랐다는 듯 멍한 표정이었다. 이러니 자신이 학을 떼지.

사춘기에 접어든 여자는 아주 집요해진다. 그리고 잔인해진다. 영리하게 사람을 괴롭힐 줄도 알고, 그걸 좋아하는 상대에게 들키지 않을 능력은 입이 떡 벌어질 정도였다.

"표정 보니 몰랐던 모양인데 졸업할 때까지 그랬어요. 워낙 팬층이 두꺼웠어야지. 그때 한창 난리였던 아이돌보다 더 인기 많았어요."

"몰랐어."

"그렇게 피해를 많이 입다 보니 덕분에 차 씨만 봐도 거품을 물었습니다, 제가."

사력을 다해 도망쳤던 과거가 떠오르자 강자의 입에서 깊은 한숨이 터졌다. 차성윤 사장이 졸업할 때까지 계속된 괴롭힘은 아주 집요했었다.

"체육복은 일주일에 한 번씩 바꿔야 하지, 교복 치마는 두 달에 한 번, 일 년에 동복 하복을 두 번씩 바꿔야 하는데, 제가 안 미워하고 배겨요? 장난 한 번에……."

"난 장난이었던 적 없어."

강자가 눈을 가늘게 떴다. 성인이 된 이후엔 몰라도 고등학생 시절의 그는 장난을 치는 꼬마, 그 이상도 그 이하도 아니었다. 자신은 장난으로 던진 돌에 맞아 죽는 개구리였고.

"널 처음 만났던 국민학교 이후로, 널 계속 좋아했어."

"……."

"거짓 같지만 정말이야."

"그걸 누가 믿을 수가 있겠어요?"

상대가 다름 아닌 차성윤인데.

성윤은 혼잣말처럼 흐리는 뒷말에 고개를 저었다. 이에 강자는 또다시 입을 꾹 다물며 더 이상 어떤 이야기를 해야 할지 모르겠다는 표정이었다.

강자는 여전히 무서웠다. 최강자에 대해선 누구보다 잘 알고 있는 차성윤 역시 그 마음을 알아차리곤 가볍게 물었다.

"나랑 내기할래?"

"방금 전엔 부탁이라면서요."

"생각을 바꿨어. 내기 할 거야 말 거야?"

그가 부담스럽게 웃으며 강자를 향해 몸을 기울였다. 강자는 부담스러울 만큼 가까워진 거리에 몸을 뒤로 살짝 뺐지만, 성윤은 그만큼 허리를 숙여 다가간다.

얼굴 가까이 다가온 화려한 이목구비의 얼굴을 보며 강자가 침을 꼴깍 삼켰다.

아, 이런!

그의 페이스에 완벽하게 말려들어 간 상황에 강자가 침을 꿀꺽 삼켰다.

"질 텐데 그걸 제가 왜 해요?"

"해보기도 전에 포기하는 거야?"

"설마요!"

그가 강자의 자존심을 벅벅 긁었다. 강자가 저도 모르게 빽 소리를 지르자 그가 그렇게 나올 줄 알았다는 듯 웃는다.

"그래, 그렇게 나와야 최강자지."

차성윤은 대화에 능숙한 사람이다. 하지만 그것보다 더 능숙한 건 최강자를 다루는 일이다.

"이길 거예요."

강자가 이를 부득부득 갈며 말하자 성윤이 어깨를 으쓱였다. 할 수 있으면 해보라는 듯이.

7

꿀잠을 잘 수 있는 주말 아침.

강자는 오랜만에 단잠에 빠져 있었다. 늘 답답했던 속이 편해지면서 악몽처럼 되풀이되던 차성윤과의 과거도 그녀를 괴롭히지 않았다.

얇은 이불과 시원한 에어컨 바람에 그녀가 몸을 뒤척이며 입맛을 다셨다. 이대로 성윤과의 약속 시간 직전까지 푹 잘 마음인가 보다. 휴대전화 역시 잠잠한 걸 보면 알람 역시 그때쯤 맞춰놓고, 평소에 울리는 알람은 모두 꺼둔 모양이었다.

코오, 코오.

작게 코까지 골며 자던 강자가 갑자기 몸을 뒤척였다.

딩동.

아침 댓바람부터 울리는 초인종 소리에 강자의 눈썹이 꿈틀거렸다.

집에 찾아올 사람은 없었다. 아버지가 보낸 사람들만 아니라면.

그 생각이 드는 순간 강자가 깜짝 놀라 상체를 일으켰다.

"설마."

아버지는 허를 찌를 줄 아는 사람이었다. 인생 대부분 군복을 입고 사셨던 인물이니 오죽할까.

설마.

강자가 깜짝 놀란 눈으로 현관문을 보았다.

기습 작전인가!

강자가 조심스러운 걸음을 옮겨 인터폰으로 향했다.

딩동!

"엄마야!"

적당한 타이밍에 울리는 초인종에 강자가 펄떡 뛰어올랐다. 그러다 곧 인터폰에 비친 여자의 모습에 고개를 기울인다.

아버지가 보낸 사람이라고 하기에 여잔 너무 화려한 화장을 하고 있었다. 적당한 컬이 들어간 머리카락이나 화려한 화장, 몸에 붙는 투피스는 아버지의 주위에 있을 법한 여자의 스타일은 아니었다.

그럼 뭐지?

강자가 문을 열었다. 그러자 여자 역시 자신의 꼴을 보고 놀란 듯 한 걸음 뒤로 물러선다.

"누구시죠?"

어색하게 웃은 강자가 머리를 쓸어내렸다. 그러자 여자가 서둘러 표정을 갈무리한다.

"애미즈에서 왔습니다."

애미즈가 뭔지도 모르는 강자는 커다란 종이 가방을 보았다. 때깔이 고운 걸 보니, 안에 꽤 고급진 물건이 들어 있을 것 같다는 생각이 들었지만 뭔지 예상조차 되지 않았다.

그래서 강자는 물을 수밖에 없었다.

"이게 뭔가요?"

"차성윤 사장님께서 보내셨습니다. 안에 메시지 있으니 확인해 보시면 됩니다."

차성윤.

조금 있으면 만날 사람의 이름에 강자가 의심스러운 눈으로 종이 가방을 받아 들었다. 여잔 자신의 볼일이 끝났다는 듯 돌아갔다.

가방을 들고 안으로 들어온 강자가 호기심이 가득한 얼굴로 안을 들여다보았다. 여자의 말대로 가장 먼저 작은 봉투가 보였다.

봉투 안을 열어 엽서보다 조금 작은 사이즈의 빳빳한 종이를 확인한 강자는 유려한 필체를 보았다. 차성윤의 필체였다.

―교복 대신이야.

짧은 메시지에 강자의 표정이 멍하니 변했다.

교복 대신?

"아."

그가 자신의 말을 듣고서 보낸 옷인가 보다.

그제야 상자 안에 무엇이 든 것인지 알게 된 강자가 고급스러운 선물 포장을 보았다. 이젠 이 안에 든 옷의 가격이 무서워지기 시작했다.

꿀꺽.

침을 삼킨 강자가 상자를 열어보았다. 그러자 척 보기에도 참 비싸 보이는 원피스가 들어 있었다.

도대체 이런 옷은 언제 입는 거지?

무릎까지 내려오는 원피스를 들어 확인한 강자가 헛웃음을 뱉었다. 원피스라고 하기엔 실크 소재가 너무 화려해 드레스처럼 보였다.

그야 여러 가지 모임이 있겠지만 강자는 아니었다. 평소엔 편한 옷만 입었고, 동창 모임은 애초부터 나가지 않았다. 사는 세계가 워낙 다른 인간들이 모인 곳이다 보니 나가봤자 상대적 박탈감만 느꼈기 때문이다.

아무리 살펴보아도 이 옷을 입고 멋을 낼 일이 없다. 강자에겐 값비싼 짐밖에 되지 않는 스타일이다.

설마 이런 옷이 차성윤의 스타일인가?

그렇게 생각한 강자가 이내 고개를 끄덕였다. 그의 스타일인지는 모르겠지만 확실히 이 옷이 어울리는 여자라면 차성윤과 그림처럼 어울릴 것 같긴 했다.

시간을 확인한 강자가 곧 만날 차성윤에게 전화를 걸었다. 그는 오늘 하루 역시 일찍 연 것인지 목소리가 쌩쌩했다.

"이걸 지금 저한테 입으라고 보낸 거예요?"

[응. 그럼 내가 입으려고 너한테 보냈겠어?]

"그런 말 하지 말아요. 괜히 상상되니까."

강자가 미간을 찌푸렸다. 그러더니 손을 뻗어 원피스를 쓸어내린다. 보드라운 소재의 옷은 촉감이 참 좋았다.

"안 어울릴 거예요."

[어울릴 거야.]

"이게 어디 봐서 나랑 어울린다는 거예요? 분명 옷장에만 들어있을걸요?"

[그것도 괜찮고. 꼭 입으라고 준 건 아니니까.]

옷을 안 입으면 정말 장식으로 쓰라는 말인가.

강자가 한숨을 푹 내뱉었다. 돌려주고 싶었지만 그래선 안 될 것 같았다.

[마음의 부채를 더는 거야. 그러니까 받아줘.]

"비싸 보이는데……."

[그렇게 안 비싸.]

이렇게까지 말하는데 어찌 돌려주겠는가.

강자가 이내 한숨처럼 말했다.

"고마워요."

[부채야.]

"알았어요."

조금 있다가 봐요.

짧은 인사를 건넨 강자가 전화를 끊었다. 그런 후 옷을 옷장 안에 넣어둔 후에 욕실로 향한다. 예상보다 조금은 빠르게 하루를 열었다.

❖

두피가 뙤약볕에 익은 것 같다.

차성윤에게 끌려 테니스장에 오게 된 강자는 고집으로 모자를 쓰지 않은 것에 후회했다. 차성윤은 몇 번이고 모자를 쓰라고 권했지만, 강자는 말을 듣지 않았다. 그러고 보니 차성윤의 말을 듣지 않으면 이렇게 후회하는 일이 종종 생기곤 했다

게임 역시 전패였다. 강자는 단 한 점도 넣을 수가 없었고, 나름 잘 넣는다고 생각했던 서브 역시 오늘은 족족 막히고 있었으니 정말 미치고 팔짝 뛸 노릇이었다.

예전만큼 테니스장을 찾는 건 아니었다. 하지만 사내 모임에도 가끔 참석을 할 만큼 꾸준하게 라켓을 잡고 있었다. 그에 비해 차성윤은 최근엔 하지 않았다고 이야기를 했고!

그렇다면 두 가지 경우의 수밖에 없었다. 차성윤이답지 않게 자신에게 거짓말을 했거나, 아니면 자신은 평생 차성윤을 이길 수 없는 팔자던가.

거기까지 생각이 닿자 어쩐 일인지 이 상황이 당연하게 느껴져 버렸다. 애초에 테니스장에 오는 순간부터 한 세트만 따도 다행이란 생각을 하고 있었다.

비참하지만 그랬다. 그녀는 단 한 번도 차성윤을 이긴 적이 없었다.

당연히 질 승부를 받아들인 자신도 자신이었지만, 당연히 이길 게임을 제안한 차성윤도 참 할 말을 잃게 만든다. 꼭 이루고 싶은 게 있는 모양이다, 라는 생각도 들었지만 그게 무엇인지 미리부터 알고 두려움에 떨고 싶진 않았다.

라켓을 다시 움켜쥔 강자는 맞은편에서 여유롭게 공을 튀기고 있는 성윤을 보았다. 문득 예전, 어떻게 해서든 그를 이기고 싶은 때로 돌아간 것만 같았다. 이젠 어른이었고, 삶에선 지는 일도, 억울한 일도 당하는 일도 있다는 걸 안다. 하지만 차성윤과 내기를 하고 있는 이 순간, 처음 그를 만났던 꼬꼬마 시절로 돌아가 버린다.

한참 공을 튀기던 그가 라켓을 힘껏 휘둘렀다. 이번까지 점수를 내주면 내기에서 그가 이기게 되고, 자신은 단 1점도 내지 못하게 된다. 단 한 번쯤은 그의 코트를 갈라 한 방 먹였으면 좋겠다고 생각한 강자가 긴밀하게 움직였다.

탕!

힘껏 라켓을 휘둘러 공을 반대로 넘긴 강자가 긴장한 얼굴로 그의 라켓 방향을 보았다.

오른쪽!

빠르게 달려 뒤쪽으로 빠졌다. 예상했던 방향으로 노란 공이 날아오자 강자가 이번에도 힘껏 라켓을 휘둘렀다.

그는 한 손으로 가볍게 공을 넘기고 있었다. 하지만 강자는 양손으로 라켓을 휘두른다. 몇 번의 랠리가 계속되었다. 이마에 맺혀 있던 땀이 아래로 흘렀다.

"헉! 헉!"

꼴딱꼴딱 숨이 넘어갈 것 같았다. 하지만 차성윤은 숨 하나 흐트리지 않고 가볍게 공을 넘긴다. 강자의 눈에 힘이 들어갔다.

그때 그녀에게 기회가 왔다. 그는 테니스 코트와 멀찍이 떨어져 있었다. 공을 가볍게 넘긴 그녀가 정확히 원했던 곳에 꽂히는 공을 보았다. 그가 뒤늦게 달려왔지만 이미 점수가 들어간 후였다.

"아. 이런."

어깨를 으쓱인 그가 실수를 했다는 표정을 지었다. 하지만 한참 공을 쫓고, 어떻게든 한 점을 넣으려 고군분투하던 강자는 기뻐 보이지 않았다. 열기에 익어버린 얼굴이 더욱 붉으락푸르락거렸다. 그녀는 화가 나 보였다.

강자가 라켓을 힘껏 휘둘렀다.

"지금 일부러 점수 준 거죠!"

빽 소리를 지른 강자가 씩씩거렸다. 그녀의 예상이 맞았던지 성윤은 어색하게 웃었다.

"기분 나빠요."

"알았어. 제대로 할게."

차성윤은 허튼 소리를 하지 않는 남자였다. 그리고 이번에도 역시나 마찬가지다.

제대로 하겠다고 말한 그는 쉽게 점수를 낸 후 게임을 끝내 버렸다. 강자의 얼굴이 짜증으로 물들었다.

젠장.

"자, 이겼다. 내 소원 들어줄 거지?"

그렇다고 너무 쉽게 이기진 말라고!

울컥 짜증이 올라왔지만 내기는 내기다. 그녀는 조금은 겁을 집어먹은 표정으로 물었다.

"소원이 뭔데요?"

그래, 기왕 들어주는 거 시원하게 들어주자고.

괜히 뜸 들일 거 뭐 있어?

그의 소원이 무엇일지 무섭긴 했지만 강자는 자신의 코트 쪽으로 넘어온 성윤에게 물었다. 그러자 그는 강자의 앞으로 손을 내밀며 말한다.

"손잡자."

손잡자고?

강자가 눈을 동그랗게 떴다. 좀 더 들어주기 어려운 소원일 줄 알았는데 너무 쉬운 조건이 아닌가.

"너무 소박한 소원 아니에요?"

"그럼 내가 너한테 뭘 사달라고 하겠어?"

그의 물음에 강자가 곰곰이 생각에 잠겼다. 그러다 이내 뻔뻔한 얼굴로 답했다.

"그렇네요. 생각해 보니 물건보단 내 손이 비싸긴 하지. 손만 잡으면 돼요?"

그거면 된다는 듯 성윤이 손을 내밀었다. 커다란 손엔 굳은살이 조금 잡혔다. 대기업 재벌 총수의 손이라기엔 거친 손을 빤히 내려다보던 강자가 덥석 붙잡은 후 위아래로 흔들었다. 가볍게 악수를 하듯이.

"자, 됐죠?"

"소원이 너무 쉬웠나."

"물리기 없어요."

그가 웃으며 장난처럼 말하자 강자 역시 어깨를 으쓱였다.

이제 그의 조건을 들어주었으니 손을 놓으려던 찰나, 강자는 자신의 손을 힘껏 감싸 쥐는 손에 몸을 움찔 떨었다.

"오늘 저녁에 시간 돼?"

"되는데요?"

그런데 일단 이 손 좀 놓아주면 안 될까요?

강자가 그런 생각을 눈동자에 담고서 그를 올려다보았다. 하지만 성윤은 애써 모른 척 말을 잇는다.

"그럼 술 한잔하자."

아니, 그러니까…….

강자가 손을 빼내려 애를 썼다. 하지만 힘겨루기를 하듯 성윤은 놓아주지 않는다.

아무래도 가볍게 한 번 잡고 놓는 그런 소원은 아니었나 보다. 강자가 몸에 힘을 풀자 그 역시 다시 손을 가볍게 잡는다. 두 사람의 손이 하얗게 질려 있었다.

"손잡은 거로 끝난 거 아니에요?"

"미안하다며."

"……."

아드득.

강자가 이를 악물었다. 하지만 할 말이 딱히 떠오르지 않는다.

"술은 네가 사. 졌으니까."

"있는 사람들이 더한다더니."

"회사가 돈이 많은 거지, 나도 월급쟁이야."

"그런 소리 밖에서 하지 마세요. 목이 졸릴지도 모르니까."

성윤이 뻔뻔한 얼굴로 어깨를 으쓱였다.

"진짠데. 동창들 사이에선 가난한 쪽일걸?"

"……장소는 제가 정할게요."

한숨처럼 말한 강자가 몸을 돌렸다. 그러자 성윤은 당연스레 그녀의 곁에 선 후 함께 걸음을 옮긴다.

　손은 언제까지 잡고 있는 거지?

　강자가 어색한 얼굴로 맞잡은 손을 내려다보았다. 손바닥엔 벌써부터 땀이 차올랐다.

　깨끗이 샤워를 마친 두 사람이 향한 곳은 평소 강자의 단골 펍이었다. 혼술을 하기에도 적당했고, 4시만 되면 오픈을 하는 곳이어서 평소 술이 고플 때면 자주 찾는 곳이었다.

　강자는 어색한 얼굴로 자신의 맞은편에 앉아 있는 차성윤을 보았다. 바로 오늘 아침만 해도 차성윤과 자신의 단골집에 올 것이라 생각하지 못했다. 이곳은 자신의 아지트였고, 꽤 많은 시간을 보내는 곳이었다. 어쩌다 보니 그가 자신의 일상에 성큼 들어온 느낌이었다.

　강자는 벌써 네 잔째 주문한 맥주를 들이켰다. 성윤은 간간이 입술만 적실 뿐, 아직 한 모금 정도밖에 마시지 않았다.

　이에 강자가 맥주를 손가락으로 툭 가리키며 물었다.

　"제사 지내요?"

　"뭐가?"

　"안 마셔요? 사달라면서요."

　"잘 안 마셔."

　강자의 미간이 좁아졌다. 술을 잘 안 마시는 사람이 굳이 술을 사달라고 할 건 뭐란 말인가.

하우스 맥주였기에 가격 역시 일반 맥주보다 세 배나 비쌌다. 이럴 거면 값싼 호프집에 데리고 갈 걸 그랬나 보다.

"그럼 왜 술 마시자고 한 거예요?"

"……그럼 밤늦게 너와 함께할 수 있으니까."

히끅.

깜짝 놀란 강자가 눈을 동그랗게 떴다.

뭐야, 이 간질간질하고 닭살 돋는 말은?

손발이 오그라드는 느낌에 강자가 입을 가리며 '뭐야, 느끼해' 라고 읊조린다. 성윤 역시 자신이 너무 나갔다는 생각을 하는 것인지 짧게 웃음을 터뜨렸다.

"말이 그렇다고."

"다신 그런 말 하지 마세요. 안 보여요? 나 닭살 돋았어요."

"그건 내 마음이야."

"오래 살고 볼 일이네."

이런 차성윤을 볼 수 있다니.

고개를 절레절레 저은 강자가 잔을 마저 비운 후에 새 맥주를 시켰다. 이번엔 라거 맥주를 시켰다. 톡 쏘고 시원한 맥주를 마셔야 어질어질한 정신이 돌아올 것 같아서. 차성윤 때문에 넋이 빠질 지경이었다.

"다음 내기는 뭐가 좋을까? 골프? 아니면……."

그는 다음 내기를 제안했다. 그리고 강자 역시 이를 받아들였다. 물론 이번엔 자신이 이길 수 있을 법한 걸로 해야 할 터다. 테니스는 그에게 너무 유리한 게임이었다. 물론 그가 제안하는 골프 역시!

"다음 내기 종목은 제가 정할래요."

"네가?"

"네."

짧게 답한 강자가 눈을 빛냈다.

"소원도 이미 정해놨어요."

"뭔데?"

그 모습이 예뻐 성윤은 턱을 괴며 느슨하게 웃었다. 이렇게 평범하게 대화를 할 수 있는 건 두 사람이 알게 된 후론 처음이었다.

"그건 그때 가서 들어보세요."

의기양양하게 말한 강자는 새로운 맥주가 나오자 잔을 허공에 들었다. 그러더니 잔을 힐끗 곁눈질하며 강요하듯 말한다.

"술은 남기는 거 아니에요."

"그거 너무 잘못된 문화야. 난 그렇게 생각해."

"네. 하지만 이 자리에선 내 말이 법이에요. 오빠한테 져서 무척 기분이 나쁘니까, 분위기 좀 따라주세요."

오빠.

그 말에 무슨 마법이라도 걸려 있는 것일까.

절대 술을 마시지 않을 것 같았던 성윤이 잔을 들었다.

짠.

두 사람의 잔이 부딪혔고, 곧 목울대가 크게 움직였다.

성윤 역시 더 이상 빼지 않고, 적당히 그녀의 페이스에 맞춰 마셔주었다.

문제가 있다면…… 최강자가 알코올에 있어서도 '최강자'였다는 것이다.

툭.

강자는 테이블에 엎드린 차성윤을 보았다. 그의 가르마를 본 것은 이번이 처음이다.

"술 내기를 할까. 그럼 이길 것 같은데."

술로 떡이 된 차성윤을 보며 혼잣말을 읊조렸다. 그러다 이내 그의 정수리를 손가락으로 쿡 찔렀다.

"사람이긴 하네."

큭.

강자가 입을 가리고 있었다.

"헉! 헉!"

가쁜 숨을 몰아쉰 강안이 펍 안으로 들어왔다. 전화를 받자마자 미친 듯이 달려왔는데도 주말의 서울은 도시 전체가 주차장으로 변해 한 시간이나 걸렸다.

[오빠 보스 데리고 가세요. 지금 술이 떡이 됐어요.]

강자의 목소리는 멀쩡해 보였지만 그게 중요한 게 아니었다. 차성윤이 술에 취할 정도로 술을 마시다니! 그의 곁을 지킨 지 오래지만 이런 일은 처음이었던 터라 무척 당황했다.

빠르게 가게 안을 시선으로 훑던 강안은 구석진 자리에 앉아 있는 강자를 찾았다. 다행인지 불행인지 강자는 성윤의 모습이 밖에서 보이지 않도록 신경을 쓴 듯 온몸으로 그를 가리고 있었다.

후! 아침 뉴스에 차성윤 사장 얼굴이 나가는 줄 알았네.

그가 안도의 한숨을 내뱉으며 강자에게 다가갔다.

강안의 표정은 이제 걱정에서 황당함으로 물들어 있었다. 설마설마했는데 정말 차성윤 사장은 술에 취해 테이블에 엎드려 있었다. 강자의 얼굴을 보니 그리 나쁜 일이 있었던 건 아닌 것 같은데 이게 다 무슨 난리인가 싶다.

"뭐, 뭐야? 어떻게 된 거야?"

어깨를 으쓱인 강자가 땅콩을 하나 집어 우적우적 씹어 먹자 강안의 얼굴이 일그러졌다.

"너 사장한테 무슨 짓을 한 거야?"

"보시다시피. 맥주 1,000cc에 떡 될 줄은 몰랐지만."

"……."

차성윤 사장이 알코올에 극도로 약하다는 건 그의 비서인 이강안은 알고 있었다. 하지만 다른 이들은 모르고 있는 사실이다. 늘 술자리를 피해왔기 때문이다.

혹시 최강자가 억지로 먹인 건 아닐까?

그럴 수도 있는 아이라 생각한 그가 비난의 눈으로 보자 강자가 고개를 절레절레 저었다. 이 일에 자신의 잘못은 하나도 없다는 듯이.

"내가 먼저 마시자고 한 거 아니에요. 오빠가 먼저 마시자고 한 거예요."

"오빠라고 하기로 한 거야?"

"오빠라고 안 하면 이 비서님이라고 해야 하거든요."

"진짜 유치해서 못 봐주겠네."

이래서 두 사람 사이에 끼고 싶지 않아진다. 자신 역시 그들처럼 유치해질까 봐.

강안이 엎드려 있는 차성윤 사장을 난감한 눈으로 본 후에 의자를 빼내 앉았다. 숨이라도 돌리고 가는 게 좋겠다는 생각에서였는데 강자는 다른 식으로 받아들인 모양이다.

"한잔하실래요?"

"나까지 마시면 어떻게 해?"

"아, 그렇네."

고개를 끄덕인 강자가 잔을 기울였다. 시원하게 맥주를 들이켠 그녀가 잔을 내려놓은 후에 차성윤을 보았다. 그러더니 궁금한 듯 물었다.

"무슨 사업하는 사람이 이렇게 못 마셔요?"

"누가 태원그룹 사장한테 술 마시라고 하겠어?"

"없겠죠."

"술자리도 안 해. 해도 입만 적시고 끝내지."

차성윤 사장은 좀처럼 술을 마시지 않았다. 술이 약해서이기도 하지만 이렇게 자신을 놓아버리는 게 싫다는 이유에서였다. 알코올은 자아를 빼앗아가는 악마쯤으로 여기는 사람이었다.

그런데 이게 무슨 난리란 말인가.

"앞으론 먹이지 마라."

그가 강자에게 따끔하게 일렀다. 하지만 어디 최강자가 쉬이 말을 들어먹을 아이던가.

"생각해 보고요."

"최강자."

"알았어요, 알았어."

심드렁한 표정으로 답한 강자가 남은 맥주를 벌컥벌컥 들이켠 후에 자리에서 일어났다. 그녀는 아직 술이 조금 모자란 표정이었지만 이만 술자리를 끝내야 하는 것쯤은 아는 성인이었다.

"자, 이만 갑시다."

그렇게 말한 강자가 먼저 걸음을 옮긴다. 그 뒤에서 술에 취한 차성윤과 단둘이 남은 강안이 억눌린 숨을 툭 토해낸다.

자신의 예상이 맞았다.

두 사람이 다시 만나니 자기 인생까지 조금 꼬이는 기분이다.

두개골이 두 개로 쪼개지면 이런 고통을 느낄까.

차성윤은 아침부터 머리를 양손으로 힘껏 잡고 끙끙 앓고 있었다. 숙취를 처음 느껴보는 차성윤은 넋을 빼고서 눈을 끔뻑였다. 관자놀이쯤에서 시작된 고통은 아래로 내려와 이젠 속을 뒤집고 있었다.

한참 몸을 동그랗게 말고서 아픔에 쩌들어 있던 성윤이 고개를 들었다. 퀭한 얼굴로 해가 뜬 창밖을 보던 그가 머리카락을 힘껏 쓸어 올렸다.

일어날 시간이었다. 일요일이었지만 골프 약속이 있어서 당장 일어나 준비를 하고 나가야 했지만 차성윤은 다시 매트리스에 철썩 달라붙었다. 숙취로 돌아가시기 직전이었다.

"으으."

이러다가 죽는 건가 봐.

아, 이제 뭔가 풀리는 것 같은데.

억울하다.

몸을 뒤척이며 괴로움에 끙끙 앓던 차성윤이 몸을 새우처럼 동그랗게 말 때였다. 닫아둔 문이 열리고 한심하다는 강안이 안으로 들어왔다.

"괜찮습니까?"

슬쩍 눈을 뜬 성윤이 한심하다는 듯이 혀를 끌끌 차는 강안을 보았다. 어제저녁, 강안이 자신을 집까지 데려다주었던 것이 언뜻 떠올랐다.

차성윤이 상체를 일으켜 앉으며 고개를 저었다. 전혀 괜찮지 않은 모습이었다. 이 시간까지 침대에 누워 있는 차성윤도, 부스스하게 뜬 머리나 퉁퉁 부운 얼굴의 그는 처음 보았다.

"해장할 것 좀 사왔습니다."

이제 그만 일어날 시간이라는 것을 안 성윤이 힘겹게 자리에서 일어났다.

휘청거리며 강안의 뒤를 따라나선 그가 식탁에 차려진 배달 음식을 보았다. 아침부터 식당에 가서 직접 포장해 온 것인지 빨간 국물의 해장국이 성의 없이 차려져 있었다.

"못 마시는 술은 왜 마십니까? 그것도 술이 떡이 될 때까지."

"마시라고 했어. 재미없다고."

"그렇다고 이기지도 못할 술을 마셨습니까?"

강안의 타박에도 성윤은 열심히 국을 떠 입안으로 날랐다. 뜨겁고 매콤한 국물에 이제야 살겠다는 생각이 들었다.

"안 그러면 이만 간다잖아."

"……쯧쯧."

하극상에 슬쩍 고개를 든 성윤이 무심하게 물었다.

"이 비서, 지금 나한테 혀 찬 거야?"

표정이 예사롭지 않았다. 이러면 평소라면 재빨리 고개를 숙이고 그의 심기를 맞추기 위해 노력해야 할 텐데, 강안은 오히려 고개를 절레절레 젓는다. 머리에 새집을 짓고, 잠이 덜 깨 반쯤 감긴 눈으로 화내봤자 전혀 무섭지 않았다.

천하의 차성윤이 어쩌다가.

최강자, 이 무서운 기집애.

순식간에 다른 사람으로 만들어 버린 최강자의 매력을 절대 알고 싶지 않다 생각한 강안은 함께 받아온 백김치를 성윤의 앞으로 슥 밀어놓았다.

하지만 방금 전까지 속을 달래려 열심히 수저질을 하던 성윤은 더 이상 못 먹겠다는 듯 고개를 저었다. 식사를 이만 마칠 모양인지 들고 있던 숟가락 역시 내려놓는다.

"속 아파서 못 먹겠어."

"처음 겪어보시는 거라 잘 모르셔서 그러는데, 그럴 때일수록 먹어야 합니다."

정말인가?

의심스러운 눈으로 강안을 보았지만 그는 속고만 살았나, 하는 표정을 되돌린다.

결국 다시 숟가락을 든 성윤은 국을 반쯤 더 먹고 나서야 식사

를 마쳤다. 자신의 오랜 친우이자 비서가 거짓말을 한 것은 아닌
지 속이 조금 편해졌다.

예상보다는 20분이나 늦은 출발에 마음이 급한 이강안과는 달
리 차성윤은 여유로운 표정으로 캐디백을 직접 차에 실었다.

"조금만 서둘러 주시면 안 되겠습니까?"

강안이 조급증을 내며 타박을 하자 성윤이 짐을 마저 실은 후
차에 올랐다. 하늘엔 구름이 조금 껴 있었지만 비는 내리지 않을
것 같았다.

강안은 오늘따라 느긋하게 행동하는 성윤을 이해하지 못하겠다
는 듯이 바라보았다. 물론 충분히 약속 시간엔 도착할 수 있겠지
만, 주말이었기에 고속도로 상황이 어떨지 몰랐다.

누구보다 시간에 예민하게 굴던 성윤이 오늘은 아무래도 좋다
는 듯 웃고만 있으니 속이 뒤집히는 건 자신뿐이다.

지금도 뒷자리에서 실실 웃고 있는 성윤을 백미러로 확인한 강
안이 미간을 좁혔다.

드디어 저 인간이 미쳤나.

그렇게 생각하던 찰나 성윤이 박장대소한다.

미쳤다. 드디어 미친 게 틀림이 없다.

불안한 마음에 핸들을 꼭 쥔 그가 웃음 후에 들려오는 목소리에
인상을 썼다.

"강자가 기프트콘 보내줬어."

"뭐 보내줬는데요?"

안 물어보면 물어볼 때까지 끈질기게 굴 것 같아 물었는데, 차

성윤은 또 답지 않게 직접 액정까지 들이댄다.

사장님, 저 지금 운전하는 중이거든요?

그가 고개만 힐끗 돌려 액정을 본 척 굴었다. 그러자 차성윤이 해사하게 웃는다.

"해장하라고 견디셔 보내줬어."

"좋겠습니다, 아주."

"어."

짧은 답에 강안은 아무런 답도 하지 않은 채 운전에만 집중했다. 그렇지 않으면 분명 사고를 내리라.

출근 준비를 서두르던 강자는 아침부터 울리는 초인종 소리에 깊은 한숨을 내뱉었다. 아침 댓바람부터 찾아온 사람이 누구인지 확인하지 않았지만 강자는 이미 방문객의 존재를 알고 있는 것처럼 보였다.

"차성윤 사장님께서 보내셨습니다."

예상대로였다. 매일 아침 반복되고 있는 상황에 강자는 고맙다는 말과 함께 종이 가방을 받아 들었다.

그는 자신이 버린 교복과 체육복 수만큼 물건을 보낼 생각인 것인지 일주일째 선물 아닌 선물을 보내오고 있었다. 대부분 그녀에겐 짐이 되는 물건들이었다.

안을 열어보자 오늘은 또 다른 스타일의 옷이 들어 있었다. 하지만 웬일로 이번엔 그녀 역시 입을 수 있을 법한 디자인의 옷이었다.

"바지네. 다행인가."

하늘색과 흰색이 교차되는 시원한 느낌의 셔츠와 그와 어울리는 발목까지 내려올 법한 바지를 확인한 강자가 이번엔 같이 딸려온 작은 상자를 보았다. 안엔 앙증맞은 로퍼가 들어 있었다.

후.

깊은 한숨을 내뱉은 강자가 옷을 들고 옷장으로 향했다. 안엔 그가 준 선물들로 가득했다.

어떤 날엔 옷 대신에 구두나 가방을 보내기도 했다.

이 인간을 어떻게 말려야 하나.

미간을 좁힌 강자가 고민하기 시작했다. 선물의 수준을 넘어선 지 오래였다.

시끄러운 기계음에 정신이 쏘옥 빠질 것 같은 공간은 교복을 입은 학생들뿐만 아니라 젊은 20대 남녀로 가득했다. 예전엔 불량학생들만 간다고 인식되었던 오락실이 최근엔 새로운 문화 공간으로 탈바꿈했다더니 그게 틀린 말은 아닌 모양이었다.

그가 난생처음 오락실을 오게 된 건 강자 때문이었다. 그녀는 차성윤이 절대 못할 것 같은 오락실 게임으로 내기를 청해왔다.

이 중에서 도대체 뭘 하고 싶은 것일까.

화려한 불빛으로 빛나는 수많은 게임기들을 눈으로 훑던 그가 손목시계를 확인했다. 강자와 약속한 시간에 가까워져 있었다.

언제올까.

습관적으로 계속 시간을 확인하던 그가 입구 쪽으로 시선을 돌릴 때였다.

머리카락을 길게 늘어뜨린 여자가 안으로 들어오고 있었다. 자신이 저번 주에 고심하여 골랐던 옷을 입은 여잔 분명 최강자였다. 하지만 곱게 화장을 하고 웃고 있는 여잔 낯선 사람이다.

재빠르게 고개를 내린 그가 호흡을 가다듬었다. 신발을 제외하고선 모두 낯익은 것들이었다.

넘어지면 발목이 부러질 것처럼 위태로운 하이힐 위에 올라가 있는 작은 발까지 본 그는 어느새 자신의 앞에서 멈춰 서는 구두에 슬쩍 시선을 들었다.

"이제 그만 보내세요. 지금 보낸 거로도 한 계절 내내 패션쇼를 해야 모두 입을 수 있을 정도니까. 그리고……."

말끝을 흐린 강자가 눈에 힘을 주었다.

"신발은 놀린 게 아닌 걸로 생각할게요."

"놀려?"

"그렇게 낮은 신발은 평생 신어본 기억이 없어요. 운동화도 굽 없으면 안 신어요."

"아."

그제야 강자의 말을 이해한 그가 의뭉스럽게 웃었다.

"잘 어울릴 것 같아서 고른 거야."

타닥타닥.

장작불에 불이 순식간에 타들어가듯이 강자의 얼굴에도 빨간 불길이 끼쳐 전신으로 번져 나갔다.

강자가 더듬더듬 걸음을 뒤로 물리는 것을 본 그가 진한 미소를 짓는다.

"그, 그래도 앞으로는 싫어요. 부채는 다 갚았으니까 그만 보내세요. 더 이상 옷 보관할 곳도 없어요."

"정말 괜찮은 거야?"

"그럼요. 괜찮고말고요. 정말 정말 괜찮아요."

"나라면 괜찮지 않을 거야."

성윤의 말에 강자가 말간 눈으로 그를 올려다보았다. 그러더니 잠시 생각에 잠긴 눈으로 입을 꾹 다문다.

그 짧은 시간은 차성윤에겐 죽을 것처럼 괴로운 시간이었다. 시끄러운 기계음 소리를 듣지 못할 만큼의 시간이 흘렀다.

"어린애가 아니잖아요."

"강자야."

"얼마 전까진 어린애였지만. 난 이제 오빠한테 이기는 것만 생각하기로 했어요."

허리에 손을 얹은 강자가 애써 턱을 치켜올렸다.

"오늘은 꼭 이길 거예요."

더 이상 이 이야기를 문제 삼고 싶지 않다는 강자 나름의 표현이었다.

대화를 돌린 그녀가 먼저 걸음을 옮겼다.

"철권으로 승부를 내고 싶었지만 그건 너무 양아치 같으니까 다른 걸로 할게요."

어떻게든 이기고 싶다면 자신에게 절대적으로 유리한 게임으로 하면 될 텐데, 강자는 그건 너무 자존심이 상한다며 차성윤을 안쪽에 있는 게임장으로 안내한다. 그 역시 아무래도 상관 없다는 표정이었다.

어차피 오락과 관련된 것이라면 그에게 절대적으로 불리했다. 최강자가 이 안에 있는 것 중 그 무엇을 고르더라도 절대적으로 유리할 테니 종목이 무엇이 중요할까.

이번에는 자신이 질지도 모른다 생각하던 그는 강자가 가리키는 게임기를 보았다.

"정말 이걸로 하자고?"

"기왕이면 오빠도 어느 정도 납득할 수 있는 게임으로 하는 게 좋을 것 같아서요."

강자의 선택은 '농구 게임'이었다.

농구는 어릴 때부터 그가 즐겨오던 운동 중 하나였다. 지금도 길을 가다가 우연히 길거리에서 농구 골대를 발견할 때면 반가워할 정도였다.

태원그룹 워크숍 때 넥타이를 앞주머니에 넣고서 게임을 했던 사진은 아직도 인터넷에서 회자가 될 정도로 유명했다. 강자 역시 자신이 농구를 좋아하고 즐긴다는 걸 알고 있을 터다.

"아무리 그래도 너무 자신만만한 거 아니야?"

"경기는 끝까지 해봐야 알죠. 자, 가위바위보해요."

강자가 자신의 앞에 주먹을 흔들자 그 역시 좋다는 듯 가위바위보를 했다. 이젠 당연하게 느껴질 만큼 강자가 먼저 하게 되었다. 그는 단순한 운으로 점쳐지는 가위바위보에도 강했다.

1분 동안 팔이 아프도록 공을 넣은 강자는 자신의 점수에 꽤 만족했다. 마지막 10초는 점수가 두 배로 들어갔고, 총 59점으로 게임을 마쳤다.

아, 돈 쓴 보람 있네.

강자가 허리에 손을 얹은 채 자신만만한 웃음을 짓자 성윤이 처음으로 약한 모습을 보였다.

"게임으로 해보는 건 처음인데."

"그래도 고등학교 땐 농구 많이 했잖아요. 오빠 생각해서 특별히 고른 게임이에요."

한 수 아래로 봤으니 호의가 가능하다. 고등학교 때의 차성윤은 코트를 날아다녔지만 실제 농구와 농구 게임은 많이 달랐다.

팔을 이리저리 돌린 성윤은 삑 소리와 함께 쏟아지는 작은 공들을 커다란 손으로 쉽게 잡은 채 하나둘 넣기 시작했다. 손이 얼마나 빠르고 공은 얼마나 가볍게 날아가는지, 강자의 입이 떡 벌어졌다.

아, 젠장. 뭔가 잘못되고 있어.

강자는 게임이 시작하는 순간부터 본능적으로 알게 되었다. 그리고 자신의 호의가 자만이었다는 걸 알게 되는 순간 게임이 끝났다. 차성윤은 이번에도 너무나 쉽게 최강자를 이겼다.

게임을 마친 그가 자연스럽게 강자의 손을 붙잡았다. 한 번만 잡는 게 소원은 아니었다는 걸 강자는 다시 한 번 알게 되었다.

"도망 안 가니까 놔줘요."

"싫어."

짤막하게 고개를 저은 그가 강자의 손을 힘주어 잡았다. 이건 또 무슨 시추에이션인가 싶다.

꼭 떼를 쓰는 아이처럼 굴고 있는데도 도대체 못하는 게 뭘까, 뭘 해야 이 남자를 이길 수 있을까, 라는 생각을 하게 만든다.

차성윤은 한 번도 해보지 않은 철권마저도 자신을 이길 수 있을 것 같았다. 뭘 해도 이 남자를 절대 이길 수 없을 것 같다.

그렇게 생각을 하다가 강자는 뒤늦게 깨닫게 된다. 자신은 이 인간을 한 번도 이긴 적이 없다는 걸.

"소원이 뭔데요?"

강자는 반쯤 포기한 목소리로 물었다. 그에게 꼭 이겨야 할 이유가 있다. 빌어야 할 소원이 있었으니까. 하지만 다음 종목을 정하기 전에 그의 요구 조건을 들어줘야 했다.

"쉬워."

짧게 말한 성윤은 붙잡고 있는 작은 손을 보았다. 여기까지 오는데 22년이 걸렸다. 강자는 자신의 손을 더 이상 뿌리치지 않았다.

그러니 여기서 멈춰야 한다고 생각했다. 더 이상 욕심을 내면 지금 이 관계도 무너질지 모른다고 이성이 경고했다.

하지만 그는 너무 오래 참았다. 그 긴긴 시간 동안 그의 욕망은 고집스럽고 끈질겨졌다. 집요하고, 변질된 감정은 농구 게임 한판으로 큰 것을 요구해도 된다고 생각이 들게 만든다.

"안아줘."

강자는 깜짝 놀란 듯 눈을 동그랗게 떴다. 손을 잡는 가벼운 행위와 안는 행위는 레벨 자체가 달랐다.

"이러다가 다음엔 뽀뽀해 달라고 하겠어요?"

"어떻게 알았어?"

"……."

사람의 욕심은 계속 커진다. 만약 정말 그 기회가 온다면 기꺼이 그러한 요구를 하리라.

차성윤이 뻔뻔하게 말하자 강자는 고개를 절레절레 저었다. 눈빛에 거짓 하나 보이지 않으니 이쯤에서 도망가야 하는 건 아닐까, 생각하며.

"자, 안아줘."

성윤이 양팔을 벌리며 당당하게 요구했다.

내기는 내기잖아?

몹쓸 욕망이 그를 뻔뻔하게 만들었다.

"여기서요?"

"그럼 단둘이 있을 수 있는 곳으로 갈까?"

"뭔 말을 못해요."

성윤을 가느다랗게 뜬 눈으로 바라보던 강자가 그에게 다가섰다.

강자는 입이 방정이라는 생각이 뒤늦게 들었고, 이미 늦었다는 사실 또한 깨달은 표정이었다. 여기서 그만해야 한다는 걸 그녀 스스로도 알고 있었지만, 0승 2패인 상황에 여기서 그만둘 수도 없었다.

가까이 다가서니 고개를 젖혀야만 그를 볼 수 있었다.

뭘 먹고 이렇게 큰 거야?

양팔을 벌려 힘껏 안으려던 그녀가 미간을 좁혔다. 아무래도 자세가 너무 애매해서 어떻게 해야 할 줄 모르겠다는 표정이었다.

"너무 커요."

"네가 작다는 생각은 못하고?"

"……다음 내기는 꼭 이기고 싶어요."

그렇게 말하면서도 강자는 몸을 낮춰보라는 듯이 손짓한다. 내기는 내기다. 강자는 졌으니 벌칙을 수행하기 위해 최선을 다했다.

그가 몸을 돌려 기계에 앉아 몸을 낮춰줬다. 그러자 강자는 더듬더듬 걸음을 옮기더니 곧 그를 끌어안는다. 물론 자세는 여전히 어정쩡했고, 불편하게.

그의 가슴에 뺨을 가까이 댄 강자가 미간을 좁혔다.

굴욕이다.

강자의 표정에서 그 생각이 고스란히 드러났다.

"됐죠?"

그 말과 동시에 엉덩이는 뒤로 쭉 뺀 채 성윤을 끌어안은 강자가 이내 뒤로 물러서려고 할 때다. 성윤이 강자의 허리를 붙잡아 자신의 쪽으로 힘껏 잡아당겼다.

"네 소원이 뭔지 알겠다."

"뭔데요?"

"맞추면 소원 들어줄 거야?"

강자가 어색한 웃음을 지으며 '이것 좀 놓고 이야기하면 안 될까요?'라고 말했지만 그는 빙글빙글 웃기만 했다.

"우선 힘자랑부터 안 하면요."

성윤이 그제야 강자를 놓아준다.

그가 순순히 한 발자국 물러서 주자 그게 더 불안했다. 단숨에 자신의 마음을 척척 맞출 것 같았다. 그래서 강자는 '오빠랑 이야기하면 할수록 내가 지는 장사 같아요'라고 말했다.

"간혹 지는 장사도 해야 해. 그게 더 이득일 때도 있거든. 다음 거래를 위한."

"맞추기나 해봐요."

"소원 들어줄 거야?"

"정확히 맞추면."

"입 때리고 싶지?"

어떻게 알았지?

화들짝 놀란 강자가 성윤을 보았다. 정말 지는 장사를 해버렸다.

"자 맞췄으니까 내가 이겼어."

"……."

"어려운 거 아니야. 한마디만 해주면 돼."

"뭔데요? 굳이 소원이라고 말하면서 듣고 싶은 한마디가."

강자의 물음과 동시에 성윤이 강자의 몸을 잡아당기며 힘자랑을 했다.

"좋아해."

강자를 꼭 끌어안은 채 나지막한 목소리로 하는 말은 사랑 고백이었다. 물론 강자에게 해달라고 떼를 쓰기 위해 한 말이었지만 강자의 얼굴이 새빨갛게 변한다.

과거에 그에게 진지한 고백을 들었던 적도, 장난처럼 좋아한다는 말을 들었던 적도 있었다.

그때마다 강자는 지금처럼 얼굴을 붉혔다. 하지만 감정은 조금 달랐다. 화를 내거나 부끄러워한 적은 있었지만 지금처럼 마음이 내려앉은 적은 없었다.

양손으로 성윤의 가슴을 밀어내자 생각보다 쉽게 떠밀렸다. 두 사람 사이를 가르는 것은 시끄러운 기계음뿐이었다.

"그건 진심이 아니잖아요."

"알아. 그래도 한마디면 돼."

"싫어요."

"왜? 어려운 부탁은 아니잖아."

차성윤은 웃고 있었다. 하지만 강자는 조금 화가 난 것 같다.

두 사람은 서로 다른 표정을 짓고 있었지만 마음은 비슷했다. 강자는 문득 눈앞에 있는 이 남자가 정말 차성윤이 맞나, 라는 생각이 들었다.

차성윤은 어떤 일에도 당당한 남자였다. 지는 법이 없는 남자였고, 자신이 뜻하는 바는 너무나 쉽게 이루어내는 남자였다.

그런 남자가 약한 모습을 보인다. 그럼 조금은 기쁠 줄 알았는데, 자신은 왠지 화를 내고 싶어졌다.

"말할 수는 있어요, 나도."

나지막한 목소리에 성윤은 입을 꾹 다물었다. 입술에 걸려 있던 미소는 어느새 사라져 있었다.

"그래도 오빠가 상처받을 거잖아요."

"난 듣고 싶은데?"

그래도 듣고 싶다.

그의 요구에 강자가 침을 꿀꺽 삼켰다. 성격대로 그의 양어깨를 붙잡고 흔들고 싶었지만 침을 꿀꺽 삼킨 후 그가 그렇게도 듣고 싶다는 한마디를 해주었다.

"좋아해요."

"……"

"……"

강자는 소원대로 해주었고, 성윤은 듣고 싶었던 말을 들었다. 그럼에도 두 사람은 서로를 보지 못한 채 시선을 아래로 내린다.

─띠링띠링─ 자, 날 한번 이겨봐요!

옆에 있던 기계가 카랑카랑한 목소리로 게임을 해보라며 유혹한다. 그제야 강자가 고개를 들어 성윤을 보았다.

"거봐. 상처받을 거면서."

성윤의 마음을 더 이상 의심하지 않는다. 이 남자가 자신을 많이 좋아한다는 것을 최강자는 이젠 믿는다.

성윤 역시 이제 강자가 더 이상 자신을 가벼운 마음으로 보고 있지 않다는 걸 안다.

그래서 서로가 더 애달팠다.

"역시, 강자 똑똑해."

"오빠 간혹 바보 같고요."

성윤이 작게 웃음을 뱉었다.

나도 알아.

웃음은 마치 그렇게 말하는 것 같았다.

비척비척.

시체처럼 걸음을 옮기던 강자가 현관문 앞에 섰다. 이제 비밀번호만 누르고 안으로 들어가면 완전한 휴식을 맛볼 수 있으리라.

강자의 손엔 검은 봉투가 들려 있었다. 몸에 힘 한 자락 안 들어가는 와중에도 맥주를 사기 위해 부러 5분이나 돌아온 참이었다.

뜨거운 물에 몸을 깨끗하게 씻고 난 후에 마시는 맥주 한잔.

그럼 피곤하고 힘든 오늘 하루를 잘 마무리할 수 있을 것 같았다.

하지만 강자는 문을 열고 안으로 들어서는 순간 예상하지 못한 불청객과 눈이 딱 마주쳤다. 폭탄 맞은 것처럼 자란 머리를 헤어밴드로 애써 가려놓은 기지배는 자신과 한배에서 태어난 웬수 같은 여동생이었다.

"뭐야. 얼굴색이 왜 그래?"

"네가 갑자기 내 집에 있으니까 그렇지! 문은 어떻게 열고 들어왔어!"

거무튀튀한 안색을 걱정하는 민자를 향해 강자가 소리를 빽 질렀다. 소리를 지르지 않고선 참을 수가 없을 것 같았다. 안 그래도 철야 때문에 멘탈이 탈탈 털릴 지경이었는데, 자신의 인생에서 가장 큰 걸림돌을 휴식을 취해야 할 집에서 만났으니 오죽하랴.

게다가 강자는 아직도 언제 아버지가 쳐들어올지 몰라 두려움에 떨고 있었다. 지금 이 순간 아버지가 집에 들이닥치면 자신은 빼도 박도 못하는 현행범으로 최민자와 한 세트로 묶이게 된다.

안 될 일이야. 암, 그렇고말고.

어떻게 얻은 자유인데 이대로 포기할 수 없다는 생각에 강자가 눈에 불을 켜고서 민자를 노려보았다.

"언니 비밀번호야 뻔하지. 이제껏 문 안 따고 들어온 걸 고마워해."

"이 뻔뻔한 계집애가!"

들고 있던 검은 봉지를 힘껏 휘두른 강자는 요리조리 쏙쏙 피하는 민자 때문에 단단히 열이 올랐다. 안에 있는 맥주가 지금쯤 엉망이 되었다는 생각도 하지 못한 채.

최민자는 이 와중에도 요리조리 피하며 입만 살아 재잘거린다.

"호텔에서 지낸다며! 쾌적해서 좋다며!"

"문제가 생겼어. 그것도 아주 큰 문제가!"

"합당한 이유가 아니면 당장 내쫓을 거야!"

씩씩거린 강자가 힘껏 휘두른 봉지를 테이블 위로 던져 버렸다. 그런 후에 어디 한번 말해보라는 살벌한 표정으로 허리에 손을 얹는다.

심상치 않은 반응에 민자 역시 고저 없는 목소리로 답했다.

"스토커가 붙었어."

"뭐?"

"계속 참고 지냈는데 도저히 안 되겠어."

스토커가 붙어?

이 기집애가 믿을 만한 소리를 해야지.

평소의 최민이라면 이해를 하겠으나 지금의 최민자는 달랐다. 머리는 삐죽삐죽 자라 보기만 해도 피하고 싶을 만큼 포스가 좔좔 흐르는데 어떤 미친놈이 달라붙겠냔 말이다.

강자의 분노 게이지가 또다시 하늘로 치솟기 시작했다.

"그런 이유라면 경찰을 불러!"

"그 사람도 사회적 지위가 있는 사람이라 공권력 개입은 힘들어."

심드렁하게 말하니 더 열 받았다. 하지만 강자의 분노를 예상한 민자가 동시에 하얀 봉투를 앞으로 스윽 내미는 바람에 비명과 같은 분노는 터져 나오지 않았다.

"한동안 여기서 지낼게. 생활비야."

"안 돼!"

저 기집애의 술수에 절대 넘어가선 안 된다는 생각이 뒤늦게 들었다. 그래서 강자는 강하게 거부했고, 민자는 가자미눈을 뜨고서 떠보듯 묻는다.

"봉투도 안 열어보고?"

얼마나 넣었기에 저렇게 당당하게 나오는 것일까.

이제와는 예상할 수 없을 만큼의 금액이 들어 있는 건 아닐까, 뒤늦은 생각이 들었다.

더욱 최근에 강자는 평생 해보지 않은 돈 걱정을 하고 있었다. 월급을 받으면 생활비를 제외하고선 거의 통장에 넣어두어 잔고가 빈 적은 없었지만 차성윤에게 엄청난 선물 공세를 받은 후 그에게 뭔가 해주어야겠다는 생각을 하면서부터 빈약한 제 통장을 들여다보고 있었던 것이다.

값비싼 물건을 줘도 차성윤은 눈 하나 깜짝하지 않을 만큼의 부자였지만 그래도 어느 정도 되는 금액의 선물을 주어야 할 것은 아닌가.

강자가 이번엔 절대 쳐다도 보지 않으리라 마음을 먹은 후 봉투를 집어 들었고 곧 안에 들어 있는 금액을 확인했다.

헉.

입 밖으로 소리를 내진 않았지만 강자는 깜짝 놀란 눈으로 민자를 보았다.

"이 정도면 병원비 정돈 되겠지?"

아버지에게 다리가 부러지더라도 병원비를 하고도 충분히 남을 금액이었다.

어쩌지.

고민하던 강자가 이내 큰 결심을 하며 고개를 끄덕였다.

"일주일 안으로 나가."

"안 그래도 그럴 거야."

돈 200만 원에 홀라당 넘어간 강자가 자리에서 일어났다. 그러더니 생각지도 못해 힘껏 흔들어 버린 맥주를 본다.

하아. 글렀나.

삐죽 입술을 내민 강자가 맥주를 냉장고 안에 넣어두었다. 이 맥주는 최민자가 이 집을 나가는 날을 축하하며 마시리라, 다짐하며.

깨끗하게 샤워를 마친 강자가 밖으로 나왔다. 이제 그만 자려고 침대로 향하는데 야행성인 최민자가 옆에 찰싹 달라붙는다.

"무슨 일 있어? 안색이 안 좋다?"

민자는 호기심이 가득한 얼굴로 강자를 보고 있었다. 혼자 있으면서 옷장을 열어보았다가 값비싼 브랜드의 옷을 보았으니 이런 반응을 보이는 것도 어찌 보면 당연했다.

떠보듯 묻자 피곤함에 머리가 굳어버린 강자는 이불을 덮으며 속에 있던 말을 술술 털어놓았다.

"계속 무 승이라 의기소침한 거야."

"무 승?"

"어."

하루 종일 그 일로 머리를 굴리고 또 굴려보았다. 일을 하는 와중에도 어떻게 해야 최대한 빠르게 차성윤을 이길 수 있을지 생각했다.

굳이 그렇게 하지 않더라도 자신이 하고자 하는 말을 솔직히 털어놔도 됐으나 그러고 싶진 않았다. 무슨 오기인지는 몰라도.

"차성윤 사장이랑 무슨 일 있지?"

"그 인간 이름이 여기서 왜 나와!"

강자가 화들짝 놀라며 빽 소리를 질렀다. '도둑이 제 발 저린다'는 말이 딱 이럴 때 쓰는 말인가 보다. 민자가 입을 손바닥으로 가리며 큭큭 웃는다.

"무슨 일 있네. 맞네. 드디어 눈 맞았네."

드디어?

그 말이 이상하게 들려 강자가 상체를 벌떡 일으켰다. 그리고 어느 순간 멀찍이 떨어진 민자를 보며 도끼눈을 떴다.

"너 그때 모델 사진!"

최민자의 사진 한 장 덕에 구미에서 그 난리굿을 했다. 지금 와 보면 감사해야 할 일일지도 모르겠지만 자신을 놀리기 위해 그 사진을 보냈다고 생각하자 그냥 넘어갈 수 없었다.

"차성윤 사장한테 물어봤나 보지?"

"……너, 너!"

"맞네. 언니도 좋아한 거 맞네. 어쩐지 최강자치고 너무 멍청하게 군다고 했더니."

"뭐, 뭐라고?"

강자의 입이 떡 벌어졌다. 왠지 동생의 손바닥 위에서 놀아난 기분이 들었다.

"눈이 멀었었구만. 그래서 바보같이 군 거였어."

"당장 나가!"

"낙장불입."

민자는 자신의 승리를 점쳤는지 고개를 치켜들며 도도한 표정을 지었다.

씨익. 씨익.

거친 숨을 내뱉던 강자가 자리에서 벌떡 일어나 다리를 휘두른다.

퍽!

민자의 엉덩이를 힘껏 걷어찬 강자가 여전히 분이 풀리지 않는 표정으로 고통에 허리를 꺾은 동생을 보았다.

이런 삶아 먹어도 시원찮을 인간!

"악! 아파!"

"아프라고 때리는 거야!"

다시 한 번 기어오르면 가만히 두지 않겠다고 경고한 강자가 침대로 돌아갔다.

뒤에서 구시렁거리는 소리가 계속해 들렸다. 아프다고 악을 쓰기도, 너무 폭력적인 거 아니냐며 따지기도 하는 말에도 강자는 침묵으로 답했다.

머릿속이 멍하다, 라는 생각이 드는 순간 강자는 모든 분노의 감정을 내려놓고서 빠르게 잠에 빠져들었다.

강자가 힘껏 자신의 머리를 쥐어뜯었다. 두피가 벗겨질 것처럼 아플 정도로 뜯진 않았으나 생각 같아선 죄다 뽑아버리고 싶은 표정이다.

최강자는 오락실에서의 내기 이후로 내기에서 전패를 했다. 그는 그때처럼 과한 소원을 빌지는 않았지만 모두 초창기의 커플처럼 알콩달콩한 부탁뿐이었다.

"영화 보고 싶어. 같이 가줘."
"드라이브 같이 가자."
"손 편지를 받아보고 싶어."

손 편지 부분에선 뜨악했지만, 강자는 장장 네 시간 동안 두 장의 편지지를 가득 채워 차성윤에게 주었다. 글을 쓰는 게 어렵다고 생각해 본 적이 한 번도 없었는데, 이번에서야 알게 되었다. 일기를 적는 것처럼 아주 일상적인 이야기를 적는 것도 힘들다는 것을.

이 상황 속에서 조용히 패배의 쓴맛을 보고 싶은데 그것도 안 됐다. 최민자 그 계집애가 집을 장악했고, 옷장 안에 가득한 선물들을 추궁하며 강자를 괴롭혔다. 차성윤과의 관계가 변했다는 걸 말해줄 수도 있었지만 후환이 두려웠다. 최민자는 자신에게 불리한 일이 생기면 이를 기꺼이 아버지에게 말할 수 있는 어마무시한 계집애였다.

요즘 왜 이렇게 되는 일이 없는 거야.

콩.

콩.

책상 위에 머리를 찧은 강자가 '우울해'라고 읊조렸다. 이러다 간 평생 차성윤 한 번 못 이겨보고 끝날 것 같았다.

"유미야, 난 정말 구제 불능인 거 같아."

"또 왜."

유미가 무심한 표정으로 물으며 키보드를 두드렸다. 요즘 강자가 계속 이런 상태였으니 새삼 놀랄 것도 없다는 반응이었다.

"나는 잘하는 게 하나도 없어."

"……자기 비약하는 건 괜찮은데, 객관적으로 보면 넌 꽤 똑똑해. 현실감각이 없어 보이긴 하지만."

"나는 잘하는 게 뭘까."

탁탁탁.

키보드를 두드리던 소리가 딱 멈췄다. 고개를 들어 유미를 보자 그녀가 이젠 호기심 어린 눈으로 강자를 본다. 지난 시간 유미가 이런 반응을 보이는 것은 처음이었다.

"뭐야? 뭐 때문에 그러는데?"

솔직하게 말해주지 않으면 더 이상 푸념을 들어주지 않을 것 같았다. 그래서 강자는 구부정하게 굽히고 있던 허리를 꼿꼿하게 폈다.

"한 남자를 이겨야 해."

"뭐야, 너 만나는 남자 있어?"

"그런 쪽은 아니지만 있어."

"그런 쪽이 어딘데?"

"쪽쪽 하고 쭈왑쭈왑 하는 관계."

"표현 한번 끝내준다."

유미가 고개를 절레절레 저은 후 답했다.

"그럼 뭐, 수학 문제나 그런 걸로 내기해. 그럼 이길 거 아니야."

"못 이겨."

"그 정도야?"

"어. 끝판 대장 같은 느낌."

강자가 딱 잘라 말하자 유미가 꽤 신중한 눈빛으로 턱을 긁적인다. 생각에 잠길 때면 유미가 습관적으로 하는 행동이었다.

"흠, 그럼 운에 맡기는 걸로 하는 게 좋지 않을까?"

"운?"

"어. 운."

"운도 좋은 남자야."

"에이, 그런 사람이 세상에 어디 있어?"

유미가 믿을 수 없다는 듯 물었다.

그래, 자신도 믿지 않았다. 차성윤을 만나기 전까진.

가위바위보도 전승하는 인간이 있다는 것을.

"그렇지? 안 믿기지? 그런데 실존 인물이야. 22년 동안 봤으니까 확실해."

"……그럼 뭐 어쩔 수 없네. 계속 질 수밖에."

유미가 금세 호기심을 접고서 다시 자신의 일에 집중했다.

"너무해."

짧게 읊조린 강자가 다시 허리를 숙였다. 그런 후에 자신의 머리를 조금씩 조금씩 부술 듯 책상에 찧는다.

콩.

콩.

콩.

"빨리 이겨야 하는데."

울먹이며 말한 강자가 한숨을 푹 내뱉었다.

정말 되는 일이 하나도 없었다.

8

사락. 사락.

종이가 넘어가는 소리만이 침묵을 깨고 있다. 조용한 사무실 안에서 나는 유일한 소음에 문을 열고 안으로 들어온 강안이 긴장해 버린다.

성윤은 아주 심각한 눈으로 서류를 보고 있었다. 요즘 일들이 꽤 많으니 저런 눈으로 보는 것도 당연했다.

하긴. 노크 소리도 못 들을 정도로 집중해야 하긴 하지.

강안이 터져 나오려는 한숨을 집어삼켰다.

예전엔 그 역시 차성윤을 부러워했었다. 다른 이들이 본다면 법조인 아버지와 음악을 전공하고 결혼 후엔 아이들 육아에 최선을 다하셨던 어머니를 둔 자신 역시 그리 부족한 집이라고 생각하진 않겠지만 차성윤에겐 댈 것이 못 됐다.

단순하게 집만 부자였다면 천하의 이강안이 부러워하진 않았을 것이다. 차성윤은 무엇 하나 빠지지 않는 사람이었고 '동성'이 보기엔 동경을, '이성'이 보기엔 우선 만나고 봐야 할 남자였다.

하지만 학생의 신분을 벗어나 그의 옆에서 일하기 시작하면서부터 강안은 더 이상 차성윤을 부러워하지 않았다. 오히려 그가 가여웠다. 차성윤은 일반 사람들이 상상하지 못할 정도로 어마어마한 부담을 어깨에 짊어지고 살아가는 사람이었다. 그리고 그게 전혀 무겁다고 생각하지 못할 만큼 어릴 적부터 교육을 받아온, 어찌 보면 불쌍한 사람이다.

모든 걸 척척 해내니, 그가 어려운 일을 한다고 생각하는 일들도 드물었다. 아니, 그걸 알더라도 그만한 부와 권력을 가지고 있으니 당연하다고 생각하는 사람들이 대부분이다. 실수 하나도 용납이 되지 않았고, 사생활은 절대 밖으로 드러내선 안 되는 사람이었다. 작은 스캔들도 그에겐 치명적이었다.

소리 죽여 밖으로 나온 강안은 탕비실로 가 커피를 준비했다. 조금 진한 것이 좋겠다 생각한 그는 커피를 다시 내렸고, 간단하게 즐길 간식거리 역시 챙겼다.

똑똑.

노크를 한 강안은 이번에도 역시나 안에서 아무런 소리도 들려오지 않자 조심스레 문을 열고 안으로 들어갔다. 차성윤은 방금 전과 마찬가지로 진중한 눈으로 서류를 보고 있었다.

달그락.

그의 책상 위에 머그잔과 수제 초콜릿이 든 접시를 내려놓은 강안이 그러면 안 된다는 걸 알면서도 서류를 힐끗 보았다. 이강안의 표정에 금이 갔다. 방금 전 자신이 가졌던 연민이 짜증스럽다는 듯 미간이 좁혀졌다.

"……사장님, 뭐 하십니까?"

그의 물음에 성윤이 고개를 들었다. 그러더니 보고 있던 서류를 내려놓으며 깊은 한숨을 내뱉는다. 엄청 고뇌하는 얼굴에 강안의 짜증이 더욱 커졌다.

"확실히 이길 수 있는 게 필요해."

"그러니까 뭘요. 혹시…… 요즘 강자랑 하는 그 내기 때문입니까?"

"확실히 이겨야 다른 소리를 안 하거든. 아슬아슬하게 이길 수 있는 게 뭐가 있을까?"

차성윤은 이런 인간이 아니었다. 차성윤은…… 자신이 모시는 사장은 이런 인간이 아니었단 말이다.

이강안은 급기야 울고 싶어졌다. 차성윤의 곁에서 그가 불편함 없이 일할 수 있도록 많은 시간을 할애하며 그 역시 뿌듯한 마음을 가져왔기 때문이다. 그렇지 않으면 자신의 인생에 보람을 가질 일이 없으니 차성윤의 일을 자신의 일처럼 느껴왔고, 완벽하게 일을 처리하면 자신의 일처럼 기뻐했었다.

그런데 이렇게 얼이 빠진 모습이라니.

그것도 신성한 회사에서!

"정신 차리십시오, 차성윤 사장님. 여긴 회사입니다. 사적인 생각은 일이 끝난 이후에 하세요."

"나 사장이야."

"……."

강안의 입술이 굳게 다물렸다. 그러자 성윤이 다시 서류로 시선을 돌린다. 그의 머릿속에는 최강자로 가득 차 있나 보다.

그래. 사장의 연애 사업이 잘되어야 회사에서의 일도 능률이 오르겠지?

그렇게 애써 생각을 하며 강안은 자신이 들고 온 초콜릿 하나를 집어 입안으로 밀어 넣었다.

당이 필요했다.

파바박!

강자와 성윤 사이에 강렬한 스파이크가 튀었다. 두 사람은 마치 당장이라도 '가족의 원수!'라고 외칠 것처럼 살벌한 표정이었다.

"내기는 내기야."

성윤의 말에 강자가 이를 으드득 깨물었다.

그걸 누가 몰라서 이런 표정이겠는가?

차성윤이 드디어 미친 게 틀림이 없다!

"알아요!"

"자."

그러면서 눈을 감는 성윤을 보며 강자가 주먹을 움켜쥐었다.

두 사람은 마치 연애 초창기의 연인들이 할 법한 일들을 하고 있었다. 내기라는 명분으로 만나 데이트를 하고 있다는 표현이 더 정확했다.

내기가 끝나면 예전처럼 쌩하니 뒤돌아서지도 않았다. 차성윤은 강자를 집 앞까지 데려다주었고, 간혹 앞에 있는 놀이터에 가 투닥거리기도 했다.

이젠 그런 것들이 당연해졌는데, 지금 눈을 감고 있는 차성윤은 적응이 되지 않았다. 자신보다 더 긴 속눈썹이 부채처럼 펼쳐져 있는 것을 본 강자가 입술을 씹었다.

아, 안 돼.

간질간질한 감정에 강자는 차성윤의 얼굴일 힘껏 내려치고 싶은 감정까지 들었다.

으으으! 내 손!

강자가 하얗게 질리도록 주먹을 쥐며 말했다.

"이건 성추행이에요."

"싫으면 하지 않아도 돼."

여전히 눈을 감고 있는 성윤이 말했다.

싫으면 하지 않아도 된다고?

강자가 입술을 비틀었다. 스스로를 향한 비웃음이었다.

싫지 않다. 문제는 거기에 있었다.

자신의 마음을 더 이상 외면하지 않기로 했다. 그랬더니 차성윤의 마음도 외면할 수가 없었다.

좋아한다는 말을 듣고 싶었던 남자. 그리고 정작 그 말을 듣고 상처받은 사람.

그런 사람에게 더 이상 상처를 주고 싶진 않았다. 그에게 상처를 준 게 최근의 일뿐만이 아니다. 두 사람의 밀당의 역사는 길고 길었다. 두 사람이 함께해 온 시간이 22년이다.

강자는 새하얀 성윤의 얼굴을 보았다. 남자인데 얼굴에 상처 하나 없이 맑았다. 따로 관리를 받는 것 같지 않았는데, 관리를 받는 사람보다 오히려 더 좋아 보였다. 30대 중반의 피부라고는 믿을 수가 없었다.

설마 나 몰래 관리를 받고 있는 걸까?

강자는 쓸데없는 생각을 하며 시선을 돌렸다. 그때 붉은 입술이 눈에 들어왔다.

몰랐는데 차성윤도 긴장을 하고 있었나 보다. 입술이 안으로 조금 말려 들어가 있었다. 턱 주위가 움찔 떨리는 것도 보였다. 그는 지금 자신을 시험하고 있었다. 아니, 도박이라고 말해야 정확한가?

눈치가 빠른 사람이었으니 최근 자신의 행동에 변화가 생겼다는 걸 알아챘을 것이다. 희망 고문을 하다가 이젠 그걸 확신하고 싶어졌으리라.

꿀꺽.

침을 삼킨 강자가 천천히 고개를 숙였다. 차성윤의 오른쪽 뺨 어딘가와 최강자의 아랫입술이 부딪혔다.

두 사람은 아무런 말도 하지 않았다. 두 사람의 접촉은 찰나였지만 그 여운은 엄청나게 길었다.

"……."

"……."

서로 차마 바라볼 수 없다는 듯 고개를 돌린 두 사람이 얼굴을 화르륵 붉혔다. 한 사람도, 원해서 받은 사람도.

이, 이젠 어쩌지?

안절부절못하던 강자가 지금은 튀어야 할 타이밍이라는 걸 알아차리곤 퍼뜩 그를 보았다. 그 순간 두 사람의 눈이 마주쳤다. 성윤은 정말 해줄 줄 몰랐다는 듯 깜짝 놀란 눈으로 그녀를 보고 있었다.

아아아아, 제에에엔장!

"다, 다음엔 꼭 이길 거예요! 기대하세요!"

서둘러 뒤돈 강자가 성큼성큼 걸음을 옮겼다. 지금은 튀어야 할 것 같았다. 여기엔 자신의 몸을 구겨 넣을 쥐구멍이 없었다.

하지만 뒤늦게 정신을 차린 성윤이 빠르게 그녀의 옆으로 따라 붙었다. 그는 지금이 기회라는 걸 눈치챈 모양이다.

연애는 결국 타이밍 싸움이다. 지금 강자를 닦달하면 그는 자신이 원하는 답을 얻게 될 것이고, 강자는 자신의 뜻과는 다르게 모든 걸 실토하게 될 거다.

"갈 거야?"

그의 물음에 강자가 눈에 힘을 주었다. 정면을 주시한 강자는 애써 그의 시선을 피했다.

"그럼요?"

"좀 더 같이 있자."

"그럼 다음에 내기에서 이기시면 그렇게 하세요."

빠르게 걸음을 옮긴 그녀는 어느 순간 차성윤이 걸음을 멈췄다는 걸 깨달았다.

이 남자, 또 엄청나게 상처받은 표정을 하고 있을 것 같았다. 그래서 강자는 차마 뒤돌아보지 못한 채 빽 소리를 질렀다.

"다, 다음 장소와 시간은 문자로 고지해 드리죠!"

성큼성큼 걸음을 옮긴 그녀는 어느 정도 그와 멀어지고 나서야 가슴을 쓸어내렸다.

"하마터면 홀딱 넘어갈 뻔했어."

그래. 22년 동안 품어온 열망을 송두리째 날려 보낼 뻔했다.

자리에서 멈춘 강자가 정처 없이 걸음을 옮기기 시작했다. 오른
손은 어느 순간 입속에 들어가 있었고, 미처 자라지 못한 짤막한
손톱이 이에 잘려 나갔다.

"빨리 이겨야 해."

그래야 모두가 해피할 텐데, 차성윤은 자신의 목적을 위해 계속
해 최강자를 가볍게 이기고 있다. 동상이몽이다.

"무슨 수를 써서든."

강자가 가방을 꼭 움켜쥐었다. 안엔 지난주에 전 재산을 투자해
산 아주 값비싼 물건이 고이 잠들어 있었다.

강자는 차에 오르기 전 마트를 보았다. 앞엔 선물용 음료수와
과일 바구니가 쭉 놓여 있었다.

뭘 사가야 하나.

강자의 얼굴이 고민에 젖었다. 하지만 이내 마음을 고쳐먹었다.

"무슨 생각을 하는 거야? 놀러 가는 게 아니잖아!"

지난 일주일, 강자는 새로운 내기를 '스크린 야구'로 정하고 피
나는 연습을 했다. 차성윤은 구기 종목 대부분을 잘했지만 야구엔
취미가 없었다. 태원그룹에서 야구 구단을 지원하고 있었지만 그
뿐이었다.

꼭 이기고 말리라. 꼭!

강자는 이를 버득버득 갈며 시간이 날 때마다 스크린 야구장을 찾았고, 꽤 좋은 성적을 냈다. 쳤다 하면 안타였고, 운이 좋을 때 한 번씩 홈런도 날렸다. 보통 한 게임에 3점은 가볍게 내서 이번 만은 자신이 있었다.

하지만 강자는 이번에도 너무나 허무하게 차성윤에게 졌다. 그녀는 연습한 대로 5점을 냈지만 그는 9점을 냈다. 이 정도면 신의 농간이라고 생각이 될 정도로 강자는 크게 좌절했다.

하지만 성윤은 소원을 말하는 대신 옆에 있는 스크린 축구장으로 데리고 갔다. 그리고 그 게임에서도 최강자를 장렬하게 전사시켰다.

스코어는 1:8.

10골을 넣는 게임이었는데 강자는 단 한 골만을 넣었다.

두 게임에서 연달아 이긴 차성윤은 그제야 당당하게 자신의 소원을 말했다.

"집에 초대할게. 와줘."

그 소원을 듣고 나서야 강자는 왜 내리 두 판을 했는지 알게 되었다. 어마어마한 소원이었으니 한 번 이긴 거로는 내세우기 힘든 소원이었다.

주차를 해둔 곳으로 걸음을 옮기던 강자는 자신의 차 바로 옆에 주차되어 있는 낯익은 차를 보았다. 번호판을 보니 차성윤의 차가 확실했다.

뭐지?

그의 집으로 두 시까지 가기로 했기에 강자가 의아한 마음으로 다가가 운전석을 똑똑 두드렸다. 검게 선팅이 되어 있던 창문이 찌이익 아래로 내려간다.

"여긴 어쩐 일이에요?"

편안한 일상복 차림의 차성윤이 그녀를 향해 해사한 웃음을 건넸다. 하지만 그가 하는 말은 꽤 무시무시했다.

"안 올까 봐 데리러 왔어."

데리러 왔다고 말은 했지만 강자의 귀엔 '잡으러 왔어' 라고 들렸다. 속으로 뜨끔한 강자가 그를 보았다.

"약속은 지켜요."

물론 평소의 최강자는 한 번 약속을 하면 이를 지키기 위해 최선의 노력을 다했다. 하지만 홀로 사는 그의 집을 방문하는 건 레벨이 너무 높다.

지금이라도 도망갈까?

그래. 지금이라도…….

생각을 하던 그녀는 창문 밖으로 불쑥 내밀어지는 손에 깜짝 놀라 어깨를 움츠렸다.

"그래야 최강자지."

그의 손이 강자의 머리에 닿았다. 그의 앉은키가 큰 건지, 자신의 키가 작은 건지 굳이 생각하고 싶지는 않았다.

결국 강자가 차에 올랐다. 몇 번이나 그의 차에 올랐던 전적이 있었던 터라 그녀는 자연스럽게 안전벨트부터 맸다.

"밥은, 먹었어?"

조금 있으면 점심시간이었다. 하지만 오늘은 주말이다. 집을 나오기 전에 밥을 먹었지만 강자가 작게 고개를 저었다.

"아니요."

"아침은?"

"안 먹었어요."

스스로가 생각해 봐도 술술 거짓말을 내뱉는 모습이 너무 뻔뻔했다. 하지만 강자는 정말 배가 고프다는 듯이 작게 콧잔등까지 구겼다.

"집에 아무것도 없어서요."

"그러다가 속 버려."

걱정이 그득한 말에 강자가 실없이 웃었다.

"엄마 같아요."

"기왕이면 아빠로 해주면 안 될까?"

"우리 아버진 그런 걱정 안 하세요."

어떤 양반인데. 절대 안 하고말고.

강자가 너무 단호하게 말해 성윤 역시 별말을 덧붙이지 않은 채 부드럽게 차를 몰았다.

그의 차가 좁은 골목을 요리조리 빠져나갔다. 주말 낮이었기에 아침부터 피크닉을 떠나려는 사람들로 차가 막혔다.

하지만 급할 것이 없는 두 사람이었다. 차성윤은 강자의 하루를 저당 잡았다는 생각에 기뻐했고, 강자는 그의 집에 가게 된 상황에 어색하긴 했지만 한편으론 기대를 하고 있었다. 그의 아주 개인적인 사생활을 들여다보는 기분이 들었기 때문이다.

"점심은, 해 먹을까?"

"요리할 줄 아세요?"

"라면은 엄청 잘 끓여."

그의 말에 강자가 작게 웃음을 내뱉었다.

"그런데 왜 집에서 해 먹재요?"

"나가기 귀찮으니까."

"라면은 오빠가 끓여요."

"알았어."

어색한 마음에 강자의 손가락이 계속 꼼지락꼼지락 움직였다.

"들어와."

어색한 표정으로 한 발자국 집 안으로 들어선 강자가 새삼 놀랍다는 듯 집을 둘러보았다. 어쩜 집주인이랑 이렇게 꼭 닮았을까. 어디 한 군데 흠 잡을 곳이 없는 집은 차성윤 그 자체였다.

"구경하고 있어. 난 라면 끓일게."

강자가 아무것도 먹지 않았다는 게 신경 쓰여서일까.

집주인은 곧장 부엌으로 향했고, 강자는 홀로 남았다.

생전 가스레인지 한 번 켜보지 않았을 것 같은 차성윤이기에 뒤를 따라가야 한다는 것을 알면서도 강자는 호기심을 이기지 못해 집을 구경하기 시작했다. 방 하나하나, 아주 깨끗했다.

어쩌다 보니 욕실까지 구경을 마친 강자는 차마 제일 끝에 있는 방문을 열어보지 못한 채 거실로 나왔다. 그의 침실까진 차마 열어볼 용기가 없었다.

그녀의 시선이 넓은 거실 여기저기를 옮겨 다녔다. 물건은 줄지어 서 있었고, 소파 위에 놓인 쿠션 역시 각을 잡고 서 있었다.

뭐가 이렇게 기계적이야?

질서 정연하게 놓인 물건을 일부러 흩뜨려 놓고 싶어졌다.

하지만 강자는 병적일 정도로 깨끗한 공간에 손도 대지 못했다. 분명 이 집을 이렇게 유지할 수 있도록 도와주는 사람이 있을 텐데, 그 사람의 일거리를 늘리고 싶진 않았기 때문이다.

만지지 말자. 이 집을 벗어날 때까진 아무것도 만지지 않는 거야.

그렇게 한 다짐도 몇 분 지나지 않아 사라졌다. 강자의 시선이 장식장에 닿았다.

유리 찬장 안에 익숙한 물건이 들어 있었다.

귀퉁이가 부서진 플라스틱 명찰은 자신의 것이었다.

"뭐예요. 이거 아직도 가지고 있어요?"

"뭐?"

"명찰이요."

"아, 어."

부엌 안에서 답이 들려오자마자 곧 실내화가 질질 끌리는 소리가 났다. 밖으로 나온 그는 어느새 강자의 손에 들려 있는 명찰에서 시선을 떼지 못했다.

"이거 나줘요."

당연히 이런 말을 할 줄 알았나 보다. 그가 걸음을 옮겨 강자의 손에 있던 명찰을 빼앗았다.

"내 거야."

"그게 왜 오빠 거예요? 내 거지. 내 이름 적혀 있잖아요."

"내가 지금까지 보관했으니까 내 거야."

그는 다른 말을 하고 싶은 표정이었다. 그게 뭔지 강자는 예상했고, 그는 강자가 눈치챘다는 걸 알아차린 모양이다.

전교생 앞에서 그가 명찰을 뺏어가는 순간 강자의 인생은 180도로 꼬였다. 그전에도 차성윤이 싫었지만 더욱더 싫어진 계기였다. 그날 자신은 그에게 첫 번째 고백을 들었다.

그는 단순히 명찰을 빼앗은 것이 아니었다. 어쩜, 명찰에 적힌 그 '이름'을 가지고 싶었던 것일지도 모르겠다.

이젠 예전처럼 더 이상 아무것도 모른 척 무시할 수 없었기에 강자가 시선을 비스듬히 아래로 내렸다.

"……물 끓어요."

부엌에서 물 끓는 소리가 귓가를 때렸다.

그는 명찰을 들고 다시 부엌으로 향했다. 그리고 얼마 되지 않아 매콤한 냄새가 집 안에 진동을 했다.

강자는 얌전히 소파에 앉아 기다리다가 곧 부엌에서 '다 됐어'라는 말이 들려오자 자리에서 일어났다. 강자는 어쩐 일인지 아직도 얼굴이 상기되어 있었다. 정말 허기가 진 것도 아니었고, 라면을 먹지 못해 환장한 것도 아니었지만 흥분해 있었다.

부엌으로 향하자 여섯 명은 족히 앉아서 식사를 할 수 있는 식탁 위에 라면과 김치가 정갈하게 놓여 있었다. 수저받침 위에 놓인 숟가락 역시 물 자국 하나 없이 깨끗했다.

라면 먹고 갈래?

오밤중에 차성윤이 그렇게 유혹을 한 것도 아닌데 강자의 심장이 벌렁벌렁 뛰어댔다.

나대지 마라, 심장아!

그렇게 외친 강자는 차성윤이 건네는 그릇을 받았다. 어색한 분위기를 없애기 위해서라도 다른 곳으로 시선을 돌릴 필요가 있었다.

말없이 라면을 집어 호로록 맛본 강자가 깜짝 놀란 눈으로 그를 본다.

"뭘 이렇게 잘 끓여요?"

라면을 잘 끓인다는 말을 허투루 들었다. 그는 음식을 조리하는 것과는 거리가 멀어보여서. 하지만 말 그대로였다. 라면은 적당히 익어 너무 맛있었다.

"처음에 식품 쪽 진출할 때 라면이 중점이었거든."

"그런데요?"

"그러니까 잘 끓이지."

뭘 그렇게 당연한 걸 물어보냐는 어투에 강자가 황당한 표정을 지었다.

"……안 피곤하세요?"

"뭐가?"

"아니에요."

여기서 더 말하면 입만 아플 것 같았다. 그러니 그만 말하고 맛있는 라면이 퍼지기 전에 맛있게 먹는 게 자신의 인생에 더욱 도움이 되는 일일 터.

강자가 라면을 집어 입안으로 밀어 넣었다.

후루룩.

탱탱한 면발이 입안으로 후루룩 빨려들었다.

정말 맛있었다.

서로 설거지를 하겠다고 다퉜다. 차성윤은 자신이 집에 초대한 것이니 양보하지 않겠다고 말했고, 강자는 먹은 값을 하겠다고 했다. 두 사람 모두 한발도 물러서지 않았지만 이번엔 강자가 이겼다.

그럼 커피 내려주세요.

그 말에 그는 커피를 내렸고, 강자는 설거지를 했다.

강자는 마치 이 집이 익숙한 사람처럼 거실에 앉아 커피를 마셨다. 그는 어색한 얼굴로 자신의 집 거실에 있는 강자를 몇 번이고 힐끗 보았다. 이런 일이 일어날 줄은 몰랐기에 신기하다는 눈빛으로.

그러다가 두 사람의 눈빛이 몇 번 마주쳤고, 곧 다른 곳으로 흩어졌다. 두 사람 사이에 말랑말랑하고 달달한 감정이 흐르다가도 순간 그렇게 얼어붙었다. 아니, 5분 전만 해도 그랬다.

지금의 두 사람은 아주 긴장된 눈으로 서로를 보았다. 아까의 긴장과는 다른 기운이었다. 신경전이 오고 갔고, 어떻게든 이겨야 한다는 승부욕이 어색한 마음을 모두 앗아갔다.

"단판입니다."

"좋아."

"다른 말 하기 없기예요."

"강자 걱정이나 해."

강자의 미간이 좁아졌다. 조금 있다가도 그런 말이 나오나 보자.

운에 있어서도 성윤을 한 번도 이기지 못한 강자였지만 이번만은 이길 수 있을 거라 자신하고 있었다. 이번 내기는 철저하게 운에 맡긴 것이었기에 신이 지금쯤은 자신에게도 은총을 내려주실 때가 되었다, 믿었기 때문이다.

내기 종목은 책을 펼쳤을 때 사람 수가 많으면 이기는 게임이었다. 책은 잡지였고, 강자가 다니고 있는 정음일보의 자회사에서 나온 거였다.

이 잡지라면 3주 전에 강자가 동료를 도와 함께 마감을 한 것이었다. 그러니 자신에겐 절대적으로 유리할 거라 생각했다.

분명 앞쪽엔 모델들이 포즈를 취한 사진들이 많았다. 뒤쪽은 거의 특집 기사로 글이 대부분이었으니 앞쪽을 공략하는 게 좋았다.

성윤이 긴장된 눈으로 잡지를 펼쳤다. 그리고 포즈를 잡고 있는 모델을 본다.

"두 명!"

겨우 두 명이다. 이번엔 자신이 이길 수 있을 것만 같은 생각이 확신으로 변했다.

이번엔 강자가 긴장한 얼굴로 잡지를 쥐었다. 강자 역시 앞쪽을 공략하기 위해 손가락을 이리저리 움직인다.

이쯤이 좋을까?

고민하던 강자가 결정을 내리곤 확 펼쳤다.

"……허!"

"토마토 참 싱싱해 보인다."

"이게 말이 돼요?"

허망한 얼굴로 말한 강자가 자리에 털썩 주저앉았다. 펼친 면엔 커다란 토마토와 함께 성능이 쭉 적혀 있었다.

"이거 내가 함께 마감한 잡지란 말이에요. 다 아는데…….."

"그래. 그리고 우리 집에서 나온 잡지니까 나도 다 봤을 거고."

그의 말에 강자가 고개를 절레절레 저었다. 한 번 보는 거랑 마감을 하는 건 차원이 달랐다.

"이번 생은 틀렸나 봐."

재수가 없어도 이렇게 없을 수가 없다.

강자는 이젠 자신의 인생이 박복하다는 사실을 인정해야 할 때가 왔음을 깨달았다.

"말해봐요. 뭘 원하세요?"

그녀가 반쯤 포기한 어투로 물었다. 그러자 당장이라고 원하던 바를 말할 줄 알았던 성윤이 망설인다.

도대체 뭐지?

이렇게까지 망설이는 이유가 뭘지 예상도 되지 않았다. 그는 볼에 입을 맞추는 것도, 자신의 집에 초대하는 것도 당당히 요구했다. 그걸 뛰어넘는 요구라니. 순간 강자가 몸을 엑스 자로 가렸다.

"그, 그건……!"

아무리 약속을 잘 지키는 나라도 아무래도 그건 안 되겠는데요!

강자가 새빨개진 얼굴로 그를 보았다. 눈은 금방이라도 튀어나올 것만 같다.

하지만 정작 그가 한 요구는 전혀 예상조차 하지 못한 것이었다.

"우리 아버지 만나줘."

차라리 '자자'라고 말하는 게 덜 놀랐을 것이다. 강자가 입을 떡 벌리며 성윤을 보았다.

"아버지요? 잠시만요. 아버지는⋯⋯."

"태원그룹 회장님이시지."

"제가 왜 오, 오, 오빠 아버지를 만나야 하는데요?"

내가 왜 태원그룹 회장을 만난단 말인가.

혹여 자신의 끝없는 기고가 차 회장의 귀에까지 들어간 걸까? 그렇다면 뼈도 못 추릴 것 같았다.

차 회장은 불도저라 불린 인물이었다. 그의 아버지와 더불어 대한민국의 경제를 힘껏 받쳐 온 사람이었다.

그런 사람이니 성격은 오죽하겠는가. 언론에 비치는 차 회장의 모습 역시 바늘로 찔러도, 아니, 도끼로 내려쳐도 피 한 방울 안 나올 것 같은 인상이었다.

웬만한 일에선 눈 하나 깜짝하지 않는 그녀였지만 차 회장과 만나는 건 무섭다는 듯 작게 고개를 저었다.

"그, 그건 좀⋯⋯."

"보고 싶어하셔."

"왜요?"

"좋아하는 여자가 있다고 했거든."

"⋯⋯."

차라리 자신의 기고 사실이 귀에 들어간 게 더 다행일지 모르겠다. 강자가 새하얗게 질린 얼굴로 고개를 저었다.

"⋯⋯다른 소원은 안 될까요?"

차성윤은 참 대단한 인물이었다. 거대한 태원그룹을 잘 받치고 있었고, 핏줄 경영이었음에도 욕을 먹지 않는 유일한 인물이었다.

그런데 그보다 더 대단한 것은 차 회장의 유일한 자식이라는 것이다. 태원 일가 대부분이 자식이 귀했으니 오죽 예쁜 자식이겠는가.

안 되지. 안 돼.

강자가 완강하게 거부하자 성윤은 이번에도 조련한다.

"한 입으로 두말하는 스타일은 아니잖아."

"……"

이 말이면 강자의 마음을 쉬이 움직일 거란 걸 그는 너무나 잘 알고 있었다. 그리고 그의 예상대로 강자는 고민에 잠긴 얼굴로 한참 말이 없었고, 이내 꽤 만족스러운 답을 해주었다.

"알았어요. 시기는 내가 정해도 되죠?"

되도록 그 시기를 뒤로 잡을 생각이었다. 당장은 차민식 회장을 만날 자신이 없었다.

"정말이야?"

"그럼 안 들어줄 줄 알고 말한 거예요?"

강자가 입술을 삐죽 내밀었다. 이럴 줄 알았으면 거절할 걸 그랬다는 표정에 성윤이 바보처럼 웃었다.

"아니, 천하의 최강잔데."

"제가 무슨 소릴 하든 뭐라고 하지 마세요."

"좋은 분이야."

자식이 부모를 욕하는 경우는 몇 없었다. 강자의 집처럼 아들을 보지 못해 사사건건 딸들에게 관섭을 하는 아버지가 아닌 이상에야 아무리 나쁜 부모를 둔 자식이라 하더라도 대한민국에선 좋은 부모로 포장되곤 한다.

"만나보고 제가 판단할래요."

벌써부터 그 판단을 해야 하는 날이 두려워진 강자가 한숨을 푹 내뱉었다.

차민식 회장이라니.

생각만 해도 오금이 저렸다.

이제 더 이상 지고만 있을 순 없었다. 평생 차성윤에게 패배의 쓴맛을 봐왔던 터라 내성이 생기긴 했어도 이대로 계속 연달아지면 자신의 자아가 남아나지 않을 것이다.

그래서 강자는 특단의 조치를 내렸다.

"오빠, 오빠 보스 이기려면 어떻게 해야 해요?"

[우리 사장?]

"그럼 여기서 보스가 누구겠어요."

적을 알아야 백전백승 아니겠는가!

그걸 이제껏 알고 있었지만 이 내기에 '강안'을 끼워 넣고 싶지 않아 부러 전화를 걸지 않았었다. 하지만 이젠 뾰족한 수가 없으니 생떼를 부릴 수밖에 없다. 자신의 인내심도 슬슬 한계였다.

[아직도 못 이겼냐?]

"천하무적이에요. 운으로도 안 되더라고요."

외적이 이순신 장군을 만났을 때의 그 막막함을 자신 역시 느끼고 있는 요즘이었다. 틈 하나 보이지 않으니 공략도 되지가 않는다.

강자가 머리를 벅벅 긁었다. 강안이 묘수를 내주었으면 좋겠지만 그는 기본적으로 자신의 편이 아닌 차성윤 편이었다.

[소원이 뭔데 그렇게까지 기를 쓰고 이기려는 거야?]

"강안 오빠한테 말해주면 안 되죠. 오빠 성윤 오빠 프락친데."

[뭐, 부정은 안 하마. 그런데 그 프락치한테 지금 공략법을 묻는 거야?]

"오빠 성윤 오빠에 대해 잘 아니까. 그리고 이중 스파이잖아요. 엄연히 말하면."

강자가 웃음 섞인 목소리로 말했다. 그러자 전화 너머로 잠시 침묵이 흐른다. 그는 이 내기에서 누가 이겨야 자신에게 득이 될까, 셈을 하고 있었다.

그리고 마침내 승리의 여신이 자신에게 손을 들려는 것인지 강안이 자신의 편으로 돌아섰다.

[빙고해.]

"빙고요?"

[그래.]

"……빙고로 내가 이길 수 있다고요?"

강자가 의심으로 점철된 목소리로 말했다.

빙고라니. 빙고라니!

무슨 그런 말도 안 되는 소릴 하냐는 어투였다. 차성윤은 왠지 빙고 필승법도 알고 있을 것 같았다.

하지만 곧 이어진 말은 강자의 귀를 번뜩 뜨이게 하는 것이었다.

[과일 이름이나 채소 이름으로 해. 잘 모르니까. 3분의 2는 사장님이 알 법한 걸 적고, 나머진 어려운 이름으로 적으면 이겨.]

"알 법한 거요?"

[그래. 수박, 멜론, 참외, 딸기 같은 거. 아마 파프리카만 되도 잘 모를 거다.]

"……그렇게 바보처럼 보이진 않았는데."

[네가 사장을 잘 몰라서 그런데, 그 사람은 생존을 위해 먹는 사람이지 미식이 뭔지 이해조차 못하는 사람이야.]

아무리 그래도 파프리카도 모른다고?

그건 좀 문제 있는 거 아닌가?

혹여 지금도 자신을 속이고 차성윤의 편에 서 있는 건 아닐까, 강자가 의심했다. 그러자 강안은 방금 전과는 달리 장난꾸러기처럼 물었다.

[왜, 못 믿겠어? 나랑 내기할까?]

"아니요. 오빠한테도 지면 내 멘탈이 바스라질 것 같아서 사양할게요."

[왜? 하자. 사장님한테 이기면 네 소원 말해줘. 어때? 지는 장사 아니지?]

소원을 말해달라라…….

고민에 잠긴 강자가 짧게 웃음을 뱉었다.

아마 자신이 소원을 말하는 순간 얼마의 시간이 지나지 않아 당장 강안의 귀에 들어갈 것이다. 굳이 자신이 말하지 않더라도 그걸 차성윤이 숨길 것 같진 않으니까.

나쁘지 않은 조건이었기에 강자가 흔쾌히 승낙했다.

"좋아요. 어차피 곧 알게 될 텐데."

이번엔 반드시 이기리라.

멀고도 험한 승리의 길 위에서 최강자는 다시 한 번 다짐했다.

눈물겨운 노력이었다.

차성윤과 자신의 스코어를 세다가 어느 순간 포기했던 게 10여 년 전이다. 정확하게 23패까지 기억한 후엔 머릿속에서 그와의 대결을 깨끗이 지웠다. 한동안 분한 마음에 잠도 자지 못하다가 마음의 안정을 찾기 위해 내린 특단의 조치였다.

그 후로도 차마 헤아릴 수 없을 만큼 많은 패배를 맛본 끝에 강자는 첫 승리를 자축하며 외쳤다.

"빙고!"

"……아."

짧은 신음 끝에 성윤이 볼펜을 내려놓았다.

"졌어."

그의 입에서 그 한마디가 나오자 강자는 감격의 눈물이라도 흘릴 것 같았다. 이 승리를 곱씹으면 1년은 족히 행복할 것 같았다.

"이겼다! 이겼어! 악! 이겼어!"

자리에서 방방 뛰는 강자를 보며 성윤이 짧게 웃음을 뱉었다. 미친 듯이 좋아한다는 걸 저런 걸 두고 하는 말인가 보다, 라고 생각하며.

서른 중반을 달려가는 나이에 빙고 게임에 이긴 사람치곤 한참을 기뻐했다. 강자는 의기양양했고, 곧 하는 말 역시 흥분이 가시지 않은 목소리였다.

"알죠? 나 오빠한테 이겨본 게 이번이 처음이에요."

"얼마나 대단한 소원이기에 그렇게 전제가 길어?"

성윤이 두려운 감정을 담고서 말했다. 두 사람의 관계가 더 이상 예전 같지는 않았지만 강자의 소원이 혹시나 '내 인생에서 사라져 주세요'일까 봐 무서웠다.

더 많이 좋아하는 쪽이 절대 약자이고, 차성윤은 그 약자였지만 그 소원만큼은 들어주지 못할 것 같았다. 아니, 들어주지 않을 참이었다.

"꼭 들어주셔야 해요."

당부의 말에 그가 힘없이 웃었다.

"뭔데? 강자가 말하는 거니까 들어줄게."

속마음과는 달리 그는 애써 아무렇지도 않은 척 말했다. 그러자 자리에서 벌떡 일어나 있던 강자가 자신의 가방 쪽으로 뛰어갔다. 커다란 가방을 뒤지는 작은 인영을 보던 그가 마른세수를 한다.

뭐기에 저러는 걸까.

강자는 늘 예상 범위에서 움직였다. 그랬기에 그 긴긴 시간을 함께 보낼 수 있었다.

하지만 지금은 아니었다. 두 사람의 관계가 변하면서부터, 그는 강자의 행동을 좀처럼 예상할 수가 없어 수없이 당황했다.

그가 긴장한 얼굴로 뻣뻣하게 앉아 있자 원하던 물건을 찾은 강자가 다시 제자리로 돌아왔다. 그리고 그와 자신의 가운데 놓여 있는 협탁 위에 모서리가 뭉개진 상자 하나를 올려놓는다. 가방에서 얼마나 굴러다녔던지 선물 포장이 초반의 모습과는 다르게 볼품없이 변해 있었다.

"……이게 뭐야?"

그는 다 알면서도 묻고 있었다. 강자가 꺼낸 것은 누가 보아도 반지 케이스였는데.

아니, 어쩜 진짜 모르고 물었는지도 모르겠다. 강자가 자신에게 반지를 건넬 이유가 전혀 없지 않은가.

"보면 모르겠어요?"

"뭔지 알 것 같기는 한데, 아닌 것 같아서."

"그게 무슨 말이에요."

강자가 작게 웃음을 터뜨렸다. 그러더니 아주 홀가분하게 웃으며 말한다.

"좋아해요. 저랑 만나주세요."

"뭐?"

"좋아하니까 만나자고요. 싫어도 만나야 해요."

만나달라고?

좋아하니까 만나자고?

성윤은 강자가 자신이 전혀 알지 못하는 외국어를 하는 사람처럼 느껴졌다. 그래서 멍하니 그녀를 보고만 있었다.

"한 번이라도 이겨야 속 시원히 말할 수 있을 것 같았어요. 관계가 바뀌면 제대로 상대도 안 해줄 것 같아서."

"……."

"하나는 소원 성취했으니까 이제 다음 단계로 넘어가는 거예요."

아.

아아.

짧게 신음을 연달아 내뱉은 성윤이 얼굴을 일그러뜨렸다. 기습 공격을 당한 남자가 허무하게 무너졌다.

"너무하잖아."

손을 들어 얼굴을 가린 그가 힘없이 말했다. 그러더니 부스럭거리는 소리와 함께 다가온 손이 제 손 위를 겹치는 걸 느끼며 한숨처럼 말했다.

"너 정말 약았어."

최강자는 정말 약았다.

그리고 차성윤을 정말이지 약하게 만들었다.

9

번쩍!

아침 일찍 눈을 뜬 성윤은 다디단 잠을 자고 일어난 것인지 개운한 표정이었다.

눈을 뜬 그가 가장 먼저 한 일은 현실을 깨우치는 것이었다. 다급한 표정으로 자신의 네 번째 손가락을 살폈고, 거기에 끼워져 있는 반지를 발견하고 나서야 미친놈처럼 헤실헤실 웃었다.

"꿈이 아니야."

그가 혼잣말을 읊조렸다.

정말 미친 게 확실하다. 미치지 않았다면 이렇게까지 기분이 좋을 리가 없다.

마치 약에 취한 사람처럼 웃으며 욕실로 들어간 그는 깨끗하게 샤워를 마친 후에 콧노래를 부르며 밖으로 나왔다. 지금은 무슨 일을 당해도 웃을 것처럼 기분이 하늘 높이 솟았다. 길을 가다가 오른쪽 뺨을 맞으면 왼쪽 뺨까지 내어줄 수 있을 것 같았다.

평소보다 상태가 많이 안 좋았지만 출근 준비를 마친 차성윤은 완벽한 CEO의 모습으로 돌아가 있었다. 몸에 착 달라붙는 검은색 슈트는 유독 그의 인상을 날카로워 보이게 만들었다. 물론 표정 관리를 하기 위해 입술이 간혹 씰룩거렸지만.

아침부터 장거리 미팅이 있었기에 서둘러 준비를 마친 성윤이 집을 나섰다. 그리고 출근용 차량이 세워져 있는 곳으로 향하던 성윤은 그 앞에 떡하니 서 있는 강안을 보았다. 출퇴근은 스스로 하고 있었기에 강안이 아침부터 그를 찾는 일은 좀처럼 없었던 터라 성윤의 눈이 조금 커졌다.

"아침부터 무슨 일이야?"

"이야기 들었습니다. 운전하시면 사고 날 것 같아서 모시러 왔습니다."

강안은 이미 모든 걸 들었다는 얼굴이었다. 그래서 성윤은 애써 관리하고 있던 표정을 풀었다.

그의 얼굴이 또 바보처럼 늘어진다. 강안이 뜨악했지만, 그는 아무래도 좋다는 듯 손을 들어 반지를 보여주었다.

"너무 좋아."

너무 좋아라고 말하고 있었지만 그 말엔 '죽어도 좋아'라는 뜻이 담겨 있었다.

❖

머리에 수건을 돌돌 만 채 밖으로 나온 강자가 가볍게 허밍을 하고 있었다. 최신곡 중에서도 이별 노래로 사랑을 받는 노래였지만 그녀가 부르니 댄스곡처럼 들렸다.

흥에 취해 출근 준비를 서두르던 강자는 평소와는 달리 옅게 화장까지 했다. 옷과 가방은 차성윤이 안긴 짐 중에서 하나를 골랐다. 평소 편한 캐주얼 차림과는 거리가 먼 복장이었기에, 사무실에 가면 사람들이 좋은 일 있냐고 물어볼 것 같기도 했다. 괜한 소리를 들을 것 같았지만 강자는 아무래도 좋다는 듯 힘차게 집을 나섰다.

출근길에 오른 강자는 내내 웃는 얼굴이었다. 노래에 맞춰 가볍게 핸들을 두드리기도 했고, 갑자기 끼어드는 차에도 화를 내지 않았다. 적당한 설렘을 안고서 출근을 한 그녀는 사무실에 들어가기 전 유미와 만나자 헤실헤실 웃었다.

"안녕. 좋은 아침."

어제와는 너무나 다른 반응에 유미가 이상하다는 듯 바라보았다. 그러더니 지나치게 솔직한 반응을 보인다.

"드디어 실성한 거야?"

미치지 않았다면 이렇게까지 감정 기복이 심할 리가 없다는 듯 물은 유미가 갑자기 손을 들어 답을 막는다.

"아니야. 아무 말도 하지 마."

물어는 보았지만 답은 거부한다.

유미가 냉정하게 몸을 돌렸지만 강자는 이번에도 역시나 아무래도 좋다는 듯 웃었다.

아침부터 회의가 이어졌고, 강자의 기사 꼭지가 데스크 선에서 막혔다. 새로운 취재거리를 찾아야 했지만 강자는 편안한 마음으로 취재 노트를 뒤졌다.

"훈훈한 기삿거리가 좋을 것 같아."

강자가 혼잣말을 하자 옆자리에 앉아 있던 유미가 이상하다는 눈으로 보더니 이내 고개를 젓는다.

최강자가 드디어 미친 게 분명하다고 생각하며.

강자는 일에 좀처럼 집중을 하지 못했다. 오랜 숙제를 풀어 홀 가분하기도 해서 아무래도 좋다는 마음이었다. 그러다가 문득 자신의 기분이 너무 좋다는 것을 깨닫곤 헛기침을 내뱉는다.

안 돼. 너무 들떴어. 최강자 정신 차려.

30대 중반의 여자라면 연애를 시작함에 흥겨워하기보단 자신의 일을 평소처럼 해내야 하는 프로페셔널함을 갖춰야 하는 나이였다.

귀에 걸리려는 입꼬리를 애써 내리고서 일에 집중하던 그녀는 아침부터 걸려온 전화에 비상구로 쪼르르 달려갔다.

"아침부터 농땡이예요?"

자신이 생각해도 참 뻔뻔하다는 생각이 들었다. 방금 전까지 들 뜬 마음을 감추지 못했으면서.

하지만 시치미를 뗀 강자는 그렇게 물었고, 곧 전화 너머로 들려오는 가벼운 웃음소리에 저도 모르게 웃었다.

관계가 변하는 순간 다른 부수적인 것들도 너무나 많이 변해 버렸다. 이젠 차성윤을 생각하는 것만으로도 안절부절못하고 무언가를 해야 할 것 같은 기분을 느꼈고, 그가 웃자 자신도 따라 웃게 된다.

[저녁에 바빠?]

"봐야 해요."

강자는 오늘 하루 자신이 해야 할 일들을 되새겨 보았다. 아침부터 기사 꼭지가 까였으니 저녁 전엔 다음 취재 꼭지를 내야 했다.

어떻게든 되지 않을까?

머리를 싸매고 하루 종일 취재원들에게 확인을 해야 할 문제였지만 강자는 호기롭게 그리 말했고, 그녀만큼이나 바쁠 성윤 역시 거리낌 없이 말했다.

[안 바쁘면 보자. 보고 싶다.]

보고 싶다.

그 말에 강자는 바빠도 그를 꼭 만나야 할 것 같은 기분이 들었다. 강자가 가슴을 쓸어내렸다.

"……그만해요. 숨넘어가겠어요."

이젠 더 이상 내기를 하지 않아도 된다. 어떻게든 차성윤을 이겨보려고 열을 올리지 않아도 되었고, 오랜만에 하게 된 연애를 즐기면 된다.

문제가 차성윤이라 걸리는 점들이 많았지만 아무러면 어때랴.

오랜 시간 함께 알아온 사이였지만 현재 알고 있는 것들보다 앞으로 알아가야 할 것들이 더 많았다.

자격지심을 걷어내니 꽤 근사한 남자가 자신의 곁에 서게 되었다.

❖

"뭐야, 아직도 못 찾았어?"

퇴근 준비를 서두르던 유미가 머리를 끙끙 싸매고 있는 강자를 보았다. 하루 종일 여기저기 전화를 돌려대더니 아직도 꼭지를 정하지 못한 모양이었다.

"……뭐 좋은 거 없을까?"

"보물 창고를 너에게 개방할 수는 없지."

유미가 냉정하게 말하자 강자는 반쯤 울 것 같은 표정이 되었다. 주인에게 충성하던 강아지가 버리지 말라고 말하는 것처럼 안쓰러웠지만, 유미는 단호하게 몸을 돌렸다. 제 코가 석 자였다. 이번엔 쉽게 넘어갔지만 내일은 어떨지 모르는. 안타까웠지만 어쩔 수 없었다.

하지만 그때 강자의 한마디가 유미의 뒷덜미를 강력하게 잡아끌었다.

"……나중에 꽤 좋은 소스 줄게."

"뭔데?"

"아직은 때가 아니라서 말 못해."

"좋은 소스라면 본인이 쓰지 않고 왜?"

"내가 직접 못 쓰는 거야."

강자의 말에 유미가 의심스러운 눈으로 바라보았다.

최강자가 못 쓰는 좋은 소스라.

쿰쿰한 냄새가 났지만 유미는 모르는 척 물었다.

"어느 정도기에?"

위험한 기사라면 딱 질색이었다. 유미의 철칙이라 함은 가볍고 길게 살아가는 것이다. 기자였지만 괜한 적을 만들어가며 사명감을 가지고 일하는 스타일은 아니기에 좀 더 간을 보았다.

"칼맞을 일이거나 청부업자 올 정도의 기사라면 사양할게."

"그런 종류는 아니야."

"정부 관련도 사양이야. 특히 방산 비리 쪽은 더더욱."

"굳이 말하자면 좋은 소식 쪽이야."

"그래?"

"어."

"널 믿어도 되는 거야?"

"동료끼리 안 믿으면 이 각박한 사회, 누굴 믿고 살겠어?"

"그래도 넌 좀 위험한데."

혼잣말처럼 읊조린 유미가 팔짱을 꼈다. 그러자 강자는 정말 급한 일이 있다는 듯이 양손을 모은다.

"내가 오늘은 정말 급한 일이 있어서 그래. 평소라면 이런 부탁 안 하는 거 알잖아."

"그렇기야 하지."

"절대 후회 안 할 거야."

강자의 말에 곰곰이 생각에 잠겨 있던 유미가 짧은 한숨을 내뱉었다. 한 번 정도는 이런 거래도 나쁘지 않을 것 같았다.

유미가 다이어리에 붙어 있는 포스트잇 중 하나를 뜯어 강자에게 내밀었다.

"훈훈한 소식은 아닌데 괜찮아?"

"뭔데, 뭔데?"

"지난 정부에서 120억 투자해서 만든 창조 경제 단지 기억나지?"

"당연하지."

"그중에서 50억을 투자한 벤처 기업 단지에 들어간 회사가 있어. 직접적으로 지원받은 건 10억인데, 김태호 전 법무부장관 처가 쪽 사람이더라고."

"……뭐? 진짜야?"

깜짝 놀란 강자가 유미가 건넨 포스트잇을 보았다.

―미라클, 김태호, 장차현, 김종훈, 10억, 대주주.

조각조각 적힌 이름과 단어들을 읽던 강자가 이 쪽지가 하고자 하는 말을 알아듣고선 눈을 동그랗게 떴다.

김태호 전 법무부장관의 아내 이름이 장차현이라는 건 강자도 알고 있었다. 이 회사에 최초 나랏돈이 10억이 들어갔고, 김태호 혹은 장차현이 그곳의 대주주일 것이다. 김종훈은 아무래도 미라클의 대표 이름인가 보다.

그런데 이게 왜 아직도 안 알려졌지?

"아직 기사 나온 곳 없지?"

"없어. 이제 정권 바뀌었잖아. 타이밍상 곧 나오겠지."

"그럼 이 좋은 걸 왜 묵혀놨어?"

"아까 말했잖아. 정부와 관련된 건 싫다고."

"아깐 방산 비리만 싫다며."

"법무부 쪽도 싫어. 특히 다른 사람도 아니고 김태호잖아. 같은 기수 친구가 지금 검찰청장으로 앉아 있다고."

그렇게 말한 유미가 고개를 절레절레 저었다. 쓴웃음을 짓는 걸 보니 작년에 정부 측 인사를 잘못 건드렸다가 날아간 기자 한 명이 떠오른 모양이다.

방송국도 쑥대밭이 되는 마당에 신문사 기자 하나 정도 날리는 일은 일도 아니었다. 유미는 그 사람이 자신이 되고 싶지 않다는 듯이 말했지만 강자는 눈을 빛냈다.

"난 좋은데."

"알아. 그래서 너한테 넘기는 거야."

그러면서 유미는 대략적인 이야기를 덧붙여 주었다. 초기에 들어간 돈이 10억이었지, 그 후에 매년 지속적으로 20억 이상의 돈이 흘러들어 갔다고 했다. 그뿐이라면 회사에 성과만 있으면 크게 문제가 안 되겠지만, 대기업 쪽에서도 돈이 흘러간 정황까지 발견한 후에 취재를 접었다는 말에 강자가 자리에서 벌떡 일어났다.

"증거는?"

"C 캐비닛."

"팩트는 확실해?"

"내가 확인한 것까진 정확해."

기사만 써서 터뜨려도 된다는 말이었다.

"내일 확인해 보고 기사 넘긴다?"

"알아서 해. 하지만 편집장한테도 내가 넘긴 거 비밀이야."

"고마워요! 나의 구세주!"

유미가 손을 휘저은 후 걸음을 옮겼다. 뒤에선 강자가 맹렬하게 키보드를 두드리는 소리가 들렸다.

검은 어둠 위로 색색의 불빛이 예쁘게 수놓아져 있다. 한강을 마치 조경처럼 둔 창밖 세상에서 시선을 떼지 못하던 성윤이 나지막한 한숨을 뱉었다. 강자와 함께 있을 줄 알았을 시간, 그는 혼자였다.

아침에 약속을 잡았다. 그때까지만 해도 성윤은 오늘 저녁을 강자와 함께 보낼 것이라 믿어 의심치 않았다. 그는 쌓여 있는 일을 빠르게 해결했고, 다음 달에 있을 출장 일정까지 모두 챙겼다. 해야 할 일은 태산처럼 쌓여 있었지만 어디에서 그런 힘이 나온 것일까. 그는 순식간에 일을 해결한 후에 퇴근 시간이 조금 지나 사무실을 나섰다.

그때 강자에게 전화가 걸려왔다. 오늘은 도저히 시간을 못 내겠다며 미안하다고 사과를 했다.

"처음인데 미안해요."

처음. 미안.

두 단어를 합쳐 곱씹은 성윤이 아쉬움에 터져 나오는 한숨을 삼켰다. 전화를 했던 그때도 지금도, 그는 그 어떠한 말도 내뱉지 않았다.

적당한 알코올이 있어야 잠들 수 있을 것 같아 장식으로만 쓰던 와인을 꺼냈지만 그는 입술만 적실 뿐 마시지 않았다. 퇴근 준비를 할 때만 해도 아무 일 없이 행복했는데 지금은 가슴 한편이 씁

쓸했다.

딩동—

초인종 소리에 성윤의 시선이 인터폰 쪽으로 향했다. 이 시간에 집에 올 사람은 없었다. 강안 역시 오늘은 집안일이 있다며 일찍 들어갔기에 자신을 찾아왔을 리 없다.

설마.

그가 기대감이 가득한 눈으로 인터폰 쪽으로 다가갔다.

정말이다. 정말 강자가 자그마한 인터폰 화면 속에 서 있었다.

그는 인터폰을 누르는 대신에 현관으로 향했다. 그런 후에 벌컥 문을 연다. 강자는 깜짝 놀란 눈으로 그를 올려다보았지만 그는 얼이 빠진 얼굴로 물었다.

"어떻게 왔어?"

못 온다며. 미안하다며.

전화를 할 때 강자 목소리는 진실이었다. 이런 깜찍한 서프라이즈를 하려 그런 거짓말을 했을 리가 없었다.

그러자 강자가 작게 웃음을 내뱉으며 말한다.

"경비 아저씨가 얼굴 보더니 아는 얼굴이라고 들여보내 주던데요?"

"그걸 묻는 게 아니잖아."

"보고 싶어서 왔어요."

"……."

단숨에 그의 말문을 막은 강자가 앙큼하게 웃었다. 그러더니 그의 어깨 너머를 보며 묻는다.

"라면 있어요?"

그의 공간 속으로 강자가 성큼 들어왔다.

지난번과 별다를 것 없는 시간이었다. 차성윤은 강자를 위해 라면을 끓였고, 그녀는 그때와 마찬가지로 소파에 앉아 얌전히 라면이 완성되길 기다렸다. 식탁이 차려진 후엔 그때와 마찬가지로 새삼 놀라며 라면을 먹었고, 사소한 대화를 나누었다.

22년의 세월이 관계의 변화로 인하여 한 번에 무너질 리 없으니 어찌 보면 당연했다. 두 사람은 그저 이마를 맞대고 라면을 먹었다.

조금 달라진 것이 있다면 눈이 마주치면 둘 다 어색하게 웃는다는 것이다. 내기를 통해 원하던 것을 요구하던 차성윤조차도, 그녀에게 손끝 하나 닿을까 무서운 사람처럼 행동했다.

라면을 다 먹고 나서 이번에도 역시나 강자가 설거지를 했다. 성윤은 미리 따둔 와인을 함께 마시기 위해 간단하게 치즈를 준비하기로 하고서.

그렇게 두 사람은 테라스에 어깨가 닿지 않을 만큼 좁은 간극만을 두고서 야경을 감상했다.

"여긴 얼마나 해요?"

새삼 강자가 엄청난 야경을 보며 묻자 성윤이 고개를 기울였다.

"왜? 사게?"

"그건 절대 무리일 것 같은데요. 평생 모아도 이 집은 못 살 것 같아요."

"안 모아도 가질 수 있는데."

"내기에서 이기면 되겠죠."

그가 하는 말이 그런 뜻이 아닌 줄 알면서도 강자는 모르는 척 넘겼다. 성윤이 미간을 좁히며 몸을 옆으로 돌린다.

"최강자. 난 진심인데."

"알아요, 진심인 거. 그런데 우리 이제 막 시작했잖아요."

"22년이야."

"그건 꼬꼬마 시절이구요. 지금 우린 어른이고요."

"꼬꼬마 때도 진지했어."

"우린 지금 꼬꼬마 커플이에요."

강자가 한마디도 지지 않은 채 말한 후 와인으로 목을 축였다. 마음이 급한 자신과는 달리 여유로워 보이는 강자의 모습에 성윤의 미간이 모여들었다.

"너무 여유로워, 너."

"내가요? 설마요."

강자는 전혀 아니라는 듯 고개를 저은 후 와인을 한 모금 더 마셨다.

한 병에 자신의 월급 정도 되는 값을 치르고 샀겠지만 와인은 참 썼다.

"무슨 이야길 하고 있는지 알아요."

"그래. 함께한 시간이 몇 년인데, 다 알겠지."

"그렇죠. 오랜 시간 함께했죠. 그런데 다르잖아요."

강자가 동그란 눈으로 성윤을 보았다. 평소엔 머리를 팽팽 잘도 굴리는 남자가 오늘은 바보처럼 아무것도 모르겠다는 표정이었다.

"뭐가 다른데?"

너무 달랐다. 자신의 마음가짐이 바뀐 지 얼마 되지 않았으니까. 그리고 차성윤 역시 그럴 것이다. 본인은 아직 깨닫지 못하고 있는 모양이었지만.

관계가 달라졌고, 두 사람의 만남의 형상 역시 앞으로 달라질 텐데 그는 이성 관계는 아무것도 모르는 유치원생처럼 굴고 있었다.

그래서 강자는 행동으로 직접 보여주기로 했다. 엄청난 충격요법이겠지만 이만큼 정확하게 현 상황을 알릴 수 있는 것도 없지 않은가.

강자는 들고 있던 와인 잔을 내려놓았다. 그녀의 행동에 성윤은 긴장한 눈을 했다. 최강자는 와일드한 여자였고, 이 의미 없는 말싸움에 기꺼이 태원그룹 황태자를 때릴 수 있는 여자였다.

강자가 테이블을 손으로 집자 성윤이 긴장하며 그녀의 행동 하나하나를 눈으로 좇았다. 그러다 순간 자신의 앞으로 불쑥 다가오는 얼굴과 입술에 닿는 촉감에 깜짝 놀라 몸을 굳혔다.

"거봐요."

짧게 맞춰졌던 입술이 떨어지자 성윤이 깜짝 놀라 자리에서 벌떡 일어났다. 어린아이의 입맞춤과 같은 것이었지만 성윤에게 있어선 엄청난 충격이었는지 눈빛이 마구 흔들렸다.

"우리 달라요."

소꿉놀이를 할 나이는 아니었다. 연인이었으니까 키스도 할 테고 섹스도 할 것이다. 그런데 차성윤은 입술에 입을 맞춘 것만으로도 녹다운이 된 표정이었다.

"이때까지 해왔던 거랑은 많이 다를 거예요."

"너, 너……!"

"뽀뽀 한 번으로 깜짝 놀라면서 결혼은 무슨."

강자가 콧방귀를 뀌었다. 그러자 성윤은 입을 가리며 얼굴을 붉힌다. 급소를 강력하게 한 방 맞은 표정에 강자가 자리에서 일어나 성윤의 어깨를 두드렸다.

"우리 어른부터 됩시다."

윙윙윙—

러닝머신 벨트가 힘차게 돌아갔다. 아침에 일어나자마자 곧장 운동을 시작한 성윤의 얼굴이 땀으로 흠뻑 젖어 있다.

그는 지난밤 제대로 잠을 자지 못했다. 강자를 택시로 태워주고 집으로 돌아오니 이미 자정이 넘었음에도 기운이 뻗쳐 침대에서 뒤척거리기만 했었다.

"우리 어른부터 됩시다."

최강자는 아무것도 모른다. 모르기에 그에게 그런 도발을 할 수 있는 거다. 알았다면 건드려선 안 되는 거였다.

밤새 한숨도 못 잔 성윤은 강자를 원망했다.

강자는 더 이상 어린 소녀가 아니었다. 자신과 고작 두 살 차이가 나는 성인 여자였다. 서른두 살이었고, 성관계를 모르는 어수룩한 여자도 아니었다.

그럼에도 도발하는 눈빛에 입을 맞추지 못한 건 자신의 탐욕 때문이었다. 마음의 준비를 하지 않은 상태에서 무작정 강자를 안는다면 자신이 어떤 식으로 변할지 스스로도 장담을 하지 못했다.

"미친놈."

거친 욕설을 내뱉은 그가 숨을 허덕거리며 러닝머신 위에서 내려왔다. 온몸이 땀으로 흠뻑 젖었음에도 열기는 사그라들지 않았다.

그래, 미친 게 분명하다.

강자의 앞에 서면 자신은 숙맥이 된다. 아무것도 모르는 풋내기가 된 것처럼 얼굴을 붉히고 안절부절못하게 된다.

그렇게도 기다려 왔던 관계가 시작되었음에도 여전히 바보처럼 굴고 있다.

얼빠진 놈.

속 시원하게 욕설을 내뱉은 그가 욕실로 들어갔다.

그가 욕실에서 나온 건 그 후로 삼십여 분이 흘러서였다. 가라앉지 않는 열기를 애써 다스린 그가 방으로 돌아오자마자 가장 먼저 한 일은 속옷을 입는 게 아니라 휴대전화부터 확인하는 것이었다.

이제 막 연애를 시작한 남자처럼 연인의 연락이 와 있길 기대하며 액정을 확인한 그가 도착한 문자를 확인한 후 와르륵 웃음을 터뜨렸다.

「이게 오빠 스타일입니까?」

사진은 총 다섯 장이었다. 모두 그가 직접 고른 옷들을 입고서 셀카를 보낸 강자가 환하게 웃고 있었다. 화려한 원피스부터 편안한 캐주얼까지. 아침부터 강자가 패션쇼를 하며 보냈을 사진에 웃지 않을 수가 없었다.

방금 전까지만 해도 강자를 원망하던 그였지만 사진 몇 장으로 화는 눈 녹 듯 사라져 있었다.

그는 사진첩에 있는 사진 중 하나를 골라 보낸 후에 밑에 메시지를 적었다.

「내 취향은 이쪽.」

사진은 강자의 고등학교 시절 사진이었다. 표정을 잔뜩 일그러뜨리고 있는 강자와 그 옆에서 무표정한 얼굴을 하고 있는 자신은 지난 추억 중 하나였다. 그의 졸업식 날, 친구들에 의해 겨우 찍을 수 있었던 사진이었다.

답장을 보낸 후 그는 출근 준비를 서둘렀다. 욕실에 들어갔을 때와는 180도 달라진 기분으로 덩실덩실 춤이라도 출 기세였다.

어두운 슈트 대신에 밝고 가벼운 슈트를 입고 밖으로 나온 그가 시간을 확인했다. 평소보다 조금 늦은 시간이었다.

주차장으로 내려와 출근용 차량에 시동을 건 그가 때마침 도착한 문자를 보았다.

「교복이 취향이세요? 옷장에 있긴 한데.」

푸핫.

웃음을 터뜨린 그가 답장을 보내는 대신에 통화 버튼을 눌렀다.

"왜? 취향이라고 하면 입어줄 거야?"

그는 강자가 전화를 받자마자 답장으로 보내려던 말을 했다. 그러자 강자 역시 지지 않고 답한다.

[원하신다면요.]

"원하는데."

두 사람의 대화는 꼬꼬마 연인이라기엔 너무 자극적이고, 원색적이었다.

강안은 어렴풋이 이렇게 되리라 예상은 하고 있었다. 최강자만 보며 살았던 남자이니까 그 사람과 이루어지면 얼 정도는 빼놓고 다닐 거라고.

자신의 예상과는 한 치도 벗어나지 않은 보스가 차에서 내릴 때도 한숨을 쉬긴 했지만 그를 단속하거나 말릴 생각은 없었다. 기분이 바닥을 기는 것보단 날아다니는 게 좋을 거라 생각했기 때문이다.

하지만 지금 이 상황은 예상하지 못했다.

웃으면서 직원들에게 인사를 하는 그의 모습과 얼굴을 붉히는 여직원들의 모습은 전혀, 네버, 예상하지 못했다. 이상하다는 눈길이 닿으면 닿을수록 강안의 불안은 커졌다.

차성윤 사장이 사랑에 눈이 멀어 생각하지 못하는 것까지 강안은 예상하고 대비해야 했다. 차성윤은 태원그룹의 오너였고, 최강자는 정음일보 기자다. 그러니까 쉽게 말해 관계가 더 진척이 되기 전까지 외부에 알려져서 좋을 게 없는 관계란 거다.

최강자는 일반인이었고, 그는 포털 사이트에 이름을 치면 최근기사가 수천, 수만 개가 뜨는 사람이었다.

그걸 떠나 최강자는 언론인이었고, 기업 오너와 언론인은 가까이 있으면 괜한 소문을 만들어내기엔 딱 좋은 소재였다.

지금이라도 말려야 했다.

"그만 좀 하세요."

"내가 뭘?"

다른 사람이 들을세라 강안이 그에게 바짝 다가서며 말했다. 그러자 차성윤은 아무것도 모르겠다는 표정으로 눈을 동그랗게 뜬다.

미쳤어. 미쳤어.

최강자가 사람을 바보로 만들어놨어.

사랑에 빠진 남자는 나사가 열 개쯤 빠져 있었다.

요즘은 자신도 모르게 웃는 일이 많아졌다. 그게 차성윤과의 관계 변화로 인해 생긴 일이라는 걸 알면서도 강자는 애써 부정하고 있었다. 관계는 변했지만 자신의 일상은 변하지 않았노라고.

하지만 오늘의 최강자를 보면 사람이 변해도 너무 많이 변했다.

강자가 꽤 진지한 얼굴로 전신 거울 앞에서 옷을 대보고 있다.

여러 벌의 옷 중에서 세 벌로 추리긴 했지만, 여기서부터 결정이 쉽지 않았다.

첫 번째 옷은 무릎 위까지 올라오는 원피스였다. 노란색의 꽃이 화려하게 수놓아져 있는 하얀 원피스는 깔끔하고 심플해서 마음에 쏙 들었다.

하지만 평소엔 손도 가지 않던 스타일의 옷이었다. 자신과 잘 어울리지 않는다는 생각도 했었지만, 이런 옷은 사두어봤자 입을 일이 없어서 짐만 되기 때문이었다.

너무 차려입은 것 같지 않을까?

신중한 얼굴로 거울을 보던 강자가 결국 원피스를 내려놓았다.

두 번째 옷은 상쾌한 느낌의 파란 셔츠였다. 밑엔 옅은 색감의 청바지를 입으면 잘 어울릴 것 같았다.

그래, 뭘 할지 모르니까 활동성이 있는 옷이 좋을지도 모르겠다.

우선 이 옷을 점찍어둔 강자가 이번엔 세 번째 옷을 집어 들었다. 위엔 시폰 소재의 하얀 셔츠와 밑엔 허리 부분을 리본으로 강조한 마 느낌의 카키색 바지였다. 통이 커서 치마 느낌도 나 귀여웠다.

하지만 이 역시 첫 번째 원피스와 마찬가지로 자신과 잘 어울리지 않는 느낌이었다. 인터넷 쇼핑몰을 통해 3만 원을 주고 구입한 것이었지만 한 번도 입고 나간 적이 없는 새 옷이었다.

두 번째 옷이 가장 좋은 것 같기는 한데, 너무 평범한 것 같기도 했다. 데이트인데 평소처럼 입고 나가도 될까?

안 되지. 안 될 일이다.

고개를 저은 강자가 다시 옷장을 뒤지기 시작했다. 옷은 한가득 이었지만 마땅한 옷은 없었다.

이를 민자가 미쳤다는 눈으로 보았다. 전투적으로 옷장을 뒤지는 모습에 고개를 절레절레 젓던 그녀가 시계를 확인한다. 벌써 두 시간째 저 짓을 하고 있었다. 분명 급하게 나가야 한다며 씻었던 것 같은데, 자신의 눈엔 거기서 거기인 옷들을 고르느라 정신이 없었다.

"뭐 하는 거야? 아, 알겠다. 데이트?"

"컥!"

깜짝 놀란 강자가 사레들린 사람처럼 컥컥거렸다.

5년 전에 유행했던 청바지를 들고서 강자가 힘겹게 고개를 돌렸다. 그녀는 마치 귀신에 홀린 사람처럼 동생을 봤다.

"모델 하지 말고 다른 길로 나가보는 건 어때?"

직접 강남에 돗자리까지 깔아줄 기세이자 민자가 헛웃음을 뱉었다.

아니, 저 모습을 보고서 그것도 못 맞출 만한 사람은 없을 것이다. 눈치가 눈곱만치도 없지 않는 이상은 말이다.

평소 옷에 관심 없는 사람이 들뜬 얼굴로 옷장 앞을 떠날 줄 모르는데, 연애밖에 더 있겠는가. 민자가 한심하다는 듯 언니가 들고 있는 청바지를 보았다.

저런 건 도대체 왜 가지고 있는 거래?

패션모델인 그녀의 입장에선 이해 불가였다.

"피임 제대로 해라. 옷은 다른 걸로 고르고."

"야!"

민자가 귀를 후비적후비적거리며 아무것도 안 들린다는 듯 모른 체한다. 그 모습에 열이 뻗친 강자가 들고 있던 옷을 침대 위로 획 던졌다.

"너 왜 안 나가! 일주일만 있는다며!"

"그래서 일주일 뒤에 나갔다가 다시 들어왔잖아."

"너 진짜 죽을래?"

강자가 더 이상 못 참겠다는 듯 옷 무더기를 헤치고 성큼성큼 걸음을 옮겼다.

고마운 줄도 모르는 자신의 동생은 씹어먹어도 시원찮을 인간이다. 자신이 연명해 준 명줄만 해도 몇 년인데.

강자가 주먹을 힘껏 쥐자 민자 역시 심상치 않은 분위기를 느낀 것인지 애써 환하게 웃었다.

"언니. 언니 시집가면 이 집 나한테 넘겨라."

"월세야."

"오~ 시집은 갈 생각인가 봐?"

"……."

정신을 못 차렸구나.

으드득.

강자의 주먹에 힘이 들어가자 민자가 서둘러 쿠션을 들어 제 얼굴 쪽을 막았다. 당장 내일부터 일을 해야 했다. 3주 후부턴 쇼에 서기 위해 몸만들기에 돌입해야 하기에 몸에 작은 흠결도 있어선 안 됐다.

"언니! 나 몸뚱아리로 먹고사는 사람이야!"

"그런 거면 아낄 줄 알아야지. 계집애가 겁도 없이."

퍽! 퍽!

강자가 꼭 쥔 양손으로 민자의 몸을 힘껏 내려쳤다. 이참에 동생의 성질머리를 확실히 죽여주리라 마음먹으며.

최강자는 단 열 대로 길쭉한 최민자를 순식간에 제압했다. 자매 중에서 가장 몸을 잘 쓰는 것은 직업 군인인 첫째 최경자가 최고였지만 둘째 최강자 역시 만만치는 않았다.

어릴 적부터 아버지의 교육 철학으로 인해 안 해본 운동이 없을 정도였다. 물론 막내는 아버지의 감시망을 피해 운동과는 담을 쌓은 생활을 해와 지금 와서 후회 중이었지만.

"진짜야? 진짜 이게 괜찮다고?"

하지만 막내가 두 언니에 비해 뛰어나게 재능 있는 것이 있다 하면 '스타일'과 관련된 것이었다. 교복을 벗는 순간부터 군복을 입은 첫째나, 무조건 편하고 활동성 있는 옷만 찾은 둘째와는 달리 민자는 어릴 때부터 예쁜 것이라면 사족을 못 썼다.

강자는 의심스럽다는 눈으로 거울 속 제 모습을 보고 있었다. 민자가 골라준 것은 처음 강자가 들고서 고민했던 원피스였다. 자신이 입기엔 너무 화려해 보여서 어색한 마음에 치마를 손바닥으로 쓸어내렸는데, 민자는 그 반응이 짜증난다는 듯이 빽 소리를 지른다.

"아, 그게 멀쩡한 거라니까! 언니가 고른 옷은 평일에 회사 끝나고 만날 때나 입는 거고! 아, 아, 아파."

제대로 쥐어 터졌으니 짜증이 날 법도 했다. 민자가 아까부터 시큰시큰 아픈 머리를 움켜쥐었다. 강자의 일격에 골이 띵하게 울리더니 만져 보니 혹이 볼록 나와 있었다.

아, 최강자!

민자가 강자를 휙 노려보았다. 하지만 강자는 이미 자신만의 세상에 빠져 거울 속 제 모습을 보고 있었다. 잘하면 자아도취에 빠져 '거울아, 거울아, 세상에서 내가 제일 예쁠걸?'이라고 말할 것 같은 모습이었다.

아, 진짜 아파. 너무 아파.

만지면 눈물이 찔끔 날 정도로 아팠다.

"그래, 뭐. 한번 믿어보지."

그러면서 서둘러 외출 준비를 서두르는 게 아닌가. 방금 전까지 틈틈이 만지던 휴대전화를 핸드백에 넣었고, 식탁 위에 있던 지갑 역시 찾아 가방에 넣는다.

그 모습을 시선으로 좇던 민자가 한심하다는 표정으로 묻는다.

"설마 그 꼴로 나갈 거야?"

"이렇게 입는 거라며?"

"옷은 됐는데 그 머리 어쩔 거야? 화장은? 누가 원피스에 생얼로 나가?"

"화장한 거야. 머리는 빗었고."

강자가 입술을 삐죽였다. 나름 꾸몄다는 말에 민자가 한숨을 쉬며 자리에서 일어났다.

"언니도 인생 참 편하게 산다."

어떻게 저런 인간이 차성윤 사장을 꼬신 거지?

정말 미스터리다.

매끈한 차가 골목 안으로 들어오더니 오피스텔 입구 바로 앞에 주차를 한다.

　주말 낮 시간.

　사람들이 모이는 거리는 북적거렸지만 평범한 도심의 골목 안은 사람 하나 없이 조용했다.

　달칵.

　그때 차 문이 열리더니 편안한 캐주얼 차림의 남자가 내렸다. 차성윤이었다.

　그는 평소 각 잡힌 슈트 대신에 활동성이 좋은 면바지와 밝은 색상의 셔츠를 입고 있었다. 팔목까지 걷어 올린 셔츠 뒤로 운동으로 가꿔진 팔목 근육이 꿈틀거리고 있었다.

　손목시계를 확인한 그가 머리카락을 쓸어 올렸다. 약속 시간보다 20분이나 일찍 도착해 버렸다. 생각보다 차가 막히지 않아 일찍 도착했지만 그는 강자에게 연락하는 대신에 기다리는 걸 선택했다.

　차에 비스듬히 몸을 기댄 그가 강자의 집을 올려다보았다. 눈부신 태양에 그의 미간이 좁아졌다.

　탁. 탁.

　바닥을 툭툭 발로 차던 그가 강자를 기다리면서 오늘 하루 동안 할 일들을 머릿속에 정리해 보았다. 강자와 오랜 시간을 지냈지만 함께한 일들은 그렇게 많지 않았다. 그래서 하고 싶은 것도 많고, 함께 가보고 싶은 곳도 많다.

어디 멀리 나가고 싶기도 한데.

그가 휴대전화 벨 소리가 울리자 액정을 확인했다. 약속 시간에 맞춰 강자에게 전화가 걸려왔다. 잡생각을 하다 보니 20분이 훌쩍 흘렀다.

"여보세요?"

나지막한 목소리와는 달리 전화 너머에선 밝고 쾌활한 답이 들려왔다.

[어디예요? 왜 안 와요?]

"밑이야."

[밑이라고요? 우리 집 밑이요?]

"그래."

그가 강자의 집을 올려다보았다. 베란다 문이 열리고 강자가 불쑥 얼굴을 내밀었다. 강자가 양손을 힘껏 흔들어 자신의 존재를 알린다.

[진짜네! 기다리고 있었어요? 나 보여요?]

"기다리고 있었고 잘 보여."

[알았어요, 지금 내려갈게요.]

짧은 통화가 끝났다. 통화를 끝낸 그가 차에 기대고 있던 몸을 곧게 세웠다. 오피스텔 입구를 뚫어져라 바라보던 그는 금세 내려온 강자를 보았다.

그가 미간을 좁혔다. 강자는 그와 눈이 마주치자 자리에서 빙그르르 돌았다. 치마가 빙그르르 돌더니 새하얀 허벅지가 드러났다 사라진다. 허벅지의 반이 훌쩍 드러났지만 정작 본인은 모르고 있는 모양이었다. 차성윤의 얼굴이 딱딱하게 굳었다.

강자는 해사하게 웃으며 그를 보고 있었다. 허리에 손까지 얹고서 당당히 보는 걸 보니 뭔가 바라는 것이 있어 보였지만 차성윤은 감도 잡지 못했다. 아니, 그는 강자가 나오는 순간부터 커다란 노란 꽃에서 시선을 떼지 못하고 있었다.

그가 보내준 선물 중 하나였다. 얼마 전 그가 받은 사진 중에서도 강자가 이 원피스를 입고서 찍은 것도 있었다.

성윤이 아무런 말도 하지 않고서 바라보고만 있자 강자가 어깨를 으쓱인다. 뭔가 액션이 있어야 하는 건 아니냐는 표정이었지만 그는 말이 없다.

입술을 삐죽 내민 강자가 발을 쾅 굴리자 그가 손을 앞으로 뻗어 손짓했다.

"안 오고 뭐 해? 내려왔음 얼른 와야지."

이 멋대가리 없는 남자가.

강자는 그렇게 말하는 것 같았다. 하지만 그의 손짓에 앞으로 다가왔고, 꽤 높은 하이힐에도 고개를 치켜들어 그를 보았다.

"뭐예요?"

전투적인 목소리에 그의 미간이 모여들었다.

그 짧은 시간에 강자의 심기를 건드린 모양이었다. 하지만 자신의 기분도 썩 좋지 않았다.

강자는 예뻤다. 늘 예뻤지만 오늘은 더 예뻤다. 커다란 노란색 꽃이 새겨져 있는 원피스와 그에 딱 맞는 하얀 힐은 강자와 너무나 잘 어울렸다.

화장 또한 평소보다 짙었다. 여기저기 신경 쓴 테가 났고, 그 역시 처음 보았을 땐 꽤 놀랐다.

하지만…….

"뭐가?"

"이상해요?"

강자가 손바닥으로 치마를 쓰다듬는다. 그래, 강자가 쓰다듬고 있는 이 자리까지 딱 치마가 올라갔었다.

"민자 기집애가 이거라고 했는데. 이상하지 않다고 했는데."

이상하다고 하면 당장이라도 집에 올라가 옷을 갈아입고 올 기세였다.

그제야 그가 마치 미술품을 감상하듯 팔짱을 끼더니 턱을 쓰다듬는다. 그러더니 강자의 주위를 빙글빙글 돌며 그녀를 긴장시켰다.

"지, 진짜 이상해요? 왜 그래요?"

"생각했던 거랑은 달라서."

그렇게 말한 성윤이 턱을 쓰다듬던 손을 아래로 내려 치맛단을 가리켰다.

"많이 짧은데."

자신의 손으로 이런 옷을 고른 기억이 없다는 표정이었다. 더욱 사진도 상체만 나와서 치마가 이 정도로 짧을 줄은 몰랐다.

"당연히 예쁘다고 말해줘야 하는 거 아니에요?"

"짧아. 직원한테 이만하다고 했는데."

그러면서 그가 가슴께 밑을 가리키며 미간을 좁히자 강자가 가슴께를 크게 들썩인다.

"벌써부터 마초 짓을 하려는 건 아닐 테고! 안 어울리면 안 어울린다고 말을 해요! 갈아입고 올 테니까!"

힘들게 고른 옷이었는데, 그가 몰라주는 것 같아 강자가 입술을 삐죽였다. 그러면서 당장 돌아설 기세이자 성윤이 재빨리 강자의 팔목을 붙잡는다.

"불편할 거야."

"안에 속바지 입었어요. 확인해 볼래요?"

"……아니, 여기선 좀."

그가 당황한 눈을 크게 깜빡였다. 그제야 강자가 조금은 풀린 표정을 짓는다. 강자의 얼굴이 가까이 다가오자 그가 저도 모르게 얼굴을 뒤로 확 뺏기 때문이다.

그의 마음을 읽은 듯 강자가 장난스럽게 웃었다. 그러더니 손가락을 뻗어 차성윤의 팔을 푹 찔렀다.

움찔.

지나치게 놀라는 차성윤의 모습이 재미있다는 듯 강자의 얼굴이 더욱 개구지게 변했다.

강자가 손가락으로 차성윤의 가슴을 쓸어내리며 요녀처럼 웃었다.

움찔움찔.

얘가 뭘 잘못 먹었나, 라는 표정으로 강자를 바라보던 그가 걸음을 뒤로 물렸다. 그럴수록 강자는 더욱 진한 웃음을 지었다.

"그럼 내가 듣고 싶은 말을 해줘요."

강자가 조르듯이 말했다. 그래서 그는 어색한 얼굴로 입술을 달싹인다. 원하는 답을 해주지 않으면 자신에게 큰일이 닥치리란 걸 본능적으로 알아차린 얼굴이었다.

"예뻐."

"엎드려 절 받는 기분이지만 그래도 꽤 괜찮네요."

"예쁜데 짧아. 아까 움직일 때 허벅지가 다 보였어."

자신만만하게 웃던 강자의 표정이 순식간에 굳어졌다. 방금 전, 자신이 승기를 가져왔다고 생각을 했는데 그게 아니라 실망한 표정이었다.

하지만 여기서 물러설 최강자가 아니었다. 쉬이 당할 수 없다는 듯 팔짱을 낀 그녀가 딱딱거리며 물었다.

"중요해요?"

"중요해."

"내 여자 다리는 다른 남자한테 못 보여주겠다, 뭐 그런 생각을 하는 멍청한 남자는 아니겠죠?"

"그렇다면?"

"오늘 어떻게 해서든 그 생각을 접게 만들어야죠. 여잔 남자의 소유물이 아니에요, 차성윤 씨."

"나는 네 건데."

"필요 없어요. 각자도생하자고요."

"뭐야. 나 가지고 논 거야?"

"말이 왜 그리로 튀어요? 누가 보면 진짜 그런 줄 알겠네!"

강자가 억울하다는 표정으로 외쳤다. 어느 간댕이 부은 기지배가 차성윤을 가지고 놀겠냔 말이다. 그 반대면 몰라도!

거기에다가 강자는 억울한 게 많은 표정이었다. 이 옷을 사준 것은 차성윤이오, 골라준 사람은 시간이 날 때면 남자를 갈아대는 최민자가 골라준 옷이었다. 처음 입어본 스타일이었지만 잘 어울려서 만족하던 차에 말싸움을 하게 된 이 상황이 무척 마음에 들지 않았다.

"그리고 이 옷은 오빠가 사준 거잖아요? 왜 사줘놓고 그런데?"

"강자 다리가 생각보다 길었다는 걸 깨닫는 중이야."

"……이렇게 나오기예요?"

끄덕.

차성윤이 말없이 고개를 끄덕였다.

그의 잔소리가 계속되자 강자가 눈을 빛냈다.

물론 짧은 치마, 안 입고 살 수도 있었다. 평소에도 치마를 입는 일은 극히 드물었으니 이제 막 시작한 남자친구를 위해 그것 하나 포기 못하겠는가.

하지만 이대로 물러선다면 앞으로도 이런 비슷한 문제와 수없이 직면할 수 있었다. 초장에 정리하는 게 좋다.

심상치 않은 표정을 지은 강자가 성윤의 양어깨에 손을 얹었다. 그와의 키 차이를 새삼 실감하던 그녀가 힘으로 그의 몸을 아래로 끌어 내렸다.

"뭐, 뭐 하는……."

쪽.

짧게 맞춰졌다가 떨어진 입술과 함께 강자가 눈을 떴다. 그리고 갑작스레 공격을 받아 멍한 표정을 짓는 성윤을 보며 웃는다.

"드디어 멈췄네."

"……"

"이렇게 입을 일도 오빠랑 만나는 일 아니면 없으니까 우리 1절만 합시다?"

끄덕.

성윤이 말 잘 듣는 아이처럼 고개를 끄덕이자 강자가 이제야 그를 놓아주었다.

"오늘 어디 가요?"

강자가 웃으며 차에 올랐다. 하지만 성윤은 여전히 그 자리에 남아 후폭풍에 몸을 떨었다.

꽉 막힌 도로를 엉금엉금 달리던 차가 어느 순간 외각으로 빠지면서 쌩쌩 달리기 시작한다.

두 사람은 파주 쪽으로 향했다. 성윤의 말로는 그곳에 아주 근사한 레스토랑이 있다고 했다. 프랑스에서 유학을 한 쉐프가 운영하는 식당으로 하루에 단 세 테이블만 받는 곳으로, 세 달 전에 예약을 해도 음식 맛을 보기 힘들다는 곳이었다.

이곳이 특히 사랑을 받는 건 그 주위를 감싸고 있는 수목원 때문이었다. 오래된 수목원은 찾는 사람만 찾는 곳으로 주말에도 조용한 시간을 보낼 수 있는 곳이라 했다.

"에이, 파주에 그런 곳이 어디 있어요? 요즘 파주 터져 나가는 거 몰라요?"

한산했던 출판단지도 드라마에 몇 번 나오면서 관광객이 늘었다는 걸 얼마 전 뉴스를 통해 보았었다.

"있어. 그런 곳. 내기할래?"

아주 내기하자는 말이 입에 붙었다. 그가 시선을 내려 자신의 허벅지를 힐끗 보는 걸 보니, 원하는 것이 뭔지도 알 것 같았다.

"아주 근사한 곳일 것 같네요. 그럼 수목원 갔다가 밥 먹고, 또 뭐 할 건데요?"

"근처에 아지트가 있어."

"아지트요?"

"어릴 때부터 가던 곳."

"그런 곳이 있었어요?"

가볍게 고갯짓으로 답을 대신하는 걸 보며 강자가 미소 지었다.

"거기도 참 기대가 되네요."

한참 달리던 차가 파주 시내를 지나쳐 한적한 길로 들어섰다. 도착한 수목원은 차성윤의 말대로 사람들의 인기척이 반갑게 느껴질 법할 정도로 조용한 곳이었다.

"와, 서울 근교에 이런 곳이 있었어요? 몰랐어요."

"몰랐으니까 내가 자주 찾을 수 있지."

"그건 그렇네요."

하지만 왜 이곳을 사람들이 굳이 찾지 않는진 알 것 같았다. 개장한 지 오래된 수목원은 화장실도 간이 화장실이 설치되어 있을 정도로 낙후되어 있었다.

하지만 오랫동안 한곳에 자리 잡은 이점도 있었다. 식물들은 하나같이 튼튼하게 뿌리를 내려 숲처럼 느껴졌다. 분명 인간의 손길이 개입된 곳이었음에도 불구하고 애초에 이런 모습이었던 것처럼.

천천히 걸음을 옮기던 강자가 눈을 감고 숨을 크게 들이마셨다. 상쾌한 공기에 몸이 씻겨 내려가는 기분이 들었다.

깊이 들어가면 들어갈수록 공기가 서늘해졌다. 더위를 씻겨주는 공기에 강자의 기분이 들뜰 때였다.

조심스럽게 손을 감싸는 따스한 기운에 강자가 시선을 아래로 내렸다. 차성윤의 손이 그녀의 손을 붙잡고 있었다.

강자가 손을 빼내 깍지를 꼈다.

"여기 마음에 들어요. 그런데……."

왜 그렇게 보는 거예요?

그렇게 말하려던 찰나 말문이 막혔다.

비스듬히 내려온 입술이 강자의 입술을 한입에 머금었다. 뜨거운 숨결이 입안으로 와르륵 쏟아졌고, 자신의 팔을 붙잡고 있는 커다란 손 역시 열기를 담고 있어 델 것처럼 뜨거웠다.

강자가 혹여 도망이라도 갈까, 무서웠던 것일까.

그는 양팔을 손으로 붙잡으며 입을 맞추고 있었다. 달콤하게 입술을 빨아들였다가도 이로 씹으며 작은 입술을 괴롭힌다.

말캉한 혀가 강자의 입술을 핥은 후에 그가 떨어져 나갔다. 강자는 자신에게 일어난 갑작스러운 일에 여전히 눈을 감고 있었다.

눈을 떠야 한다는 건 알고 있었지만 차성윤과 눈을 마주칠 자신이 없어 그렇게 눈을 감고 있을 때였다. 입술에 그의 손가락이 닿는다. 손가락은 타액을 닦아준 후에 곧 떨어졌다. 하지만 문제는 또다시 생겼다.

"사랑해."

눈을 뜨는 순간 들려온 말에 이번엔 심장이 왈칵 떨어졌다.

두 사람은 수목원에서 여유로운 시간을 보냈다. 차성윤은 이곳을 자주 찾는다고는 했지만 식물의 이름은 잘 몰랐다. 생각해 보면 과일 이름 하나 제대로 모르는 사람이었으니 꽃 이름은 어떻게 아나 싶기도 했다.

식물원을 한 바퀴 돌고 다시 제자리로 돌아오자 무리를 한 발이 시큰시큰 아팠다. 하지만 아픈 걸 성윤에게 말하고 싶진 않아 아무렇지 않은 척 차에 올랐다. 차는 두 사람이 예약해 둔 레스토랑으로 향했다.

창가 자리로 안내를 받은 두 사람은 서로 마주 보고 앉았다.

"음식은 내가 주문했는데 괜찮아?"

"훌륭해요. 봐도 뭔지 모를 테니까."

"와인은 주문 안 했는데, 주문할까?"

성윤의 물음에 강자가 작게 웃음을 내뱉었다.

"혼자 마시면 무슨 재미겠어요?"

"한 잔 정도는 괜찮아."

"전혀 괜찮지 않아요."

강자가 와인은 됐다고 말했다.

시간에 맞춰 음식이 나왔다. 프랑스 전통 가정식이라는 음식은 무슨 맛으로 먹는 것인지 알 수 없을 만큼 별로였지만 강자는 접시를 모두 비워냈다. 하지만 접시가 치워지자마자 성윤에게 물었다.

"이게 정말 맛있어요?"

"글쎄."

문득 그가 미식을 위해 음식을 먹진 않는다는 말을 들었던 게 떠올랐다.

강자 역시 일부러 맛집을 찾아다니는 사람은 아니었지만 적어도 음식 맛은 즐길 수 있는 사람이었다. 미식도 인생의 재미 중 하나인데, 차성윤은 그 재미 하나를 포기하며 살고 있다는 사실에

문득 그 누구를 데려가도 엄지손가락을 척척 들게 만드는 돼지찜
집이 떠올랐다.

이 남자의 취향이 무엇인지 아직은 몰랐지만 앞으로 알아갈 시
간이 많다 믿었다.

"다음은 내 단골식당으로 가요."

"참 기대되네."

"절대 실망시키지 않을 맛이긴 하죠."

두 사람은 가볍게 대화를 주고받았다. 예전처럼 시비를 걸거나
이겨먹으려고 하는 대화가 아닌 아주 일상적인 대화를.

"다음 달부터 바쁘죠?"

"안 따라다닌다고 하지 않았어?"

"이젠 남자친구니까 일정 정도는 확인해 두는 거죠."

"……남자친구."

그가 혼잣말을 읊조리자 강자가 턱을 괸 후 웃었다.

"그럼 오빠가 여자 친구겠어요? 그런데 너무 신경 쓰진 마세요.
예전처럼 집요하게 알아내진 않을 테니까."

"그 말이 더 신경 쓰이는데?"

"에이, 옛날엔 좀 과했죠! 그대로 하면 집착에 찌든 미저리 같을
걸요?"

"그것도 괜찮고."

"어허. 이 사람이 아직 안 당해봐서 잘 모르나 본데 그거 엄청
피곤해요. 사사건건 따지고, 행동 제약하려 들면 얼마나 힘들겠어
요?"

"좀 그래 줬음 하는데."

마치 평풍처럼 이어지는 대화에 먼저 입을 다문 것은 강자였다. 이 남자가 정말 진심으로 이런 말을 하는 건가 싶어서.

"좀 그렇게 해주라. 안 그러면 서로 너무 바빠서 만나기 힘들 텐데."

"아니, 뭐…… 원하시면 해드리죠."

"그래, 네가 그래야 나도 당당하게 요구하지. 너 지금 어디 있어? 뭐 해? 오늘은 뭐 했어? 저녁엔 뭐 할 거야? 안 바쁘면 당연히 나랑 봐야지."

"……아, 지는 장사 같아."

"늦었어, 이미."

장난스럽게 웃는 그를 보며 강자 역시 따라 웃었다. 두 사람은 곧 후식으로 나온 커피로 입안을 말끔하게 씻어낸 후 차성윤의 아지트로 이동했다.

그의 아지트는 오래된 천문대였다. 어릴 때 별을 좋아하는 자신을 위해 차 회장이 사준 것이라 했다. 겉은 많이 낡아 있었지만 안으로 들어가 보니 기계는 모두 최신식이었다.

아들이 별을 좋아한다는 이유로 천문대를 사주는 엄청난 아버지라는 사실에 강자는 다시 한 번 차 회장과의 만남이 무서워졌지만 아무렇지도 않은 척 별을 구경했다. 그 후엔 다시 1층으로 내려와 커다란 문 앞에 선다. 아깐 그냥 지나친 문이었다.

"여기가 정말 내 아지트."

"이 천문대가 아니라요?"

"그중에서 가장 좋아하는 곳이 여기야. 일부러 찾기도 하고."

그렇게 말한 성윤이 문을 열어주었다. 그의 아지트는 무척 컴컴

했고, 아무것도 보이지 않았다.

"이렇게 어두운 곳을 좋아하는 거예요?"

"설마."

"아무것도 안 보이는데요?"

"잠시만 기다려 봐."

혹시 차성윤의 눈에만 뭐가 보이는 걸까.

그가 거침없이 걸음을 옮겨 어둠 속으로 들어가자 강자가 손을 뻗어 벽면을 더듬었다. 문 가까이에 있어야만 겨우 보이는 정도여서 천하의 최강자도 무서웠다.

그때 탁, 하는 소리와 함께 노란 빛이 천장에서 아래로 쏟아졌다. 고개를 들자 반짝이는 별을 만날 수 있었다.

"어때. 멋지지?"

조선의 하늘을 넣어 제작하였다는 천상열차분야지도각석(天象列次分野之圖刻石)을 본떠 만든 조명 시설이었다. 천상열차분야지도각석은 돌에 새긴 천문도로 세계에서 가장 오래된 전천(全天) 천문도 중 하나라고 성윤은 설명해 주었다.

"왜 여기가 아지트인지 알겠네요."

자신 역시도 아지트로 삼고 싶을 만큼 예쁜 공간이었다.

위로 올라가면 진짜 별을 볼 수 있었지만 이 공간이 더 특별하게 느껴졌다. 강자가 성윤의 팔에 이끌려 방 가운데로 걸음을 옮겼다.

카펫만이 깔려 있는 바닥에 누워 두 사람은 별을 올려다보았다.

"강자야."

그의 목소리에 강자가 반쯤 잠긴 목소리로 '왜요' 라고 답했다.

그러자 그는 팔로 상체를 반쯤 일으켜 세운 후에 다시 한 번 입을 맞췄다.

두 번째 키스는 첫 번째보다 더 진하고 깊었다. 귀를 자극하는 타액이 섞이는 소리와 살이 부딪히는 소리에 강자의 손에 힘이 들어갔다.

차성윤의 어깨를 붙잡고 있던 그녀가 촉촉하게 젖은 눈으로 그를 올려다보았다.

"사랑해."

그의 뒤로 별이 반짝였다.

아름다운 밤이었다.

그룹 내에 최근 이상한 소문이 떠돌기 시작했다. 주로 여자 직원들 사이에 퍼지기 시작한 소문으로, 여자의 직감이라는 게 얼마나 무서운지 꽤 신빙성 있고, 믿을 법한 이야기였다.

"요즘 사장님 봤어?"

첫 마디는 모두 그 물음이었다. 직원이 세 명만 모이면 이 이야기를 시작으로 '차성윤 사장'의 최근 모습에 대해 떠들기 시작했다.

"어어! 웃으면서 인사해 주더라?"

"어디 그뿐이야? 아주 얼굴에서 빛이 나던데."

"요즘 연애하는 것 같아."

얼굴이 그렇게까지 좋은 건 분명 무슨 일이 있어 그런 것이 틀림없다며 다들 입을 모았다. 그리고 한 남자를 그렇게까지 한순간에 바꿀 수 있는 건 '사랑' 뿐이라 판단한 족집게 직원들은 곧장 그 대상까지 척척 맞추는 지경까지 이르렀다.

"저번에 왔던 그 여잔가?"

"아. 예전부터 알던 동생이라는?"

"그래! 이 비서한테 이야기 들었는데, 분위기가 아주 심상치 않다더라?"

"맞네, 맞아. 어디 사장님이 개인적인 손님을 회사로 부를 사람이야?"

급기야 그 신빙성 있는 이야기는 남직원들의 귀에까지 들어가기 시작했고, 회사 직원 중에 모르는 사람이 없을 지경에까지 이르렀다.

그러니 강안의 귀에까지 이 소식이 전해지는 건 어찌 보면 시간 문제였다. 그가 거의 마지막에 이 소릴 들었다는 게 문제라면 문제였지만.

'이 인간들을 진짜!'

언젠간 이럴 줄은 알았지만 너무 빨랐다.

이 사실을 두 사람에게 알리고 단속을 해야 했다. 그렇지 않으면 조만간에 기정사실화되어 신문에 두 사람의 이름이 오르내리든, 아니면 찌라시로 이니셜이 돌든 할 것 같았다.

두 가지 모두, 예상을 하지 못한 상황에서 터진다면 재앙이었다. 늘 이런 상황에 대비할 수 있는 차성윤은 어쩜 큰 문제가 안 될지도 몰랐지만 일반인인 강자라면 사정이 달랐다.

"저도 들었어요."

"그런데 그냥 소문만은 아닌 모양이야. 사장님 손가락에 반지 봤지?"

"봤어요, 봤어! 그거 누가 봐도 커플링 아니에요?"

"그러니까! 그것도 저번 시즌에 나온 커플링!"

자리로 돌아온 강안은 비서들도 수군수군거리는 걸 들은 후, 더 이상 이 문제를 간과해선 안 된다고 생각했다.

그가 온 줄도 모르고 잡담을 하느라 정신이 없는 두 사람에게로 다가간 강안이 데스크를 똑똑 두드렸다.

"헉……!"

"이, 이 비서님."

군기가 바짝 든 군인처럼 자리에서 벌떡 일어나는 두 사람을 보며 강안이 물었다.

"사장님은 아직 안 들어오셨습니까?"

"3분 후에 사무실 도착한다는 보고가 방금 들어왔습니다."

"알겠습니다."

곧 성윤이 도착한다는 말에 엘리베이터로 향하던 강안은 마치 잊고 있었던 일이 뒤늦게 떠오른 사람처럼 뒤돌아 둘을 보았다.

"업무 중에 잡담을 하는 것도 좋지만, 그 대상이 사장님이라면 이야기가 다릅니다. 제 말, 무슨 뜻인지 아시겠죠?"

"알겠습니다."

"주의하겠습니다."

후, 한숨을 내뱉은 강안이 엘리베이터로 향했다.

차성윤 사장에게 이 사실을 알리면 대책이 서리라 믿었다. 하지만 로비로 내려오는 순간 마주친 성윤을 본 그는 자신의 기대가

푸스슥 아래로 꺼지는 것을 느꼈다.

"헉."

더 해사해진 웃음에 직원들이 움찔움찔 떠는 것이 보였다.

안 되겠다. 이러다가 조만간에 다 들통나겠다.

홀로 속을 태우는 상황이 무척 마음에 들지 않은 강안은 자신에게 손까지 흔드는 차성윤을 보며 표정을 굳혔다.

사장님아, 주위 사람들 얼굴 좀 보시죠.

입술을 안으로 말아 넣은 강안이 하고 싶은 말을 애써 꾹꾹 누르며 고개를 숙였다. 지금은 보는 눈이 너무 많았다. 지금 이야기해 봤자 괜한 부스럼만 생길 것 같았다.

두 사람은 사무실까지 함께 올라왔다. 그사이에 직원들의 심상치 않은 눈초리가 차성윤에게 닿았지만 정작 그만 모르고 있는 듯했다.

완전히 바뀌었어. 인간이 완전 바뀌었다고.

평소라면 알아차릴 것도 알아차리지 못하는 모습에 강안은 사장실에 들어오자마자 따끔하게 경고부터 했다.

"제발 자중 좀 하십시오, 사장님."

"뭐가?"

차성윤은 타들어가는 강안의 속도 모른 채 그렇게 물었다. 그러자 강안이 울컥하며 이를 악문다.

"그 표정이요! 완전히 풀려 있다고요!"

"그런가?"

그러면서 또 웃는다.

정말 미치고 팔짝 뛸 노릇이었다.

강안은 정말이지 안 되겠다 싶었다. 차성윤만 주의를 주어서 될 문제가 아니라는 걸 몇 마디를 나눠보는 순간 바로 안 그는 오랜만에 강자와 만나 커피를 마셨다.

하지만 그는 강자를 커피숍에서 만나는 순간 눈앞이 캄캄해짐을 느꼈다.

"너…… 미쳤나?"

정신을 빼놓은 사람처럼 작은 일에도 웃는 강자를 보며 강안이 표정을 굳혔다.

"내가 뭘?"

"너 지금 완전…… 아니, 아니야."

정상이 아니다. 둘 다.

고개를 저은 강안은 두 사람을 다그치기보단 기사가 나갔을 때를 대비하는 게 더 생산성 있는 일이라 생각하며 아이스커피로 속을 식혔다.

"바보다."

"뭐예요? 지금 내 욕한 거예요?"

바보 커플이야, 아주.

10

두 사람은 각자 자신의 영역을 지키기 위해 최선을 다하고 있었다. 최근 두 사람이 자주 만날 수 있었던 게 오히려 기적에 가까울 만큼 워낙 바쁜 사람들이었다.

최강자는 기사 준비로 바빴다. 아무래도 이번 사건과 관여되어 있는 사람들의 위치가 위치니만큼 철저한 준비가 필요하다는 판단에서였다. 잘못 건들면 지뢰밭 가운데 서는 일이 될 테니 편집장 역시 고소당하고 싶지 않으면 신중에 신중을 기하라 했다.

차성윤은 유럽 출장에 올랐다. 이번에는 열흘 일정으로, 블랙시트로 인해 런던에 있던 유럽 지사를 다른 곳으로 옮기게 되면서부터 출장길에 오르게 되었다.

몸이 떨어져 있었으니 마음도 자연스럽게 멀어지기 마련인데, 두 사람은 오히려 더 애틋해졌다. 중국 출장 땐 일방적으로 차성윤만 전화를 걸었지만 지금은 최강자 역시 시간이 날 때면 전화를 걸었다.

[이러다가 요금 폭탄 맞겠어요.]

강자가 우스갯소리를 했다. 처음엔 농담으로 한 말이었지만 막상 말을 해놓고 보니 정말 걱정이 된다는 듯 말을 잇는다.

[이번 달 월급은 죄다 통화 요금으로 쓸 것 같은 슬픈 예감이 들어요.]

"내줄게."

[아니에요. 그럴 돈 있으면 돼지찜 사주세요. 갑자기 그게 무척 먹고 싶어졌어요.]

돼지찜 집은 성윤 역시 강자를 따라 한 번 간 적이 있었다. 물론 그의 취향은 아니었지만 강자가 무척 맛있게 먹는 모습을 보자 식욕이 돋아 자신 역시 밥을 한 그릇이나 뚝딱 비워냈다.

강자는 자신의 돈을 쉽게 생각하지 않았다. 다른 사람들보다 훨씬 많은 것을 가지고 있어서 크게 느껴지지 않은 금액도 그녀는 받으려 하지 않았다. 선물을 주면 그녀 역시 선물을 준다. 강자의 말에 의하면 건강한 관계를 위해선 기브 앤 테이크가 필요하다 했다. 그런 최강자였기에 성윤 역시 속절없이 빠져들었고, 아주 오랜 기간 좋아했다.

"소주도 사줘야 하지?"

[물론이죠. 환상의 짝꿍인데.]

그러면서 강자가 바람처럼 웃자 그 역시 따라 웃었다.

"보고 싶어."

[나도 그래요. 한동안 계속 붙어 지내다가 안 보이니까 더 그런

것 같아요.]

"끌어안고 싶어."

[그건 나도 그래요. 요즘 꽤 스킨십이 좋다는 걸 알아가고 있는 중이거든요.]

강자의 말에 그가 고개를 숙였다. 마음만 씁쓸해 외로운 줄 알았는데 몸도 마찬가지인가 보다. 강자의 가벼운 말 한마디에 이렇게 흥분하는 걸 보면.

짐승도 아니고.

고개를 저은 그가 한숨처럼 말했다.

"키스하고 싶어."

[어? 나도 그 생각했는데!]

강자가 깔깔 웃음을 터뜨렸지만 그는 따라 웃을 수가 없었다.

끙.

속으로 앓는 소리를 삼킨 그가 시선을 애써 멀리 두었다.

내님은 나만큼이나 그립지 않은 게 분명하다. 그러니까 이렇게 가볍게 이야기를 하겠지. 웃을 수 있겠지. 자신은 웃음조차 보이지 않는데.

출장을 떠나온 그날, 강자에게 일이 생겨 보질 못했다. 그게 출장을 온 이후로 내내 마음에 가시처럼 걸려 있었다.

보고 올걸.

떼를 써서라도 보고 올걸.

그리움에 사무친다는 게 이런 것일지도 모른다.

그는 시적 표현에 지나지 않았던 그 말을 이제야 이해하고 있었다.

"여기 아주 좋아. 다음엔 같이 오자."

[벨기에라고 했죠?]

"어."

유럽연합의 행정수도인 벨기에는 작은 나라였지만 근처에 프랑스와 네덜란드, 룩셈부르크 등으로 나갈 수 있기에 여행하기에 적합한 곳이었다.

거리는 아기자기했고, 낮은 색색의 건물들은 함께 산책을 하는 것만으로도 좋을 것 같았다.

일 때문에 왔지만 거리를 볼 때면 강자가 가장 먼저 생각났다.

지금 함께 있으면 참 좋을 텐데.

그가 도시의 야경을 보았다.

[거기까지 가려면 휴가 써야 하는데, 무리입니다.]

"신혼여행 때 오면 되지."

장난인 듯 진심을 담아 이야기했다. 그걸 강자 역시 눈치챈 것인지 아무런 답도 하지 않았다.

당황한 걸까.

그럴지도 모르겠다.

두 사람은 이제 막 시작한 연인이었다. 사계절을 함께 보낸 게 십수 년이었지만 그래도 함께 마음이 닿아 그 계절을 다 보내진 못했다.

아직은 때가 아니라는 생각이 들었다. 결혼으로 인해 강자가 포기해야 할 많은 것들이 뇌리를 스치고 지나갔다. 그 생각을 강자도 하고 있을지 몰랐다.

서두르지 말자. 좀 더. 좀 더 뜸을 들이자.

그리고 강자가 알아차리지 못하는 순간을 공략하자. 받아들일 수밖에 없도록.

"뭐야. 나 가지고 노는 거야?"

[누가 누굴 가지고 논다는 거예요.]

"최강자가 최약자를 가지고 노는 거지."

[아, 맞다. 저 대단한 여자였죠?]

"평생을 가지고 놀았으니까 대단한 여자지."

그의 말에 강자는 또다시 침묵을 지켰다. 좀처럼 말문이 막히는 사람이 아니었는데, 자신도 참 대단하고 구질구질하다는 생각이 들었다. 함께 있게 되었는데도 아직 사랑을 구걸하는 것 같았다.

마음이 바닥으로 내려앉았다. 자존감이 낮은 사람이 아닌데, 강자의 일에만 이렇게 되곤 한다.

한숨을 내뱉은 그가 끊어진 대화를 이어나가려고 할 때였다.

[알았어요. 다음에 꼭 같이 가요.]

진중한 어조에 이번엔 그의 말문이 막혔다.

"최강자, 대단해."

그녀는 참 대단하다.

자신을 지옥에 있게 만들기도, 천국에 있게 만들기도 하니까.

기분이 들떴고, 금세 입가에 미소가 맺혔다.

"그래서 내가 참 좋아해."

태원그룹 직원 복지 재단 기사가 세상에 알려졌다. 기사를 낸

곳은 대기업에 부정적인 진보 신문이었으나 이례적으로 칭찬 일색이었다.

종이 신문으로 전해진 소식은 금세 인터넷을 강타했다.

―헐. 대박.

―이거 사실임? 말이 됨?

―태원그룹이 천상계로 올라가네, 이렇게. 경쟁률 더 올라가겠다. 앞으론 이력서 낼 생각도 못하겠어.

전 포털 사이트에서 '태원그룹'과 관련된 기사가 상위를 차지했고, 네티즌 반응은 다들 놀랍다며 찬양 일색이었다. 앞서 딴 주머니를 차기 위해 차렸던 재단과는 다르게 철저하게 오너가와 분류되어 있다는 사실이 함께 전해지자 태원그룹의 위상이 하늘 높은 줄 모르고 치솟았다.

태원그룹 홍보팀에선 회사가 이 정도로 성장하기까지 애써주는 직원들을 위해 오랫동안 준비해 온 일이라는 사실과 함께 준비가 끝난 관계로 이번 달부터 서류 심사를 통해 지원을 해주겠다고 하니 태원그룹 홈페이지 또한 난리가 났다.

직원들은 환호를 질렀다. 기사에 난대로 태원의 이름을 달고 있는 곳 모두에서 영유아원의 규모를 결정하기 위해 설문지가 돌려졌다. 육아휴직 의사 역시 함께 묻는 종이였다.

진정한 노블리스 오블리주를 실천하는 차성윤 사장에 대한 관심 역시 높아졌다. 그의 화려한 이력과 젊은 나이에 경영 일선에 뛰어든 일화는 이미 유명하다. 하지만 이를 돋보이게 만드는 마스

크와 철저한 자기 관리로 인해 다른 경영진과는 철저하게 비교되는 외모는 다시 한 번 회자되었다.

언론의 관심은 폭발적이었다. 그리고 이를 이미 알고 있었던 차성윤은 한국이 아닌 벨기에에 있었고, 이틀 후에나 한국에 들어온다.

강자가 그의 출국 사진과 함께 실린 찬양 일색의 기사를 시선으로 읽었다.

"이거야 원. 팬이 더 늘었네."

종이 신문을 손가락 끝으로 톡톡 두드리던 강자가 자리에서 일어났다.

옆에 서 있는 사람이 이토록 멋지니 자신 역시 그에 걸맞은 사람이 되어야겠다는 생각이 들었다.

그래, 자신 역시 그 사람에게 '멋있는 사람' 이 되고 싶었다.

그러기 위해선 아직 조금 더 달려야 했다.

"저 취재 갔다 올게요!"

따리릭—

도어락이 풀리는 소리와 함께 강자가 모습을 드러낸다. 비틀거리며 집 안으로 들어선 그녀는 들고 있던 무거운 가방을 바닥에 떨어뜨렸다.

툭.

묵직한 소리가 무거운 침묵을 깬다.

민자는 지난 달 말부터 쇼를 위해 출국했다. 이젠 나이가 제법 차 어쩜 마지막으로 쇼에 서는 것일지도 몰랐기에 민자는 비장한 표정으로 출국했고, 얼마 지나지 않아 해외 유명한 쇼에 하나둘 서기 시작하더니 어젠 화려한 피날레를 장식했다.

동생의 출국으로 인해 강자의 삶은 무탈해졌지만 그에 비례해 일거리가 늘었다.

씻을 힘도 없어 침대에 털썩 누운 강자가 무거운 눈꺼풀에 힘을 주었다. 어젠 취재차 부산까지 내려갔다 왔다. 그 후엔 사무실에 들어가 기사 초안을 완성하기 위해 돌아가지 않는 머리를 팽팽 굴려야 했다.

"자면 안 되는데."

웅얼거리며 혼잣말을 내뱉은 강자가 천장을 보고 누운 후 손등으로 눈을 문질렀다. 이대로 기절했으면 좋겠지만 조금 있으면 성윤의 전화가 걸려올 시간이었다.

무거운 몸을 일으킨 강자가 욕실로 들어간 지 얼마 되지 않아 물줄기가 쏟아지는 소리가 들렸다.

간단하게 샤워를 마친 강자가 밖으로 나왔다. 뜨거운 물로 샤워를 해서 그런지 더욱 잠이 쏟아졌다. 더 이상 참기 힘들었다.

결국 먼저 전화를 건 것은 강자였다. 로밍으로 넘어간다는 알림음 끝에 달콤한 음성이 들려왔다.

[안 피곤해?]

"죽겠어요. 지금 눈 뜨고 있는 게 기적입니다."

털썩.

침대에 누운 강자가 앓는 소리를 냈다. 내일 아침 일찍 신문사에 나가봐야 했으니 이제 그만 잠자리에 들어야 했다.

[그럼 그냥 자지.]

"공항이죠?"

[어. 이제 막 도착했어.]

"내일 못 나가요. 가고 싶은데 코가 석 자인 직장인이라."

[그것 때문에 안 자고 전화한 거야?]

"네."

반쯤 잠긴 목소리로 답한 강자가 최대한 편안한 자세를 취한 후에 한숨처럼 말을 잇는다.

"보고 싶어요."

[나도.]

"내일 그럼 돼지찜 사주세요."

[알았어. 이만 자. 목소리가 반쯤 자고 있어.]

"네, 알았어요. 조심히 와요."

뺨 위에 올려둔 휴대전화를 침대 위에 내린 강자가 곧장 깊은 잠에 빠져들었다.

내일 성윤과 만나 마시는 술이 축배이길 바라며.

강자와 편집장이 대치한 채 서 있다. 강자의 표정은 아주 살벌했고, 편집장은 이를 어떻게 해야 할지 모르겠다는 표정이다. 그의 손엔 오늘 아침 강자가 올린 기사가 들려 있었다.

"최강자, 아무래도 이건 너무 위험한데?"

"허락하셔 놓고 이제 와서 다른 소리 하시기예요?"

기사 꼭지를 올렸을 때 편집장이 웬일로 오케이를 하나 했다.

강자 역시 부산까지 내려가서 정확한 팩트를 확인하는 순간 자신의 안위에 큰 문제가 생기리란 건 예상을 했다. 생각보다 거물급들이 아주 깊숙한 곳까지 연관되어 있었다.

기사를 모두 읽은 편집장이 기가 막힌다는 듯 웃더니 말한다.

"너 뭐 강력한 빽이라도 있냐? 한 번 사는 인생, 이렇게 막살 수는 없는 거야."

"뭐가 막사는 거예요. 아주 올바르게 사용하고 있는 거지."

강자가 어깨를 펴며 당당하게 말했다. 그래, 사건의 본질은 일반 서민들에게 큰 피해를 끼치는 것이었다. 돈을 가진 사람은 이득을 취하기 위해 권력을 가진 자들에게 돈뿐만 아니라 성까지 상납하고 있었고, 권력을 가진 이들은 자신들의 힘을 이용해 이를 당연하게 취하고 있었다.

이는 단순히 부산에서만 일어난 사건은 아니었다. 줄기는 서울에까지 닿아 있었고, 청와대와도 아주 가까운 곳까지 뻗어 있었다.

"그래도 이건……."

"왜요. 과거 정부 사람만 연관되어 있을 줄 알았는데 그게 아니라서 걱정하시는 겁니까?"

"전 법무부 장관에 현 검찰청장이 연관되어 있으면 누구라도 그렇게 생각하거든? 거기에다가 뭐? 부산 검찰청까지 관련이 있는 사건을 어떻게 쉽게 건드려?"

이 사건의 중심 줄기는 블루타운 박민충 회장이었다. 그는 건물을 올리기 위해 수천억대의 비자금을 조성한 후에 권력을 가진 자들에게 뿌렸다. 그로 인해 규제는 풀렸고, 건물은 벌써 10층까지 올라가 있었다.

박 회장이 주로 로비를 한 사람이 바로 전 법무부 장관이었다. 전 법무부 장관은 돈을 받아 부산에 있는 검찰들을 소개해 주는 것에서 멈추지 않고서 친구인 현 검찰청장까지 소개를 해주었다.

강자의 신경이 곤두섰다. 이를 밝히기 위해 이제껏 보냈던 시간들이 주마등처럼 지나갔다.

"일단 묵혀두자. 때가 될 때까지. 어?"

"이건 지금 안 터뜨리면 영원히 묻힐 수도 있어요."

강자가 힘주어 말했다. 그러자 편집장 역시 그녀와 비슷한 생각인 것인지 침묵을 지킨다.

이제 다 왔다고 생각했다. 이 관문만 넘으면 부당거래를 이 세상에 명명백백히 고발할 수 있을 거라 생각했다. 물론 수사는 이루어지기 힘들 수도 있었다. 검찰 권력이 직접적으로 연관된 일이었으니 제 식구 감싸기를 할지도 모른다.

하지만 그건 추후에 계속해서 취재를 이어나가면 된다. 그 결론이 별 볼 일 없는 것이라 하더라도 강자는 사명 의식을 가지고서 밀어붙였다.

"내주세요. 문제 생기면 제가 책임질 테니까."

"네가 무슨 대통령이라도 되냐? 검찰 전체가 달려들 수도 있는데."

"우리나라 검사들이 아무리 상관한테 절대복종한다지만 이렇게 썩은 인간한테는 충성 안 할 거라 믿어요."

"순진한 거냐?"

편집장의 물음에 강자가 바람 빠지는 소리와 비슷한 웃음을 내뱉었다.

"멍청하진 않으니까 순진한 거겠죠. 아니면 전에 편집장님이 말씀하신 것처럼 지나친 이상향을 꿈꾸고 있는 소설가던가."

지난날, 태원그룹 기사를 가지고 왔을 때 편집장이 그녀에게 소설을 써오려면 그럴듯하게 써오라며 비난을 했었다. 그때 편집장의 말을 빗대어 말한 강자가 웃자 편집장은 더 이상 말릴 수 없으리란 걸 깨닫곤 허탈한 표정을 지었다.

"후우, 알았다."

이제 편집장의 머리가 바쁘게 굴러갔다. 기사를 내는 권한은 절대적으로 그에게만 있었으나 우선은 사장과 만나 추후의 일은 상의해 봐야 했다.

그리고 또 하나 문제.

편집장이 싱글벙글 웃고 있는 강자를 보며 물었다.

"너 연차 하나도 안 썼지?"

"대피 명령이라면 기꺼이 따르겠습니다!"

마치 군인처럼 거수경례를 올린 강자가 가벼운 걸음을 옮겨 밖으로 나왔다. 곧장 자신의 자리로 돌아간 강자는 기사를 다듬고 완성시킨 후에 자리에서 일어났다.

자신이 할 일은 끝났으니 이제 튈 일만 남았다. 휴대전화를 꺼낸 강자가 밝은 어조로 말했다.

"오빠, 어디 도망가 있을 곳 없어요?"

공항에서 꽤 거한 환대를 받게 된 성윤은 집으로 돌아가 출장의 여독을 푸는 대신에 곧장 회사에 돌아왔다. 자신이 모르는 사이에 강자가 엄청난 폭탄을 준비하고 있다는 소식을 전해 들었기 때문이다.

강안은 성윤이 사무실에 들어오자마자 미리 준비해 두었던 기사 초안을 건넸다. 강자가 상부에 보고한 기사로 이를 보는 성윤의 표정도, 이미 내용을 모두 알고 있는 강안도 심각한 표정이었다.

"……어디 묶어두는 게 좋을 것 같습니다만."

강안의 조언에 성윤은 순간 그렇게 할까, 진지하게 고민했다.

앞뒤 가리지 못하는 사람이라는 건 알고 있었다. 특히 직업 의식에 있어선 그 집착이 타의 추종을 불허했다.

그녀는 자신이 믿는 신념을 어떻게 해서든 지키려고 노력하는 사람이다. 자신에게 큰 피해가 가해진다고 하더라도 어떻게든 수행하려 했다.

아마 이 기사도 그 일환 중 하나일 것이다. 다른 이들은 그냥 두눈 질끈 감고 치워 버릴 일이었겠지만 강자에겐 그렇지 못한.

"어디 가만히 묶여 있을 사람이라야 말이지."

힘없이 웃은 그가 파일을 덮었다. 그런 후에 등을 의자에 편히 기댄 후에 턱을 쓰다듬었다. 강자를 묶어둘 수 없으니 다른 방안을 마련해야 했다.

"어쩌시려고요?"

"어쩌긴 뭘 어째?"

"정말 보고 있을 생각입니까? 다른 사람도 아니고……."

"김태호는 좀 위험하긴 하지."

탐욕 있는 자가 법을 공부하면 어떻게 되는지 절실하게 보여주는 사람이었다. 정치 검사로 활동을 하면서 승승장구하던 자가 결국 법무부장관에까지 올랐으니까.

장관에 물러나면서부터 권력을 놓기 싫었던 그는 검찰청장 자리에 자신의 친구를 꽂아두고서 공인에서 내려왔다. 현재는 고액을 받는 자문으로 공기업에 들어가 있었으니 어찌 되었든 권력의 끈을 놓지 않고 있었다.

이를 어쩌나.

상대가 만만치가 않은데.

"흐음."

"지금 그런 표정 지으실 땝니까?"

강안이 닦달했다. 그 역시 강자를 아끼는 이 중 하나였으니 이런 반응을 보이는 것도 당연했다.

김태호는 기자 하나쯤은 사회에 발을 못 붙이게 할 권력을 가지고 있었다. 정음일보의 자산이 탄탄하다고는 하나 검찰을 움직이고, 국세청을 움직여 세무조사에 들어가면 휘청할 것이다. 그렇게 되기 전에 사장을 협박할 테니 강자의 처지는 바람 앞에 촛불 같은 신세다.

하지만 그 촛불이 모이면 얼마나 강해지는지 작년 말 똑똑하게 보지 않았던가. 그 촛불들을 움직이는 일이라면 어렵지 않았다.

"생각 중이야."

"무슨 생각이요? 협박을 하던 부탁을 하던 일단 이 일엔 손도 못 대게 해야……."

강안은 강자를 움직이라 했지만 그의 생각은 달랐다.

"늙은 호랑이가 강할까, 아니면 내가 강할까?"

"사장님."

"확실한 건 나보단 최강자가 강하다는 거야."

"……."

그래. 그렇게 정리가 되었지만 문제는 다른 곳에 있었다.

검찰청이 어떻게 나올까.

그 문제가 가장 컸다.

선이 닿아 있는 사람들 중에서 검찰 내부의 여론을 잘 만들어줄 사람이 누가 있을까, 고민하던 그는 동창 중에 한 사람을 떠올렸다. 그 역시 강자를 알고 있었으니 자신의 편에 서줄지도 모르겠다는 계산까지 섰을 때다.

"적은 안 만드시잖아요."

강안의 말에 성윤은 무심한 표정으로 고개를 끄덕였다.

"하지만 강자를 위해서라면 기꺼이."

그럴 각오가 되어 있었다. 강자의 적이라면, 그의 적으로 만들 생각 또한.

"강자한테는 연락하지 마."

"그 정도 눈치쯤은 있습니다."

강안이 걱정을 담은 목소리로 답했다. 그때였다. 잠잠했던 차성윤의 휴대전화가 시끄럽게 울렸다.

액정을 들어 보여준 성윤이 웃었다.

"양반은 못 되나 봐."

성윤이 전화를 받자 강안은 소리를 죽이며 사무실을 나섰다.

"아주 조용한 곳이 좋겠지? 아무도 못 찾는 곳."

등 뒤에서 들려오는 말을 애써 무시한 채.

회사엔 휴가를 냈다. 일주일 동안의 자유가 생겼지만 속 편하게 나들이를 다닐 수 있는 입장은 아니어서 마음이 그리 편하지만은 않았다.

하지만 강자는 애써 마음을 다잡았다. 그냥 오랜만에 온 휴가라 생각하기로 했다. 올해는 여름휴가도 반납하고서 차성윤을 쫓아 다니느라 바빴으니 뒤늦게나마 휴가 기분을 내는 것도 괜찮을 것 같았다.

집으로 돌아온 강자는 가장 먼저 짐부터 꾸렸다. 24인치 캐리어에 옷과 필요한 물품을 꾹꾹 눌러 담던 강자는 마치 사랑의 도피를 하는 것 같은 느낌에 작게 웃음을 내뱉었다.

"강원도에 별장이 있어."

기꺼이 별장을 내어준다는 말에 갈 곳까지 생겼으니 걱정할 것은 아무것도 없다. 기사가 나오고 한동안은 주위가 시끄러워지겠지만 세상과 로그아웃을 해버리면 그만이다.

짐을 마저 꾸린 강자가 더 챙길 것이 없나 집을 둘러보았다.

딩동.

초인종 소리에 강자의 표정이 어두워졌다.

설마 벌써 낌새를 눈치채고 왔을 린 없는데.

그가 보낸 사람이 도착하기에도 시간이 너무 일렀다.

긴장한 강자가 인터폰으로 향했다. 그리고 전혀 예상하지 못한 인물이 서 있는 것을 보고선 문을 열었다.

"여긴 어쩐 일이야?"

"어쩐 일이긴. 걱정돼서 와봤지."

유미였다. 이번 기사 꼭지를 넘긴 장본인이었으니 걱정이 됐을 법도 했다.

"일단 들어와."

먼저 집 안으로 들어선 강자가 냉장고 문을 열었다. 유통기한이 조금 남은 오렌지 주스를 잔에 담아 유미에게 건넨 강자가 맞은편에 앉으며 말했다.

"안 그래도 잘됐다. 너한테 줄 게 있었는데."

"줄 거?"

"잠시만."

자리에서 일어난 강자가 책꽂이로 향했다. 쌓여 있는 플라스틱 파일을 뒤지는 와중에도 대화는 계속 이어졌다.

"이번 건은 괜히 알려준 건 아닌가 싶네. 사실 편집장이 허락하지 않을 줄 알았거든."

"그럴 리가. 오랜만에 불타오르고 재미있었어. 덕분에."

찾았다.

원하던 파일을 찾은 강자가 자리로 돌아와 유미의 앞으로 밀어두었다. 파일은 두 개였다.

"이게 뭐야?"

"기사."

"기사를 왜 나한테 주는 건데? 네가 쓴 거라면 이미 봤어. 기사가 나가는 순간 대응해야 하니까."

"아니야. 다른 기사야. 전에 약속했잖아. 나도 때가 되면 하나 넘기겠다고."

유미의 표정에 호기심이 어렸다.

색이 다른 두 개의 파일 중에 한 파일을 펼친 유미가 '도대체 뭔데 그래?' 라고 물었고, 강자는 스스로도 웃긴다는 듯 헛웃음을 내뱉은 후 답했다.

"그건 아마도 내 결혼 기사."

"그게 기사 초안이랑 무슨 상관인데? 요즘은 기자가 결혼하면 기사로 나오는 세상이야?"

"읽어봐."

묘한 웃음에 유미가 반 장 정도 되는 기사를 빠르게 읽어 내렸다. 날짜 부분만 빠진 완벽한 기사였다. 그리고 그 기사를 모두 읽는 순간 유미는 완벽하게 이해하지 못하고 다시 첫 줄을 읽었다.

그러니까 이 기사는 최강자의 결혼 기사이자 태원그룹 차성윤 사장의 결혼 기사이기도 했다.

"……허억."

숨을 들이켠 유미가 깜짝 놀란 눈으로 강자를 보았다. 그러자 강자는 스스로도 웃기다는 듯 말한다.

"기사 나올 만하지?"

"그, 그럼 그 커플링의 주인공이……."

유미의 물음에 강자는 가볍게 고개를 끄덕였다. 유미는 자신이 이해한 것이 모두 맞다는 걸 깨닫는 순간 자리에서 벌떡 일어난다.

"뭐야! 못 잡아먹어서 안달이더니!"

"미운 정도 정이라더라."

"그래도 이건 아주 갑작스럽거든!"

"갑작스러운 게 사랑이라더라."

"사랑 같은 소리!"

짧게 일갈한 유미가 손톱을 딱딱 물어뜯었다. 그러다가 다시 자리에 앉으며 묻는다.

"어떻게 된 건데?"

"취재하게? 그럴 줄 알고 이쪽은 필요할지도 몰라서 미리 작성해 둔 거."

유미가 이번엔 고민할 것도 없이 문서를 빠르게 읽어 내렸다. 첫 페이지는 두 사람의 역사가 간단하게 적혀 있었다. 어릴 적부터 알았고, 고등학교는 함께 다니며 서로를 인식하고 있었다는 기사였다.

그러다가 성인이 되어서야 다시 만난 두 사람은 인연이 되어 화촉을 밝힌다는 서류였다.

그다음 장은 두 사람의 열애 기사와 관련한 대응인지 두 가지 버전의 기사가 적혀 있었다. 하나는 태원그룹에서 '오보'라고 했을 시에 대응할 기사였고, 하나는 태원그룹에서 연애를 인정할 경우에 그녀 역시 인정한다는 기사였다. 물론 모두 당사자가 유체이탈 화법으로 쓴 거였다.

"……이건 뭐, 너무 본격적인데?"

"그룹 쪽에선 이미 소문이 자자한 모양이더라고. 차성윤 사장

비서가 아는 사람이라 그 사람에게 그 사실을 듣고 미리 작성해 둔 거야."

"치밀하다고 해야 할지……."

"치밀한 거로 하자."

강자가 어깨를 으쓱이며 가볍게 말했다. 하지만 그 뒤에 이어진 말들은 그녀의 무거운 마음을 고스란히 대변하는 것들이었다.

"아마 이번 기사가 나가면 나에 대한 관심도 생길 거야. 그러면 좀 더 빨리 밝혀질지도 몰라서 미리 대비한 거야."

"……진지한 거야?"

"진지하지 않았으면 애초에 시작하지도 않았어. 나나 그 사람이나."

"결혼까지 생각하고 있는 사이라고?"

"하게 될 것 같아."

"뭐야, 그 어정쩡한 답변은?"

유미의 물음에 강자가 어수룩하게 웃었다.

"결혼을 하게 되면 태원그룹 안사모님이 되는 거잖아. 내 이름, 내 일, 내 커리어는 모두 사라지고. 그걸 아직 못 받아들일 것 같아서 어정쩡하게 답변하는 거야. 물론, 결혼 생각은 아주 진지하게 하고 있어."

시작할 때부터. 쉽게 끝나는 관계는 아닐 거라 짐작했기에 마음은 먹고 있었다.

더욱 차성윤 사장이나 자신이나 더 이상 어린 나이는 아니었다. 차 회장 역시 자신의 존재를 알고서 곧 만나자고 청까지 하지 않았던가.

그렇다면 결말은 불 보듯 뻔했는데도 강자는 아직 많은 걸 받아들이지 못하고 있었다.

그럼에도 현실은 현실이다. 시간은 계속해서 흐르고 그날은 언젠가, 생각보다 빠르게 다가올 거란 걸 그녀 역시 인식하고 있었다.

"결혼 기사는 한꺼번에 넘기는 거야. 나중에 날짜 잡으면 그때 가장 먼저 너한테 알려줄게. 태원 쪽에서 보도자료 발송하기 전에."

"이건 뭐, 내가 꿈을 꾸는 것 같다."

유미의 시선이 강자의 손가락으로 향했다. 영롱하게 빛나는 반지는 강자의 말이 진실이라고 알려주었지만 그럼에도 쉽게 믿을 수가 없었다.

하지만 최강자는 거짓말을 하지 않는 사람이다. 곧 초인종이 울리고 방문을 알린 사람 역시, 꿈이라기엔 너무 생생했다.

"왔어요?"

"데리러 왔어."

"손님 있어요."

강자의 말에 차성윤의 시선이 뒤에서 얼떨떨한 표정을 짓고 있는 유미에게로 향했다. 그가 고개를 숙여 인사를 건네자 유미 역시 허리를 숙인다.

"처음 뵙겠습니다. 차성윤입니다."

"네, 네. 아, 김유미입니다."

인사를 건네며 유미는 어렴풋 편집장이 했던 말이 떠올랐다.

"최강자, 걘 도대체 얼마나 대단한 **빽**을 뒀기에 이런 일을 아무렇지도 않게 저지르는 거야?"

그때 유미는 강자가 자신의 아버지 **빽**을 믿고 그렇게 행동하는 거리라 믿었다.

하지만 이제 보니 아니다.

최강자에겐 아주 든든한 뒷배가 있었다.

대한민국에서 아무도 못 건드리는 그런 뒷배가.

"안 데려다줘도 되는데."

강자가 캐리어를 트렁크에 싣는 성윤을 보며 기어들어 가는 목소리로 말했다. 그는 오늘에서야 긴 출장을 마치고 한국 땅을 밟았다. 그런데 자신이 사고를 치는 바람에 귀찮게 굴었다는 생각에 마음이 편치 않았다. 엄청난 민폐인 것 같았다.

그래서 그가 집에 왔을 때 놀랐다. 키만 아는 사람을 통해 전해줄 줄 알았는데, 그가 직접 설악산까지 동행할 줄은 몰랐기 때문이다.

"그래도 혼자 보낼 순 없잖아."

탕!

트렁크를 닫으며 그가 말했다. 자신 같아도 똑같이 행동했겠지만 그래도 마음이 안 좋았다.

"안 피곤해요? 오늘 들어왔잖아요."

성윤이 차에 오르자 강자 역시 쪼르르 보조석에 오르며 물었다. 안전벨트를 차는 모습에 강자가 그의 손을 붙잡으며 말했다.

"제가 운전할게요."

"아니야. 그리고 너 경차밖에 안 몰아봤잖아."

"그거야 그렇지만……."

"비행기에서 푹 잤어."

푹 잔 사람의 얼굴이 아니었다. 그래서 계속 마음에 쓰였다.

하지만 차는 부드럽게 출발해 좁은 골목을 빠져나갔다. 아주 값 비싼 차를 긁어먹을 수는 없어 직접 운전할 수도 없었기에 그녀는 포기하고서 한숨을 푹 내뱉었다.

여기서 설악산까지 얼마나 걸릴까?

사람을 만날 일이 절대 없는 별장이라고 했으니까 그냥 설악산 도 아닐 것 같았다. 아주 깊숙한 곳에 그의 별장이 있을 것 같았 다.

차가 복잡한 도로를 벗어나 고속도로 위를 쌩쌩 달렸다.

그때까지 두 사람은 각자의 생각에 잠겨 있었다. 두 사람 모두 머리를 팽팽 굴리기엔 너무 피곤했다.

"왜 아무것도 안 물어봐요?"

"물어봐 주길 바라는 거야?"

"음, 뭐……."

말끝을 흐린 강자가 무언가를 결심한 듯 몸을 옆으로 살짝 비틀 었다. 그리고 정면만 보고서 능숙하게 운전을 하는 성윤에게 말한 다.

"유미가 온 건 제 기사를 건네기 위해서였어요."

"네 기사?"

"네. 거래를 했거든요. 이번에 김태호 전 장관 건이랑."

"거래라……."

이번엔 그가 말끝을 흐렸다. 그런 건은 모른다고 말하고 싶었지만 강자가 '다 알고 있으면서'라고 말하는 바람에 작게 한숨을 쉰다.

"무슨 거래였는데?"

"내가 직접 쓸 수 없는 기사를 주기로 했어요. 방금 줬고."

"도대체 뭐길래 네가 직접 쓸 수 없다는 거야? 태원은 정말 깨끗해."

그가 억울하다는 듯이 말하자 강자가 맑은 종소리와 비슷한 웃음을 와르륵 터뜨렸다. 그러더니 눈가에 찔끔 고인 눈물을 닦아낸다.

"어련하시려고요."

그럼 도대체 그게 뭔데?

그가 말없이 운전에만 집중을 했다. 하지만 강자는 왠지 그러한 물음을 들은 것 같은 기분으로 말을 잇는다.

"만약을 대비한 열애설 기사."

"……뭐?"

"태원그룹 내에 소문이 자자하다면서요. 그게 나라는 것도 얼추 다들 눈치챈 것 같다고 강안 오빠한테 들었어요."

"신경 안 써도 돼."

"신경 쓰고 싶지 않더라도 쓰일 수밖에 없잖아요. 내가 그 당사자인데."

"······그래서?"

"태원그룹에서 인정을 한 경우와 그렇지 않은 경우, 두 가지 기사를 써서 줬어요. 판단은 오빠가 할 일이고요."

"강자야."

그가 운전을 하고 있는 이 상황이 억울하다는 듯이 힘주어 말했다. 되도록 강자의 눈을 보고서 나눠야 할 대화였다. 그리고 곧 이어진 대화 역시 마찬가지다.

"그리고 나머지 하나는 결혼 기사예요. 이건 후에 날짜가 정해지면 태원그룹보다 먼저 기사가 나갈 수 있도록 해주겠다고 했어요."

"······뭐?"

그가 깜짝 놀라는 바람에 차가 휘청거렸다. 하지만 곧 평정심을 되찾고 차선을 탄다. 고속도로기에 잘못하면 큰 사고로 이어질 수도 있었다.

"넌 무슨 이야기를 이럴 때 해?"

"이럴 때가 어떤 때인데요? 아, 제가 좀 약긴 했죠? 사실 편집장이 겁줄 때 난 오빠가 있으니까 별일이 있겠냐는 생각으로 개기긴 했어요."

힐끗 강자를 본 그가 힘주어 경고했다.

"넌 조금 있다가 보자."

방금 전까지 입만 살아서 조잘거리던 강자가 시선을 옮겨 정면을 주시한다. 왠지 지금은 차성윤의 심기를 건드리면 안 될 것 같았다.

한참 도로 위를 달리던 차는 첫 번째 졸음쉼터로 진입했다.

끼이익.

성급하게 차가 섰고, 그다음엔 성윤이 거침없이 안전벨트를 풀었다.

내가 너무했나?

강자는 뒤늦게 후회했다. 어쩜 차성윤은 두 사람의 관계가 아직은 외부에 알려지지 않길 바랐을지도 모른다.

뒤늦게 자신의 행동이 썩 좋지 않았을지도 모른다는 생각에 강자가 입술을 삐죽 내밀었다.

"저 나름대론 생각을 하고 한 행동인데……."

그가 몸을 돌리더니 곧장 강자의 몸을 끌어안았다. 강자의 몸이 여전히 안전벨트에 묶여 있어 어정쩡한 자세가 되었지만 그는 아무래도 좋은 모양이다.

"첫 번째. 정말 사람들에게 우리 두 사람의 관계가 알려진다면 난 부정하지 않을 생각이야. 오히려 좋은 일이야. 난 가끔 아직도 내가 망상에 사로잡혀서 이 모든 관계가 꿈처럼 느껴질 때가 있거든. 아주 이성적인 내가 그렇게 느낄 만큼 오랫동안 네 주위를 맴돌았으니까."

조곤조곤 꺼내놓은 말과는 달리 맞닿은 심장은 미친 듯이 내달리고 있었다. 그 떨림이 전달되어 안긴 강자 역시 조금은 떨고 있었다.

뭐야. 뭐야.

강자의 얼굴이 빨갛게 달아올랐다. 방금 전까지 지나치게 당당하던 강자가 부끄러움에 고개를 내려 가슴에 얼굴을 묻는다.

"두 번째. 결혼 기사라면 네가 좋을 대로 해. 날짜 역시, 네가 좋을 대로 해도 돼. 이 모든 일이 정리되고, 부모님 찾아뵙자."

끄덕.

강자가 고개를 끄덕이자 고저 없던 성윤의 목소리가 떨림을 담기 시작했다.

"세 번째. 이번 일뿐만이 아니야. 앞으로도 내가 필요하면 얼마든지 가져다 써도 돼."

"……그건 이용하는 거잖아요."

"당하는 사람이 기꺼이 그러겠다는데, 뭔 상관이야?"

그렇게 말한 성윤이 웃었다. 그러더니 상체를 뒤로 젖혀 품에 안긴 강자를 내려다본 성윤이 근사하게 웃었다.

"위험했어. 오랫동안 바라왔던 일이기에 오히려 쉽지 않았어."

"뭐가요?"

그녀는 모를 것이다. 모르도록 속여왔으니까.

하지만 그는 오늘 아주 솔직해질 참이다. 기분이 들뜬 김에 오만 방자하게 굴어볼 생각이다.

"오늘 밤 같이 있어도 될까?"

그의 물음에 강자의 눈이 동그랗게 떠졌다.

역시 놀랐을까?

그런 생각이 끝나기도 전이었다.

"그럼 혼자 둘 생각이었어요?"

강자의 말에 그가 완벽하게 녹다운되었다.

설악산으로 가는 길은 험난했다.

강자가 도피처를 찾는 이유를 알았기에 서울과 적당하게 거리가 떨어져 있고, 사람이 없는 깊은 산속에 있는 별장으로 결정했지만, 성윤은 그곳으로 향하는 내내 후회했다.

조금 더 가까운 별장으로 잡을걸.

그랬으면, 그랬으면.

휴게소는 물론이오, 졸음쉼터까지 모두 넘긴 채 그는 곧장 설악산으로 향했고, 구불구불한 산길을 올랐다.

"조금만 천천히 가면 안 될까요?"

강자는 몇 번이고 그 말을 했지만 성윤은 '알았어'라고 답만 할 뿐 속도를 줄이지 않았다.

좁은 길로 빠져 민가까지 지난 그는 저 멀리 이층 건물이 보이고 나서야 속도를 조금 줄였다. 그리고 잘 닦인 길을 올라 별장 앞에 도착한 순간, 핸들을 꼭 붙잡은 손은 강자에게로 향했다.

그는 거칠게 입을 맞췄다. 차 시동을 끄는 것도 잊은 채였다. 코 앞엔 아주 은밀한 공간이 있었지만 조급한 마음은 다른 건 생각하지 못하게 만들었다. 불편한 자세도, 허덕거리는 강자의 숨소리도.

커다란 손으로 강자의 뺨을 붙잡고서 고개를 옆으로 비스듬히 기울였다. 좀 더, 좀 더 깊숙하게 강자의 안으로 들어가고 싶었다. 그렇게도 바라던 따스한 숨결과 뜨거운 체온에 눈물이 찔끔 날 것 같기도 했다.

아아. 아아아.

머릿속이 새하얗게 변했다.

부드러운 입술을 힘껏 빨아들여 제 입속에 넣은 그가 이를 세워 잘근잘근 씹었다.

"아."

강자가 작게 신음을 내뱉자 이번엔 혀로 부드럽게 핥는다.

입을 맞추고 있는데도 갈증이 일었다. 손이 성급하게 강자의 옷 안으로 파고들었고, 곧 손을 꽉 채우는 살덩어리에 그가 입술을 뗐다.

"하아. 하아."

강자의 가슴이 크게 들썩였다. 그건 그 또한 마찬가지였다. 손은 여전히 강자의 보드라운 살결을 움켜쥐고 있었다. 이대로 옷을 들쳐 말캉한 살결과 톡 튀어나온 단단한 꼭지를 입에 머금고 싶었다.

하지만 이성이 이를 말렸다. 조금 더 여유를 가지고 강자를 가져라 종용한다.

차에서 내린 그가 보닛을 돌아 보조석으로 향했다. 문을 연 것도, 강자의 안전벨트를 푼 것도 그였다. 그녀는 넋이 나가 있었다. 예상하지 못한 곳에서 맛본 쾌락에 정신을 차리지 못하는 모습이다.

하지만 그는 강자의 사정을 봐줄 여유가 없었다. 촉촉하게 젖은 눈동자에 비친 욕정에 머릿속이 새하얗게 질린다.

강자의 팔을 가볍게 잡아당긴 그가 오금 밑으로 손을 찔러 넣었다. 가벼운 몸을 가뿐히 들어 올린 그가 별장으로 성큼성큼 걸어갔다.

긴장한 강자가 몸을 뻣뻣하게 굳혔다. 하지만 이런 와중에도 재잘재잘 떠든다.

"떨어뜨리지 마요."

"안 그래도 다리 풀릴 것 같아. 누구 때문에."

성윤의 말에 강자는 그의 목에 둘렀던 팔에 힘을 주었다. 작은 움직임에도 성윤은 유쾌한 웃음을 터뜨렸다.

하지만 웃음도 곧 별장 안으로 들어가는 순간 딱 끊겼다.

오랜만에 와보는 곳이었지만 그는 어렵지 않게 침실을 찾았다. 강자를 침대 위에 눕힌 그는 곧장 무릎과 팔을 세워 작은 여체 위에 제 몸을 겹친다. 웃음을 흘렸던 것이 믿기지 않을 만큼 그의 행동은 성급했다.

새하얀 목덜미에 입을 맞추자 강자의 몸이 파르르 떨렸다.

"왜 그래?"

거친 호흡을 쏟아낸 그는 다음 행동을 멈추지 않은 채 물었다. 그러자 강자는 옷 안으로 슬금슬금 들어오는 손에 침을 꼴깍 삼키며 답했다.

"떨려서요."

"나도 그래."

떨린다고 동조한 사람이라고 하기에 그는 너무나 능숙하게 강자의 몸을 탐했다. 두 사람이 함께하는 순간, 차성윤은 몇 번이고 상상한 일이었지만 강자는 아니었다. 그만 보면 눈에 불을 켜고 적대감을 표시했던 그녀가 어색해하지 않도록 작고 새하얀 몸에 쉴 새 없이 입을 맞췄고, 하나둘 옷가지를 벗겼다.

다른 생각을 할 수 없게 그는 끝없이 강자를 자극했다.

"으응."

강자가 허리를 비틀었다. 눈 깜짝할 사이에 속옷 차림이 된 강자가 어색한 얼굴로 몸을 가렸다.

"이거 제가 너무 궁지에 몰린 것 같은데요?"

"왜 그런 생각을 하는데?"

쪽.

동그란 어깨에 입을 맞춘 그가 이번엔 입술을 조금 더 내려 쇄골에 머물렀다. 푹 파인 쇄골은 작은 웅덩이 같았다. 그곳에 달콤한 꿀이라도 고여 있는 것처럼 그는 혀를 빼내 맛보았다.

움찔!

강자의 허리가 다시 한 번 튀어 올랐다. 그곳이 성감대는 아니었지만 머릿속은 여러 감정으로 혼재되어 있어 몸까지 지배한 느낌이었다.

그의 손이 등 뒤를 파고들었다.

툭.

버클이 풀렸고, 압박에서 풀려난 젖가슴이 자유를 얻는다. 단숨에 브래지어를 들쳐 올린 그가 가뭇한 젖꼭지를 보았다. 꼿꼿하게 일어서 있는 꼭지를 보는 순간 그의 눈빛이 변했다. 양손으로 풍만한 가슴을 한데 모은 그가 탐스러운 열매를 입속으로 쏙 빨아들였다.

달콤한 과즙이 흘러내리는 것 같았다. 어쩜 이렇게 달고 맛난가 싶다.

말캉한 살을 손가락으로 쉴 새 없이 괴롭히며 입술은 그보다 더 바쁘게 움직였다.

츄읍!

힘껏 가슴을 빨아 당긴 그가 붉게 남은 자국을 만족스레 내려다보았다.

"하아…… 뭐예요, 그 표정은."

숨을 허덕이면서도 할 말은 다 하는 강자를 보며 그가 입술을 엄지손가락으로 닦았다.

"내가 무슨 표정인데?"

뻔뻔한 물음에 강자의 얼굴이 새빨갛게 달아올랐다. 그의 손바닥 위에서 놀아나는 느낌이 뒤늦게 들었나 보다.

하지만 그는 이번에도 역시나 강자가 반격할 시간은 주지 않았다. 팔목을 잡아 일으켜 세운 후에 가느다란 허리를 붙잡아 뒤로 돌렸다. 이번에 그의 시야를 가득 채운 것은 탐스러운 엉덩이다. 가리고 있는 천 조각이 마음에 들지 않았지만 방해물은 가볍게 해치울 수 있었다.

"사기당한 기분이야. 분명히 꼬꼬마였는데…… 아!"

입맞춤 한 번에 얼굴을 붉히던 남자는 없었다. 침대에서의 그는 브레이크를 잃은 차처럼 거리낌이 없었다.

팬티를 내린 후에 엉덩이를 양손으로 붙잡은 그가 입을 맞췄다. 강자가 깜짝 놀라 까무러쳤지만 성윤은 엉덩이에 자잘하게 입술을 맞춘 후 활짝 핀 여린 속살을 보았다. 이를 바라보는 그의 눈빛이 짙어졌다.

애초에 두 사람의 마음이 통했다면 조금은 헤매고, 어리숙하게 몸을 섞었을 것이다.

하지만 두 사람은 30대가 되어서야 겨우 몸을 섞게 되었다. 그만큼 욕망은 차올랐다.

그가 혀를 빼내 여린 속살을 휘감아 올리듯 핥자, 팔로 몸을 지탱하고 있던 강자가 앞으로 고꾸라졌다.

"끄응. 으응⋯⋯."

신음을 애써 집어삼키며 참아보려 했지만 쉽지가 않았다. 이미 그녀의 몸은 충분한 준비를 마쳤다는 듯이 뜨거운 액체가 흘러나왔지만 그는 겉으로 보기엔 여유로운 표정으로 이를 마셨다.

혀를 붓처럼 이용해 여성을 핥고 안으로 찔러 넣던 그는 세워진 허벅지가 떨려왔음에도 행위를 멈추지 않았다. 집요하게 여성을 핥았고, 빨갛게 달아올라서야 입술을 뗐다.

"흐으."

이불에 얼굴을 박고 있는 강자가 흐느끼는 소리를 냈다. 마치 적을 피하려는 새의 새끼처럼 얼굴을 박고 있는 강자는 유독 작아 보였다.

그제야 그는 걱정이 되었다.

이 작은 몸으로 자신을 받아낼 수 있을까.

페니스는 이미 팬티를 뚫고 나올 것처럼 흥분해 있었다. 빳빳하게 선 성기는 쾌락보단 고통스러웠다.

이대로 그녀의 안으로 곧장 파고들어 채우고 싶었지만 그는 옷을 벗는 대신에 강자를 똑바로 눕혔다. 여성을 손가락으로 어루만진 그가 손가락 두 개를 안으로 밀어 넣었다. 예상대로 강자의 안은 참 좁았다.

"아!"

강자의 허리가 활처럼 휘었다. 고개 역시 뒤로 꺾였다.

오르가슴을 느끼는 그녀는 예술품에서 볼 법한 아름다운 모델 같았다. 부드러운 곡선을 가진 몸이 너무 예뻐 몸에 계속 힘이 들어갔다.

하지만 그는 엄청난 인내심으로 이를 참아냈다. 포악한 감정은 손에 힘이 들어가 여성을 괴롭히고 있었지만 성급하게 바지를 내려 페니스를 꺼내진 않았다.

조금만. 조금만 더.

그는 계속 때를 기다렸다. 액이 튀고, 그의 팔목을 타고 흘러나올 때까지. 음흉한 포식자처럼 기다렸다.

"아악! 아아아!"

이제와는 달리 격렬한 신음을 터뜨린 강자가 몸을 축 늘어뜨렸다. 그제야 그는 여성을 휘젓던 손가락을 빼어내며 혀로 핥아 맛보았다.

"너무해."

슬쩍 눈을 뜬 강자가 심통 난 얼굴로 말했다. 목소리는 얼마나 비명을 질러댔는지 조금 쉬어 있다.

몸을 동그랗게 말고서 누워 있는 강자는 작은 소녀 같았다. 그래서 그는 손을 뻗어 강자의 몸을 부드럽게 쓸었다.

"뭐가?"

"모르는 척하는 게 더 열 받아."

정말 몰라서 묻는 거였지만 강자는 그가 알면서도 그리 말하는 거라 믿는 모양이었다.

힘 한 자락 없는 줄 알았던 강자가 몸을 일으켜 그의 앞에 무릎을 꿇고 앉는다. 그러더니 손을 앞으로 척 뻗어 그의 가슴을 꾹 찔렀다.

"오빠도 벗어요."

"……어?"

방금 전까지 그의 손길에 위태롭게 흔들리던 여자라곤 믿을 수 없는 모습이었다. 하지만 강자는 다시 한 번 힘주어 말했다.

"난 오빠랑 섹스를 하고 싶은 거지, 오빠 손가락이랑 하고 싶은 게 아니에요."

"……"

"어서요. 안 벗어요? 내가 벗겨야 해요?"

그렇게 말한 강자가 지체 없이 손을 뻗어 그가 입고 있는 셔츠 단추를 풀었다.

툭.

툭.

단추가 풀릴수록 그의 멘탈 또한 툭툭 끊기는 것 같았다. 하지만 강자의 행동을 막지 않는다. 그녀가 자신이 했던 것처럼 가슴을 입에 머금는 순간에도.

상황은 완벽하게 역전되었다.

그의 몸 위로 올라온 강자는 정성스럽게 애무를 했다. 그러는 와중에도 바지 버클을 풀었고, 속옷과 한꺼번에 아래로 내렸다.

팬티가 감싸고 있던 페니스가 힘껏 고개를 들었을 때 깜짝 놀란 눈으로 그를 보긴 했지만 양손으로 이를 붙잡았다.

"윽."

그가 짧게 신음을 내뱉으며 상체를 들어 올리려 했다. 하지만 강자의 손길에 다시 침대에 눕혀졌다.

그녀는 작은 악마처럼 웃었다. 그러더니 엄지손가락으로 페니스 끝을 살살 문질렀다.

"내가 어떤 느낌이었는지 가르쳐 주고 싶어졌어요."

일상생활에서 그러하듯 강자는 침대에서도 그가 승리하는 것을 원하지 않았다. 섹스가 게임은 아니었지만 위를 차지하고 싶어했다.

그래서 그가 서둘러 팔을 뻗었음에도 이를 쳐냈고, 곧장 고개를 숙여 페니스를 입에 물었다.

끙.

그가 앓는 소리를 냈다. 힘을 주지 않으면 그녀의 입안에 사정해 버릴 것만 같아서.

강자는 집요하지만 정성스레 그의 페니스를 핥았다. 입안에 밀어 넣었다가 빠져나오는 행위는 어수룩했지만 그를 미치게 하기엔 충분했다.

안 그래도 금방이라도 쏟아낼 것처럼 흥분했던 그다. 따뜻하고 여린 속살이 페니스를 물고서 자극을 하자 더 이상 참을 수가 없어 강자의 머리를 힘껏 잡아당겼다.

"아!"

깜짝 놀란 강자가 눈을 동그랗게 떴다. 하지만 그는 그녀의 어깨를 뒤로 밀어 침대에 눕힌 후에 그 위에 자리를 잡는다.

"네가 이겼어, 최강자."

이번에도 이긴 건 강자였다.

하지만 페니스를 붙잡고 곧장 여린 속살 안으로 밀어 넣는 순간 그는 강자에게 지는 것도 나쁘지 않다는 걸 다시 한 번 깨달았다.

"하악! 하악!"

거친 숨소리가 정사의 향으로 가득한 방 안을 갈랐다. 새하얀 허벅지를 하늘 높이 들고서 뒤에서 힘껏 강자의 안으로 침입하고 있는 그의 몸도, 차성윤의 욕망을 받아내고 있는 강자의 몸도 땀으로 흠뻑 젖어 있었다.

몇 번의 사정 후엔 여지없이 사랑한다는 말이 이어졌다. 그런 후에 서로의 입술에 입을 맞췄고, 땀이 조금 식을 때면 다시 몸을 섞었다.

그는 치지지 않았고, 강자는 물러서지 않았다.

철썩철썩!

두 사람의 살이 거칠게 부딪혔다. 사타구니 사이가 빨갛게 달아오를 정도로 마찰을 일으켰다.

"하아, 거, 거기…… 아!"

신음을 터뜨리는 강자의 목소리가 잔뜩 쉬어 있다. 그가 얼마나 괴롭혔는지 알 수 있는 대목이다. 별장을 봐주는 사람이 깨끗하게 깔아놓은 시트 또한 두 사람의 액으로 흠뻑 젖었다.

"그, 그만."

결국 백기를 먼저 든 쪽은 강자였다. 그러자 그 역시 양심에 조금 찔린 것인지 빠르게 움직이던 허리를 멈춘다.

아니, 양심에 찔려서 멈춘 게 아니다.

뒤에서 강자를 끌어안은 채 허리를 움직이던 그가 자세를 바꿔 강자의 몸 위로 올라왔다.

그는 강하게 허리를 움직이기 직전, 강자의 입술에 입을 맞췄다. 강자는 눈을 뜨는 것도 힘들다는 듯 그를 올려다보고 있었다.

"이젠 뭐가 뭔지도 모르겠…… 하아."

그가 허리로 원을 그리자 강자가 나지막한 한숨을 뱉었다. 미끈

미끈하게 연결된 곳부터 간지러움이 전달되어 척추를 타고 온몸으로 흘렀다.

강자의 눈가에 맺혀 있던 눈물이 아래로 흘렀다. 하지만 그는 눈물을 혀로 핥은 후에 천천히 허리를 움직이기 시작했다.

"미쳤어."

강자가 신음을 터뜨리는 와중에 말했고, 차성윤은 자신의 탓은 하나도 없다는 듯 말했다.

"네가 먼저 시작했어."

그렇다면 너에겐 그 끝을 보도록 만들어야 할 의무가 있다.

그는 그렇게 말한 후에 이를 악물었다. 턱이 움푹 파였고, 그의 미간이 좁아졌다.

"그만요…… 그만…… 아아!"

찰싹! 찰싹!

두 사람은 또다시 절정을 향해 달리고 있었다. 그 끝이 어디쯤일지, 강자는 예상하지 못한 채 어느 순간 까무룩 잠이 들었다.

잠이 그득한 눈으로 세상 밖을 보던 강자는 가장 먼저 목을 만졌다. 몸 여기저기 안 아픈 곳이 없었지만 가장 아픈 건 목이었다. 지난밤, 아니, 해가 뜰 때까지 얼마나 소릴 질러댔는지 목 안에 모래알이 굴러다니는 느낌이었다.

그때 강자의 앞에 불쑥 컵 하나가 내밀어졌다.

"뭐, 뭐예요?"

예상대로 잔뜩 쉰 목소리로 말한 강자가 힘겹게 상체를 들어 올렸다. 성윤이 물이라고 말해주었기 때문이다.

물 한 컵을 모두 비운 후에야 강자는 살겠다는 듯 한숨을 뱉었다. 그리고 자신과는 달리 완벽하게 옷을 갖춰 입고 있는 그를 보았다.

몸은 깨끗했다. 분명 지난밤에 엉망이 된 채로 잠들었던 것 같은데 성윤이 닦아줬나 보다.

다정한 건지. 아님 병 주고 약 주는 나쁜 놈인지 알다가도 모르겠다.

성윤에게 받은 가운으로 몸을 가린 강자가 힘겨운 걸음을 옮겼다.

"괜찮아?"

"그렇게 묻지 마세요. 때려주고 싶어질지도 몰라요."

아니, 분명 때릴 것이다. 그다음엔 자신의 입술을 내려치겠지만.

어색하게 웃는 성윤의 부축을 받아 부엌으로 향한 그녀는 꽤 그럴듯한 브런치를 보았다. 자신이 일어날 때까지 기다린 것 같았다. 그는 오늘 서울로 올라가야 했다.

"아주머니 연락처야. 필요한 게 있으면 연락하면 돼."

강자는 그가 건네는 메모지를 받아 든 후 고개를 끄덕였다.

"안 늦었어요?"

"너랑 밥 먹을 시간은 있어."

그렇게 말한 그가 여유로운 표정으로 커피를 마신다.

허기가 졌지만 강자는 음식물을 섭취하는 대신에 차성윤의 얼굴을 눈에 담았다. 지난밤, 이러다가 복상사하는 건 아닐까, 진지하게 생각했지만 좋았다. 섹스 취향이 맞지 않아 이혼하는 사람들도 있는 세상에, 좋아하는 사람과의 잠자리가 좋다는 건 참 복 받은 일이라는 걸 그녀는 안다.

"좋았어요."

강자의 읊조림에 성윤의 눈이 동그랗게 떠졌다. 우습게도 그의 귀가 빨갛게 달아올랐다.

"그러지 마세요. 이젠 안 속아요."

"흠흠."

그가 시선을 피해 신문을 펼쳤다. 그런 반응이 재미있다는 듯 보던 강자가 베이글을 한입 베어 물었다. 앙.

"정리하고 내려올게."

"혼자 있기 심심한데."

우물우물, 빵을 씹으며 답한 강자가 그에게서 아무런 답도 들려오지 않자 고개를 들었다. 그는 신문 너머로 자신을 보고 있었다.

"그래도 못 말리는 연인이 이번에는 꽤 큰 폭탄을 터뜨려서 직접 처리해야 마음이 놓일 것 같아."

"빨리 와요. 기다리고 있을 테니까."

그렇게 말한 강자가 우유를 한 모금 마신 후에 자리에서 일어났다.

"이렇게 입고 기다리고 있을게요."

실오라기 하나 걸치지 않은 몸을 가리고 있는 건 벨벳 소재의 가운뿐이었다. 가뭇한 꼭지가 꼿꼿하게 서 있어 유혹적이었다.

부스럭.

신문을 내려놓은 그가 자리에서 일어났다. 그리고 강자의 허리를 휘감아 제 품으로 끌어당긴 후에 입을 맞췄다.

"으음."

달콤한 호흡을 주고받던 두 사람의 몸이 하나처럼 겹쳐졌다. 뜨거운 열기가 두 사람을 다시 집어삼켰다.

11

강자의 뉴스가 언론을 장악했다. 최근 검찰 개혁이 사회의 큰 숙제처럼 되어 있어 더욱 그랬다. 언론은 검찰 권력을 꼬집었고, 그들을 견제할 수단이 딱히 없다는 사실까지 전했다. 법조인들 사이에선 또 이런 일이 일어났다며 비통해했다.

세상은 시끄러웠고, 혼란스러웠다. 하지만 강자는 마치 다른 세상에 있는 사람처럼 평온한 일상을 보내고 있었다.

그녀의 기사 하나로 시작된 나비효과는 검찰뿐만 아니라 지방 공무원들의 근무 태만까지 언급되면서부터 연일 시끄러웠다.

차성윤이 서울로 돌아가고 3일.

강자는 불편한 것 없이 잘 지내고 있었다. 늘어지게 잠을 잤고, 서재에 있는 책 중 몇 개를 뽑아 공허한 시간을 허비했다.

최소한으로 어지럽히고 치우길 반복했고, 외출은 하고 싶지 않아 장 보는 건 성윤이 건네준 번호로 연락해 부탁했다.

나름 치열하게 인생을 살아왔던 강자에게 있어 이런 일상은 처음이었다. 이게 진정한 휴식이고 힐링이라는 걸 강자는 서른두 해를 살아서야 겨우 알게 됐다.

하지만 심심했다. 바쁘게 살아와서 시간을 어떻게 써야 할지도 몰랐다. 늘 해야 할 일이 있었고, 잠자리에 들기 전엔 다음날 해야 할 일들을 정리했었다. 학창 시절엔 일기 말미에 이를 정리할 정도였으니 두말하면 입 아프다.

활동적으로 살았기에 갇혀 지내는 상황이 답답했다.

하지만 이런 자신의 상황과는 달리 일은 싱거울 정도로 잘 해결되고 있는 모양이었다.

무릎을 끌어안고서 뉴스를 보고 있던 강자가 앵커가 하는 말에 안도의 한숨을 내뱉었다.

—박민충 리스트가 검찰을 뒤흔들고 있습니다. 김태호 전 법무부장관뿐만 아니라 정일곤 검찰청장까지 관여가 되어 있다는 사실이 진실로 확인되면서 파장이 예상됩니다.

검찰청 앞에 선 기자가 곧 두 사람에 대한 수사 착수가 될 것이라 알렸다. 빠르면 오늘 저녁부터 시작될 것이며, 구속영장이 발부될 확률이 높다고 했다.

이뿐만 아니라 뇌물 리스트가 나오면서 정재계도 술렁거리고 있다고 했다.

하지만 문제도 있다고 전했다. 검찰이 직접 움직였기에 수사가 얼마나 잘 이루어질지 모르겠다는 말과 함께 특검을 꾸려야 한다는 의견이 지배적이란 의견까지 전했다.

3일 내내 어떤 뉴스를 보아도 항상 꼭지로 전해지고 있는 뉴스였지만 최초 뉴스를 전한 강자의 이름은 한 번도 언급이 되지 않았다. 오직 '정음일보'에서 최초로 보도되었다는 것만 알렸다.

"정말 훌륭한 남자친구라니까."

이 뒤엔 모두 차성윤이 있을 거란 걸 강자는 믿어 의심치 않았다. 그녀가 놀라는 것은 새삼 그의 능력 때문이었다. 태원그룹이 대단하다는 것은 알았지만 감탄하게 됐다.

그러다가 웃는다. 그다음 뉴스가 차성윤과 관련된 것이었기 때문이다.

─이번에는 진짜인가 봅니다. 태원그룹에서 직원 복지 재단을 발표한 지 일주일이 흘렀습니다. 그룹 관계자가 애초에 호언장담한 것처럼 몇몇 곳에선 영유아원 공사가 진행되고 있다는 소식입니다.

무릎 위에 뺨을 기댄 강자가 화면에 비치는 차성윤의 모습을 멍하니 보았다.

이곳에선 자신의 생활이 없었다. 그래서인지 외로움은 발작처럼 찾아왔다.

설악산은 벌써 가을이 온 것처럼 추웠지만 적정한 온도로 유지되고 있는 별장 안이 추울 리는 없었다.

하지만 뜨겁게 안아주었던 그 체온이 계속 떠올라서일까.

강자는 갑자기 오한이 든 듯, 양손으로 어깨와 팔을 쓰다듬었
다.

❖

커다랗고 화려한 룸 안엔 강안과 성윤만이 자리하고 있었다. 하
지만 방금 전까지만 해도 몇몇이 자리를 한 것인지 언더락 잔과
스트레이트 잔 몇 개가 일정한 거리를 두고 놓여 있었다.

"후."

성윤이 넥타이를 느슨하게 끌어낸 후에 세 캔이나 마신 실론티
를 한 캔 더 땄다. 일이 어느 정도 정리되어 감을 느꼈지만 아직도
마음이 불안했다.

최근 들어 두 사람은 그룹에서도 모르는 일들을 아주 은밀히 실
행하고 있었다. 돈을 만지는 사업가는 법조인과 정치인은 되도록
만나지 않는 게 좋았다. 더욱 부가 많을수록 괜한 구설에 올랐다
간 관계로 인해 얻는 득보단 실이 많았기 때문이다.

그래서 이제껏 차성윤은 인맥으로 일을 하려고 했던 적이 없었
다. 오히려 돈 냄새를 맡고 날아든 날파리들이 그의 인맥을 이용
해 바라는 것을 원하기 위해 주위가 소란스러워졌던 적이 많았다.

그런데 이번에 차성윤은 그런 자신의 신념을 무너뜨렸다. 동창
회에서 얼굴만 보고 가볍게 스쳐 지나갈 법했던 인물들을 만났고,
그들에게 은밀한 압력을 넣었다. 이번에 만난 중앙지검 검사 도정
혁과의 만남도 마찬가지였다.

"완전히 사장님 쪽으로 넘어왔는데요? 검찰은 이걸로 단속되겠

어요. 내부 반성 목소리도 높다고 하니까."

"내 편이 아니라 최강자 편이겠지."

도정혁은 차성윤의 동창이자, 이강안과 최강자에게 있어선 선배였다. 정혁과 성윤은 고교 시절에 함께 어울려 다니던 무리 중하나로, 점심시간 때면 농구공을 들고 운동장에서 땀을 뻘뻘 흘리며 꽤 친하게 지냈었다.

그러다가 대학에 진학하면서부터 자연스럽게 멀어졌다. 정혁은 법학도가 되었고, 차성윤은 경영학도가 되었다. 그리고 나이가 들어 다시 만난 두 사람은 성공 가도를 달리고 있었다. 차성윤은 독보적인 존재로 태원그룹의 실질적인 수장이 되어 있었고, 도정혁은 현재 승진 코스를 밟고 있는 검사였다.

그 역시 최강자를 알고 있었다. 사실 강자 역시 고교 시절 차성윤만큼이나 유명했던 아이였다.

"에이, 사장님이 직접 만났으니까 저렇게 순순히 나오지, 검찰쪽 알잖아요. 절대 복종."

강안이 고개를 절레절레 저었다. 철저한 기수 문화에 의해 움직이는 것이 검찰 조직이었다. 기수 파괴를 용납하지 않았고, 하극상 역시 어떻게 해서든 단죄하는 분위기였다.

그런데 최근 그 분위기가 바뀌고 있었다. 나흘 동안 성윤이 발바닥에 땀나도록 뛴 결과였다.

"검찰 쪽에서 제대로 기소하기로 했으니 이젠 지켜보기만 하면 될 것 같습니다."

"그래, 그렇겠지."

성윤이 피곤한 눈을 끔뻑인 후에 실론티를 마셨다. 달콤한 액체가 들어가자 그제야 피가 조금 도는 기분이 들었다.

탕.

빈 캔을 테이블 위에 올려놓은 성윤이 자리에서 일어났다. 다른 사람들과 달리 술은 입에도 대지 않은 성윤은 얼굴색 하나 바뀌지 않고 멀쩡했지만 그를 대신해 연거푸 술을 마셔야 했던 강안은 얼굴이 붉게 달아올라 있었다.

"바로 강자한테 가실 거예요?"

성윤은 답을 하지 않았지만 강안은 마치 답을 들은 사람처럼 말을 이었다.

"내려간 김에 조금 쉬다가 오세요. 그 핑계로 저도 좀 놀게."

"안 그래도 그럴 거야."

"그래도 이틀 뒤엔 올라오셔야 합니다."

"알았어."

성급한 걸음을 옮기는 성윤을 바라보던 그가 비틀거리며 뒤따랐다. 당장 차로 달려갈 줄 알았던 성윤이 조금은 더딘 걸음을 옮기는 것이 보였다.

"지금 갈 거야."

나지막하고 자상한 어조에 강안이 기가 막힌다는 듯 헛웃음을 뱉었다. 그러더니 이내 차성윤을 통해 사랑의 위대함을 다시 한번 깨달으며 한숨처럼 말했다.

"아, 외롭다."

회사에, 그리고 차성윤의 성공에 젊음을 다 바쳤다. 덕분에 서른세 살이 될 동안 제대로 된 연애 한번 해보지 못했다.

거기에 불만을 가지지 않았던 것은 자신만큼이나 지독한 워커홀릭인 차성윤 역시 멀쩡하게 생긴 주제에 여자 만나는 꼴을 보지 못했기 때문이다.

그러고 보니 내가 워커홀릭이 된 건 모두 차성윤 때문인가?

그의 곁에 있으니 그게 당연한 것인 줄 알고 살았다. 지금은 그게 모두 허튼 짓거리였다는 걸 깨달아 버렸지만.

"후."

집에 가서 발이나 닦고 자자.

그렇게 생각하던 강안은 대리기사를 기다리기 위해 소파에 앉았다. 초반에 마신 술이 깨는 것인지 머리가 띵, 하게 울릴 때였다.

진동으로 바꿔둔 휴대전화가 웅웅 하고 울렸다. 확정을 확인해 보니 박 비서였다.

"무슨 일입니까?"

[늦은 시간에 죄송합니다.]

죄송한 줄 알면 안 하면 될 텐데.

퇴근 후 오너에게 연락하는 건 어려워도 직장 상사한테 연락하는 건 쉽나 보다.

차성윤의 일일 게 뻔했기에 괜찮다고 답한 강안은 곧 이어진 말에 미간을 좁혔다.

[어람신문 기자와 개인적으로 만났는데요. 확실한 정보가 있다고 확인차 술이나 한잔하자고 해서요. 그룹 내에 직원한테 들은 것 같은데 차성윤 사장님과 최강자 기자가 연인 관계라는 것에 확신을 가지고 있습니다. 거기에다가 최근 김태호 전 법무부장관 기사를 터뜨린 것도 최강자 기자라는 걸 알고 있었고요.]

세상에 영원한 비밀은 없다. 더욱 돈이 굴러가는 바닥은 더더욱 그랬다.

밤늦게 전화를 해도 이상하지 않을 내용이었다. 최강자의 문제에만 있어선 미친놈처럼 구는 오너이기에 당장 조처를 해도 이상하지 않았지만, 어쩐 일인지 강안은 몰려오는 숙취에 인상만 쓸 뿐 별다른 지시는 하지 않는다.

[오너의 사생활이라 말해줄 수 없다고 했지만 다음 주 찌라시에 당장 뜰 것 같다고 말하던데 아무래도 걱정이 돼서요.]

"곧 끝날 것 같으니까 조금만 이 상태로 더 갑시다."

[네, 알겠습니다.]

그러면서 박 비서는 다른 신문들도 냄새를 맡았지만 태원이라 쉽게 건드리지 못하는 것 같다는 말을 덧붙인다.

알겠다는 짧은 답과 함께 전화를 끊은 강안이 뒤통수를 벽에 기댔다. 서늘한 기운에 뒤통수만 차가웠다.

"열애설 터지기 전에 결혼 소식부터 터지겠지."

강안이 허탈하게 웃었다.

"신혼여행으로 최대 며칠을 뺄 수 있을까?"

얼빠진 표정을 한 사장이 물어온 말이 머릿속에 메아리처럼 울려 퍼졌다.

❖

우려했던 것과는 달리 별다른 일이 일어나지 않자 편집장은 오히려 불안했던 모양이다.

[이거 너무 조용하니까 엄청 불안했다니까?]

"지금은 안 그런 모양이십니다?"

강자가 장난처럼 묻자 편집장은 안도의 한숨을 연거푸 내뱉었다.

마치 폭풍 전 고요처럼 언론은 '정음일보'의 특종에 박수만 칠 뿐, 비난의 기색이나 불이익은 없었다.

그건 여론을 형성한 시민들의 힘이었다. 하루, 이틀은 불안했던 편집장도 시선이 모여든 이상 저쪽에서 쉽사리 움직이지 못할 것이란 판단을 한 듯했다.

[뭐. 지금 이 상황에서 고소 고발이 난발하면 지들이 자살 테러하는 격이니까, 안심은 된다.]

"다음 주부터 출근하면 되죠?"

[지금 봐선 문제없을 것 같다.]

예상보다 쉽사리 수습되는 상황에 강자 역시 다행이라는 듯 한숨을 내뱉었다. 사실, 이 공간에 더 이상 홀로 남아 있지 않아도 된다는 마음에 더 안심해 버렸다. 아무것도 할 수 없는 무기력한 시간은 강자에게 있어 쥐약이었다. 다른 이들이라면 팔자 좋게 늘어져라 자고, 평소에 읽고 싶었던 책도 쌓아놓고 읽겠지만 강자는 마음 편히 쉴 성격이 되질 못했다.

일상으로 돌아갈 수 있다.

그것만으로도 강자는 꽤 들떴다.

"알겠습니다."

[그래그래. 그런데 너 나한테 자진 납세할 거 없냐?]

"뭐요?"

자진 납세?

편집장에게 찔릴 만한 일을 한 적은 수없이 많았지만 그중 지금 이 시점에서 대화의 주제로 나올 법한 건 없었다.

무슨 일인지 몰라 강자가 다시 한 번 '그런 거 없는데요'라고 말했지만 편집장은 취재를 하는 기자마냥 그녀를 추궁하기 시작했다.

[너의 대단한 빽에 대해 내가 알게 된 느낌적인 느낌이 들거든.]

"제 빽은 접니다."

[어허.]

편집장은 이미 모든 걸 알고 있다는 듯 굴었다. 하지만 이에 쉽게 넘어갈 강자가 아니었다.

"무슨 답을 원하시는 겁니까?"

[너랑 차성윤 사장이 그렇고 그런 사이라는 소문이 아주 파다해. 이번 일이 이렇게 조용히 넘어가는 것도 차성윤 사장이 뒤에서 손을 썼다는 말도 있고. 처음엔 나도 안 믿었거든? 차성윤 사장이 어디 그럴 사람이야? 정확한 거 아주 좋아하는 사람인데. 그거 모르는 사람이 이 바닥엔 없단 말이지.]

"그런데요?"

[다른 쪽으로 생각해 보면 검찰청이 가만히 있는 것도 이상하고 순순히 김태호 전 장관이 구속된 것도 이상하고. 거기에다가 우리 신문사에는 아무런 일도 없네? 이런 일이 있으면 광고에라도 영향이 미쳐야 하는데 그런 것도 없고.]

술술 늘어놓는 말에 강자가 입술을 굳게 다물었다. 확신에 차 있으니 뭐라 더 말해봤자 구질구질한 변명처럼 느껴질 것이다.

더욱 그가 해가는 일들에 말문이 막히기도 했다. 치밀한 남자이기에 이번 일 전체를 보고서 하나하나 해결해 나가고 있었다. 자신의 존재가 드러나지 않기 위해, 최강자로 인해 정음일보에 흠집이 가지 않도록.

그녀가 돌아갈 곳까지 만들어주기 위해 노력하는 모습에 마음에 묵직한 감정이 내려앉았다. 입가에 미소가 머물렀다.

[뭐, 솔직히 말 안 해주더라도 이것만은 알고 있으라고. 다음 주에 보자.]

끊긴 전화를 한참 들고 있던 강자가 팔을 내렸다.

다리를 접어 무릎을 끌어안은 강자가 그 사이에 얼굴을 묻었다. 깊은 한숨이 터졌다.

수군수군, 마음이 속삭였다. 이런 순간에도 차성윤의 얼굴이 눈앞에 아른거리는 걸 보면 자신도 꽤나 중증이었다. 웃기게도 고여 있던 마음은 썩지 않고 깊이만 더했나 보다.

자신에겐 무엇이든 주겠노라고, 자신이 원하는 것은 무엇이든 들어주겠노라고, 뒤는 걱정하지 말고 자신이 하고 싶은 그 무엇이라도 이루어내라 했다. 아니, 그렇게 말하는 것 같았다.

이 정도 괜찮은 남자는 무조건 사랑하고 봐라.

성윤이 오기 전까지 잠시 눈을 붙여도 될 텐데 잠이 오지 않았다.

"혼자 있으니까 별생각이 다 드네."

마음이 약해지는 것이 느껴져 강자는 깊은 한숨을 내뱉었다. 이럴 때 남자에게 기대는 여자들을 이제껏 꼴불견이라고 생각했는데, 돌이켜 보니 자신이 그런 여자가 되어 있었다.

장금 장치가 풀리는 소리와 함께 조용했던 공간에 인기척이 들렸다.

툭. 툭.

뭔가 바닥으로 떨어지는 소리가 들렸고, 곧 신발을 벗는 소리가 들렸다. 직접 문을 열고 안으로 들어온 침입자는 자신처럼 인기척을 내고 있는 사람을 만나기 위해 걸음을 옮겼다. 소리가 들리는 곳은 부엌이었다.

안을 들여다보자 강자가 커다란 하얀 티셔츠를 입고서 커피를 내리고 있었다. 종아리에 닿아 있는 발가락이 꼼지락거려 그의 시선을 빼앗았다. 평화롭게 커피를 내리고 있는 강자는 자신의 인기척이 들렸음에도 뒤돌아보지 않았다.

그래서 그는 강자를 부르는 대신에 문틀에 어깨를 기대고서 그 모습을 잠시 보았다.

창을 통해 쏟아지는 새벽 햇살과 부엌의 노란 조명. 산속 습한 공기와 뒤섞인 원두 냄새가 마음을 평안하게 해줬다. 아니, 이 모든 걸 제외하고 최강자만 있다고 하더라도 그는 지금과 비슷한 감정을 느꼈을 것이다.

커피를 모두 내린 강자가 뒤돌아섰다. 그녀의 손엔 머그컵 두 개가 들려 있었다.

"배고프죠?"

"어, 고파."

강자가 성윤에게 머그잔을 건넸다. 그는 순순하게 컵을 받았다. 건네진 잔은 두 개였다.

뜨거운 김이 모락모락 올라와 있었고 원두 기름이 떠다니는 걸 본 그가 왜 두 잔 다 모두 자신에게 주냐는 듯 강자를 보았다. 하지만 강자는 가타부타 말없이 그의 목에 팔을 두른다. 그녀의 눈높이에 맞춰 성윤의 몸이 아래로 끌어 내려졌다.

"저도 마침 딱 그랬어요. 아주머니가 냉장고가 터져 나가라 장을 봐주셨어요."

하마터면 커피를 쏟을 뻔했다.

하지만 강자는 개의치 않은 채 그의 입술에 입을 맞춘다.

"반가워요."

짧은 인사와 함께 강자가 다시 한 번 입을 맞췄다. 짧게 맞춰졌다가 떨어지는 입술에 성윤의 콧잔등에 자잘한 주름이 잡혔다.

"왜 그래?"

그는 갑작스런 강자의 행동에 도통 적응이 안 된다는 듯 물었다. 그러자 강자는 그제야 어색한 웃음을 지으며 말을 짧게 자른다.

"반가워서. 그리고 나도 좀 변하고 싶어서."

"뭐가?"

"좀 더 솔직해지고, 내가 노력하면 차성윤 씨가 더 좋아해 주지 않을까 해서."

앙큼한 말에 그의 얼굴에 균열이 생겼다. 차성윤은 그제야 강자가 왜 뜨거운 머그잔을 자신에게 두 개나 건넸는지 알 수 있었다. 손이 없으니 당장 강자를 끌어안고 싶어도 그렇게 하질 못했다.

"그리고 더 애달프게 하면 날 더 좋아해 주지 않을까 해서. 더 분에 넘치는 사랑을 받고 싶어서 차성윤 씨의 취향이 뭘까 고민해 봤고, 결론은 이거였어요."

쪽.

짧게 입을 맞춘 그녀가 장난스럽게 웃는다.

"더 큰 걸 원해?"

"분에 넘치는 사랑을 받고 있다는 거 알지만 나 욕심쟁이잖아요."

뒤꿈치를 바싹 든 그녀가 이번엔 성윤의 목덜미에 입을 맞췄다.

"윽."

그가 장난스럽게 신음을 내뱉더니 몸을 돌려 머그잔을 테이블 위에 올려두었다.

손이 자유롭게 되자 그는 강자를 마음껏 끌어안았다. 몸이 휙 돌려지자 강자가 비명을 꽥 지르더니 웃음까지 터뜨린다. 두 사람의 몸이 찰싹 달라붙었다.

차성윤은 강자의 어깨에 얼굴을 묻은 후 숨을 깊게 들이마셨다. 부드러운 여체를 끌어안고 어루만지자 그는 자신이 안도했음을 느꼈다.

"떨어져 있기 싫다."

그걸 절실하게 느낀 사흘이었다. 마음을 섞고 몸을 섞은 연인을 만나지 못하는 것만으로도 괴로울 수 있다는 걸 깨닫는 날들이기도 했다. 홀로 강자를 바라볼 때와는 고통의 강도가 달랐다. 만나기만 하면 입을 맞추고, 자신의 감정을 숨기지 않아도 되자 인내심은 금방 바닥을 드러냈다.

강자의 문제로 떨어져 있는 게 아니었다면 당장이라도 달려왔을 것이다.

"안달 나. 계속."

"이제 시작했으니 당연하죠."

자신이 원하던 답이 아니었다. 그녀 역시 자신이 많이 보고팠노라고 말해주길 원했다.

그 생각을 고스란히 드러낸 얼굴에 주름이 잡혔다.

"아, 내가 또 너무 전투적으로 말했나? 작심삼일이라더니. 하루도 못 갔네."

혀를 쏙 내민 강자가 잘못을 시인한 후에 말을 잇는다. 그것 역시 성윤이 원하는 정도의 답은 아니었다.

"오빠 계속 내 옆에 꼭 붙어 있어야죠. 늘 어디로 튈지 모르겠다고 뭐라고 했잖아요."

"그래. 시한폭탄 같았어."

"하지만 오빠 날 손에 올려놓고 가지고 놀았죠."

지난 기억에 강자가 입술을 삐죽 내밀었다. 억울한 마음이 든 모양이었지만 그뿐이었다.

최강자가 다시 너른 품에 뺨을 기댔다. 그런 후에 단단한 허리를 힘껏 끌어안는다.

"그러니까 옆에서 지켜봐요."

그녀는 요녀처럼 유혹하지 않았다. 하지만 성윤에게 있어 이보다 더한 유혹은 없었다.

가느다란 허리를 번쩍 안아 들어 오금 뒤를 받치자 강자가 까르르 웃음을 터뜨리며 허리를 접었다.

"힘자랑 그만해요!"

"여기서 했던 게 참 좋았던 거 같은데."

꺄, 아이처럼 소리를 지른 강자는 성윤에 의해 식탁 위에 앉혀지자 가느다랗게 눈을 떴다. 음흉한 머릿속이 손바닥처럼 훤히 들여다보였다.

"저 배고파요."

"나도 그래."

성윤이 강자의 목덜미를 입술로 지분거렸다. 뜨거운 입술에 고개가 뒤로 젖혀진다. 몸의 균형을 잃을까 싶어 서둘러 식탁 모서리를 붙잡은 강자가 투정하는 아이처럼 말했다.

"금방 안 끝날 거잖아요."

"천천히 음미해야지."

"음식 맛도 모르면서."

키득키득.

강자가 가볍게 웃음을 터뜨리자 성윤 역시 따라 웃는다.

차성윤은 강자가 입고 있던 티셔츠를 들어 올려 그 안으로 얼굴을 쏙 밀어 넣는다. 살결에 그의 혀끝이 닿았다.

"하지만 여긴 잘 알아."

성윤이 강자의 가슴을 힘껏 빨아들였다.

자극적인 소리가 부엌을 갈랐다.

파르르.

강자의 몸이 잘게 진동했다. 하악, 숨을 길게 내뱉었다가 힘껏 들이마시는 소리에 그의 입술이 더욱 집요하게 강자의 몸을 빨아들였다.

지난번의 관계로 붉게 수놓아졌던 자국들은 어느새 희미해져 있었다. 강자의 몸은 쉽게 멍이 들기도, 흔적이 쉽게 사라지기도 했다.

좀 더 짙게 남아 있으면 좋을 텐데.

이 살결을 맛보고 직접 볼 수 있는 건 자신뿐이라는 걸 알면서도 그의 욕심은 집착이 되어 흰 살결에 잇자국을 남기고, 붉은 키스마크를 남겼다.

뽁뽁, 소리와 함께 그의 입으로 빨려 들어왔던 살이 원래의 위치를 찾는다. 천천히 입술을 내려 강자의 살갗을 훑고 맛본 그가 안달 난다는 듯이 티셔츠를 벗겨냈다.

"하아."

느릿한 숨을 내뱉은 강자가 그림처럼 식탁 위에 앉아 있었다. 그의 시선은 집요하게 강자의 몸에 닿아 있었고, 풍만한 가슴 주위에 불긋하게 남아 있는 흔적을 보며 신음을 삼켰다.

그다음의 행위는 성급했다. 나흘의 시간 동안 쌓여왔던 형체 없는 감정이 그를 부추겼다. 불안하지만 행복하고, 힘들지만 즐거운 이 감정을 쾌락으로 바꾸라고.

그는 강자의 몸을 끌어안아 버클을 풀었고, 가슴 윗부분을 짓누르고 있던 브래지어를 벗겨냈다. 팬티를 벗길 땐 강자의 도움도 있었다. 팬티를 벗느라 살짝 들어 올려진 엉덩이 사이에 손을 끼워 넣은 그가 강자의 몸을 순식간에 위로 들어 올렸다.

양 다리가 하늘로 들어 올려지자 강자가 억눌린 신음을 뱉었다. 지금부터 이어질 행위를 그녀의 몸은 기억하고 있었다. 이를 증명하듯 여린 속살은 촉촉한 액체를 머금고 있었다.

혀를 빼내 액을 핥자 강자가 자지러졌다. 물컹한 속살이 성윤의 혀를 힘껏 옥쥈다.

"으응! 끄응!"

그의 어깨 위에 안착해 있던 다리가 파르르 떨렸다. 발가락 끝이 동그랗게 말려들었고, 뻣뻣하게 굳는다.

그럴수록 강자의 신음성은 커졌다. 아직은 미지의 세계를 탐험하는 탐험가처럼, 읽지 못한 책을 기대감에 차 탐독하는 독자처럼, 그는 강자의 몸에 지대한 호기심을 느끼며 열정적으로 알아갔다.

그의 타액과 여성의 액으로 축축하게 젖은 좁고 습한 곳에 손가락을 밀어 넣었다. 안으로 들어가기 위해 충분히 넓혀야 했다. 그렇지 않으면 안으로 들어가는 것도, 들어가고 나서도 자신을 끊어버릴 듯 강력한 쾌락과 고통을 느낄 것이리라.

손이 힘차게 움직일수록 강자는 자지러지며 눈물 흘렸다. 손바닥을 적시던 액이 손등을 타고 흐르는 순간 손가락이 강자의 몸에서 빠져나왔다.

"흐으, 흐아."

강자가 흐느꼈다.

흐려진 그 표정만으로도 그녀가 이미 모든 준비를 마쳤다는 게 보였다. 양손으로 엉덩이를 잡아 아래로 조금 더 내린 그가 서둘러 바지와 속옷을 한꺼번에 내렸다.

바지를 벗을 새도 없었다. 뻣뻣하게 고개를 치켜든 페니스를 곧장 강자의 몸 안으로 밀어 넣었다.

"아악!"

짧게 신음을 내뱉은 성윤과는 달리 강자의 신음은 날카롭고 높았다. 이미 전희를 맛본 것일까. 바들바들 떨리는 허벅지를 힘껏 붙잡은 그가 쾌락을 찾아 열심히 허릿짓을 했다. 느릿하게 들어갔다가 나오길 반복하다가도 속도를 높여 강자를 끝없이 몰아붙였다.

찰싹! 찰싹!

숨을 내뱉는 것도 잊었다. 자신을 뜨겁게 감싸는 강자를 바라보며, 그녀가 주는 감각에 취해 몸을 움직였다.

액이 튀고, 살이 연신 부딪혔다. 절정에 닿았다고 생각하는 순간, 그녀의 몸 안을 정액이 가득 채웠다.

"하아, 하아."

강자의 가슴이 크게 들썩였다. 성윤 또한 마찬가지다. 온몸이 땀으로 흠뻑 젖어버렸다. 강자가 그의 정신을 적신 것처럼.

"오빠."

눈을 감은 그녀가 성윤을 부른다. 허공에서 허우적거리는 손을 붙잡은 그가 상체를 기울여 강자의 입술에 입을 맞췄다.

"……죽겠어요."

모든 기력을 잃었다는 듯 강자가 읊조렸다. 하지만 그는 강자의 얼굴을 손으로 부드럽게 쓰다듬며 달래듯 말했다.

"조금만 더 힘내주면 안 될까?"

"……미쳤어요?"

"어쩌면."

웃음기 섞인 말을 내뱉은 그가 뾰족한 강자의 눈을 보았다.

"나 배고프단…… 아!"

그녀는 이제 그만 밥을 먹고 싶다고 말했지만 성윤은 강자를 식탁 위에서 끌어 내린 후 가느다란 허리를 붙잡았다.

뿌옇고 미지근한 액체가 강자의 사타구니를 타고 아래로 주르륵 흘러내렸다. 쿨럭쿨럭, 흘러내려 오는 정액은 끈적해서 마치 액체 괴물처럼 보였다.

하지만 그는 자신의 흔적을 지워내는 대신에 그녀를 식탁으로 밀어붙인 후 뒤에서 꼭 끌어안았다. 페니스가 강자의 허벅지 사이에 닿는 순간 자신의 존재감을 다시 드러내고 있었다.

"나 배고프단 말이에요."

강자가 울먹거리며 말했다. 목소리엔 원망도 담겨 있었다.

그래서 성윤은 강자를 달래듯 기다란 머리카락을 한쪽으로 정리한 후에 드러난 목덜미에 입술을 맞췄다. 그녀의 땀은 달다.

"나도 그래."

나도 고파.

그렇게 말을 하며 성윤은 다시 한 번 그녀의 몸을 찾았다.

천천히 눈을 뜬 강자가 작게 신음을 뱉었다. 몸이 여기저기 두드려 맞은 것처럼 아팠다.

슬쩍 눈을 뜬 강자는 잠들어 있는 성윤을 흘겨보았다. 다 늙어서 이게 다 무슨 짓인가 싶다.

"으음."

나지막하게 신음을 뱉은 그녀가 크게 기지개를 켰다. 몸은 찌뿌

둥하고 아팠지만 그래도 상쾌한 하루의 시작이다.

아직 적응하지 못한 몸도 곧 괜찮아지겠지. 아니, 어쩜 평생 적응이 되지 않을 수도 있겠다. 침대에서 이토록 열정적인 남자는 그리 흔하지 않으니까.

"때려줄까 보다."

집요하게 자신을 괴롭히던 성윤을 노려보던 강자가 헛웃음을 뱉었다. 예전의 그녀였다면 힘껏 때려 버렸을 텐데, 이젠 부탁을 하게 된다. 생각해 보니 그가 자신에게 뭔가 바라는 것은 침대에서뿐이었다. 항상 모자란다는 듯이 몇 번이고, 몇 번이고 자신을 가지려 했다.

목이 시큰하게 아프자 손을 올린 그녀가 아픈 부위를 손바닥으로 매만졌다. 어제 그가 힘껏 물었던 자리였다.

너무 아파서 자신도 꽉 물어버렸는데, 성윤은 즐겁다는 듯 웃었다.

"변태야, 진짜."

잠든 그의 얼굴을 보고 있던 강자가 상체를 일으켰다. 늘 부지런하던 차성윤은 오늘은 늦잠을 잘 모양이다. 무리를 했으니 몸이 평소처럼 제 기능을 할 리가 없다.

조심스럽게 침대에서 빠져나온 강자가 부엌으로 향했다. 성윤이 일어나기 전에 착한 짓을 해볼 생각이었다.

냉장고 문을 활짝 연 강자는 안에 든 재료를 보았다. 산해진미는 다 있었지만 안타깝게도 강자는 서른두 살의 평범한 자취생이었다. 그것도 일 때문에 집에 거의 있을 수가 없는 슬픈 직장인.

자연스럽게 음식 조리와는 거리가 먼 생활을 했고, 마땅히 할 줄 아는 음식도 없었다.

결국 달걀 몇 개를 꺼내 스크램블을 만들었고, 깡통 햄도 적당한 두께로 썰어 구웠다. 신선한 채소와 샐러리를 꺼내 샐러드를 만들었다.

그래도 뭔가 모자란 것 같아서 견과류와 블루베리를 넣어 요거트를 만들었다. 이제 커피를 내리고 식빵만 구우면 될 것 같다.

"뭐 해?"

뒤에서 슬쩍 허리를 껴안는 손길에 깜짝 놀라 강자의 몸이 튀어 올랐다.

"뭐예요? 깜짝 놀랐잖아요."

가슴께를 쓸어내린 강자가 고개를 뒤로 젖혀 그를 보았다. 성윤은 잠에서 깨자마자 자신을 찾은 것인지 머리는 부스스했고, 눈은 반쯤 감겨 있었다.

"아침이야?"

"네. 이제 빵 굽고, 커피만 내리면 돼요."

"내가 할게."

그가 강자의 입술에 입을 맞춘 후 팔을 걷어붙였다.

하지만 강자는 그가 조리대로 향하기 전에 식빵 두 개를 꺼낸다.

"내가 금방하면 되니까 씻고 나오세요. 밥 먹고 나서 요 앞에 산책 나가요."

"그럴까?"

"네. 끝까지 내가 하고 생색 제대로 낼래요."

성윤은 욕실로 갔고, 강자는 식빵이 구워지는 동안 커피를 내렸다. 주방에 고소한 커피 향이 가득할 때쯤 말끔한 모습으로 나타난 성윤이 식탁에 앉았고, 강자는 접시를 날랐다.

"근사한데?"

"근사한 음식이긴 하죠. 누구나 할 수 있는 거니까."

노란색 스크램블과 토스트기가 구운 식빵 두 장. 깡통 햄은 간이 되어 있어 노릇노릇하게 굽기만 하면 되는 거였다. 커피야 꽤 자신이 있었지만 나머진 허기를 채우는 정도였다. 생각해 보니 이곳에 와서 제대로 된 식사를 한 적이 없었던 것 같다.

"점심은 나가서 먹을까 봐요. 항구 쪽으로 나가서 먹어도 좋을 것 같고, 아니면 산채 정식 같은 것도 좋을 것 같고."

바사삭.

잘 구운 빵을 한입 베어 먹은 강자가 입을 오물오물 움직였다. 성윤은 먹고 싶은 것이 있다면 사주겠다고 답했다.

그의 답에 강자는 정작 가장 중요한 걸 묻지 않았다는 걸 뒤늦게 깨달았다.

"오늘은 함께 있을 거죠?"

"내일은 올라가야 해."

"그거 아쉽네."

예상대로였다. 차성윤은 무척 바쁜 사람이었다. 오늘 하루 같이 있을 수 있는 것도 기적에 가까운 일일 것이다.

"오전에 도저히 못 빼는 미팅이 잡혀 있어."

"전 하루 더 쉴 수 있는데."

강자가 아쉽다는 듯 입맛을 다셨다. 이틀 정도 이곳에 더 머무를 수 있다면 좋을 텐데. 서울로 올라가게 되면 또 각자의 생활을 해야 할 테니, 만나기 힘들 게 분명했다.

여유롭게 시간을 보내고 싶었는데 그러지 못해 아쉬웠다. 그건 차성윤 역시 마찬가지인 듯 표정이 어두워진다. 어제 아침, 피곤한 얼굴로 달려온 역시 그 마음을 비추지 않았던가.

"안달나. 계속."

보고 있어도 보고 싶다.

대화를 나누고 있음에도 계속 떠들고 싶다.

그 감정을 알아가는 중이었다. 두 사람 모두.

그러다가 강자는 좋은 생각이 났다는 듯이 눈을 빛낸다.

"그럼 내가 오빠 집 가서 휴가를 하루 더 보낼까요?"

"내 집에서?"

"네. 안 되나? 우리 집에 가도 괜찮은데 최민자 그 기집애가 언제 밀고 들어올지 몰라서 불안하거든요."

어느 집이든 두 사람이 함께 있을 수 있는 곳이라면 상관없다는 듯 강자가 말했다. 그러자 성윤이 입꼬리를 끌어 올리며 웃는다.

"그럼 강자 집은 안 되겠다."

"아무래도 그렇겠죠?"

은밀한 시선을 나눈 두 사람은 곧장 입을 맞췄다.

쪽.

몸이 간질간질하다가도 마음이 한없이 편해지는 시간이었다.

접시를 말끔하게 비운 두 사람은 꽤 두꺼운 외투를 걸치고 밖으로 나왔다. 울긋불긋 물들기 시작한 설악산 절경을 바라보며 함께

발을 맞춰 걸었다.

"이번 일 고마워요. 저 때문에 애썼다는 소리 들었어요."

"강안이가 그래?"

"아니요. 우리 편집장이요. 우리 사이를 눈치챈 모양이더라고
요."

"어떻게?"

성윤이 눈을 동그랗게 뜨자 강자가 웃음기 섞인 목소리로 답했
다.

"기자 출신들은 눈치가 이렇게 빠르답니다. 내 문제로 오빠가
사람을 만나고 다니는 걸 들었나 봐요. 오빠가 뒤에서 손을 썼다
고 생각하더라고요. 아니, 뭐. 실제로 썼겠지만."

그는 부정하지 않는다는 듯 어깨를 으쓱였다. 그러자 강자가 계
속해 말을 잇는다.

"편집장님은 오빠가 매사 아주 정확한 사람이라고 했어요. 뒤
에서 뭔가 거래를 하는 사람도 아니고. 이미지가 아주 좋나 봐요.
대기업 오너가 사람이 신문사 편집장 눈에 좋게 보이기도 힘들 텐
데."

더욱 정음일보 편집장은 초창기 노동자를 위한 취재를 아주 많
이 한 사람이었다. 지금이야 이빨이 많이 빠졌지만 한땐 직접 투
쟁에 참여하며 취재를 이어나가던 열혈 기자였었다.

전설적인 인물이 어쩌다가.

세월이 그렇게 무섭다고 생각하던 강자는 덤덤하게 시작된 이
야기에 귀를 기울였다.

"계속 괜찮은 사람이 되고 싶었어. 그렇게 생각하면 언젠가 되

지 않을까 하고."

"충분히 괜찮고, 충분히 멋진데요? 인터넷에서 오빠 찬양하는 글들 못 봤어요?"

차성윤은 아주 괜찮은 사람이었다. 이성이 보기엔 일단 한번 만나봐도 손해 보지 않을, 아니, 어떤 이들은 머릿속에 이상형으로 그리고 있을 사람이었다. 사람 개인으로 보아도 그랬지만 그를 둘러싸고 있는 것들은 더 대단했다.

참 대단한 남자다.

다시 한 번 그렇게 생각한 강자가 어느 날 했던 다짐을 되새겼다.

"그래도 그렇게 생각했어요. 멋있는 사람이 되고 싶다. 그렇게."

이 남자의 곁에 있는 게 스스로가 부끄럽지 않도록 노력했다. 자신의 자존심이 상하지 않도록 스스로가 생각해도 '나 꽤 괜찮은 여자야' 라고 생각될 수 있도록 노력했다.

그것이 외모를 가꾸는 종류는 아니었지만, 이성 간에 통용되는 그런 노력은 아니었지만 강자 스스로는 최선을 다했다.

아직 멋진 사람이 되지 못했지만 앞으로도 노력하다 보면 그렇게 될 것이리라.

두 사람은 비슷한 생각을 하며 현재에 이르렀다.

"아버지 만나뵐래?"

성윤의 제안에 예전처럼 복잡한 생각이 들지는 않았다. 이미 그가 내기에 대한 소원으로 언급을 해놓아서 그렇다기에 강자는 너무 홀가분한 표정이었다.

"본격적이긴 하지만, 나쁘진 않겠네요."

손을 잡고서 한참 걷던 두 사람은 별장으로 되돌아가는 대신에 커피숍에 들렀다. 두 사람이 커피숍에 들어온 지 얼마 되지 않아 굵은 빗줄기가 세상을 적셨다. 하늘에 구멍이라도 난 것처럼 거친 소나기가 쏟아져 두 사람은 한동안 커피숍에 발이 묶였다.

그것조차 유쾌하게 느껴지는 건 이조차 얼마 후면 즐거운 추억으로 남으리라는 걸 알기 때문이다.

22년.

차곡차곡 쌓여 있던 기억들 위로 새로운 추억들이 늘어갔다.

창밖의 세상이 휙휙 변한다. 아쉬운 마음을 안고 서울로 출발을 했을 때, 창밖 세상은 가을 내음이 물씬 풍겼다. 물들기 시작한 단풍도, 메말라 가는 나뭇가지도 가을 하면 흔히 떠올릴 수 있는 것들이었다.

하지만 서울로 가까워질수록 가을보단 늦여름이다. 같은 나라인데도 설악에선 두꺼운 외투를 입어야지 한기를 느끼지 않을 수 있었는데, 서울에선 뒤늦게 온 늦더위에 반팔에 얇은 바지를 입은 사람들이 길을 걷고 있었다.

"여긴 여름이네요, 아직."

"그러게. 하지만 곧 가을이 올 거야."

"그렇겠죠."

의미 없는 대화를 나누며 집으로 향했다. 차가 주차장에 멈춰

서자 그는 강자의 짐을 들었고, 강자는 그의 팔을 붙잡았다.

마지막 휴가였다. 오늘이 지나면 이제 각자 바쁜 생활로 돌아가야 했다. 그게 못내 아쉬웠다.

강자는 그의 방에 간단하게 필요한 물건만 꺼내놓았고, 성윤은 회사에 나가기 위해 옷을 갈아입으러 들어갔다. 그리고 얼마의 시간이 지나지 않아 밖으로 나온 차성윤은 편안한 캐주얼을 벗어 던지고, 말끔한 슈트 차림의 CEO가 되어 있었다.

"금방 다녀올게."

"알았어요. 걱정 말고 다녀오세요."

입을 맞추고 그를 배웅한 강자는 아직은 익숙하지 않은 집 안을 둘러본 후에 그의 방으로 돌아갔다. 깨끗하게 씻고 난 후에 그의 서재를 탐방해 볼 생각이었다.

욕실 문을 열고 안으로 들어간 강자가 칫솔 꽂이를 봤다.

"이 남자, 은근히 바라는 게 많다니까."

강자는 들고 온 세안 세트를 아무렇게나 올려놓은 후에 그의 집에 있던 빨간색 칫솔로 이를 닦았다.

그의 집이었음에도 평소 강자가 이용하는 물품이 모두 갖춰져 있었다. 세심한 배려에 계속 웃음이 나왔다.

회사의 임원진들이 가득 모여 있었던 회의장이 순식간에 비워졌다. 가장 먼저 걸음을 옮겨 밖으로 나온 이는 차성윤과 이강안이었다.

오늘 이 자리에 회사의 주요 간부들이 모두 모인 건 얼마 전에 발표한 직원 복지 재단 때문이었다. 대주주들이 입을 대기 전에 터뜨린 거라 다들 뭐라 말은 못하는 분위기였지만 여기저기서 심심찮게 불만이 터져 나오고 있었다. 지금 당장이야 직원 복지를 위해 모아둔 돈으로 재단이 운영되어 말을 못하고 있었지만 문제는 지금부터였다.

하지만 이번 일로 회사의 주가가 하늘 높은 줄 모르고 치솟고 있었다. 직원들의 애사심 또한 높아져 능률이 높아졌다는 보고도 받았다.

그래서 성윤은 걱정하지 않았다. 대주주들의 사랑을 받아야 이 자리를 쉽게 유지해 나갈 수 있겠지만, 정작 이 회사의 살을 불려주는 건 일을 하는 직원들이었다.

사원들의 인사를 받으며 자리로 돌아온 성윤은 집으로 돌아가기 위해 준비를 서둘렀다. 집에서 홀로 자신을 기다리고 있을 거라 생각하자 마음이 급해졌다.

"잘 아시겠지만 기자들 움직임이 심상치가 않습니다."

성윤의 움직임이 멈췄다. 이미 예상하고 있었던 문제라 동요를 보이지는 않았지만 강안이 하고자 하는 말이 무엇인지 알고 있었기에 신중한 표정이었다.

"예상했어."

"저희 쪽에서 먼저 움직이는 게 좋을 겁니다. 그래야 강자가 덜 다칠 거예요."

온갖 억측이 난무할 수도 있었다. 강자의 아버지는 군인이었고, 높은 자리에 있었지만 태원에 댈 수는 없었다.

어떤 이들은 강자를 신데렐라로 둔갑시킬 것이고, 또 어떤 이들은 그녀의 직업을 문제 삼아 이제껏 노력해 이루어왔던 것들을 폄

훼할 것이다. 강자가 썼던 기사들을 모두 읽고 태원과 연관된 것들을 모두 파헤칠 것이다.

"준비할까요?"

강안의 물음에 성윤은 생각에 잠긴 얼굴로 입을 다물었다. 하지만 생각은 길지 않았다.

"강자 우리 집에 있어."

"네?"

"지금 우리 집에 있다고."

이건 또 무슨 뜬금없는 고백이냐는 표정이다. 그래서 성윤은 자신의 생각을 좀 더 늘어놓았다.

"함께 있고 싶어. 늘."

"사장님, 전 지금……."

"곧 아버지를 찾아뵐 거야. 아주 짧은 시간 내에."

강안의 미간이 모여들었다. 마치 아주 짧은 시간 내에 결혼을 허락받을 거라고 말하는 것 같았기 때문이다.

그럴 거라 예상은 했지만 두 사람이 결혼을 생각하기엔 너무 짧은 시간만 연애를 했다. 강안이 말한 것은 두 사람의 연인 관계 정도를 밝히자는 것이었다. 하지만 성윤은 거기서 한 발자국 더 나갔다.

"그리고 결혼 기사는 우리가 아닌 정음일보에서 먼저 나갈 거고. 강자가 그렇게 하고 싶대."

"어련하시려고요."

최강자가 그렇게 하고 싶다면 차성윤은 기꺼이 그렇게 하라고 할 것이다.

두 사람을 오랫동안 곁에서 지켜봐 왔기에 강안은 새삼스럽지도 않다는 반응이었다. 하지만 곧 이어진 말은 달랐다.

"결혼을 하게 된 후에도 강자의 생활이 변하지 않길 바라."

"……불가능하다는 거 아시죠?"

"난 그렇게 할 수 있어."

어련하시려고요.

강안은 또다시 그 말을 하려다 말고 입을 꾹 다물었다.

이 남자, 중증이라는 사실을 잠시 잊고 있었다.

일을 마치고 집으로 돌아온 성윤은 습관적으로 비밀번호를 누르고 안으로 들어갔다. 현관에 놓인 작은 신발을 보자 그는 뒤늦게 후회했다.

벨을 누르고 들어올 걸 그랬나.

혼자 나와 산 지 오래였기에 늘 빈집에 들어왔다가 나가곤 했다. 자신의 집 문을 누군가가 열어줄 거라고는 생각하지 않았기에 뭔가 신비롭고 즐거운 경험을 놓쳤다는 생각이 뒤늦게 들었다.

강자의 신발 옆에 제 신발을 벗고 안으로 들어간 그는 조용한 실내에 미간을 좁혔다. 신발이 있는 걸 보면 외출을 했을 리 만무하건만 아무런 인기척도 들리지 않았다.

뭐지?

의아한 얼굴로 집 안을 둘러보던 그가 침실 문을 열었다. 그곳에서 자고 있을 줄 알았는데 강자의 모습이 보이지 않았다.

그가 다급해진 마음으로 집 안 여기저기를 돌아다녔다. 욕실에도 없었다. 문을 열지 않은 곳은 서재뿐이었다.

여긴가?

의아한 얼굴로 문을 연 그는 책상에 다리를 올린 채 잠들어 있는 강자를 보았다. 얼굴 위엔 아슬아슬하게 책이 얹어져 있었다.

다가가 강자의 얼굴 위에 얹어져 있던 책을 들었다. 입을 살짝 벌린 채 잠들어 있는 강자의 모습을 보자 웃음이 조금 나왔다.

그는 조금 전까지 그녀가 읽고 있었을 책을 보았다.

—Niccolò Machiavelli, 군주론.

언제 사두었는지 기억도 나지 않는 책이었다. 하지만 언젠가 이 책을 탐독했던 때를 떠올리며 책장을 넘겼다.

책엔 함정이 많고, 저자가 하고자 하는 이야기는 수수께끼처럼 숨어 있어서 읽을 때마다 그 뜻이 달라지는 책이었다.

책을 덮어 내려둔 그가 강자를 보았다. 시간을 보내기 위해 고른 책이 '군주론'이라니. 참 최강자답다는 생각이 들었다.

작게 웃음을 내뱉은 그가 강자의 몸을 가볍게 들어 올렸다. 잠결에 제 품으로 파고드는 여체의 다리에 힘이 들어갔다.

하지만 강자는 많이 피곤해 보였다. 어젯밤에 제대로 자지 못했으니 당연했다. 그러고 보니 제 몸도 조금 무거웠다.

"……왔어요?"

침대에 조심스럽게 내려놓는다고 노력했는데도 강자가 깨버렸다. 슬쩍 눈을 뜬 강자가 목에 팔을 두르자 그가 자연스레 입을 맞췄다.

"조금 더 자."

"같이 자면요."

강자의 머리를 쓰다듬던 그가 장난처럼 물었다.

"모자라는 거야?"

꿈뻑꿈뻑.

잠이 그득하던 눈이 연신 감겼다가 떠졌다. 그러다 곧 다가온 손이 다정하게 어깨를 쓰다듬자 정신이 번쩍 든 모양이다.

"내 몸에 손대기만 해봐."

뾰족하게 말한 강자가 이불을 덮어썼다.

순식간에 잠든 강자를 보자 더 이상 손을 댈 수가 없었다. 방금 전 보았던 눈빛은 정말 가만히 두지 않겠다는 경고였다.

철갑처럼 두르고 있던 슈트를 벗고 깨끗하게 샤워를 마친 그가 강자의 곁으로 돌아왔다. 곤한 잠에 든 강자를 깨우지 않기 위해 조심스럽게 옆에 누운 그가 강자의 품을 찾는다.

평온한 공기가 두 사람을 감쌌다.

"조심히 가세요."

"알았어. 연락할게."

강자는 멀어지는 차에 손을 흔들어줬다. 그의 차가 골목을 완전히 빠져나가고 나서야 몸을 돌린 그녀가 오피스텔 입구로 향한다.

휴가가 끝났다. 다음 주엔 차 회장을 만나기로 했다. 차성윤은 한동안은 되도록 해외 출장을 나가지 않기로 했다. 스멀스멀 돌기 시작한 소문들이 어느 정도 정리가 될 때까진 강자의 곁을 지키기로 했다. 편집장의 귀에까지 두 사람의 관계가 들어간 걸 보면 예사로 볼 일은 아니었다.

드르륵. 드르륵.

캐리어를 끌고 집으로 돌아온 강자는 예상보다 빠르게 돌아오게 된 현관문을 보았다. 내일부터는 또 출근을 해야 했다.

비밀번호를 누르고 집 안으로 들어온 강자는 높은 하이힐이 현관에 놓여 있는 걸 보고선 미간을 좁혔다.

"왔어?"

예상대로 편안한 차림의 민자가 마치 자신의 집처럼 반겨준다.

너 뭐야?

그렇게 쏘아붙이려던 강자는 민자의 시선이 자신의 캐리어로 향하자 입술을 안으로 말아 넣었다. 분명 꿀려야 하는 건 최민잔데 오히려 고개를 떨군 건 집주인인 최강자였다.

"했네, 했어."

확신에 찬 음성에 강자는 작은 대응조차 하지 못했다.

12

"오오~ 용자 왔어?"

"내가 왜 용잡니까?"

사무실에 들어서는 순간 2년 선배 기자가 알은체를 해왔다. 평소엔 아침 인사도 나누지 않는 사이였다.

"그럼 용자지."

"제 이름으로도 충분합니다."

"크크, 그건 그렇네."

낮게 웃은 선배가 강자의 어깨를 툭툭 두드렸다. 그 손길에서 그녀는 잘했다는 칭찬을 들은 것만 같았다.

동료들이 자신으로 인해 큰 피해를 봤다. 뾰족했던 물음과는 달리 사과를 건네는 강자의 얼굴은 풀어져 있었다.

"저 때문에 귀찮으셨죠? 죄송합니다."

"아니, 뭐. 오랜만에 주목받고 좋았어."

깍듯하게 허리까지 숙여 사과를 건네는 모습에 선배는 됐다는 듯 손을 흔들었다. 기자의 사명감을 지키기 어려운 세상이었다. 사람들은 '기레기'라고 기자들을 욕하고, 언론의 자유도 알게 모르게 제압당하고 있는 상황에서 강자의 결단과 데스크의 용기에 정음일보 기자들은 꽤 큰 자극을 받은 것 같았다.

그 후로도 강자는 자신의 자리로 돌아가는 동안 환대 아닌 환대를 받았다. 그때마다 강자는 미안하다고 사과를 했고, 상대는 아니라고 말했다.

예상은 했지만 그것보다 더 과한 반응에 강자는 반쯤 지친 얼굴로 자리에 앉았다. 이젠 다 끝났을 줄 알았는데, 끝판 대장은 마지막에 나타났다.

"왔어?"

"네. 잘 쉬고 왔습니다."

편집장이 음흉하게 웃었다. 마치 난 너의 비밀을 모두 알고 있다는 표정이었다.

거슬리는 웃음이었지만 강자는 속으로 삭였다. 다른 사무소 식구들이 별다른 말을 하지 않았다. 그가 입을 다물어줬다는 걸 알기에 울컥울컥거리는 마음을 애써 삭였다.

그래, 조금만 참자.

고마운 마음도 있잖아.

이런 다짐을 알기라도 하듯이 편집장은 더 반가운 제안을 해왔다.

"후속 취재, 계속할 거지?"

"그래도 돼요?"

"우리가 터뜨렸으니 마지막까지 우위를 차지해야지."

"알겠습니다."

강자의 답에 편집장은 빙긋빙긋 웃기만 했다. 이쯤 되니 인내심이 슬슬 바닥을 드러낸다. 아무리 좋은 감정을 가지고 있다고 하더라도 음흉하게 웃고만 있으니 기분이 좋을 수가 있겠는가.

하지만 강자는 짐짓 모른 척 물었다.

"왜 그러세요?"

"아니, 아무것도 아니야."

하고 싶은 말이 있으면 말하면 될 텐데, 편집장은 물음 대신에 어깨를 툭툭 두드렸다.

"마음껏 날뛰어봐라."

편집장이 자신의 자리로 돌아갔다.

"내가 언제 날뛰었다고."

콧방귀를 뀐 강자가 자신의 자리에 가방을 내려두었다. 그러자 먼저 출근해 있던 유미가 의자를 드르륵 다리로 밀어 다가온다.

"편집장 왜 저래?"

"몰라, 나도."

강자가 짐짓 모른 척 취재 노트를 펼쳤다. 후속 취재 허락을 받았으니 검찰청부터 가봐야 했지만 아침부터 요란 복잡하다 보니 벌써부터 몸이 무거워졌다.

393

오늘도 거울 앞에서 요란 법석을 떨었다. 최근 들어 거울 앞에서 이렇게 시간을 보내는 일이 많아졌다.

강자는 검고 차분한 슈트를 보았다. 지난번과는 다르게 옷들은 정제되어 있었고, 옷도 몇 벌 되지 않았다. 사회생활을 시작하면서부터 한 번씩 사들인 것들이라 어떤 것들은 당장 버려도 이상하지 않을 만큼 낡았다. 이 옷들은 강자가 일을 할 때 주로 입는 것들이었다.

그래서 민자는 강자의 호들갑을 이상하다는 눈으로 보았다. 그녀의 눈엔 하나같이 시시하고 재미없는 옷들이어서 다 똑같이 보였는데, 저렇게 신중하게 고를 필요가 있냐는 생각에서였다.

거기에 하나 더.

오늘 강자가 만나는 사람과 저 의상이 전혀 어울리지 않았기 때문이다.

"언니, 지금 뭐 하는 거야?"

"뭐가?"

"차 회장 만나러 간다고 하지 않았어?"

"어."

뭐가 문제냐는 표정에 민자가 인상을 썼다. 문제를 느끼지 못한다는 것부터가 문제였다.

"너무 딱딱하지 않아?"

"그럼. 뭐 예뻐 보이려고 차려입어야 해?"

"당연하지. 언니, 지금 대기업 회장님 취재하러 가는 게 아니라 예비 시아버지 만나러 가는 거야."

"예비 시아버지가 될지 안 될지 아직 몰라. 식장 걸어 들어갈 때까지는 아무도 모르는 일이야."

민자가 인상을 썼다.

"그거 차성윤 사장한테는 말하지 마라. 엄청 상처받을 테니까."

"알아. 그래서 이야기 안 하고 있어."

강자가 입술을 삐죽이며 말했다. 하지만 민자는 그녀의 말을 그대로 받아들이지 못한 것인지 눈을 가늘게 뜬다. 눈동자에 의심이 어렸다.

"왜. 차 회장이 언니 마음에 안 들어 할까 봐 걱정하는 거야?"

움찔.

정곡을 찔렸는지 강자가 몸을 떨었다. 그러더니 답도 하지 않은 채 주섬주섬 외출 준비를 서두른다. 화장은 피부 톤만 정리하고 입술에 색을 넣는 정도였다.

"무시할까 봐 지금 혼자 전투력 상승시키려고 그러는 거지?"

움찔.

강자의 몸이 다시 한 번 떨렸다. 민자의 입술이 시니컬하게 올라간다.

"맞네, 맞아. 무슨 식장 들어갈 때까지 모를 일이야. 웃겨, 정말."

"너 진짜 여기 눌러앉을 생각이야?"

강자가 버럭 화를 냈다. 하지만 민자는 침대에 벌러덩 누우며 심드렁한 목소리로 답한다.

"스토커가 아직 안 떨어졌어."

"나한텐 네가 스토커야!"

와락 소리를 지른 강자가 성큼성큼 걸음을 옮겨 현관으로 향했다.

쾅!

거칠게 문이 닫히자 민자가 눈을 질끈 감았다가 떴다.

저 성질머리 좀 보소.

자신 역시 만만치 않았지만 민자는 이 사실을 깨닫지 못한 채 고개를 절레절레 저었다.

"보기보다 겁이 많단 말이야."

그리고 보는 것만큼이나 자존심도 세고.

고개를 절레절레 젓던 민자는 빼액빼액 울리는 휴대전화를 보았다.

"아, 진짜!"

강자에게 쫓겨나기 전에 스토커부터 어떻게 해야 할 것 같았다.

액정을 확인한 그녀가 전화를 받자마자 다짜고짜 소리부터 질렀다.

"황 검사님, 제발 그만 좀 하시죠!"

고소하기 전에!

"왁!"

금방이라도 비가 쏟아질 것 같은 하늘을 올려다보고 있던 성윤은 갑자기 자신의 어깨를 붙잡는 손길에 몸을 돌렸다.

자신을 놀래키기 위해 장난을 쳤는데도 아무런 반응이 없자 강자는 김샌다는 표정으로 푸우, 소리를 낸다.

"놀라지도 않아. 재미없어."

"놀랐어. 충분히."

그가 고저 없이 말했다. 하지만 강자는 '에이, 거짓말'이라고 말한다.

"정말인데."

그의 말에도 강자는 못 믿겠다는 듯 고개를 저었다. 그러다 갑자기 제자리에서 빙그르르 돈 후 자세를 잡는다.

"어때요? 괜찮아요?"

강자는 투피스 정장 바지를 입고 있었다. 안에 셔츠는 흰색이었지만 머리부터 발끝까지 먹물이라도 뒤집어쓴 것처럼 검정이었다.

깔끔하고 지적인 느낌이긴 했지만 그뿐이었다. 지금 자신이 입고 있는 슈트보다 더 어두운 색이었고 딱딱해 보였다. 강자는 마치, 전쟁터에 나가는 장수들이 갑옷을 입는 것처럼 단단히 싸매고 있었다.

"음, 취재하러 가는 기자 같아."

"그럼 성공했네요."

"······뭐?"

"가요."

성윤은 여전히 의아한 표정이었는데 강자 혼자 단단히 결심한 얼굴이다.

도대체 저 작은 머리로 무슨 생각을 하고 있는 것일까?

상상도 되지 않아서 더욱 불안해졌다.

"왜요? 안 가요? 이러다 늦겠어요."

"무슨 생각이야?"

"뭐가요?"

"기자 같다고 하니까 성공했다고 했잖아."

"기에서 눌리면 안 되니까요."

"……뭐?"

"가진 것 그것밖에 없으니까 주문을 불어넣는 중이에요. 나 최
강자다, 라고."

그렇게 두려워할 필요는 없다고 말해주고 싶었다. 하지만 생각
해 보면 자신이 무슨 말을 하던 귀에 안 들어올 것 같았다.

자신에게야 혈육으로 묶인 아버지였지만 강자는 아니었다. 더
욱 차 회장 앞에서 고개를 숙이지 않는 자는 없었다. 아버지를 둘
러싼 수많은 배경도 그랬지만 분위기 자체에 눌려 버리는 경우가
대부분이었다.

그가 말없이 자신만 바라보고 있자 강자가 고개를 옆으로 기울
였다.

'왜요?'

강자가 의아한 얼굴로 바라보았다. 아버지와 강자를 한자리에
앉힌 상상을 해보니 아무래도 뭔가 일이 터질 것 같은 기분이 들
었다.

하지만 그는 보조석 문을 열어줬다.

"아니야. 가자."

"어머, 매너남! 고마워요."

앙큼하게 웃은 강자가 차에 오르자 그 역시 헛웃음을 뱉은 후
문을 닫아주었다. 보닛을 돌아 운전석에 오른다.

걱정은 되었지만 강자 역시 성인이었다. 앞뒤 분간 정도는 할
줄 아는. 그래서 별일이야 있겠나, 싶었다.

시선을 돌려 강자를 본 그가 입을 꾹 다물었다. 강자 역시 긴장을 많이 한 표정이었다.

가슴이 크게 들썩이는 것을 본 그가 오른손을 뻗어 강자의 손을 붙잡았다.

"괜찮아?"

"뭐가요?"

짐짓 모르는 척하는 모습에 그는 고개를 저었다. 하지만 꼭 붙잡은 손은 놓지 않았다.

두 사람이 탄 차가 청담동에 위치한 차 회장의 단골 한식당으로 향했다. 직원들의 안내를 받아 차 회장이 올 때면 늘 이용하는 룸으로 향했다.

"뭘 식당이 대궐같이……."

강자가 주위를 둘러보며 웅얼거렸다. 마치 경복궁을 연상시키는 외부에도 깜짝 놀랐는데 안에 들어오고 나서 더 놀란 모양이었다.

"아버지 취향이야. 본가도 한옥이고."

"……뭐랄까, 저희 아버지만큼이나 대단한 분이실 것 같네요."

강자가 느낌이 안 좋다는 듯 읊조렸다.

그렇게 기다림의 시간이 이어졌다. 어른을 기다리게 하는 건 예의가 아닐 것 같아 약속 시간보다 일찍 도착해 한참이나 기다려야 할 것 같았다.

하지만 예상과는 달리 강자와 성윤이 도착한 지 10분도 지나지 않아 차 회장이 문을 열고 안으로 들어왔다. 긴장한 얼굴로 좌식 의자에서 일어난 강자가 고개를 꾸벅 숙였다. 차 회장은 실제로 보니 사진이나 방송에서 보는 것보다 훨씬 고압적인 분위기가 흐르는 사람이었다. 하지만 강자는 겉으론 미소 지었다.

"처음 뵙겠습니다, 최강자입니다."

"만나서 반가워요."

입가에 미소를 머금은 차 회장이 고개를 끄덕였다. 인자한 웃음이었지만 눈빛은 날카로웠다.

차 회장은 아들을 늦게 봤다. 그 늦게 본 아들 이후로는 자식 복이 없어 더 이상 새 생명을 얻지 못했다. 그래서 아들 사랑이 끔찍하다는 게 이 업계에 파다한 소문이었다. 아들을 위해서 지금의 회사를 갈고닦았고, 아들이 쉬이 장악할 수 있도록 모든 걸 준비한 건 차 회장이었다.

나이에 비해 빠르게 경영에서 한 발짝 물러난 것도 그의 의지였다.

그래서 강자는 걱정했다. 자신 역시 집에선 귀한 딸일지 몰라도 차성윤의 존재가 차 회장에게 얼마나 클지 예상이 되었기 때문이다.

끔찍한 아들이었기에 며느리 역시 대단한 사람을 바랄 것이다. 강자는 결혼을 결심하기 전에 이 부분을 가장 걱정했었다.

강자의 얼굴을 훑던 차 회장의 시선이 자연스레 아들에게로 향했다. 차성윤은 답지 않게 긴장한 얼굴로 강자와 차 회장을 주시하고 있었다.

"자세한 이야기는 식사 후에 하자. 괜찮죠, 최강자 씨?"

"네, 괜찮습니다."

차 회장은 강자가 어리다는 이유로 먼저 말을 낮추지 않았다.

보통 이 나이의 사람들은 젊은 여자에게 '아가씨'라고 부르고 보았지만 그는 정확하게 강자의 이름을 말했다.

지체 없이 음식이 들어왔다. 한 상 가득 식탁 위엔 산해진미가 즐비해 있었다. 물론 세 사람이 먹기엔 지나치게 많은 양의 음식이었다.

수많은 반찬 중에서 강자는 자신의 앞에 있는 것만 손을 댔다. 자신의 취향인 음식은 대부분 성윤과 차 회장의 앞에 있어 간혹 보며 입맛만 다셨다.

아, 갈비찜 맛있겠다.

갈비찜 한 번 보고, 밥 한술 뜨던 강자는 갈비찜 그릇이 움직이자 시선을 움직였다. 윤기가 좔좔 흐르는 갈비찜 접시가 자신의 앞에 놓여졌다.

"먹어."

"……어, 그게."

강자가 눈을 요리조리 돌렸다. 그러다 맞은편에 앉아 있는 차 회장을 슬쩍 보며 어색한 웃음을 짓는다.

"여기 음식이 참 맛있네요."

"입맛에 맞다니, 다행이에요."

어색한 웃음을 지은 강자가 갈비찜을 그릇에 덜었다. 그러곤 괜한 오지랖으로 자신을 곤란하게 만든 차성윤을 힐끗 노려본다.

'그러지 마세요.'

그녀가 눈빛으로 말하자 차성윤은 자신이 뭘 잘못했냐는 듯 억울한 표정을 지었다. 하지만 다행히 눈치는 있는 것인지 말없이 식사를 이어나간다.

달그락. 달그락.

룸 안에 무거운 침묵이 내려앉았다. 간혹 숟가락과 그릇이 부딪히는 소리만이 숨이 막히는 침묵을 깨뜨렸다.

강자는 겉으론 아무렇지도 않은 척 식사에 열중했다. 하지만 속은 더부룩했고, 밥알은 모래알처럼 입안에 돌아다녔다.

이대로 더 식사를 이어나갔다간 단단히 체할 것 같았지만 강자는 꿋꿋하게 식사를 이어나갔다. 그리고 밥그릇을 말끔하게 비우고 나서야 숟가락을 내려놓는다.

"잘 먹으니 보기 좋군요."

차 회장의 말에 강자는 어색한 웃음을 지었다. 차 회장은 밥을 반도 채 비우지 않았다. 고개를 돌려 차성윤의 밥그릇을 보았지만 그 역시 반만 먹은 후에 숟가락을 내려놓은 상황이었다.

뭐야, 왜 난 억지로 먹은 거야.

강자는 억울한 마음이 들었지만 아무렇지도 않게 웃으며 '아닙니다'라고 말했다.

밥상이 통째로 나갔고, 그 자리에 다과상이 채워졌다. 뜨거운 차로 연신 속을 달래던 그녀는 어색한 침묵을 깨는 벨 소리에 고개를 돌렸다. 성윤이 난감한 얼굴로 액정을 확인하고 있었다.

"잠시만 자리 좀 비우겠습니다."

양해를 구한 성윤이 자리를 비우자 넓은 룸 안엔 강자와 차 회장 둘만 남았다.

두 사람은 잠시 아무런 말도 하지 않은 채 차를 마셨다. 강자는 이 숨 막히는 침묵을 깨기 위해서 뭐라도 말하고 싶었지만 적당한 말이 떠오르지 않았다.

"우리 아들과 좋은 감정으로 만나고 있다고요."

먼저 침묵을 깬 것은 차 회장이었다. 따뜻한 찻잔을 내려놓은 차 회장이 고저 없는 목소리로 물었다.

하지만 강자는 잠시 어떤 답을 해야 할지 몰라 머리를 굴렸다. 그러다 적당한 답을 찾아내곤 웃는다.

"네. 절 보고 싶다 하셨다고 들었습니다."

"보고 싶었죠. 아들이 마음에 들어 하는 여자라고 하니, 궁금하지 않겠어요?"

그럼 이제 만났으니 소감은 어떠냐고 묻고 싶었다.

하지만 차 회장이 한발 빠르게 말했다.

"알겠지만 쉽지는 않을 거예요. 저 녀석, 가끔은 부모도 어려운 아들이거든."

"압니다. 하지만 차성윤 사장님께도 전 어려운 사람이에요."

강자의 말에 차 회장이 나지막하게 웃음을 내뱉었다. 당돌한 답이었다.

"하지만 함께 있으면 편하고 좋은 사람입니다."

"나도 못 느낀 걸 강자 씨는 느꼈나 보군요."

"서로가 좋은 사람이 되기로 노력하는 중이거든요. 그래서 믿습니다."

당당한 어조엔 흔들림이 없었다. 그 생각에 작은 의심조차 없다는 듯이.

그래서 차 회장은 강자의 눈을 똑바로 보았다.

아들이 마음에 들어 하는 여자가 있다고 했다. 그 여자가 아니면 안 된다는 말에 직접 만나고 싶어 이 자리를 만들었다.

자리에 나온 아가씨는 당돌했다. 그리고 야무져 보였다. 하지만 다른 말로 하면 건방지고 아직 세상을 모르는 풋내기다.

　"가족이 되면 많은 걸 속으로 삭이고 살아야 할 거예요. 그게 그리 쉬운 일은 아니죠."

　그 말에 강자는 희미한 미소를 머금었다.

　"노력할 겁니다. 자신을 잃어버리지 않기 위해서. 그럼 생각보다 더 많은 걸 지킬 수 있을 거라 믿습니다."

　"그렇게 단순히 해결할 수 있는 문제는 아닐 텐데."

　"전 그렇게 생각하지 않습니다."

　강자의 답은 단호했다. 호기심이 일 정도였다. 어디서 그런 자신감이 나오는 지.

　"차성윤 사장은 제게 많은 걸 희생시키지 않거든요."

　그러면서 '차성윤 사장은 좋은 사람이에요' 라고 말한다. 아들을 칭찬하는데 싫어할 부모는 없었다.

　차 회장의 표정이 느긋해졌다. 이제야 자신의 아들이 왜 이 여자를 선택했는지 알 수 있었다.

　"어느 정도 각오는 하고 있습니다. 하지만 그 사람과 함께 있는 걸로 많은 것들을 그냥 포기하고 있지는 않을 생각입니다."

　"좋네요. 그걸 지켜보고 있는 것도 재미있겠어요."

　"가까이서 지켜봐 주시면 무척 감사할 것 같습니다."

　두 사람의 대화가 얼추 마무리될 때 성윤이 돌아왔다. 문을 열고 안으로 들어온 그는 심상치 않은 분위기를 감지하고서 강자를 보았지만 그녀는 어깨를 으쓱일 뿐이다. 아무 일도 없었다는 듯이 딱 잡아떼는 강자를 보며 차 회장이 속으로 웃음을 삼켰다.

아들이 반한 여자는 여러모로 재미있는 아가씨였다.

"그래. 그럼 강자 씨 부모님은 만나뵌 거냐."

"아직……."

"아직?"

"네."

그 말에 차 회장의 시선이 이번엔 강자에게로 향했다. 강자의 얼굴이 하얗게 질려 있었다. 방금 전에 당당했던 모습은 말끔히 사라져 있었다.

이런.

아들이 아직 가장 큰 산을 넘지 못했다는 사실을 언뜻 인식한 차 회장이 찻잔을 기울였다. 당돌하고 재미있는 아가씨를 며느리로 받아들이기엔 꽤 많은 시간이 걸릴 것 같았다.

빈틈 하나 없는 차성윤은 아버지를 꼭 닮았나 보다.

식당을 나선 강자는 당당하게 펴져 있는 차 회장의 뒷모습을 보며 그런 생각을 했다. 미리 대기 중이던 차에 오르기 전 차 회장은 강자의 앞에 손을 내밀었다.

"그 믿음, 지켜볼게요. 가까이서."

악수를 청하는 손을 붙잡으며 강자는 웃었다.

"고맙습니다."

떠나는 차가 사라지고 나서야 강자는 안도의 한숨을 내뱉었다. 긴장감에 등은 땀으로 흠뻑 젖어 있었다.

"어땠어?"

"이미지랑 많이 다르시던데요? 어머닌 어떤 분이세요?"

"아버지보다 더 좋은 분이셔. 하지만 평생 가족을 위해 희생만 한 분이라 가여운 분이시기도 하지."

강자가 가볍게 고개를 끄덕였다. 어떤 분일지 대충 예상은 되었다.

차 회장은 식당에서 일어나기 전에 더 길게 끌 것도 없이 곧 날짜를 잡자고 말했다. 그러면서 성윤을 걱정스러운 눈으로 보며 강자 부모님의 허락을 받아오라 말했다. 그 말에 성윤은 물론이고 강자도 찍소리 못하고 고개를 끄덕이기만 했었다.

"……강자 네 부모님은?"

성윤의 물음에 강자의 얼굴이 자동으로 굳어졌다. 아버지를 떠올리면 자연스럽게 떠오르는 이미지가 있었다.

"독재자요."

그것도 아주 정 없는 독재자.

아들을 못 낳았다는 이유로 어머닌 평생 기 한번 펴보지 못하고 살았다. 딸들에겐 자신이 원하는 인생을 요구했고, 그로인해 민자는 현재 대판 싸운 상태였다.

"어?"

성윤이 멍하니 물었다. 하지만 강자는 여전히 인상만 굳히고 있었다.

아버지를 설득할 수 있을까?

객관적으로 보았을 때 차성윤은 훌륭한 사윗감이었지만 아버지에겐 어떨지 모르겠다.

"아무도 감당 못해요."

양가 부모님 상견례는 하나의 숙제가 되었다. 그전에 큰 산을 넘어야 하기 때문이다.

성윤은 강자에게 투스타이자 최씨 일가의 독재자인 최종훈에 대해서 계속 물었지만, 강자는 일단 이 일은 조금 더 뒤로 미루자고 했다. 아버지를 상대하기 위해선 강자 나름대로 마음의 준비가 필요했다.

평생 바쁜 기자 일은 때려치우고 시집이나 가라고 난리를 쳤던 아버지였지만 재벌가의 며느리로 들어간다는 말에 허락을 해주진 않을 것 같았다.

오늘의 일을 내일로 미루는 타입은 아니었지만 아버지의 일에서만은 예외였다. 최강자가 평생 무서워하고 두려워한 사람은 그녀의 아버지 최종훈뿐이었다.

그러는 사이, 강자는 후속 취재로 눈코 뜰 새 없이 바쁘게 살았다. 서울과 부산을 오고 가며 취재를 이어갔고, 5일을 연달아 자신의 이름을 달고 기사를 내고 있었다.

사생활은 몰라도 공적인 업무에 있어서만큼은 이렇게 순조로워도 되나, 라는 생각을 할 정도였다. 그녀의 기사는 연일 1면을 차지했고, 국민들의 관심도 높아졌다. 그녀의 기사에 한 번이라도 언급되는 인물들은 자연스럽게 포토라인에 서서 국민에게 사과를 했고 조사를 받았다.

그러면서 강자와 성윤은 일주일에 한 번 얼굴 보는 것도 힘들게 되었다. 둘 중 한 사람은 한가로워야 얼굴이라도 한 번 볼 텐데,

차성윤 역시 중국과의 일로 매일 미팅의 연속이었다.

새로운 스마트폰이 엄청난 인기를 끌고 있었지만 그는 그다음을 준비하고 있었다.

이번엔 단체로 팀을 꾸려 취재를 내려온 강자는 자신의 모텔 방으로 들어오며 성윤에게 전화를 걸었다. 몸이 무거워 당장이라도 눕고 싶었다. 요즘은 멍을 때리거나 지금처럼 기운 없이 늘어지고 싶을 때가 많았다.

아무래도 일주일 휴가가 컸나?

컨디션이 좀처럼 돌아오지 않았다.

몸을 축 늘어뜨린 강자는 나지막한 목소리에 앓는 소리부터 했다.

"너무 힘들어요. 몸 여기저기 안 쑤시는 데가 없어요."

[어디 아파?]

"요즘 계속 이래요. 몸보신이라도 해야 할까 봐요."

강자의 말에 전화 너머로 걱정스러운 한숨이 들려왔다. 그 소리에 강자가 작게 웃음을 뱉었다.

"아니면 쫓아다니는 사람이 멋진 남자가 아니어서 그런가? 차성윤 사장님 쫓아다닐 땐 안 이랬는데."

[뭘 안 이래? 기절한 거 기억 안 나?]

"기억 안 나는데요?"

[네가 잡아떼도 내가 기억해.]

그러면서 성윤은 올라오는 대로 병원에 가보자고 말했다. 힘들다는 말에 걱정이 이만저만이 아닌 모양이다.

"컨디션이 안 좋을 수도 있죠. 이런 걸로 뭘 병원까지 간대? 의사 선생님이 비웃을 거예요."

[다른 사람이면 몰라도 네가 말하니까 걱정되는 거야.]

"누군 용가리 통뼈인 줄 아나. 나도 사람이라고요."

강자는 끝까지 됐다고 말했지만 성윤은 당장 예약할 테니 시간을 비워두라 말했다.

한숨을 내뱉은 강자가 결국 두 손 두 발 다 들었다.

"알았어요. 갈 테니까 같이 가줘요. 이러다가 얼굴 까먹겠어요."

[서울엔 언제 올라와?]

"살생부 돌고 나서 여기도 얼추 마무리되어 가거든요. 이 뒤는 후배가 하기로 했어요. 제가 언제까지 매달려 있을 순 없어서."

그러면서 강자는 내일 늦게 서울로 올라갈 것 같다고 말했다.

[도착하면 바로 전화해.]

"알았어요."

짧은 통화를 마친 강자가 씻어야 한다는 생각을 하면서도 눈을 감았다. 매트리스와 몸이 하나처럼 딱 달라붙은 기분이었다.

그렇게 강자는 순식간에 잠에 빠져들었다.

피곤한 몸을 이끌고 집으로 돌아온 강자는 자신의 짐을 집까지 올려주겠다고 고집을 부리는 후배를 막지 못했다. 순수한 호의라는 것을 알기 때문이다.

캐리어를 끌고 집 앞까지 온 강자는 곧장 신문사로 들어가 보겠다는 후배를 말리지 못했다. 자신의 일까지 부탁을 해야 하는 입장이었기에 얼굴엔 미안한 기색까지 비쳤다.

"선배 요즘 계속 안색이 안 좋은 거 아시죠? 내일은 주말이니까 좀 쉬세요."

"너까지 걱정시켰으면 정말 말이 아니긴 한가 보다."

"엉망이에요."

"알았으니까 이만 가봐. 오늘 고마웠고."

"네. 기사는 정리되는 대로 바로 카톡으로 쏴드릴게요."

"알았어. 미안하고 고마워."

엘리베이터 속으로 사라지는 후배를 배웅한 강자가 비밀번호를 누르고 안으로 들어갔다. 당연히 민자가 반겨줄 것이라 생각했는데 집엔 아무도 없었다.

캐리어를 아무 곳에나 세워둔 강자는 냉장고에 붙어 있는 형광색 포스트잇을 보았다.

—이탈리아 가. 너무 섭섭해하지 마. 곧 돌아와.

"누가 섭섭해한다고."

개발새발 엉망인 글씨에 피식 웃음을 내뱉은 강자가 곧장 침대로 향했다. 몸이 천근만근 무거웠다.

정말 병원이라도 가봐야 할 것 같았다. 최근 2주 동안은 정말 엉덩이를 붙일 곳만 보고 있었다.

취재를 나갈 땐 그렇지 않았지만 혼자 있을 땐 더 그랬다. 평생 쓸 에너지를 끌어모아 다 써버린 것처럼 몸엔 좀처럼 힘이 들어가지 않았다.

시간을 확인하니 전화를 하기엔 너무 늦은 시각이었다.

「집에 도착했어요.」

짤막한 문자를 보낸 강자가 한숨을 내뱉은 후에 겨우 몸을 일으켰다. 깨끗하게 샤워를 한 후에 곧장 자는 게 좋을 것 같았다. 그리고 후배의 충고대로 내일은 늘어지게 늦잠을 자리라.

깨끗하게 샤워를 마친 강자가 다짐을 했던 대로 곧장 침대로 향했다. 머리가 아직 축축하게 젖었지만 다른 건 생각할 수 없을 만큼 피곤했다.

강자가 침대에 털썩 누운 후에 얼마 지나지 않아 작게 코를 고는 소리가 적막을 깼다. 강자는 마치 졸도한 사람처럼 잠들어 버렸다.

피곤이 그득한 얼굴로 강자가 잠든 지 얼마 안 있어 초인종이 울렸다. 단번에 잠이 깬 강자가 굳게 닫힌 현관문을 보았다. 이탈리아에 있던 민자가 벌써 돌아올 리는 없었다. 더욱 민자는 비밀번호도 알고 있었다.

그렇다면 이 시간에 초인종을 누를 사람은 한 명뿐이었다.

달칵.

문을 연 강자는 예상대로 그림처럼 서 있는 남자를 보았다. 늦게까지 일을 한 것인지 그는 슈트 차림이었다.

"뭐예요?"

"잤어?"

"네, 막."

강자가 피곤이 그득한 눈을 깜빡였다. 그러자 성윤이 커다란 손으로 강자의 얼굴을 감싼다. 그의 손은 차가워서 정신이 번뜩 들었다.

"미안한데."

"아니에요, 괜찮아요. 저도 막 보고 싶었던 참이었거든요."

그 말에 성윤이 고개를 내려 짧게 입을 맞췄다.

"안에 최민 씨 있어?"

"집에 와보니까 이탈리아 갔다고 메모만 있었어요."

"그럼 나 자고 가도 돼?"

그의 물음에 강자가 뒤꿈치를 세워 입맞춤을 되돌려주었다.

"당연히 되죠."

입을 맞춘 두 사람이 집 안으로 들어갔다.

쾅.

작은 소리를 내며 문이 닫힌다.

"보고 싶었어."

입술을 지분거리면서 말을 하니 웅얼거리는 울림에 지나지 않았다. 하지만 그의 그리움을 알기엔 충분했다. 허리를 꼭 끌어안은 단단한 팔 역시 마찬가지였다.

방금 전까지만 해도 천근만근 무거웠던 몸을 너른 가슴에 기댔다.

하아.

강자가 느릿한 신음을 내뱉었다.

넓은 품은 그녀에게 여러 감정을 동시에 들게 만들었다. 편안한 감정과 동시에 성적 긴장감을 불러일으키다 보니 마음은 널을 뛴다. 심장도 그와 비슷한 속도로, 내달린다.

커다란 손이 강자의 상체를 뒤로 밀자 그녀가 힘없이 떨어져 나갔다. 등이 벽에 툭 하고 닿았다고 생각이 들자마자 그의 입술이 강자의 입술을 덮쳤다. 비스듬히 기울어진 고개 때문일까, 숨을 쉴 틈이 없었다. 쉼 없이 몰아치는 입맞춤에 세상이 빙글빙글 돌았다.

성윤은 그리움에 평소보다 더 격렬하게 몸을 부딪혀 왔다. 그의 욕망이 허벅지 사이를 찔러댔다.

그로인해서일까.

강자의 몸 역시 평소보다 더 빠르게 달아올랐다.

집요하게 입을 맞추던 입술이 이젠 뺨과 목덜미를 맴돌았다.

"으응……!"

숨이 할딱할딱 넘어갔고, 눈가에 눈물이 차올랐다. 이러다 내가 어떻게 되는 건 아닐까. 그런 생각도 옷 속을 파고드는 손길에 머릿속에서 산산이 부서졌다.

그는 성급하게 브래지어를 위로 들췄다. 와이어에 짓눌린 가슴이 불편해 보였지만 머금으면 달콤한 맛이 날 것 같은 꼭지를 입 안에 넣는 게 우선이었다. 양 뺨이 오목해질 만큼 가슴을 힘껏 빨아들인 그가 입안에 들어온 꼭지를 혀로 문질렀다.

"하악!"

강자가 거칠게 숨을 들이켜며 허리를 휘었다.

성윤은 한참이고 강자의 가슴을 핥고 빨았다. 그의 입술은 집요했지만 강자는 가슴을 앞으로 내밀며 더 핥아달라고, 더한 자극을 달라고 아양을 떨었다. 그는 강자의 마음을 알아차리기라도 한 듯이 가느다란 허리를 커다란 손으로 붙잡고 가슴을 농락했다. 강자의 가슴이 타액으로 번들거릴 때까지.

가슴을 핥고 맛보는 것만으로도 강자의 사타구니가 축축하게 젖어들었다. 팬티에 손을 집어넣은 성윤은 이를 확인한 후 바지와 팬티를 한꺼번에 아래로 잡아 내렸다. 브래지어와 윗옷을 벗을 여유가 없었던 것처럼 내려진 바지와 팬티를 벗을 시간도 없었다.

엉덩이를 붙잡은 그가 이를 위로 들어 올렸다. 짙은 욕망 때문일까, 손에 힘이 들어갔다.

페니스를 붙잡은 그가 강자의 뒤에서 곧장 밀고 들어갔다. 틈하나 없이 결합된 몸에 강자와 성윤의 입에서 동시에 신음이 터져나왔다.

"으!"

"아아!"

두 사람의 신음이 평소보다 높고 컸다. 그건 아마도 앞으로 있을 관계에 대한 기대감 때문일 터다.

뒤에서 강자의 몸을 끌어안은 그가 이를 세워 어깨에 물었다. 강자가 신음을 내질렀지만 그는 자신의 흔적을 남기기 위해 애썼다.

동그랗고 작은 어깨에 생긴 잇자국에 그가 이번엔 혀를 빼내 살살 핥는다.

"병 주고……."

병 준 후에 약 주는 것도 아니고 이게 뭐 하는 짓이냐는 어투였다. 하지만 그는 강자가 투정을 부리는 걸 다 듣기도 전에 허리로 원을 그렸다. 안을 휘젓는 이물감에 강자가 말을 끝맺지 못하고 이를 악물었다. 잇새로 미처 틀어막지 못한 신음이 흘러나온다.

철썩!

힘껏 안으로 치고 들어갔던 패니스가 천천히 밖으로 나왔다. 느릿하게 빠져나왔다가 힘껏 치고 들어가길 몇 번, 그는 집요하게 때로는 다정하게 강자의 몸을 흔들었다. 결합된 곳에서 누구의 것일지 모를 액이 흘러내리고, 두 사람의 사타구니를 적셨음에도 마찬가지였다.

"하악! 하아악……!"

강자의 발뒤꿈치가 위로 올라갔다. 다리는 바들바들 떨렸지만 썰물처럼 들어왔다가 빠져나가는 페니스를 받아들이기 위해 본능적으로 한 행동이었다.

하지만 작은 몸은 피곤했고, 커다란 몸을 받아들이기엔 약했다. 강자의 몸이 아래로 내려앉으려 하자 그가 커다란 손으로 이를 막았다. 그런 후에 강자의 몸을 돌려 곧장 다시 몸을 합친다.

이번엔 가느다란 두 다리가 허공에 떴다. 강자의 등을 벽에 기대게 한 채로 곧장 밀어붙이는 성윤의 몸이 땀으로 흠뻑 젖어들었다. 하지만 그럴수록 그의 행동은 더욱 거칠어졌다. 여체를 파고들던 페니스에서 뿌연 액이 쏟아졌다.

"하아, 하아……."

거친 숨을 내뱉은 강자가 그의 어깨에 얼굴을 묻었다. 팔로는 그의 목을 단단히 끌어안고 있었지만 이조차도 역부족이라는 듯 엉덩이가 아래로 계속 쳐졌다. 이대론 강자를 내려놓는다 하더라도 주저앉을 게 빤했다.

"나 지금 당장 기절해도 이상하지 않을 것 같아요."

강자가 웅얼거렸다. 말 그대로 지금 당장 졸도할 것처럼 잠들 것 같은 모습이었다.

"봐달라는 건가?"

"누가 그런 말을 했다고."

"기절할 것 같다며. 난 아직 쌩쌩한데."

웃음기가 역력한 목소리로 말한 그가 강자의 엉덩이를 받쳤다. 그러자 강자는 익숙한 듯 양 허벅지로 그의 허리를 단단하게 옭아맨다.

몇 걸음 옮겨 침대로 향한 그가 강자를 침대에 내려놓았다. 강자의 눈이 가물가물 잠겼다. 하나 그와는 반대로 입술은 쌩쌩하게 살아 있어서 조잘조잘 잘도 떠든다.

"나도 쌩쌩하거든요?"

큭.

그가 짧게 웃음을 뱉었다. 이럴 때 강자의 승부욕을 고마워해야 하는 건가?

강자의 옷을 휙휙 벗겨 버린 그가 양 가슴을 모아 입술을 내렸다.

츄릅.

거칠게 가슴을 핥은 그가 귓가를 파고드는 목소리에 짧게 웃음을 뱉었다.

"꿈에서…… 쌩쌩할 예정……."

이제 그만해야 할 때라는 걸 안다.

하지만 강자가 귀여워서 그는 그만둘 수가 없었다.

"지금 쌩쌩해 줬으면 좋겠는데."

"……좀 봐줘요."

"싫어."

"……나쁜 놈."

울먹이는 목소리에 그가 커다랗게 웃음을 터뜨렸다. 유쾌한 웃음과 함께 고개를 든 그가 새하얀 여체에서 손을 뗐다.

"그럼 안 되지. 나 착한 놈 할래."

밤은 길었지만, 사랑하는 여자가 그만해 달라고 사정하는데 어찌할 도리가 없었다.

강자와 마찬가지로 옷가지를 벗어 던진 그가 나체로 작은 품을 찾았다. 그리고 어느새 잠든 그녀를 꼭 끌어안은 채 눈을 감았다.

그녀를 보지 못하는 동안 전쟁통이었던 머릿속이 드디어 평화를 찾았다.

몸은 물을 먹은 솜처럼 묵직했다. 얼굴로 쏟아지는 햇살은 아침이 왔다는 걸 알리고 있었지만 눈을 뜨는 게 쉽지 않았다.

"끙."

앓는 소리를 낸 강자가 손을 들어 눈을 가렸다.

조금만 더 잤으면 소원이 없겠다.

그런 생각을 할 때였다.

쪽.

손등에 닿는 입술에 강자의 입술이 부드럽게 휘어졌다. 미소가 머금어진 입술 위에도 묵직한 입술이 닿았다가 떨어졌다.

"뭐예요?"

그렇게 물으며 강자가 슬쩍 눈을 떴다. 그러자 자신을 내려다보는 다정한 얼굴이 가까워진다.

쪽.

다시 한 번 입술이 착 달라붙었다가 떨어졌다. 가벼운 입맞춤에 마음이 간질간질해졌다. 그래서 평소라면 하지 않았을 투정을 부려본다.

"너무 피곤해요."

"나 때문인가?"

"전부는 아니지만 일부의 책임은 있다고 생각합니다."

진심이 그득한 말에 그가 어색한 웃음을 지으며 말했다.

"그럴 줄 알고 커피 내려놨어. 빵도 사왔고."

몸을 돌려 식탁 위를 보자 간단한 아침상이 차려져 있었다. 지금 당장은 아무것도 먹힐 것 같지 않았지만 힘들게 몸을 일으켰다. 다음에 또 아침상을 받기 위해선 여우처럼 굴어야 한다는 걸 알고 있었기 때문이다.

"우와. 누구 남자친군데 이렇게 예쁜 짓을 한대?"

그녀의 물음에 성윤이 웃음을 터뜨렸다.

"어젠 나쁜 놈이라며?"

"말이 헛나온 거죠."

그러면서 혀를 쏙 빼내는 강자를 보며 그가 손을 뻗었다. 강자의 머리카락이 그의 손가락 사이에서 춤을 췄다.

"속 보인다?"

"영악하게 굴 땐 모른 척해주세요."

"예뻐서 봐준다."

"누가 할 소리."

장난스러운 말을 가볍게 주고받을 수 있는 아침이었다. 몸은 한

없이 무거웠지만 마음은 가벼운 그런 날.

이런 날이 계속되었으면 좋겠다는 생각과 함께 강자가 몸을 일으켰다.

출근 준비를 서둘러야 했다. 그가 준비한 음식을 여유롭게 먹기 위해선.

온몸이 찌뿌드드한 것이 아팠다. 하지만 스케줄을 확인하고 있는 강자는 자신이 시간을 뺄 수 있는 평일이 언제인지 계산해 보고 있다. 아침에 그와 함께 집을 나설 때 시간을 빼두라는 그의 경고를 들었기 때문이다.

"아무래도 많이 안 좋아 보여. 같이 병원 가자."

자신 역시 며칠 전부터 몸이 급격하게 무거워진 것을 느꼈기에 별말 없이 고개를 끄덕였다.

하지만 이번 달은 도저히 시간을 뺄 수가 없었다. 곧 있으면 추석이었기에 그전까지 처리해 두어야 할 자잘한 업무도 산적해 있었기 때문이다.

"후."

안 된다고 하면 한 소리 듣겠지?

차성윤은 잔소리도 이성적으로 하는 양반이었다. 귀에 딱딱 꽂힐 레퍼토리가 예상이 되자 어떻게 해서든 시간을 빼야 한다고 다시 한 번 다짐했다.

다시 한 번 스케줄을 확인하던 강자가 이상함을 느끼곤 앞장으로 넘겼다. 그러다 심상치 않은 표정으로 한 장 더 넘겼다.

"……설마."

스케줄러를 꼼꼼하게 살펴보던 강자의 얼굴이 새하얗게 질렸다.

지난 두 달 참 많은 일들이 있었다. 그러다 잊어버렸다. 당연히 찾아와야 하는 행사를.

자리에서 벌떡 일어난 강자가 회사와는 조금 떨어진 편의점으로 향했다. 그곳에서 어색한 얼굴로 임신 테스트기를 구입한 그녀는 상가 화장실로 들어가 변기통에 앉았다.

강자가 입술을 잘근잘근 씹었다.

플라스틱 임신 테스트기 가운데 붙어 있는 결과를 확인하는 순간 그녀의 눈이 질끈 감겼다.

"아."

선명한 두 줄이었다.

일이 손에 잡히질 않았다. 하루 종일 멍한 상태로 자신의 무지함을 곱씹던 강자가 머리를 벅벅 긁었다. 우습게도 생리를 하지 않는 것 말고는 특별한 전조 증상이 없었다.

하지만 몰랐다는 것으로 이 상황을 그냥 흘려보낼 수는 없었다. 아직 결혼을 하지 않은 미혼의 여성이 임신을 했다는 건 큰 문제였다. 그와의 결혼엔 의심이 없었지만 다른 건 생각을 할 수가 없었다. 강자의 머릿속엔 서둘러 임신 여부에 대한 확실한 결론이 필요했다.

불안함 마음에 강자는 홀로 병원을 찾았다. 산부인과를 온 것은 처음이었다. 생각보다 긴장됐다.

"처음이세요?"

"네, 처음이에요."

그러자 간호사가 간단하게 인적사항을 적을 수 있는 손바닥만 한 종이를 내밀었다. 그러면서 묻는다.

"뭐 때문에 오셨어요?"

간호사의 말에 순간 강자는 위축된 자신을 느낄 수 있었다. 하지만 강자는 애써 오그라드는 어깨를 폈다.

"임신 여부 확인하러 왔어요."

"보호자 없으세요?"

"아, 네. 확실해지면 함께 오려고요."

"그러셨군요. 잠시만 기다리세요."

배가 볼록한 임산부들 사이에 자리를 잡은 강자가 어색한 마음에 머리를 긁적였다. 이런 상황은 단 한 번도 상상하지 못했다. 여자였지만 산부인과는 참 멀게 느껴지는 과였다.

확인할 것도, 볼 것도 없었지만 강자는 스마트폰에서 시선을 떼지 못했다. 관심도 없는 연예인의 열애설을 보던 강자가 고개를 들었다.

"최강자 씨, 들어오세요."

병원에 도착하자마자 20분이 지나서야 겨우 진료실에 들어설 수 있었다.

의사는 인상이 좋은 40대 여자였다.

"임신 여부 확인하시려고요?"

"네. 테스트기로 해봤는데 두 줄은 떴거든요."

"아, 그렇다면 임신 맞을 거예요. 옷 갈아입고 잠시만 기다리세요."

간호사의 안내로 검사실 안으로 들어간 강자는 핑크색 치마로 갈아입은 후 침대에 앉았다. 긴장한 얼굴로 뒤엉킨 머릿속을 정리하기도 전에 의사가 들어왔고 곧 검사를 받을 수 있었다. 진찰을 마치고 난 후 강자는 자신이 원하던 명확한 답을 들을 수 있었다.

"임신 9주네요."

하지만 강자는 더 멍한 상태가 되었다.

임신 9주.

얼마 안 됐다고 하기엔 몸에 변화가 가장 심한 기간이었다.

"어머, 전혀 몰랐다는 표정이네요? 이상한 증상을 느끼지 못하셨네요?"

"네, 네…… 전혀요."

"이 시기엔 보통 소변이 자주 마려울 수 있고, 본격적으로 입덧을 시작하거든요."

의사의 설명에도 강자는 아무것도 느끼지 못했다고 말했다.

"그럴 수도 있어요. 간혹 아무것도 못 느끼는 산모도 있거든요."

의사는 그럴 수 있다며 강자의 무지함을 위로했다. 하지만 아무런 위로도 되지 않았다.

최근 많은 철야를 했다. 잠은 항상 부족했고, 식사를 거르는 일도 많았다.

만약 아이가 생겼다는 걸 알았다면 절대 그러지 않았을 것이다.

강자의 표정이 한없이 어두워지자 의사가 그 마음을 읽기라도 한 듯이 말을 덧붙였다.

"아이는 잘 크고 있어요. 약 5㎝ 정도 자랐어요. 실례가 안 된다면 직업이……."

"기자입니다."

"아이고, 힘든 일을 하시네요. 이 시기엔 유산을 할 수도 있으니 조심하셔야 합니다."

그러면서 의사는 약물도 조심해야 하고, X선은 당연히 피해야 한다고 말했다. 태아가 무럭무럭 자라는 시기이기 때문에 영양 섭취도 잘해줘야 한다고 했다.

"다행히 입덧이 없으니 이는 걱정하지 않아도 되겠네요."

진료는 주의 사항을 읊어주는 것으로 끝났다. 다음엔 꼭 보호자와 함께 오라고 말한 의사에게 강자는 고개를 끄덕인 후에 병원을 나섰다.

밖으로 나오자마자 가을 햇살이 눈이 부셔 미간을 좁혔다.

지금부터 뭘 해야 하지?

멍하니 생각하던 강자가 가방에 넣어두었던 휴대전화를 꺼냈다. 그녀가 가장 먼저 한 일은 편집장에게 전화를 거는 것이었다.

[무슨 일이야?]

"몸이 너무 안 좋아서요. 바로 집으로 들어가 보려고요."

[그래? 네가 최근에 무리하긴 했지. 요즘 집에도 거의 못 들어 갔지?]

몸이 너무 안 좋아서 조퇴를 하겠다고 말하자, 편집장 역시 수

긍하는 반응이었다. 그만큼 자신은 최근, 너무나 많은 일을 했었다.

[푹 쉬고.]

"네. 내일 뵙겠습니다."

전화를 끊은 강자가 깊은 한숨을 내뱉었다.

"이젠 또 뭘 해야 하지?"

멍하니 생각하던 강자가 헛웃음을 뱉었다. 갑자기 바보가 된 기분이었다.

일단 집에 가야지.

생각을 마친 강자가 지나가던 택시를 붙잡았다. 차가 꽉 막힌 도로를 요리조리 오고 가며 빠르게 달렸다.

집으로 돌아오자 이탈리아로 떠났다던 민자가 있었다.

"왜 이렇게 일찍 와?"

"너야말로. 이탈리아 갔다며."

"잡지 촬영이어서 금방 끝났어."

민자는 심드렁한 표정으로 말한 후 잡지책을 휙휙 넘겼다. 자매는 많이 다투기만 할 뿐, 사적인 이야기를 많이 나누진 않았다. 성향 자체가 워낙 달라서 그러기도 했지만 말해봤자 말싸움으로 이어지기 일쑤였기 때문이다.

하지만 강자는 가방을 내려놓은 후에 민자에게 다가왔다. 자신이 겪었던, 들었던 이야기들은 아직 정리되지 않은 채 머릿속에서 곤죽이 되어버렸지만 누군가에게 말하지 않고서 견딜 수가 없을 것 같았다.

"민자야."

"왜?"

무심한 물음에 강자가 침을 꼴깍 삼켰다. 그러면서 민자의 옆에 무릎을 꿇고 앉는다.

그제야 언니의 상태가 심상치 않은 걸 확인한 민자가 몸을 일으켰다. 강자는 이야기하길 망설이고 있었다.

"뭔데 그래?"

민자가 독촉했다. 언니는 똑똑했지만 공부 쪽으로만 그랬을 뿐, 다른 건 영 젬병이라는 걸 알고 있기 때문이다.

하지만 민자도 감히 예상하지 못하고 있었다. 강자에게 닥친 일을.

"만약에 말이야. 이건 아주 만약인데."

"만약에 뭐?"

민자의 표정 역시 점점 불안에 찼다. 하지만 강자는 다시 입을 꽉 다물어 버렸다. 혼란스러운 눈동자만 이리저리 굴려댈 뿐.

식은땀까지 삐질삐질 흘리는 걸 보니 심상치가 않았다. 민자가 강자의 어깨를 붙잡았다. 강자가 순순히 말하지 않으면 주리를 틀어서라도 말하게 할 셈이었다.

"뭔데 그래? 사고 쳤으면 순순히 자백하고 광명 찾아."

"……네가 결혼하기 전에 아이를 가졌어. 그럼 어떻게 할래?"

"임신을 하면 어떻게 할 거냐고?"

"어."

"결혼하기 전에? 속도위반?"

끄덕끄덕.

강자가 눈치를 보며 고개를 끄덕이자 민자의 얼굴에 금이 갔다.

이건 사고의 수준을 넘어서도 한참 넘어선 게 아닌가!

민자는 방금 전까지 배에 깔고 있던 쿠션을 들어 힘껏 휘둘렀다.

"미쳤어! 미쳤어!"

미치지 않고서야 이럴 수가 없다. 아버지가 어떤 양반인지 알면서도 이런 무지막지한 짓거리를 저질렀단 말인가!

"나이가 몇인데 피임 하나 못해!"

퍽! 퍽!

민자가 양손으로 힘껏 쥔 쿠션을 휘둘렀다. 풀스윙으로 때리니 솜이 가득한 쿠션도 아픈 것인지 강자가 재빨리 뒤로 물러섰다.

"아파! 아프다고!"

"아프라고 때리는 거야!"

두 사람이 서로를 노려보았다. 하지만 먼저 눈을 내리깐 건 강자였다. 민자의 눈빛이 심상치가 않았기 때문이다.

"나 걱정해서 그러는 거 알겠는데, 이래 봬도 산모……."

"미치지 않았으면 이런 사고를 칠 수 있어? 아니, 아니다. 그건 일단 뒤로하고 언니 여권 어디 있어?"

"여권은 왜?"

강자가 고개를 옆으로 기울였다. 그러자 민자가 뭘 그리 당연한 걸 묻냐며 외친다.

"일단 한국을 떠야지!"

일단 최종훈 씨 손에 닿지 않는 곳으로 튀어야 한다는 뜻이었다. 강자 역시 뒤늦게 그 의견에 동의하며 고개를 끄덕였다.

그래, 일단 도망이 우선이다. 그다음에 사건을 수습하면 되지 않겠는가?

이 상황에서 붙잡히면 사건 수습은커녕, 저세상으로 뜰게 뻔했다.

"애 아빠는 차성윤 사장이지? 차성윤 사장은 뭐래?"

"……아직 말 못했어."

임신 소식을 오늘 알았다. 아이의 아버지이자 연인인 차성윤에게 이 사실을 바로 알려야 한다는 걸 머리로는 알면서도 아직 마음의 준비가 되지 않아 말하지 못했다.

아이를 좋아할까?

결혼을 약속하긴 했지만 아이 문제는 달랐다. 복잡한 머리는 진창이 되어버렸고 이성적인 생각을 모두 앗아갔다.

"뭐?"

"말 못했다고."

"미쳤어! 미쳤어! 아주!"

다시 한 번 민자가 날뛰기 시작했다. 이제 보니 헛똑똑이라고 외친 민자는 계속해서 강자를 혼쭐냈다.

"말 안 할 생각은 아니겠지? 결혼까지 할 것 같더니 이게 뭐야!"

"결혼은 할 건데……."

"그럼 뭐가 문제야? 빨리 차성윤 사장한테도 알리고 둘 다 해외로 떠. 그것만이 살길이야."

"그렇지? 역시 말해야겠지?"

강자가 한숨을 푹 내뱉었다. 그러자 민자가 도끼눈을 뜨며 자리에서 벌떡 일어난다.

"지금 말하고자 하는 주체가 누구야. 아버지야, 아니면 차성윤 사장이야?"

찰싹!

"악!"

"산모니까 이 정도로 하는 거야."

가까이 다가온 민자가 강자의 팔뚝을 힘껏 내려쳤다. 맞은 부위에 불이 붙은 것 같아 연신 문질렀지만 민자는 다행인 줄 알라며 눈을 내리깔았다. 하지만 딱딱거리는 말은 계속해서 이어졌다.

"언니가 말 못하겠으면 내가 말할 거야."

민자는 당장 차성윤에게 전화할 기세로 휴대전화를 찾았다. 강자가 백지장처럼 하얗게 변한 얼굴로 외친다.

"말할 거야! 말하면 되잖아!"

자신 역시 이렇게 놀랐는데 차성윤은 얼마나 놀라겠는가.

그래서 당장 말하지 못했다. 자신이라도 이성을 찾은 후에 그에게 말해야 할 것 같다는 생각부터 들어서.

"진짜지?"

"정말이야."

"후."

깊은 한숨을 내뱉은 민자가 애써 감정을 가라앉히며 자리에 앉는다. 그러더니 양반 다리를 하고서 손가락으로 무릎을 두드렸다.

"마지막 생리가 언젠데?"

"개월 수를 묻고 싶은 거라면 9주 됐대."

마지막 생리를 했던 건 더위가 절정일 때였다. 그 후로 생리를 하지 않았다.

그녀의 답에 민자가 기가 막힌다는 듯 강자를 본다. 아무리 둔

하다고 하지만 그걸 어떻게 모를 수가 있냐는 표정이었다.

"뭐야, 그런데도 몰랐어? 생리할 때가 한참 지났잖아."

"원래 불규칙하기도 했고, 일도 바빴단 말이야."

"아무리 일이 바빠도 잊을 걸 잊어야지!"

하늘을 봐야 별을 딴다는데, 강자는 하루에도 몇 번씩 별을 따고 있었다. 관계를 가질 땐 항상 피임을 했었다. 물론 차성윤이. 콘돔을 끼지 않은 건 세 번도 되지 않는다. 첫 관계를 나누었을 때 피임을 하지 못했고, 나머진 관계를 가지다가 콘돔이 떨어져 그랬다.

"혼자 똑똑한 척은 다 하더니."

혀를 끌, 하고 찬 민자가 강자의 배를 보았다. 조카가 생겼는데, 기뻐해야 할지 울어야 할지 모르는 상황이 되었다. 새로운 생명의 잉태는 분명 축복받아야 하는데, 찾아와도 너무 빨리 찾아와 민자조차 난감했다.

하지만 민자는 빠르게 말을 고쳐먹었다.

아버진 분명 반대를 할 것이 뻔했다. 이젠 차성윤과는 별개로 이런 짓을 저지른 딸을 용서하지 못할 것이다.

그렇다면 자신이라도 축복해 줘야 하지 않은가.

헛웃음을 내뱉은 민자가 장난처럼 말했다.

"눈치 못 챌 만하다."

"뭐라고? 너 지금 내 배 보고 말한 거냐?"

객관적으로 봤을 때 날씬한 몸이었다. 배도 많이 나오지 않았다. 강자의 말을 듣지 못했다면 곁에서 생활하는 자신조차 임신 여부를 눈치채지 못할 정도였다.

"먹고 싶은 건 없어? 속 더부룩거리는 것도 없고?"

"그러게. 평소랑 똑같아."

고개를 저은 강자가 자신의 배를 감싸 안는다. 아이는 아주 조용하게 자신을 찾아왔다. 자신의 존재를 티 내지도 않았다. 숨바꼭질을 한 것처럼.

아직 아무것도 느껴지지 않았는데 강자는 배를 감싸 안는 그 행위만으로도 혼란스러운 감정이 정리되어 가는 것을 느꼈다. 아니, 어쩌면 민자에게 털어놓고 대화를 해서 그런 것일지도 모르겠다.

"나 체질인가 봐."

찰싹!

곧장 민자의 손이 날아들었다. 강자의 어깨를 다시 한 번 내려친 민자가 얼굴을 붉히며 왁왁 소리 질렀다.

"농담이 나와? 이 반푼아!"

강자의 비명은 그 뒤로 한참 이어졌다.

일을 하는 와중에도 성윤의 시선은 휴대전화에 닿았다가 떨어지길 반복했다. 연락을 주겠다는 강자는 감감무소식이었다.

'일이 많이 바쁜가.'

최근 강자는 자신보다 더 바빴다. 일에 있어선 기이할 만큼 열정적인 강자였기 때문에 이런 일이 한두 번은 아니었지만 그래도 연락을 해주겠다고 한 타이밍 때문인지 계속 신경이 쓰였다.

"왜 그러십니까?"

마치 똥 마려운 강아지처럼 안절부절못하는 성윤이 이상하다는 듯이 강안이 물었다. 그러자 성윤은 별일 아니라는 듯이 고개를 젓는다. 그러면서도 강자에게 메시지를 보냈다.

「바빠?」

짧은 문자를 전송한 성윤이 한숨을 와락 내뱉었다.

강안의 의심스러운 눈초리에 성윤의 시선은 다시 서류로 향했다. 자신에게 주어진 일을 처리해야 했음에도 그의 신경은 계속 최강자에게로 향했다. 좀처럼 일에 집중할 수가 없었다.

혹시 강자에게 무슨 일이 생긴 건 아닐까?

최근 계속 컨디션이 좋지 않다고 말했다. 차 회장을 만나고 나온 후에도 먹은 음식을 죄다 개어내지 않았던가.

긴장해서 그런 것 같다며 강자는 웃어넘겼지만 성윤은 웃을 수가 없었다. 그리고 보니 올해 여름엔 자신의 뒤를 쫓다가 더위를 먹고 졸도한 일도 있었다.

진즉에 신경을 썼어야 했다. 불안이 그를 잠식했다.

딱딱딱.

"정신 사납습니다."

저도 모르게 펜으로 책상을 두드리던 성윤이 강안의 말에 행동을 멈췄다.

"아."

"정신이 온통 다른 데 가 있으십니다? 혹시 강자랑 다투셨습니까?"

"아니, 그렇진 않은데."

"그럼 뭡니까?"

강안의 물음에 성윤은 들고 있던 펜을 책상 위로 던져 버렸다. 성윤이 마른세수를 한다.

"강자랑 연락이 안 돼."

"하루 이틀이에요?"

"그래도 이번엔 느낌이 이상하다고."

성윤이 제법 심각하게 말하자 강안의 표정도 걱정으로 굳어졌다.

"언제부터요?"

"두 시간 전부터."

"……."

강안의 입술이 굳게 다물렸다. 중증이라는 걸 알고 있었는데도 깜빡 속아 넘어간 게 억울하다는 듯이.

하지만 성윤은 이를 알아차리지 못하고 계속 제 할 말만 했다.

"바로 연락해 주겠다고 했는……."

띠리리리— 띠리리리—

성윤의 말이 이어지는 동안 휴대전화가 울렸다. 액정엔 '강자'라 적혀 있었다.

"그 연락 지금 왔는데요?"

도착한 건 전화가 아닌 문자메시지였다. 메시지를 읽은 성윤이 외투를 챙기며 자리에서 일어서자 강안의 얼굴이 다시 한 번 굳었다.

"……일을 내팽개쳐 두고 가시려는 건 아니시겠죠, 설마?"

"집에 있대."

"좀 기다리라고 하세요! 이 계약 건이 얼마나 중요하신지 알잖아요! 사회생활 할 만큼 한 사람이······."

강안의 말에 성윤이 옮기던 걸음을 되돌렸다. 강안이 자신도 모르게 안도의 한숨을 내뱉는 사이, 성윤은 서류를 제대로 보지도 않은 채 서명을 휘갈겼다.

"됐지? 나 이만 퇴근한다."

"사장님!"

강안의 절규에도 성윤은 성큼성큼 걸음을 옮겨 사무실을 나섰다. 그의 걸음은 강자에게 한시 빨리 갈 수 있도록 바삐 움직였다.

최근 차성윤은 자신의 집에 들어올 때도 초인종을 누르는 일이 많았다. 얼굴이 많이 알려져 있어 주로 강자와 집에서 만나고 있기 때문이었다.

강자가 집에 있을 때면 어김없이 초인종을 눌렀지만 오늘은 달랐다. 강자가 나오는 그 잠시의 시간도 기다릴 수 없다는 듯 빠르게 비밀번호를 누른 그가 집 안으로 들어갔다.

신발을 벗고 안으로 들어가자 소파에 앉아 있는 강자가 보였다. 차분한 표정으로 앉아 있는 강자를 보는 순간 그는 안도부터 했다. 표정은 어두웠지만, 걱정했던 것처럼 아파 보이진 않았다.

외투를 소파에 걸쳐 둔 그가 강자에게 다가갔다. 그런 후에 멀찍이 떨어진 맞은편 소파에 앉는 대신에 테이블에 엉덩이를 걸치고 앉는다.

"무슨 일이야?"

그녀가 출장에서 돌아온 지 얼마 되지 않았다. 말로는 너무 바빠서 잠시의 시간을 빼는 것도 힘들다고 했는데 밖이 훤한 시간에 자신의 집을 찾았다.

불길한 예감에 그가 물었고, 강자는 차분한 표정으로 말을 이었다.

"우리 아버지 만나야겠어요."

그러면서 한다는 말이 당장 만나야겠다는 이유가 아닌 '집엔 이야기해 뒀어요'라는 일방적인 통보였다. 만나지 않으면 씹어 먹을 기세인 눈초리가 심상치가 않아서 그는 조심스러운 어조로 물었다.

"갑자기? 조금만 시간을 두자고 했던 건 강자 같은데…… 무슨 일 있어?"

"네, 일이 생겼어요."

"무슨 일인데?"

그렇게 묻는 성윤의 표정이 불안으로 젖어들었다. 이유가 생각난다면 이토록 불안하지 않을 텐데 머릿속은 백지장처럼 하얗게 변해 버렸다.

뭘까.

그런 의문이 머릿속을 둥둥 떠다녔다. 늘 다양한 표정을 짓곤 하던 강자가 이런 표정을 짓게 하는 이유가 떠오르지 않아서. 온통 의문뿐이었다.

그의 물음에 강자는 크게 심호흡을 했다. 감정을 주체하기 위해 하는 행위라는 것을 눈치채는 순간 강자의 손을 붙잡은 그의 손에 힘이 들어갔다.

입을 틀어막고 싶었다. 방금 전까진 무슨 일인지 미칠 듯이 궁금했지만 지금은 답을 들으면 미쳐 버릴 것 같았다.

하지만 그는 겉으로 이를 내색하지 않았다.

그는 끈질기게 강자의 말을 기다렸다. 그녀 역시 이를 눈치챘는지 애써 감정을 다스리며 힘든 한마디를 내뱉었다.

"우리가 부모가 됐어요."

"……."

사아악—

성윤의 눈이 커다랗게 떠졌다.

"갑작스러운 것도, 그래서 난감한 것도 알아요. 그렇다고 해도 저한테 그걸 직접적으로 말하진 말아주세요. 지금 누구보다도 복잡한 건 저니까."

그의 반응에 강자는 강하게 경고했다. 자신을 상처 주지 말라고.

"당황하고 놀라워서 안 좋은 생각도 했지만 지금은 아니에요. 아이가 다 느끼고 있을 거예요. 연결되어 있으니까."

"아……."

당황한 그가 손을 들어 얼굴을 쓰다듬었다. 지금 자신이 들은 말이 환청이 아닌가 싶어서. 그래서 강자의 표정을 다시 한 번 확인했고, 납작한 그녀의 배로 시선을 돌렸다.

정말인가? 정말?

그의 감정이 소용돌이칠 때였다.

"좋다고 빨리 말해요. 안 그러면 평생 후회할 거예요."

강자의 목소리가 떨렸다.

그는 기뻐하지 않아.

여느 아버지들처럼 환호성을 지를 거라곤 기대를 안 했지만 이
정도로 놀랄 줄은 몰랐기에 강자의 얼굴이 복잡해졌다.

빨리 말해. 빨리.

강자가 그의 눈을 노려보며 종용했다. 그러자 뒤늦게 정신이 번
뜩 든 그가 상체를 앞으로 기울였다.

"……좋아."

강자의 몸을 끌어안은 그가 억눌린 목소리로 말했다.

물론 아이의 존재는 갑작스러웠다. 자신이 아버지가 된다는 것
에 놀랐다. 누구나 처음은 그러할 테니까.

하지만 기뻤다. 순수하게 좋았다. 강자와 자신의 아이라고 하니
그럴 수밖에 없었다.

"정말이죠?"

끄덕.

성윤이 고개를 끄덕이자 아래로 축 늘어져 있던 강자의 손이 위
로 올라왔다. 성윤의 허리를 힘껏 끌어안은 강자가 넓은 가슴에
얼굴을 묻는다.

"그럼 나 좀 울래요."

누구보다 가장 놀랐을 건 강자였다. 눈치채지 못한 존재가 자신
의 안에서 자라나고 있었다니, 누구라도 놀랄 수밖에 없었을 것이
다.

강자는 성윤의 입에서 긍정적인 답을 듣고 나서야 눈물을 터뜨
렸다. 아이처럼 한참을 울던 강자는 마음껏 울고 나서야 떨리는
목소리로 말했다.

"아직 하고 싶은 일이 많은데 못하게 됐어요."

일에 있어선 누구보다 열정적이었던 강자다. 하지만 아이를 임신하는 순간 더 이상 일을 할 수가 없었다.

기자 생활은 고됐고, 야근도 많았다. 취재거리가 있는 곳이라면 밤낮을 가리지 않고 달려가야 했다. 임신을 한 몸으론 더 이상 현장을 뛸 수 없을 것이다.

"신혼여행으로 벨기에는 무리일 것 같아요."

그와 함께 약속을 했었다. 아기자기하고 예쁜 도시로 여행을 가자고.

"배가 불러서 예쁜 드레스도 못 입을 거예요."

몸을 압박하는 드레스는 무리겠지?

강자의 울음에 성윤은 작은 등을 손바닥으로 쓸어내리며 위로했다.

"그래서 우는 거야?"

고개를 저은 강자가 코를 훌쩍였다. 그러더니 한다는 말이 성윤의 마음을 들뜨게 한다.

"기적이 찾아왔잖아요. 그래서 우는 거예요."

그래, 기적이 찾아왔다.

그 사실이 성윤의 가슴을 한없이 설레게 만들었다.

민자와 강자의 눈이 딱 마주쳤다. 두 사람은 꿍꿍이를 꾸미는 사람처럼 은밀하게 시선을 주고받았다.

'지금 끼어드는 게 좋지 않을까?'

'아버지 표정 안 보여? 지금 말하면 다 죽어.'

민자에게서 시선을 뗀 강자가 이번엔 어머니를 보았다. 이미 임신 사실을 알려 매수해 놓은 어머니 역시 무슨 말을 해야 할지 모르겠다는 표정이었다. 그만큼 분위기는 살벌했다.

강자가 이번엔 아버지와 그 앞에서 무릎을 꿇고 있는 성윤을 보았다. 종훈은 당장이라도 차성윤을 씹어먹을 것만 같았다.

"자네가 태원그룹 사장이라고? 우리 강자와 결혼하겠다고?"

"네, 그렇습니다."

"흐음."

헛기침을 내뱉은 종훈이 성윤의 얼굴을 힘껏 노려본다. 아무래도 딸이 데리고 온 사윗감이 마음에 들지 않나 보다.

"너무 없는 사람도 싫지만 너무 많이 가진 사람도 싫네, 난."

종훈은 딱 잘라 거절했다. 예상은 했지만 아버지의 반대에 강자의 얼굴이 구겨졌다. 그건 이 자리에서 임신 사실을 알고 있는 민자와 경숙 또한 그랬다. 정작 차성윤만 차분한 표정을 짓고 있을 뿐 나머진 모두 이 사태를 어떻게 해야 할지 몰라 당황했다.

종훈은 한 번 안 되면 안 되는 사람이었다. 성격이 얼마나 대쪽 같은 양반인지 쉽게 마음을 굽히는 법도 없었다.

"강자 역시 많은 걸 가지고 있는 사람입니다."

"내가 말하는 건 돈 말일세, 돈. 그게 얼마나 사람을 추악하게 만드는지 알고 있네. 더욱 자네는 그냥 많이 가진 정도가 아니지 않은가."

종훈의 말에 성윤은 몸을 더욱 낮췄다. 행동은 허락을 해줄 때까진 그 역시 물러날 생각이 없다는 것처럼 보여 종훈의 낯빛이 어두워졌다. 아니, 어둡다기보단 살벌해졌다.

인내심이라곤 쥐뿔도 없는 양반이었기에 종훈은 자신이 할 말은 끝났다는 듯 자리에서 일어났다.

"헛걸음했네. 이만 돌아가 보는 게 좋⋯⋯."

"아버지, 나 임신했어요!"

"뭐?"

"미쳤⋯⋯!"

미처 말을 마치지 못한 종훈이 깜짝 놀란 얼굴로 강자를 보았다. 옆에서 민자가 비명처럼 소리를 내지르는 것이 들렸지만 강자는 다시 한 번 쐐기를 박듯 말했다.

"임신했다고요. 빼도 박도 못해요. 자랑은 아니지만 저도 나이가 있잖아요?"

강자의 말에 종훈이 시뻘게진 눈으로 성윤을 보았다. 성윤 역시 이렇게 기습적으로 터뜨릴 줄 몰랐다는 표정이었지만 부정은 하지 않았다.

성윤을 제외하고선 무릎을 꿇고 있던 사람들이 모두 몸을 들썩였다. 모두 종훈이 화를 이기지 못해 무슨 짓을 할지 모른다는 걸 예상하고 있었기 때문이다. 예상대로 종훈은 손을 힘껏 치켜들었고, 당장이라도 성윤을 때릴 것처럼 굴었다.

강자가 빠르게 성윤의 앞으로 몸을 날려 양손을 펼쳤다. 경숙과 민자 또한 마찬가지다. 강자가 마치 성윤을 막을 걸 예상했다는 듯 두 사람은 동시에 강자의 앞을 막아섰다.

"여, 여보! 아무리 화가 나도⋯⋯!"

"언니 임신했잖아요! 산모라고요, 산모!"

"저리 안 비켜?"

놀란 경자를 제외하고선 모두 똘똘 뭉쳐 강자를 지키려 하니 종훈의 화만 더 돋았나 보다. 성윤 역시 자신의 앞을 가리고 선 강자의 어깨를 붙잡았다. 고개를 저은 그가 그러지 말라고 했지만 강자의 고집을 꺾진 못했다.

"비켜! 내가 오늘 저 두 사람……!"

아작을 내겠다고 말할 게 분명했다.

이런 상황을 예상했기에 강자는 목소리 높여 외쳤다.

"아들이래요!"

"……."

"……."

집 안이 순간 정적으로 휩싸였다. 하지만 강자는 다시 한 번 '아들이라고요' 라고 말했다. 고요한 정막을 이해하지 못한 건 성윤뿐이었다.

"뭐……? 정말이야?"

"그럼 내가 미쳤다고 아빠 앞에서 거짓말을 하겠어요?"

"요즘은 안 알려줄 텐데?"

"슬쩍슬쩍 알려줘요. 그리고 내 목숨은 하난데, 자구책 정도는 강구하고 와야죠."

임신 12주였다. 이젠 성별을 알 수 있는 개월 수였기에 강자는 뻔뻔하게 말했다. 하지만 안타깝게도 거짓말이었다. 아무리 세상이 변했다지만 이렇게 어린 개월수에 아이의 성별을 말해줄 의사는 없었다.

성윤 역시 금시초문이라는 표정을 지었지만 어느새 다가온 민자가 그의 허리를 쿡 찔렀다.

제발 조용히 하고 있어요.

자매가 합심하여 생각해 낸 것이었다. 남아선호사상에 찌든 아버지에겐 이보다 더한 효과는 없으리라 믿어 의심치 않으며.

예상했던 대로 씩씩거리던 종훈은 강자와 성윤의 얼굴을 번갈아 보더니 이내 흥분을 가라앉혔다. 종훈이 자리에 앉았음에도 무거운 정막이 내려앉았다.

'안 먹히나?'

'먹혔으니까 앉겠지. 아니었으면 언닌 벌써 이 세상 하직했어.'

강자와 민자가 다시 시선을 주고받았다. 그러더니 이내 이어진 종훈의 말에 승리의 표정을 짓는다.

"자네, 태어날 외손주에게 고마워하게. 태어나지도 않은 아이가 자네를 살린 거니까."

'것봐, 맞지?'

종훈의 얼굴에 감출 수 없는 기쁨이 번졌다. 애써 아무렇지도 않은 척 굴고 있긴 했으나 시선은 계속 딸의 배로 향했다. 그렇게도 원하던 아들을 외손주로 만날 수 있다는 생각에.

강자는 살았다는 안도감에 웃었다.

에필로그

　한국 사회에서 엄마로 살아가는 일은 그렇게 녹록하지 않았다.
가끔은 일을 그만두고 싶다는 생각을 하면서도 자라나는 아이를
볼 때면, 일에 성과를 거둘 때면 양쪽 토끼를 모두 놓칠 수 없어
괴로운 나날을 보내야 했다.

　강자는 임신 사실을 알자마자 휴직계를 썼다. 편집장은 물론이
고 유미까지 깜짝 놀랐지만 그녀는 곧 아이의 임신 소식과 함께
결혼 소식을 동시에 알렸다. 결혼을 하리라는 걸 유미는 이미 알
고 있었지만 편집장은 몰랐다. 그가 까무러친 것도 어찌 보면 당
연했다.

　민자가 원했던 대로 오피스텔을 넘기고, 강자는 곧장 성윤의 집
으로 들어갔다. 그러면서 입덧을 하지 않는데도 아주 극진한 대우
를 받았다.

성윤은 바빴지만 좋은 예비 아빠였다. 바쁜 시간을 쪼개 여과 생활을 즐겼고, 일 때문에 바빠도 저녁엔 항상 먹을 걸 들고 귀가했다.

때때로 사랑한다고도 말해주었다. 너무 사랑해서 이 순간이 꿈만 같다고. 평생을 바라온 일이라며 강자의 마음을 설레게 했다.

프러포즈는 성윤의 아지트에서 받았다. 자신의 별자리를 비춘 조명 아래에서 아주 커다란 반지를 받았다. 부담스러워서 평소엔 못 끼고 다니겠다고 웃자, 그는 자신의 손에 끼워진 반지를 보여주며 '우린 커플링이 있잖아'라며 웃었다.

시간은 무럭무럭 지나 아이를 곧 만날 때가 되었다. 그때 강자에게 기쁜 소식이 전해졌다. 올해의 기자상을 수상했고, 그 자리에서 만난 편집장은 아이를 출산하고 때가 되면 다시 복직하라고 말했다. 좋은 기자를 잃을 수 없다는 말을 해주며.

결혼 소식이 전해지면서부터 자신을 향한 지대한 관심이 쏟아졌고, 자신이 과거에 쓴 기사들이 모두 파헤쳐졌다. 마녀사냥처럼 자신의 흠집을 잡고 싶어했지만 안타깝게도 예전의 자신은 차성윤을 무척 싫어했었다. 태원을 집요하게 추적하는 기사를 본 네티즌들은 더 이상 그녀를 욕하지 못했다.

그렇게 모든 일은 순조로웠다. 결혼식은 예쁜 드레스를 입지 못한다는 이유를 들어 하지 않았고, 식에 사용되었을 비용은 모두 아동복지재단에 전달되었다. 이는 모두 자신의 뜻이었고, 날 누구보다 사랑해 주는 성윤은 흔쾌하게 받아들였다.

출산 일이 거의 임박했을 때 성별을 들었다. 딸이라는 말을 처음 들었을 땐 세상이 아득해졌다. 그게 첫 번째 위기 상황이었다.

아버지에게 거짓말을 했다는 게 아이를 통해 증명이 되었기 때문이다.

하지만 다행히도 아버지는 딸을 무척 사랑해 주었다. 외손녀를 품에 안고서 처음으로 육아의 쓴맛을 보시기도 했지만 어찌 되었든 다행인 일이었다.

시부모님도 딸을 무척 사랑해 주셨다. 아들 하나만 있어 적적했다고 말하며, 아이를 안고 환히 웃으셨다.

지금도 자신이 불편해할까 봐 자주 연락은 하지 않으셔서 일부러 찾아뵙는 횟수도 늘었다. 그럴 때면 늘 맛있는 음식을 준비하고 계셨다.

딸 이름은 자신이 개명을 하고 싶었던 '민아'가 되었다. 민아는 속을 썩이는 것도 없이 잘 자라주었고, 가족들의 기쁨이 되었다.

그러던 찰나에 둘째가 찾아왔다. 그 둘째를 현재 품고 있었다. 첫째는 워낙 작게 태어났는데, 둘째는 4개월이 되면서부터 배가 남산만 해지도록 자랐다. 아버지는 배를 보며 분명 아들일 것이라고 말했지만, 큰 기대는 하지 말라고 말했다.

다시 휴직을 해야 했지만 강자는 더 이상 일에 매달리지 않았다. 이젠 자신의 시간을 오롯이 가족을 위해 쓰고 싶었다. 그래서 자신을 위해 고군분투를 하는 남편의 짐도 조금은 내려놓게 하고 싶었다.

차성윤은 여전히 바빴지만 가족의 곁을 지키기 위해 노력했다. 첫 출장을 다녀왔을 때 무럭무럭 자라난 민아를 보며 무척 슬퍼한 후로 생긴 변화였다.

그래서 첫 걸음마를 할 때도, 엄마 아빠를 말하는 것도 남편이 먼저 보았고 들었다. 그때 자신의 딸은 천재가 틀림없을 거라 말하던 모습은 아직도 기억에 생생했다.

남편은 첫째를 가졌을 때와 마찬가지로 강자의 곁을 지키려 노력했다. 튼살에 로션을 발라주었고, 틈만 나면 부은 다리를 주물러 주었다. 몸에 생기는 엄청난 변화에 우울해할 때도 넌 예쁘다고 말해주었다.

그는 자신만의 남자였다. 하지만 두 아이의 아버지였다.

든든한 울타리를 만들어준 남편은 오늘도 딸아이를 품에 꼭 안은 채 잠들어 있었다. 육아에 지친 모습에 안쓰럽기도 했지만 그 모습이 너무 사랑스러워 저절로 걸음을 옮기게 됐다.

민아의 옆에 누웠다. 사랑스러운 아이는 엄마의 냄새를 맡고 곧장 품으로 파고들었다.

"왔어?"

남편이 눈을 떠 자신을 바라보았다. 손은 자연스럽게 자신의 뺨을 쓰다듬는다.

"오빠."

"왜?"

남편은 섬세하게 자신의 표정을 살핀다. 힘든 건 없을까, 오늘의 기분은 어떨까, 쉼 없이 자신을 살피고 다정하게 안아주었다.

그래서 강자는 오늘 듣고 온 기쁜 소식을 그에게 전해주었다.

"둘째 아들이래요."

남편의 얼굴이 한없이 밝아졌다.

"아버님께서 기뻐하시겠다."

"당신은요?"

"둘째도 당신을 닮았으면 좋겠어."

"민아 봐요. 엄청난 개구쟁이잖아요. 집에 있는 물건이 남아나지 않을걸요?"

"열심히 벌어오지 뭐."

낮잠 시간이었다.

육아에 지친 남편도, 행복에 늘 웃음이 떠나지 않는 자신도, 그리고 오늘 하루도 장난을 치고 아버지를 괴롭히느라 피곤했을 딸도.

모두 조용히 잠들었다.

—Fin

🌸 작가 후기

안녕하세요, 정이연입니다. 이렇게 또 인사를 드리게 되었습니다.

오랜만에 써본 남주 짝사랑물이었습니다. 그리고 나름 계략물이라고 생각하면서 썼습니다. 너무 착하고 멋진 계략남을 한 번 써보고 싶었거든요. 그것도 해바라기 같은. 언젠가는 써야지, 했는데 이번에 그 원을 푼 느낌입니다.

절대강자 같은 차성윤과 진짜 절대강자 최강자의 이야기가 끝이 났습니다. 사실 다른 이야기를 먼저 쓰고 있었는데 갑자기 이 글이 막 쓰고 싶어져서 손에 잡았는데 다행이란 생각이 들었습니다. 쓰면서 무척 즐거워서 날이 새는 것도 몰랐습니다. 그런데 또 쓰다 보니까 민자의 이야기도 쓰고 싶어집니다. 짝을 만나서 당황하고 흔들리는 마이웨이 여자주인공도 써보고 싶어서 손가락이 근질근질합니다.

하지만 민자의 이야기 전에 〈심술〉이란 작품으로 먼저 인사를 드리게 될 것 같습니다. 조만간 또 찾아뵙겠습니다.

〈절대강자〉가 나오기까지 도움을 주신 수많은 분들 감사합니다. 예원북스 유경화 실장님, 표지 디자이너님, 저의 투정을 받아주시느라 고생하신 그녀의 서재 작가님들과 독자님들 덕에 무사히 마칠 수 있었습니다.

그리고 이 페이지를 보고 계실 독자님들께도 감사의 인사 전합니다.

금방이라도 무더웠던 여름이 물러가고 가을이 성큼성큼 걸어온 것 같습니다. 환절기에 감기 조심하세요.

—정이연 올림.